icola Förg
cheunenfest

PIPER

Zu diesem Buch

In der Brandruine einer Scheune werden in Unterammergau in einem alten Holzsilo die Leichen zweier junger Frauen entdeckt. Die Rumänin Ionella hatte das alte Ehepaar gepflegt, dem der Bauernhof gehört, aber wer war die zweite Frau? Eine junge Norwegerin, die für ein Auslandssemester eingeschrieben war? Fest steht jedenfalls, dass sie schon tot waren, als der Stadel Feuer fing. Und die Brandstelle hält noch eine weitere Überraschung für Irmi und Kathi bereit: In der Scheune lagerte eine Phosphorbombe! Die könnte den Brand ausgelöst haben, aber nun will sie natürlich niemandem mehr gehören. Sind die beiden Frauen einer Verkettung unglücklicher Umstände zum Opfer gefallen? Und was hat es mit der toten Katze auf sich, die anscheinend auch in diesem Silo war?

Nicola Förg, gebürtige Oberallgäuerin, hat in München Germanistik und Geographie studiert und lebt heute mit ihrer Familie sowie mehreren Ponys, Kaninchen und Katzen auf einem Hof in Prem am Lech. In ihrer Krimiserie schickt die Bestsellerautorin das Kommissarinnenduo Irmi Mangold und Kathi Reindl an Tatorte im Voralpenland und in den Bergen, die ihr auch als Journalistin wohl bekannt sind.

Für die beiden netten Annetten –
die aus Münchens Norden und
die aus Osterreinen am Forggensee

Tippehøne satt på gjerdet,
Tippehøne falt ned.
Ingen doktor kunne hjelpe,
for tippehøne var død.
Tippehøne kom til himmelen,
Tippehøne fikk det godt.
Tippehøne blei engel
i himmelens slott.

Norwegischer Kinderreim

Hühnchen saß auf dem Zaun ganz munter.
Hühnchen fiel hinunter.
Kein Arzt konnt helfen in der Not,
denn Hühnchen war schon tot.
Hühnchen kam in den Himmel droben,
Hühnchen konnt es dort nur loben.
Hühnchen wurd ein Engel schnell
in des Himmels Schloss so hell.

1

Ein sauberes Dekolleté, aus dem die Brüste appetitlich hervorquollen. Bierkrüge, die zusammenkrachten. Als er mit dem Tandemradl an den Schleierfällen vorbeifuhr, riefen ein paar Kinder: »Du musst immer einen Helm anziehen, Helm anziehen, Helm anziehen …« Die Frau mit dem Dekolleté lachte mit sehr roten Lippen. Ein alter Schulfreund, der zweite Mann auf dem Tandemrad, legte ihm die Hand auf die Schulter und grölte. Dann begann er zu wackeln und zu ruckeln. Sie würden umfallen, der Weg war doch so steinig …

Es war zwei Uhr achtundvierzig, als Herbert Springer aus dem Tiefschlaf fuhr. Für den Bruchteil einer Sekunde konnte er sich noch erinnern, was er geträumt hatte. Einen ziemlichen Schmarrn, denn den Schulfreund hatte er seit Jahrzehnten nicht mehr gesehen, der war nach Kanada ausgewandert, und natürlich konnte man an den Schleierfällen nicht radeln, man konnte dort ja kaum gehen, wenn man schlecht zu Fuß war.

Herbert sprang aus dem Bett. Der Traum war weggewischt, die Zeitspanne zwischen Schlaf und Wachen war so kurz gewesen wie ein Wimpernschlag. Hätte er die Augen noch geschlossen gehalten, hätte er den Traum vielleicht noch eine Weile festhalten können, aber in seinen Körper war schon so viel Adrenalin geströmt, dass sein Herz raste. Es war der nervige Piepser, der ihn geweckt

hatte. Er las die Nachricht auf dem Display: eine Adress
es waren Personen in Gefahr, die Einsatzart war ein B
Als erster Kommandant wusste er, dass dies der feuer
wehrinterne Code für einen Großbrand war.

Zwei Sekunden später schallten die Sirenen durch da
Dorf, und schon drei Minuten nach der Alarmierun
saß Herbert im ersten Fahrzeug. Er konnte fast in einen
Rutsch in Hose und Stiefel springen. Als er mit dem Jee
durchs Dorf raste, war es zwei Uhr zweiundfünfzig. De
LF 20, das erste Angriffsfahrzeug, so hieß das nun mal, wa
ihm auf den Fersen. Zum Glück wohnten viele seiner
Leute unweit des Feuerwehrhauses.

Ein schwarzer Himmel wölbte sich über die Schneeflächen, und das fahle Mondlicht verschwand immer wieder hinter faserigen Wolken. Das Kreischen der Sirenen schallte auch durch die Nachbardörfer, und man hätte schon einen sehr guten Schlaf haben müssen, um nicht vom Geräusch aufzuschrecken. Fenster klappten, Köpfe reckten sich hinaus. Gestalten in Morgenmänteln, Pantoffeln oder eilig übergestülpten Stiefeln hasteten durch die verschneiten Bauerngärten. Wo brennt es? Hoffentlich nicht bei uns! Viele sahen am nachtschwarzen Himmel den Feuerschein, der hinaufzüngelte wie ein Feuer speiender Drache.

Es brannte beim Schmid, und das war gar nicht gut, schließlich lag der Hof mitten im Dorf. Die Tenne hatte bereits zur Hälfte Feuer gefangen, und zwar in der rechten Hälfte, die direkt ans Wohnhaus angrenzte. Immerhin gab es eine gute Brandschutzmauer dazwischen. Herbert wusste, dass dennoch immer alles passieren konnte, aber er hatte Routine und Nerven wie Drahtseile, zumindest solange das Adrenalin ihn begleitete, und das würde heute wohl noch eine Weile der Fall sein.

Die Wehren aus Oberammergau und Altenau heulten nun auch heran, und für einen Sekundenbruchteil fragte sich Herbert, ob die Saulgruber mal wieder in die falsche Richtung gefahren waren. Dann lächelte er, heute war kein Nebel, da würden die Nachbarn es ja wohl schaffen. Rotes Kreuz und Polizei lichtorgelten ebenfalls heran. Herbert wies die Kollegen von den anderen Wehren ein. Eigentlich hätte der Kreisbrandinspektor aus Ogau – so lautete die saloppe Abkürzung für Oberammergau – übernehmen sollen, doch der war im Urlaub.

Inzwischen hatte Herbert seinen Atemschutztrupp ins Wohnhaus geschickt, der Sicherungstrupp stand bereit, und auf die Tenne lief bereits voller Angriff. Bei einem Brand dieser Größe würde das Hydrantennetz in jedem Fall zusammenbrechen. Deshalb waren die anderen Wehren – Saulgrub und Ettal waren mittlerweile auch eingetroffen – damit beschäftigt, die Ansaugstellen an der Ammer zu besetzen.

Als die Kollegen Burgi Schmid auf einer Trage durch den Bauerngarten bugsierten, war es drei Uhr zehn. Ihr Mann Xaver humpelte, auf zwei Feuerwehrler gestützt, hinterher und brüllte irgendwas Unverständliches. Der Notarzt hastete den beiden Alten entgegen. Zu allem Überfluss hatte sich ein Ettaler Feuerwehrmann, ein Zuagroaster mit großer Klappe und Sendungsbewusstsein, den Knöchel gebrochen, als er vom Einsatzfahrzeug gesprungen war – wie ein Keltenkrieger, der sich in die Schlacht stürzen will. Dadurch wurden unnötig Sanitäter abgezogen, die den übereifrigen Kollegen mit einem Krankenwagen abtransportieren mussten.

Einige Kollegen aus Altenau hielten dicke Decken hoch, um damit die heranbrandende Flut von Dorfbewohnern abzuhalten. Der Atemschutztrupp hatte abgeklärt, dass nun niemand mehr im Wohnhaus war. Zwei benachbarte Bauern waren in den Stall des Schmid-Hofs gelaufen, der einen kleinen Teil der brennenden Tenne bildete, und hatten die Tiere herausgetrieben. Es waren zum Glück nicht mehr viele: sechs Kühe, ein Geißbock, sieben Schafe. Eine Frau, die über dem Nachthemd eine Daunenjacke trug und deren nackte Beine in den viel zu großen Latschen ihres Mannes steckten, versuchte die flatternden und gackernden Hühner zusammenzuhalten. Bei Katastrophen taten Menschen oft instinktiv das Richtige, das wusste Herbert.

Irgendwo war ein Schrei zu hören: »Da kommt nix!« Wie so oft hatte jemand im Durcheinander die Schläuche an den falschen Verteiler angeschlossen, Schlauchordnung war eben nicht jedermanns Sache. Die Nachbarhäuser standen unter Wasserbeschuss, und Herbert befürchtete nun kein Übergreifen der Flammen mehr aufs Wohnhaus.

Es war drei Uhr zwanzig, als plötzlich alle in eine Richtung starrten: Im linken Teil der Tenne brannte es auf einmal taghell. Das Licht schmerzte in den Augen wie bei einer Explosion. Herbert, der erste Kommandant, vermutete Metallbrand, womöglich auch Kunstdünger oder Ammoniak, irgendetwas in der Art, und das war schlecht, sehr schlecht sogar. Dennoch gelang es der Feuerwehr, den rand unter Kontrolle zu bringen. Herberts Adrenalinpiegel war weiterhin auf Spitzenniveau.

Drei Stunden später hatten sie schließlich jeden Balken bgelöscht, und die Wärmebildkamera zeigte keine Brandnester mehr an. Zwei Journalisten vom Garmischer Taglatt waren inzwischen aufgelaufen, hatten fotografiert und waren im Weg herumgestanden. Herbert hasste ihre hartnäckigen Fragen, ob man zu diesem Zeitpunkt schon etwas über die Brandursache sagen könne. Die vordringlichste Aufgabe der Feuerwehr war es schließlich, Menschenleben zu retten und die Flammen zu löschen, und in dieser Hinsicht war heute ja einiges geboten gewesen.

Bevor die Brandermittler aus Garmisch eintreffen würden, wollte Herbert eine erste Inspektion in dem abgebrannten Gebäude machen. Doch plötzlich fragte ihn ein Kollege: »Wo is eigentlich die Pflegerin? Du woaßt scho, des Madel. Wo is die?«

Das Adrenalin, das eine kurze Pause eingelegt hatte, schoss wieder ein. Aus Herberts Magen stieg Säure auf.

»Such den Franz«, antwortete er. Franz Schmid, einen der Söhne der beiden Alten, hatte er vorhin noch irgendwo im Getümmel gesehen.

Der erste Kommandant stieg über die vor sich hin dampfenden Balken. Wo der blendend helle Schein ins Schwarz der Nacht herausgefahren war, hielt Herbert inne. Es war offensichtlich, dass hier etwas mit gewaltiger Wut und Hitze gebrannt hatte. Die genauen Umstände zu untersuchen würde Aufgabe der Brandermittler sein, aber Herbert war sich sicher, dass hier etwas den Brand in Gang gesetzt und beschleunigt hatte.

Der Schmid hatte noch ein altes Holzhochsilo in seine Tenne gehabt, auch das war fast vollständig herunterge brannt. Draußen gab es noch ein neueres Fahrsilo, abe der alte Xaver hatte immer noch das unpraktische Holz-monstrum mit Silage vollgepackt. Von dem einst fün Meter hohen Turm war nur noch ein Ring von etwa einem Meter fünfzig übrig geblieben, und lediglich die untere der beiden Entnahmeluken war erhalten. Herbert spähte über den Rand, und sein ganzer Körper war auf einmal stock-steif. Die Magensäure schwappte ihm bis in die Kehle, sein Herz raste.

»Alle zruck!«, rief er. »Zruck!«

Im Silo lagen zwei verkohlte verbogene Gestalten, die gerade noch als Menschen zu erkennen waren. Das war nun Sache der Kriminaler. Herbert informierte die Polizisten, und schon war ein zweites Feuer entfacht: ein Lauffeuer, das von den Kollegen sofort auf die Neugierigen übergriff. Zwei Tote im Silo! Wer? Warum? Was war passiert? Das Lauffeuer eilte durch das Dorf.

Es war halb acht, als Kathi Reindl und ihre Kollegin Andrea in Unterammergau eintrafen. Zehn Minuten später spähten sie über den Rand des Silos.

»Scheiße!«, entfuhr es Kathi. »Irgendeine Idee, wer das sein kann? Wird jemand vermisst?«

»Es gibt eine rumänische Pflegekraft, über deren Aufenthaltsort momentan nichts bekannt ist«, meinte Herbert langsam.

»Und die andere Leiche?«

»Liabs Madel, wir haben hier die ganze Nacht einen

Brand gelöscht, der aufs gesamte Dorf hätte übergreifen können. Und mit Bränden hat Ugau in seiner Geschichte ja durchaus schlechte Erfahrungen gemacht«, sagte Herbert nun etwas schärfer.

Kathi drehte sich um und beäugte ihre Kollegin mit einer Mischung aus Verachtung und Bedauern. Andrea war blass wie der Schnee und sah aus, als müsse sie gleich kotzen. Kathi hatte sich vorgenommen, netter zu ihr zu sein. Vor allem jetzt, wo Irmi nicht da war. Deshalb schickte sie Andrea zu den Spurensicherern, weg vom Fundort der Leichen.

Auch Kathi fühlte sich irgendwie zittrig, wenn sie ehrlich war. Zwei verbrannte Menschen in einem Silo in Unterammergau. Was für ein Wahnsinn. Und was für ein Wintermorgen, der doch still hätte sein müssen. Stad wie die ganze stade Zeit, wo die Tage kurz waren und weniger forderten als der aufdringliche Sommer, der einem den Schlaf raubte, weil man bis nachts um halb elf draußen saß und am nächsten Morgen das Licht schon so früh ins Zimmer fiel. Irmi sagte immer, dass sie den Sommer hasste. Sie mochte diese frühe Dunkelheit, darum war sie wohl auch dorthin gereist, wo es noch dunkler war. Sie fehlte hier.

Schließlich gaben die Spurensicherer das Startzeichen, die Leichen aus der Ruine zu holen. Herbert wusste, was das hieß. Dafür waren nun wieder sie zuständig. Sie, die Männer fürs Grobe. Zusammen mit seinen Kollegen Sepp, Willi und Hans verrichtete er diesen gruseligen Dienst. Sie schoben die Brandopfer in zwei Leichensäcke. Es war leicht, die Toten wogen fast nichts.

»Der Leib hebt lang gut zamm«, sagte Willi.

Herbert schwieg, jeder hatte seine eigene Art, mit solcher Pein umzugehen. Zusammen mit Sepp trug er den ersten Sack und lud ihn ins Auto der Gerichtsmedizin.

Willi stand derweil in der Tenne. Was do no alls rum flackt, dachte er und kickte das dunkle Gebilde, das er neben dem ausgebrannten Silo entdeckt hatte, mit dem Stiefel aus dem Gebäude. Sein Kollege Hans hatte davon gar nichts mitbekommen.

Allmählich wurde es ruhiger. Die Nachbarwehren waren davongefahren. Kathi war im Gespräch mit den Brandermittlern, die Herberts Ansicht teilten und den Brandherd jetzt schon lokalisieren konnten. Sie wollten noch jemanden aus München hinzuziehen und versprachen, rasch zu arbeiten. Die Gerichtsmedizin stand in den Startlöchern. Kathi hatte Franz Schmid zu ihrem Wagen gebeten.

»Ich habe gehört, die Pflegerin Ihrer Eltern wird vermisst. Sie war nicht im Haus, wo sie ja wohl eigentlich hätte sein müssen.«

Franz Schmid, der um die fünfzig sein musste, hatte wirres, graubeigeblondes Haar, das vermutlich selten einen Schnitt bekam. Kathi blickte auf die geplatzten Äderchen, die wie ein feines Gespinst seine Wangen überzogen. Sein linkes Augenlid hing leicht nach unten, ein schöner Mann war das nicht. Wahrscheinlich war er das nicht einmal in jungen Jahren gewesen, bevor er viel zu viel gesoffen hatte.

»Ja, sie war dann wohl nicht da«, sagte der Mann mürrisch.

Kathi riss die Augen auf. »Das ist alles, was Sie mir zu sagen haben? In der Tenne Ihrer Eltern lagen zwei Tote! Ist Ihnen vielleicht schon mal die Idee gekommen, dass Ihre Pflegerin die eine davon sein könnte?«

»Die Idee scho.«

Selbst wenn man dem Mann eine gewisse Verwirrung nach so einer Nacht zubilligen wollte, erzeugte so viel Einsilbigkeit bei Kathi starke Aggressionen.

»Schmid!«, brüllte sie. »Zwei Tote! Und die Pflegerin fehlt. Hat sie einen Freund? Wo könnte das Madel stecken? Verstehen Sie mich?«

Er schwieg, von Kathis Ausbruch wenig beeindruckt. An diesem Mann schien alles abzutropfen.

»Das weiß man bei solchen doch nicht«, sagte er schließlich.

»Solchen was?«

»Na ja, Ostweibern halt. Sind doch alle nur auf Männer aus, die sie heiraten und rausholen aus den Karpaten.«

Kathi sah wieder Irmi vor sich, die in solchen Momenten ganz leise wurde und Eiseskälte in ihre Stimme zu legen vermochte. Sie war nahe dran, dem Schmid Franzl eine zu scheuern.

»Ich frag Sie nun zum letzten Mal: Haben Sie eine Idee, wo das Madel sein könnte?«

»Nein, normal müsst sie da sein. Dafür wird sie ja bezahlt, die Trutschn.« Franz Schmid war so kooperativ und gesprächig wie ein zermergelter Hackstock.

Kathi atmete tief durch. Dann zählte sie innerlich bis fünf. Irmi hatte ihr mal geraten, bis zehn zu zählen, aber so

weit kam sie nicht, ehe es aus ihr herausschrie: »Und wen
sie doch im Silo lag? Was hat sie da gemacht?«

»Sich vor dem Brand versteckt? Was woaß denn i?« murmelte er und schaute grimmig.

So dumm war doch wohl keiner, sich bei Feuer in ei Silo zu flüchten? Andererseits: Wussten alle Menschen welche Gefahr von Silogasen ausging?

»Wo war das Zimmer der Pflegerin? Hat die vielleich auch einen Namen?«

»Ionella. Ionella Adami.«

»Und das Zimmer?«

»Oben. Aber da können Sie jetzt ned eini!«

»Sie glauben gar nicht, was ich alles kann!«

Kathi stampfte davon und auf Herbert zu, der angesichts der herannahenden Rachegöttin unwillkürlich einen Schritt zur Seite machte.

»Ich muss ins Wohnhaus. Es gibt die berechtigte Sorge, dass eine der Leichen die Pflegerin ist.«

Herbert sah Kathi in die Augen, und obwohl Kathi alles andere als der sensible Typ war, spürte sie in diesem Blick eine schwere Last. Der Mann machte sich Vorwürfe, und sie hatte auf einmal das Gefühl, ihn trösten zu müssen.

»Sie konnten nichts tun. Sie haben doch Wärmebildkameras. Die haben ja auch nichts mehr angezeigt. Sie haben das Haus und das Dorf gerettet.«

»Von mir aus können Sie reingehen. Gefahr besteht jedenfalls keine.« Er zögerte. »Wo ist eigentlich Frau Mangold?«

»Im Urlaub. Kennen Sie Irmi?«

»Eher ihren Bruder, den Bernhard. Der ist bei der Wehr n Eschenlohe. Man kennt sich oiwei.«

Ein kleiner Plausch über Bekannte, wie man das im ändlichen Raum eben so machte. Hätte da nicht die chwarze Ruine gestanden, hätte nicht der Brandgeruch n den Lungen gebissen und wären da nicht zwei Tote gewesen.

»Wenn wir mal annehmen, die eine Leiche ist die Pflegerin. Wer ist dann die zweite?«, fragte Kathi.

»Ich bin kein Hellseher.«

»Aber Feuerwehrkommandant in Ugau. Nicht in New York oder Mexiko City. Sie kennen doch jeden hier. Hatte diese Ionella einen Freund?«

»Klar san s' der brutal nachg'stiegen. Schlange san s' g'standen. Aber es wird ja wohl kaum einer ein Schäferstündchen im Silo ausmachen!«

Kathi schwieg. »Ich geh dann mal rein«, sagte sie schließlich.

»Ich komm mit, falls was wär'«, meinte Herbert.

Kathi widersprach nicht, sondern winkte Andrea heran. Zu dritt gingen sie durch den Bauerngarten und betraten das Wohnhaus. Der Gestank war überall, er würde auch noch eine Weile bleiben und penetrant an den Brand erinnern.

Im Gänsemarsch stiegen Kathi, Andrea und der Feuerwehrler die kleine Treppe hinauf, die vom Gang aus in den ersten Stock führte. Gleich vorn gab es rechts und links je einen Raum, von denen der eine ein altes Kinderzimmer war. An einem Schrank pappten noch Mainzelmännchen-Sammelaufkleber und Fußballerbilder aus Zeiten, in denen Beckenbauer noch ein Bürscherl gewesen war un Breitner noch nicht gewusst hatte, dass er mal Pädagogi studieren würde. Im anderen Zimmer standen ein alte mit Bauernmalerei verziertes Doppelbett und ein Bauern- schrank, offenbar das Schlafzimmer der beiden Alten Weiter hinten am Gang befanden sich zwei weiter Räume: ein kleines Duschbad, das neu eingebaut zu sein schien, und ein Zimmer, das ebenfalls mit Jugendmöbeln aus den Siebzigern ausgestattet war. An der Wand hing ein offenbar mehrfach umgeklebtes Pferdeposter von einem Haflinger. Es war zerknittert und hatte abgeschnittene Ecken. Die Einrichtung war spartanisch: Schrank, Bett, ein Schreibtischchen, ein Holzstuhl, ein Regal. Über der Stuhllehne hing ein BH, im Regal lagen ein paar Bücher mit dramatisch anmutenden Umschlägen. Es schien sich um einige rumänische und mehrere deutsche Liebesromane zu handeln. Auch eine Möglichkeit, Deutsch zu lernen, dachte Kathi. Neben den Büchern standen zwei gerahmte Bilder, ein Familienfoto und das Porträt eines Mannes, das mit »Franz Davidis« betitelt war. Darunter stand ein Spruch: *Die vom Geist Gottes Erleuchteten dürfen nicht aufhören zu reden, noch dürfen sie die Wahrheit unterdrücken. So ist die Kraft des Geistes, dass der menschliche Verstand, jede falsche List beiseitelassend, allein bestrebt ist, die Ehre Gottes zu vergrößern, sollte auch die ganze Welt toben und sich widersetzen.*

Kathi runzelte die Stirn.

»War wohl religiös, diese Pflegerin«, sagte Andrea.

»Und wer ist Franz Davidis?«, fragte Kathi.

Andrea zuckte mit den Schultern.

Im Regal lagen außerdem die Tablettenboxen des Ehepaars Schmid. Zumindest nahm Kathi an, dass sich darin deren Medikamente befanden. Wahrscheinlich hatte die Pflegerin sichergehen wollen, dass die beiden Alten nicht versehentlich die falschen Tabletten in einer falschen Dosierung einnahmen. Der Schrank war mit Kleidung nur spärlich bestückt, auf dem säuberlich gemachten Bett saß ein Plüschhase, der sehr abgegriffen aussah.

Als die drei wieder das Zimmer verlassen hatten, blickte Kathi auf eine Tür am Ende des Gangs.

»Da tät ich nicht rausgehen. Da ist ja … also … da ist ja nix mehr«, sagte Herbert.

Kathi stutzte. Klar, an das Haus schloss sich der kleine Stall an, der von der mehrstöckig gebauten Tenne quasi umschlossen war. Und die Tenne war ja nun komplett abgebrannt. Da war wirklich nichts mehr …

Aus dem kleinen Bad, das kaum mehr als ein paar Schminkutensilien, ein Duschgel, einen Deoroller und ein billiges Parfüm enthielt, holte Kathi die Zahn- und Haarbürste von Ionella und packte sie in Plastikbeutel – für den DNA-Abgleich. Eine Weile standen sie alle unschlüssig im Gang.

Andrea warf noch einen Blick in das Zimmer und auf den Hasen. »Ist das traurig«, sagte sie leise.

Kathi war schlecht, und sie hatte Hunger.

Momentan war wenig zu tun. Sie mussten auf eine schnelle Identifizierung der Leichen hoffen. Als Nächstes würden sie mit den beiden Alten reden und mit der übrigen Familie. Aber für den Moment lag eine gespenstische Stille über dem Haus, das noch vor wenigen Stunden von

den Sirenen umjault gewesen und vom Feuerschein he
beleuchtet gewesen war.

Herbert ging langsam zu seinem Jeep. Vorbei an der Jägerzaun, vorbei an den flackernden Lichtern der Poli zei, die immer noch den Himmel durchzuckten. Dann spie er. Auf seine Schuhspitzen, auf die Feuerwehrstiefel Haix, »Schuhe für Helden«, trug man bei den Wehren – doch wie ein Held fühlte er sich in diesem Moment nicht gerade.

2

›In my darkest hour‹, sang eine einschmeichelnde Frauenstimme. Ein paar Kerzen brannten in der morgendlich leeren Bibliothek, die auch ein Restaurant beherbergte. Hier, im Sortland Hotell, hatte der Schriftsteller Lars Saabye Christensen sein letztes Buch geschrieben. Viele seiner Werke wuchsen die Wände hinauf, in einer Glasvitrine ruhte ein Originalmanuskript, der Widerschein der Kerzen tanzte auf den Scheiben.

Irmi war in den letzten Wochen öfter hier gewesen. Immer wenn es größere Einkäufe zu tätigen gab, fuhr man in die Stadt. Wobei Stadt ein bisschen übertrieben war, Sortland war eher ein Städtchen. Irmi nippte an ihrem Kaffee, während draußen ein bläuliches Licht Schlieren in den Himmel zu ziehen begann. Es war neun Uhr morgens, erst gegen zehn würden sich Rosa und Lila ins Blau mischen. Um zwei würde der Farbkasten Gelb und Orange hinzufügen, die schwarzen Fjordberge würden scharfe Konturen zeichnen, und dann würde das Licht wieder davongleiten – langsam, sanft, sphärisch.

Die ersten Tage war Irmi geneigt gewesen hinauszustürmen, um das Licht schnell aufs Foto zu bannen. Doch der Himmel hier war viel gnädiger zu den Fotografen als der in den Alpen mit seinen schnellen Sonnenauf- und -untergängen. Sie hatte schon bald gelernt, dass sie sich hier auf 68 Grad und 42 Minuten nördlicher Breite befand. In der

Polarnacht kam die Sonne nicht mehr über den Horizon dennoch war Licht, magisches Licht, vier bis fünf Stunde lang. Genug Zeit für Hunderte, ja Tausende von Fotos Genug Zeit für einen weiteren Kaffee, den die Norwege ja literweise tranken.

Es war ein klarer Tag, es würde heute heller werden als an den Tagen zuvor. Irmi beschloss, zum Hafen zu schlendern, durch die Stadt, die immer blauer wurde, und zwar nicht nur wegen des Himmelsspektakels. Zur Jahrtausendwende hatte der Künstler Bjørn Elvenes nämlich ein Projekt entwickelt, mit dem aus Sortland, dem »schwarzen Land«, eine »blaue Stadt« werden sollte, Blåbyen. Er entwarf eine Farbpalette und begann die Häuser Sortlands in verschiedenen Blautönen zu streichen. Sortland war zu diesem Zeitpunkt nicht gerade ein Vorzeigestädtchen, und der Künstler wollte mit seiner Aktion die depressive Stimmung wegmalen. Die Stadtväter hatten sich für besonders clever gehalten und dafür Industriefarbe zur Verfügung gestellt, die billiger war. Der Künstler klagte wegen der mangelnden Qualität, es gab ein langes Hin und Her – nun wurde schließlich weitergemalt, in diversen Blautönen. Letztlich herrschten auch hier am Weltenende, an der Kante des Universums, Bauernschläue und die Macht des Geldes.

Am Hafen lag die »Arctic Whale«, eine Gruppe von Touristen hatte aufgeregt das Deck gestürmt. Winter Whale Watching Tours waren etwas ganz Neues, ebenso die Wintergäste, die Pauschalreisen hierher buchten. Denn wer fuhr schon freiwillig im Winter nach Nordnorwegen?

Irmi hatte es gewagt, sie war an einem windigen Tag Anfang Januar nach Kopenhagen, von da aus nach Oslo ıd weiter nach Narvik geflogen. Das Weihnachtsfest atte sie knapp überstanden, aber auch nur, weil Bernhard › gar keine Antennen für seine Schwester hatte oder haen wollte.

Am 6. Januar hatte sie die Krippe weggepackt, die alte Krippe mit den versehrten Figuren, wie es sie in vielen Familien gab. Den Hirten waren die Arme schon vor vielen ahren abgebrochen. Der eine von ihnen trug eigentlich ein Holzbündel auf der Schulter, aber ohne Arm ging das schlecht. Irmi hatte ihn immer wieder angeklebt, doch sobald sie das Holzbündel hineingeschoben hatte, löste sich der Arm wieder. Nun hatte der arme armlose Hirte keinen Job mehr. Einer der Heiligen Drei Könige hat sein Bein verloren. Wie wanderte man als Einbeiniger aus dem Morgenland heran? Der Esel war ein Dreibein, und einer der Engel hatte sich seiner Laute entledigt. Da war das Frohlocken auch nicht mehr das, was es mal gewesen war. Versehrt und arbeitslos waren sie, diese Figuren. Die lange Wartezeit im Sommer setzte ihnen zu, denn irgendwann räumte man die Kiste im Speicher eben doch um, stellte eine andere darüber – und schon gab es neue Versehrte.

Als Irmi dieses Jahr ihr Krippenvölkchen wegpackte, begann sie zu weinen, sie konnte gar nicht mehr damit aufhören. Warum war das Leben so ungerecht? Es gab immer neue Verletzungen, es ging mit großen Schritten dem Alter entgegen, das einem die Mutter nahm, den Vater, die Freunde. Es war düster in Irmis Seele.

Zwei Tage lang spürte sie gar nichts, dann regte sich in ihr ein Fluchtreflex. Wieder einmal besuchte sie Adele, berichtete ihr von einer Freundin, die sie besuchen wolle.

Ausgerechnet hinter dem Polarkreis. Doch letztlich hat Adele ihr zugeraten.

Adele war ihre Therapeutin. Niemals hätte Irmi gedacht, dass sie mal zu so einer Seelenklempnerin gehen würde. Sie musste lächeln, während sie da im Sortland Hotell saß und an Adele dachte. Das Klempnerhandwerk passte so gar nicht zu Adele Renner mit ihrer leicht entrückten Weltfremdheit. Dafür war sie mit ihrer sanften und liebevollen Art gar nicht handfest genug. Als Irmi sich irgendwann eingestanden hatte, dass ihre Schlafstörungen, ihre für sie selbst unfassbare Bedrücktheit mitten an bunten Sonnentagen das Maß des Erträglichen überstiegen hatten, war es fast schon zu spät gewesen. Sie hatte ihr sprachloses Entsetzen selber nicht verstanden, sie hatte die Bilder gesehen, die immer wieder in ihrem Inneren auftauchten, aber sie hatte mit niemandem darüber reden können. Ein gemeinsames Wochenende mit Jens, bei dem sie ihn nur noch angepflaumt und jeden seiner Blicke und Gesten falsch gedeutet hatte, war die Initialzündung gewesen. Sie konnte sich selbst zerstören, aber doch nicht die Menschen, die sie liebten. Man durfte den Besten nicht immer die schlechtesten Seiten zumuten. Aber genau das hatte sie getan.

Und so war sie an die zierliche und alterslose Adele gelangt. Weit weg von Garmisch, im Allgäu draußen, weil man sie dort nicht kannte. Adele hatte sie nicht belabert, hatte keine Gemeinplätze von sich gegeben, keine Plattitüden, aber auch nicht die ganze Zeit geschwiegen. Stattdessen hatte Adele ihr eine EMDR-Therapie angeboten, das sogenannte Eye Movement Desensitization and Rerocessing, zu Deutsch »Augenbewegungsdesensibilisierung und Wiederaufarbeitung«. So lautete die etwas sperrige Bezeichnung für eine Methode, bei der eine traumatisierte Person eine besonders belastende Phase ihres traumatischen Erlebnisses gedanklich einfrieren soll, während der Therapeut den Klienten mit langsamen Fingerbewegungen zu rhythmischen Augenbewegungen anhält. Irmi kam das alles zwar etwas merkwürdig vor, aber sie akzeptierte zum ersten Mal, dass sie an einer posttraumatischen Belastungsstörung litt. Sie begriff, dass das Eingesperrtsein mit einem Rentierschädel in einem dunklen Bunker, dass diese Todesangst, die sie dort empfunden hatte, eben doch tiefe Schäden in ihr hinterlassen hatte. Und weil die Methode des EMDR nach dem Tsunami im Indischen Ozean 2004 bei den Überlebenden so gut funktioniert hatte, vertraute Irmi dieser kleinen Frau. Vielleicht auch, weil diese selbst so unperfekt wirkte.

Adele hatte sich Irmis Reisepläne angehört und sie letztlich gutgeheißen, trotz des merkwürdigen Ziels. Kathi hingegen hatte Irmi angesehen, als sei sie geistesgestört, als sie ihr erzählte, dass sie mitten im Winter nach Nordnorwegen fahren wollte. »Was willst du denn auf einer windgepeitschten Insel am verschissensten Arsch der Welt? Da wird ja selbst ein Bauerntrampel wie du depressiv«, hatte sie gesagt. Von Irmis Therapie wusste sie ja nichts. Irmi hatte nur gutmütig gelacht. Eigentlich sollte die Reise ihre Schwermut ja eher vertreiben. Kathi hatte ihr zu Ayurveda in Sri Lanka oder zumindest zu »so einem Wellness-Chichi auf Malle« geraten.

Doch Irmi war nordwärts geflogen.

Wieder trank sie einen Schluck von ihrem Kaffee ur winkte einem Mann auf dem Schiff zu. Sie selbst hatt kürzlich auch so eine winterliche Whale Watching Tou mitgemacht, mit Ssemjon, der seinen Namen den Elter zu verdanken hatte, die glühende Tolstoi-Anhänger waren. Ssemjon war Deutscher und hatte ein Guesthouse a einer windigen Inselspitze. Er war extrem wetterfest unc voller Euphorie. Auch Irmi hatte sich nach einiger Zei den Norwegern angepasst und trug nun über ihren ohnehin schon warmen Klamotten einen dieser typischen Overalls. Schmeichelhaft für die Figur waren sie nicht gerade, denn sie machten einen zum Michelinmännchen oder Öltank. Aber nicht umsonst hatte das halbe Land sie – sie waren wattiert, wasserfest, winddicht.

Mit dem Schiff waren sie bis in den engen Trollfjord eingefahren, dessen Ende zugefroren war. Irmi war es fast unglaublich erschienen, dass die Schiffe der Hurtigruten hier wenden konnten. Seeadler hatten über dem Boot gekreist, das Licht hatte Feuersbrunst am Himmel gespielt. Sortland war Anlegestation, und immer wenn eines der stolzen weißen Schiffe der Hurtigruten kam, blieben Autos auf der Brücke stehen, und es wurde fotografiert. »Man hat schon ein Halteverbot auf der Brücke diskutiert«, hatte Ssemjon erklärt. »Doch der Antrag wurde abgeschmettert: Die Hurtigruten ist ein Teil der nationalen Identität, so viel Zeit muss eben sein!«

Und Zeit hatte Irmi genug in dieser anderen Welt, die sich aus Eis und Wind, aus Licht und so viel Dunkelheit jeden Tag neu erschuf. Ihre Finger waren bei der Whale Watching Tour an Deck des Schiffes zusehends zu Eisrallen geworden, aber sie hatte den Auslöser der Kamera, die Kathi ihr mitgegeben hatte, nicht loslassen können. Ein Lob auf die Michelinmännchenbekleidung. Nur Semjon hatte ohne Mütze im Wind gestanden und gelächelt, weil er fand, dass seine Wahlheimat der schönste Platz der Welt war, gerade jetzt, wo die Fjordberge immer schwärzer wurden. Und es schon um drei Uhr nachmittags Nacht wurde. Irmi verstand ihn gut. Erst nach einiger Zeit hatte sie den Rhythmus hier begriffen, die Welt war langsamer geworden, nichts zählte mehr, nur das Licht, das zauberhafte, betörende Licht.

Nachdem Irmi ihre Einkäufe erledigt hatte, fuhr sie zurück nach Bø, an jenem Berg vorbei, der wie ein Spaten aussah. Es war stockdunkel, als sie nach gut einer Stunde Fahrt über kurvige Sträßchen im Guesthouse in Ringstad ankam, ihrem Zuhause auf Zeit. Vom offenen Meer blies ein scharfer Wind in den Vesterålsfjord herein, und es riss ihr fast die Tür aus der Hand, als sie die Tüten ins Haus schleppte. Kaum hatte sie alles eingeräumt, da klingelte das Schnurlostelefon, das auf der Theke lag. Sie hob ab und verstand erst gar nichts.

Es war Kathi. Wie war sie an ihre Telefonnummer gekommen? Es rauschte, fast wie der Wind draußen. Immer wieder brach Kathis Stimme ab. Nur eines war ganz klar zu verstehen: »Du musst zurückkommen.« Irmi begab sich mit dem Mobilteil näher zur Ladestation, und das Rauschen wurde zu einem Rascheln.

»Erzähl das bitte noch mal. Ich kann dich nur ganz schlecht verstehen«, sagte Irmi und starrte auf ein grandioses Foto an der Wand, das ihr Domizil am Wasser zeigt Darüber war das Nordlicht zu sehen, Aurora borealis ge nannt – ein Spektakel, das süchtig machte. Das Foto wa nur eines von vielen, die Ian aus seiner schwarzen Kamer zaubern konnte. Seine Bilder konnten einen zu Träne rühren, so schön waren sie.

Irmi hatte Carina und Ian vor einigen Jahren in Garmisch kennengelernt, wo sie Urlaub gemacht hatten – voller Sehnsucht nach unberührter Natur, von der sie im Ruhrgebiet, wo sie damals wohnten, nicht genug finden konnten. Inzwischen hatten die beiden eine alte Handelsstation in der Inselwelt der Vesterålen gepachtet, in der sie Zimmer vermieteten, und sie hatten Irmi per E-Mail herzlich dorthin eingeladen. Ian veranstaltete nicht nur Schneeschuhwanderungen, Touren mit dem Winterkajak und Adlersafaris, sondern auch großartige Fotokurse, die irgendwo im Nirgendwo einer Bucht hinter den Schären stattfanden. Er hatte Irmi ein paar Privatstunden gegeben und ihr dabei erklärt, dass es nur einen hassenswerten Buchstaben im Alphabet gebe: P wie Programmautomatik. Ian war ein Magier der Blende und gab sein Wissen gern weiter. Selbst Irmi hatte am Ende spektakuläre Fotos gemacht. Die würden ihr bleiben, auch wenn sie wieder in Deutschland wäre.

Doch was wollte Kathi von ihr?

Der Bericht ihrer Kollegin war schnörkellos. Es ging um einen Tennenbrand in Unterammergau. Um zwei Tote im Silo und zwei Alte, die nicht zu Schaden gekommen waren. Kathis Rede wurde immer wieder unterbrochen von einem kaum vernehmbaren Schlucken.

»Der Chef und die Staatsanwaltschaft wollen jemanden von außen holen, weil du nicht da bist. Jemanden aus München.« Wieder eine kurze Pause. »Wir brauchen hier niemanden aus München. Ich hab gesagt, dass du zurückkommst. Ich, ach … Ich war mir sicher, dass du zurückkommst.«

Es blieb still am anderen Ende der Leitung. In der Küche klapperte irgendwer mit Geschirr. »Aber jetzt nicht mehr?«, fragte Irmi. »Jetzt bist du dir nicht mehr sicher?«

»Nein, ich hätte dich nicht stören dürfen. Es ist absurd, ich …«

Es kam Irmi vor, als sei Kathi überraschend stark aus der Bahn geworfen. Sie war fast schon beklemmend leise und zurückgenommen. War das »ihre« Kathi, die sagte: »Ich hätte dich nicht stören dürfen«? Kathi, das Sturmtief? Kathi, Taifun und Tornado in Personalunion? Das Mobilteil des Telefons begann zu piepsen, schrill und nervtötend.

»Kathi, ich ruf sofort zurück. Ich glaube, der Akku gibt gerade auf.« Klack.

Irmi ging die steile Treppe hinauf in ihr Zimmer, das ihr in den letzten drei Wochen zum Zuhause geworden war. Es dauerte eine Weile, bis sie ihr Handy gefunden hatte, es steckte oben im Koffer, in der Deckeltasche, in die sie gebrauchte Wäsche zu stecken pflegte. Sie schaltete es ein, und mit dem Aufflackern des Bildschirms, mit diesem Startton, den sie nun schon so lange nicht mehr gehört hatte, passierte etwas in ihr. Es war wie ein Ruck, und ein Lächeln huschte über ihr Gesicht. Da war sie wieder: Irmi Mangold, Hauptkommissarin aus Schwaigen in Oberbayern.

Sie ging ins Bad und schaute in den Spiegel, der zu hoc hing – dabei war sie wahrlich nicht klein. Sie reckte sic ihrem Spiegelbild entgegen und lächelte wieder. Auf ein mal war es so mühelos. Als wäre es das Einfachste de Welt. Der Weg lag klar vor ihr, ein Weg, den sie scho verloren geglaubt hatte.

Sie ging hinaus auf die steile Außentreppe, denn drinnen unter dem Dach war kein Empfang. Sie wählte eine Nummer und hatte im nächsten Moment ihren Chef am Apparat. Sie redeten ein paar Minuten. »Wir brauchen niemanden aus München«, lautete Irmis letzter Satz.

Dann rief sie Kathi zurück. »Ihr müsst mit Hochdruck an der Identifizierung arbeiten. Es wird ein klein wenig dauern, bis ich zu Hause bin. Der Weg vom Polarkreis zurück in die Welt zieht sich.« Irmi lachte.

Die Tränen traten ihr in die Augen, sie war so dankbar, so demütig. Wie oft hatte sie diesen Moment herbeigesehnt, den Moment, an dem sie sich wieder spüren würde, eine Irmi mit klaren Gedanken und klarem Blick. Sie hatte versucht, die Normalität herbeizukämpfen. Dann war sie wieder in ein tiefes Loch gefallen und hatte darüber nachgedacht, was eine berufsunfähige Polizistin wohl tun könnte. An der Supermarktkasse arbeiten? Oder putzen gehen? Dabei hasste sie Putzen!

Und nun war es auf einmal so leicht, ohne Vorwarnung, ohne Kampf. Was Kathi erzählt hatte, war grausam und gruselig. Aber Irmi freute sich, denn das war es doch, was ihr Leben ausmachte. Sie musste forschen und wühlen in den Exkrementen menschlicher Leben, und diesmal freute sie sich darauf. Nicht auf die Exkremente, aber ırauf, das zu tun, was sie konnte: genau hinsehen, genau .nhören.

»Du kommst?« Kathi klang ungläubig.

»Was für eine Frage! Wir reden von Unterammergau.)as ist ein Dorf voller Gallier. Da brauchen wir keine ⁄lünchner.«

Wir – es jubelte in ihr. Wir, wir, wir.

»Puh, da bin ich aber froh. He, du alter Bauerntrampel, łu hast mir gefehlt«, sagte Kathi leise, und es klang ein venig so, als schniefte sie.

Natürlich war der Abschied am nächsten Tag etwas wehmütig. Ein letztes Mal war Irmi mit Carina in Straume im Supermarkt, bevor sie am Abend fliegen würde. Sie waren in der kleinen Kunstgalerie, bei der Tankstelle und auf der Post gewesen. Dann waren sie weiter nach Bø in einen Haushaltswarenladen gefahren, und während Carina wieder irgendwas suchte, hatte Irmi eine Abschiedstour zu ihrem Lieblingsplatz gemacht, einer eindrucksvollen Skulptur mit dem Titel »Der Mann vom Meer«.

Auf dem Weg dorthin kam sie an den voll behängten Gestellen mit Stockfisch vorbei, der insgesamt sicher zwei Millionen Euro wert war, wenn es sich um Fisch der besten Qualität handelte. Sie legte einen Abstecher in das kleine Museum ein, das vor allem Regine Norman gewidmet war, einer mutigen Frau, deren bösartiger Mann ihr das Schreiben hatte verbieten wollen. Deshalb hatte sie heimlich in einer Höhle geschrieben, bevor sie schließlich vor ihm geflohen war. 1913 war sie die erste Norwegerin gewesen, die sich scheiden ließ. Im Museum war auch ein Christbaum aufgestellt, wie ihn die Menschen hier oben früher selbst angefertigt hatten. Da es auf den Inseln kei üppigen Wälder mit Nadelbäumen wie in Irmis Heim gab, hatten die armen Fischer Löcher in einen Birke stamm gebohrt und Wacholderzweige hineingesteckt.

Schließlich erreichte sie den »Mann vom Meer«, eine von dreiunddreißig Land-Art-Kunstwerken im Nordland. Die gusseiserne Skulptur blickte über Inseln, die eins bewohnt gewesen waren, deren Menschen aber 1950 umgesiedelt wurden, weil der Staat nicht wegen ein paar Insulanern Wasser und Strom dorthin legen lassen wollte. De über vier Meter lange Mann stand fest verankert da. Sein starkes Rückgrat war dem Wasser abgewandt. In die Rückseite der Skulptur war eine kleine Frauenfigur aus Gold eingelassen. Irmi blickte in den Himmel, der inzwischen dunkelrot geworden war, und nickte der goldenen Frau zu. Frauen stärkten Männern den Rücken.

Sie dachte an Jens, den sie über ihre Auszeit informiert hatte. Ja, es war ein formelles Informieren gewesen, eine Art Abwesenheitsnotiz für Geschäftsfreunde. So redete man nicht mit dem Mann, den man liebte. Jens wusste zwar als Einziger, dass Irmi sich Hilfe geholt hatte, aber Genaueres wusste er nicht. Er hatte ihr Glück gewünscht und sie gebeten, sich zu melden, wenn es an der Zeit sei. Er werde auf sie warten, ein ganzes Leben. Sie beschloss, ihn von zu Hause aus anzurufen.

Später traf sie sich mit Carina in einem Café. Die beiden Freunde würden ihr fehlen. Ian, der Engländer aus Cornwall, der einst in Deutschland beim Militär gewesen war und da schon alles und jeden fotografiert hatte. Als Lastkraftwagenfahrer war er eine Weile im Ruhrgebiet ge-

ıngen gewesen, wo er Carina getroffen hatte, die norwe-
ische Fremdsprachensekretärin, auch sie Kind einer vom Vind gepeitschten Insel am Polarkreis.

Dass schon heute Abend ein Platz in einem Flug von Narvik nach München mit nur einem Umstieg in Oslo rei gewesen war, kam Irmi wie ein Wink des Schicksals vor. Das würde keine lange Flugexpedition werden wie auf dem Hinweg, als sie mehrmals hatte umsteigen müssen, mit Verspätungen und langen Aufenthalten in irgendwelchen Wartehallen.

Ganz so reibungslos ging es dann aber doch nicht vonstatten. Das Flugzeug bekam zunächst keine Starterlaubnis, und die Passagiere lungerten eine ganze Weile auf dem Vorfeld herum. Als sie endlich abgehoben und die Flughöhe erreicht hatten, leuchtete der Himmel. Die Fluggäste hingen alle auf einer Kabinenseite, staunten, stießen spitze Schreie aus, versuchten durch die kleinen Fenster zu fotografieren. Und doch gab das Nordlicht einzig für Irmi ein letztes furioses Spiel. Bis der schwarze Vorhang der Nacht fiel. Sie würde in jedem Fall wiederkommen an dieses Ende der Welt, allein wegen der Aurora borealis. Sie hatte das Nordlicht gesehen und war süchtig geworden.

Schon am ersten Tag ihrer Anwesenheit hatte Ian Irmi entführt. Mit der Stirnlampe auf dem Kopf waren sie hinausgegangen, dorthin, wo es knackte und knarzte. Ebbe und Flut arbeiteten im Eis der zugefrorenen Buchten. Ian hatte Schneekristalle aufgehoben, schweigsam und andächtig. Immer wieder hatte er zum Himmel geblickt. Ob es kommen würde? Es verging eine weitere Stunde. War das eine Wolke dort oben? Nein, es war eine gräulich Schliere, die ganz plötzlich am Himmel erschien. »Da kann der Beginn des Nordlichts sein, sie kann aber auc wieder verschwinden«, hatte Ian gesagt. Irmi hatte de Kopf in den Nacken gelegt und gespürt, wie sie Gänsehau bekam. Sie wollte es zwingen, wollte das Nordlicht herbei hypnotisieren. Doch die Natur kann man nicht zwingen wenn der Mensch das nur begreifen würde. Sie hatte tie durchgeatmet und die Schultern entspannt. Langsam waren sie zum Guesthouse zurückgegangen. Auf einmal hatte es begonnen. Die Aurora borealis färbte den Himmel, waberte, formierte sich neu, verlief wieder. Changierte in allen sphärischen Abstufungen von Grün. Verwirrende Schönheit! Der Mensch war so klein dagegen, ein Wicht – und Irmi war so dankbar gewesen. Vom ersten Tag an.

Sie war eingetaucht in das norwegische Leben, von Anfang an. Carina hatte eine Weihnachtsfeier nach der anderen zu organisieren gehabt, einige davon hatten erst nach Weihnachten stattgefunden, weil vorher immer so viel los gewesen war. Die Gäste hatten Irmi zugeprostet, sie wusste nur selten, mit dem wievielten Aquavit. In der Küche des Guesthouse hatte der tschechische Koch Lutefisk zubereitet, jene gewöhnungsbedürftige Weihnachtsspezialität, für die der Trockenfisch abwechselnd in Natronlauge und Wasser eingelegt wird. Auch das Essen war mit Aquavit besser zu überstehen, dem alle üppig zusprachen. Man gab Kinderreime zum Besten, zum Beispiel den vom Hühnchen, das einfach tot vom Zaun fiel. Ganz schön makaber für einen Kinderreim, fand Irmi, auch wenn das Hühnchen am Ende zum Engel wurde. Was sollten die Kinder araus lernen? Die heitere Runde nötigte Irmi, das Geicht so ins Deutsche zu übersetzen, dass es sich reimte. rmi gab alles und dichtete:

Hühnchen saß auf dem Zaun ganz munter.
Hühnchen fiel hinunter.
Kein Arzt konnt helfen in der Not,
denn Hühnchen war schon tot.
Hühnchen kam in den Himmel droben,
Hühnchen konnt es dort nur loben.
Hühnchen wurd ein Engel schnell
in des Himmels Schloss so hell.

Die Zuhörer johlten, und Ian heftete Irmi den Vesterålen-Dichterpreis an – in Form einer zerbrochenen Muschel. Diese lag nun im Bauch des Flugzeugs, sicher eingehüllt in eine Stinkesocke in Irmis Koffer. In jenen feuchtfröhlichen Nächten hatte man auch ein Weihnachtslied gesungen, das die Melodie von »Meine Oma fährt im Hühnerstall Motorrad« hatte. Irmi summte es leise im Flugzeug vor sich hin und sah dabei noch einmal in die Nacht hinaus. Bestimmt würde sie wiederkommen, aber jetzt hatte sie erst einmal in Bayern zu tun. Daheim! Daheim, endlich!

Sie kamen noch später als geplant in München an, weil es zunächst keine Landeerlaubnis gegeben hatte. Zu viel Schnee, hatte es geheißen. Wurde es nicht eigentlich jedes Jahr Winter? Launig hatte der Kapitän damit gedroht, dass er wegen des Nachtflugverbots in München dann wohl in Linz landen müsse. Nachts um elf im Schneesturm in Linz, na, das waren Aussichten! Irgendwie war es ihr dann aber doch noch gelungen, kurz vor knapp in München niederzugehen.

Es war nach elf, als Irmi ihr Gepäck hatte, den Ankunftsbereich verließ und gegen eine Wand von Menschen lief. Es war doch immer höchst merkwürdig, wenn man in all die erwartungsfrohen Gesichter sah, in die suchenden Blicke, wenn man die Enttäuschung spürte, dass die eigenen Lieben noch nicht dabei waren.

Kathi trug eine kurze grasgrüne Daunenjacke und passende grüne Stiefel und belebte damit das Einerlei an dunklen Wintermänteln. Sie stand etwas abseits und hob die Hand zu einer Art Winken, als sie Irmi entdeckte. Betrachter dachten vermutlich, dass hier eine sehr schlanke Tochter ihre nicht so schlanke Mutter abholte. Die Schlemmerei in Norwegen war nicht gerade ein Diättrip gewesen.

»Hei«, sagte Irmi und blieb stehen. Es wäre ihr unpassend vorgekommen, Kathi zu umarmen.

»Hei«, sagte Kathi. »Ich dachte schon, ihr kommt gar nicht mehr.«

Während sie über den verzögerten Start und das Nordlicht plauderten, erreichten sie das Auto und wenig später den Autobahnzubringer. Er schneite wirklich wie verrückt, und Kathi fluchte über die »Erzdeppen, die besser daheimbleiben sollten«, und über die »bleden Münchner, die ihren Ring nicht räumen und eh nicht Auto fahren können«. Auf der Garmischer Autobahn lag eine geschlossene Schneedecke, und sie hatten schon die Starnberger Ausfahrt erreicht, als Irmi sich erkundigte: »Weiß man schon was?«

Kathi schüttelte den Kopf. »Wenig. Die eine Frau könnte Ionella Adami sein, eine junge Rumänin.«

»Rumänin?«

»Ja, sie hat bei der Familie, wo die Tenne abgebrannt ist, als Pflegekraft gearbeitet. Du weißt schon, diese Frauen aus Rumänien oder Polen, die ein paar Wochen bleiben, bevor die Nächste kommt. Und so weiter.«

Auch wenn schon ein langer Tag hinter ihr lag, war Irmi nun hellwach. Eine junge Rumänin starb in einem Silo in Unterammergau? Und mit ihr eine weitere Person?

Weil Irmi gar nichts sagte, fuhr Kathi fort: »Ich hab schon mal kurz mit Andrea und Sailer darüber diskutiert, und die haben gemeint, das sei inzwischen gang und gäbe. Ich war etwas überrascht, weil ich immer gedacht hab, auf den Bauernhöfen funktioniert das noch besser mit dem Generationenvertrag. Ich meine …«

Ach Kathi, dachte Irmi. Auf der Alm, da gibt's koa Sünd, und am Hof, da gibt's koane Probleme … Da sitzen die Alten im Austragshäusl inmitten von Streuobstwiesen, und die Omama pflegt noch ein wenig den Bauerngarten, und der Opapa fährt noch mit dem alten Dieselross das Wasserfass auf die Weiden. Am Ende schläft die Omama vor einer Kochsendung im BR zum letzten Mal friedlich ein, und der Opapa beendet sein Leben am Hausbankerl.

Aber so war es eben nicht mehr! Viele aus der jüngeren Generation waren Nebenerwerbsbauern, hasteten nach der frühen Stallarbeit auf die Baustelle oder in eine Fabrik, und kaum waren sie daheim, war der Stall wieder dran. Ihre Frauen hatten längst Jobs, die schicke Kleidung und Pumps erforderten. Und selbst auf den Höfen, wo der

Jungbauer wirtschaftete und die Eltern nebenan lebte
war wenig Raum für Pflege. Meist machte es der Soh
dem Vater nicht recht, und die Alten konnten nicht los
lassen.

»Wie ist denn die Situation in dieser Familie?«, fragt
Irmi möglichst neutral, obwohl es in ihrem Inneren toste
Ihr war jetzt schon klar, dass in diesem Fall jede Meng
Sprengstoff lag.

»Die Frau ist schwerst dement, der Mann noch recht fit, aber sie sind halt sehr alt, oder! Beide weit über neunzig. Es gibt zwei Söhne, Frauen, Enkel … Ich hab mal eine Art Stammbaum der Familie Schmid erstellt.«

»Super, den schau ich mir morgen mal an. Habt ihr schon alle befragt?«

»Noch nicht alle. Natürlich sind die total durch den Wind wegen des Brandes. Die Tenne ist komplett hin. Und keiner weiß, wo Ionella abgeblieben ist. Die Aussagen hab ich zusammengestellt, bisher ist alles noch sehr dünn, und wir warten auf die Identifizierung der Leichen.«

»Ist diese Ionella denn als vermisst gemeldet?«

»Nein, das nicht. Franz Schmid, der eine Sohn des Alten, und der Enkel Thomas – beides granatenmäßige Ekelpakete – waren der Meinung, die Ionella sei abgehauen, weil das *solche* ja gerne tun.«

Irmi grinste. Ja, sie war schlagartig angekommen in Kathis Sprachwelt. »Solche?«

»Na ja, die Herren halten wenig von den ›Weibern aus den Karpaten‹. Originalton. Die Familie hat wohl schon einige Mädels verschlissen. So einfach war das offenbar nicht.«

Kathi hatte eine so begnadete Art, Kompliziertes in wenigen treffenden Worten zusammenzufassen, dachte Irmi.

»Klar ist das nicht einfach«, sagte sie. »Da kommt so ein Mädchen vielleicht wirklich irgendwo aus den Karpaten und soll vierundzwanzig Stunden am Tag präsent sein. Ob sie überhaupt alles versteht …«

»Sicher ned, wenn die so richtig ugauerisch redn«, meinte Kathi grinsend.

»Eben. Daran scheitern doch schon die Preißn, und die sind immerhin deutsche Muttersprachler«, konterte Irmi. »Und davon mal abgesehen: Die Alten sind sicher nicht immer lieb und pflegeleicht, und nicht jede dieser jungen Frauen weiß vorher, worauf sie sich da einlässt. Manche werden ihren Vorteil suchen, andere werden viel zu jung und sensibel sein. Da prallt so viel aufeinander!«

Irmi war sich bewusst, dass auch die finanzielle Lage in vielen Familien katastrophal war. Bauernrenten waren weniger als Almosen, die Kosten für ein Pflegeheim waren meist nicht aufzubringen. Da war diese Nebenwelt der Pflege oft die einzige Chance, auch wenn die Kinder ein schlechtes Gewissen hatten, weil sie selbst nicht genug anpackten. Denn tief drinnen wusste die jüngere Generation natürlich, dass die Alten auch deshalb so wenig abgesichert waren, weil sie nie etwas von ihrem Besitz verkauft, sondern immer nur »das Sacherl beieinandgehalten« hatten. Weil sie neue Laufställe für die Kühe zu einem Preis gebaut hatten, für den andere sich eine Villa mit Meerblick auf Malle gekauft hätten. Weil die Kredite wie ein Albdruck über den mit Solarpanels bedeckten Dächern dieser Ställe lagen. Vorsorge war ein Unwort gewesen, und auf einmal war die Quittung da. Diese Ostmädels waren d einzige Chance. Irmi wusste das, sie kannte das aus einige Familien, wo sich Rumäninnen und Polinnen die Klinke in die Hand gaben.

Ihre eigenen Eltern waren zu Hause gestorben, si und Bernhard hatten letztlich Glück gehabt. Vater und Mutter waren ohne lange Leidenszeit gegangen. Ihre Mutter fehlte ihr plötzlich so sehr. Die Trauer war wie ein böser Stich, der sie in unregelmäßigen Abständen quälte. Es tat noch immer sehr weh, und das würde wohl ewig so bleiben.

»Wurde denn sonst noch etwas Verwertbares gefunden?«, fragte Irmi und versuchte sich wieder auf den Fall zu konzentrieren.

»Beide Leichen sind Frauen. Das weiß die Gerichtsmedizin ganz sicher«, sagte Kathi zögerlich.

»Ach!«

»Ehrlich gesagt, hatte ich angenommen, es würde um ein Verhältnis oder so gehen. Ein Lover und seine Geliebte vielleicht.«

»Ein Schäferstündchen im Silo? Das ist aber kein guter Platz.«

»Und ein Schäferstündchen zwischen zwei Frauen im Silo macht es noch komplizierter«, sagte Kathi. »Und das in Ugau.«

Irmi starrte hinaus ins Dunkel. »Sonst noch was?«

»Eine der Frauen hatte ein Handy dabei, das ist aber völlig zusammengeschmolzen. Man konnte keine Anrufe oder irgendwelche anderen Daten retten. Es war ein Smartphone von Samsung, immerhin das weiß die KTU.

Das war's aber auch schon. Bis jetzt sind keine Vermisstenmeldungen eingegangen. Aber jetzt komm du doch erst mal richtig an, oder!«

Als Kathi Irmi in Schwaigen absetzte, war es nach eins. Der Schnee fiel unermüdlich weiter. Irmi bedankte sich und schloss die Haustür auf. Sie stutzte kurz, als sie den Gang betrat. Erst kürzlich hatte er einen neuen Linoleumboden bekommen, der wie Holzdielen aussah, und sie hatte sich noch nicht an den Anblick gewöhnt. Der alte karierte, bei dem an manchen Stellen schon das Jutegewebe herausgekommen war, hatte seinen Dienst ja wirklich getan, aber irgendwie hatte Irmi ihn in Gedanken noch abgespeichert.

Sie machte Licht und ging in die Küche. Auf dem Tisch stand ein Schokonikolaus, und daneben lag ein Zettel: »Wellcom, Schwester!« Irmi lächelte, während sie auf einen Stuhl glitt. Das Englische war nicht gerade eine Stärke ihres Bruders. Aber sie war gerührt.

Von einem Kissen erhob sich etwas Schwarzes. Katzenbuckel! Der kleine Kater, der schon längst nicht mehr klein war, sondern ein Mordsbrackl geworden war. Er sprang auf den Tisch, gab Irmi einen gewaltigen Nasenstüber, gähnte und begann zu schnurren. Irmi kraulte ihn unterm Kinn. »He, Süßer. Du stinkst ganz schön aus dem Hals!«

Sie war daheim. Vom Gang kam ein merkwürdig kratzendes Geräusch. Der alte Kater hatte Irmis Koffer, den sie dort abgestellt hatte, umgeworfen und herzhaft draufgepinkelt. Nun kratzte er ein wenig halbscharig auf diesem neuen Katzenklo herum und bedachte Irmi mit einem vernichtenden Blick. Dann zeigte er ihr das Hinterteil un wackelte in seinem Djangogang davon. Der alte Kater wa schwer beleidigt und nicht gerade auf Willkommens komitee eingestellt. Irmi wischte das Malheur weg. Prima die erste Amtshandlung daheim war das Eliminieren vor Katzenpisse. Einfach großartig!

3

Als Irmi erwachte, war da Licht. So viel Licht. Sie sah auf die Uhr, es war gerade mal sieben, draußen lag Schnee, und über dem Schnee war es noch viel heller. Fast vermisste sie das polare Heraufblauen des Morgens, das sich den ganzen Vormittag Zeit nahm. Hier war es viel früher hell, und das Licht forderte einen heraus. Sie zog sich an und schlenderte in die Küche, wo wenig später auch Bernhard auftauchte.

»Danke für den Willkommensgruß«, sagte Irmi und umarmte ihn kurz. Ihr Bruder war steif wie ein Brett. So viel Nähe war nicht sein Ding.

»Passt scho«, sagte er und goss sich Kaffee ein. »Die Kathi hatte angerufen und wollte deine Nummer wissen. Ich war mir nicht sicher, ob ich …«

»Passt scho«, sagte nun Irmi. Weil sie wusste, dass Bernhard nie von sich aus »Wie war's?« oder etwas ähnlich Intimes gefragt hätte, begann sie von sich aus zu erzählen. Nur knapp schilderte sie das Licht und das Fehlen von Licht, ehe sie den aktuellen Fall thematisierte. »Das mit dem Brand ist eine scheußliche Sache. Wart ihr auch da?«

»Nein, aber die Ogauer, Saulgrub, Ettal und Altenau.«

»Gehört hast du aber davon?«

»Sicher, es verbrennen ja ned täglich zwoa Leit.«

Sie tranken schweigend ihren Kaffee, bis Bernhard eine fahrige Bewegung machte und sich der Inhalt seiner Tasse über Irmi ergoss. Beide sprangen auf, um ein Geschirrhandtuch zu holen. Es hatte gewisse Gebrauchsspuren, stellte Irmi fest. In ihrer Abwesenheit hatte Bernhard das gute Stück sicher nicht gewaschen.

»Passt scho«, sagte sie wieder und zog sich um. Als sie erneut in der Küche saß, mit einer frischen Jeans und einem neuen Fleecepulli, auf dem »Norge« stand, schmierte sie sich erst mal ein Marmeladenbrot und fragte dann:

»Und was meinst du zu der ganzen Sache?«

»Dass ich den Kaffee ausgekippt hab?«

»Nein, zum Brand!«

»Mei, wenn ma ned woaß, wie schnell des im Silo mit dene Gase geht … Wie damals beim Brandl.« Bernhard zuckte mit den Schultern.

Der Brandl, ein entfernter Nachbar, war ins Hochsilo gestiegen, um irgendwas an der Treppe zu reparieren. Dabei hatte er die Gefahr komplett verkannt, obwohl er natürlich davon gewusst hatte. Der Kohlenstoffdioxidanteil in den Gärgasen war besonders hoch, und das geruchlose Zeug hatte sich wie ein See am Boden des Silos gesammelt. Wahrscheinlich hatte der Brandl unterschätzt, wie hoch das Gas schon gestiegen war. Jedenfalls war er bewusstlos geworden, von der Leiter gefallen und dann weiter nach unten ins Silo gestürzt. Als sie ihn gefunden hatten, war er bereits tot gewesen.

»Aber wozu steigt jemand in ein Silo?«, fragte Irmi.

»Um die Katz zu retten«, brummte Bernhard. »Du wärst doch auch so dämlich, wenn's um deine bleden Kater ginge.«

»Wie? Was für eine Katz?«

»Im Silo waren die zwoa Toten und a tote Katz«, sagte Bernhard.

»Wie bitte? Woher weißt du das denn?«

»Vom Herbert. Ich hab ihn bei der Sitzung von den Waldbauern getroffen.«

Irmi sah ihren Bruder entgeistert an. »Und warum hat Kathi davon nix gesagt?«

»Des, liabe Schwester, woaß i ned. Aber des muass bled g'laffa sei. Als die Feuerwehrler die zwei Leichen nausbracht ham – solche Drecksarbeit derfen ja mir machen –, is oaner von die Feuerwehrleut wohl no auf die Überreste einer toten Katz g'stiegen und hot sie nausg'haut. Die Katz ham am andern Tag dann die Brandermittler g'funden. Was woaß denn i, wie des genau war. I muss jetzt auf Garmisch. Pfiat di.« Er ging zur Tür und drehte sich nochmals um. »Schön, dass du wieder da bist. Habe die Ehre!«

Das klang zwar ein wenig linkisch, aber Irmi war gerührt. Das war für ihren Bruder sehr viel gewesen, ein emotionales Aufbäumen quasi!

»Ich freu mich auch. Sehr!«, antwortete sie.

Eine tote Katze. Wieso hatte ihr das niemand gesagt? Wussten die Kollegen das am Ende noch gar nicht? Es konnte tatsächlich sein, dass die beiden Frauen die Katze hatten retten wollen. Andererseits: Zwei Leute stürzten einer Katze hinterher? In einem hatte Bernhard in jedem Fall recht gehabt: Sie selbst hätte wahrscheinlich auch zu spät nachgedacht und in erster Linie ihre Kater bergen wollen.

Als Irmi ihr Büro betrat, waren die anderen schon alle da. Wie die Orgelpfeifen waren sie aufgereiht. Sepp, der fast einen Meter neunzig maß. Sailer mit seinen kompakteren eins fünfundsiebzig. Andrea, die noch etwas kleiner war, und Kathi, die immer großen Wert darauf legte, »oans zwoarasechzig« zu sein und keinen Zentimeter kleiner.

Andrea löste sich aus der Gruppe und fiel Irmi um den Hals. Dann sprang sie sofort zurück.

»'tschuldigung, ich freu mich nur so!« Sie war ganz rot geworden.

Irmi lachte. »Ich freu mich auch. Bis auf die von Kathi, die mich gestern netterweise abgeholt hat, hätte ich auf die anderen Begrüßungen allerdings auch verzichten können. Mein Kater hat mir auf den Koffer gepinkelt, und mein Bruder hat heißen Kaffee über mich geschüttet.«

Alle lachten. Irmi blickte in die Runde. Da waren sie, ihre Leute. Sie war gerade mal vier Wochen weg gewesen, und doch war es ihr viel länger vorgekommen. Über dem Polarkreis herrschte eben eine andere Zeit. Sie war wie ein Gummiband, mal ganz straff, dann so dehnbar. Und auf einmal war Carina weit weg, dabei hatte ihre Freundin sie gestern noch zum Flugplatz gefahren.

»Aha, da war's Eahna dann doch zu koid in so einem Samizelt, oder, Frau Mangold? Und des Rentier schmeckt doch aa ned«, sagte Sailer und lächelte gutmütig.

Potzdonner, dachte Irmi, den Sailer durfte man nicht unterschätzen. Sprach von Samizelten und Rentieren. Der kannte sich aus.

»Der Elch schmeckt ja aa recht hantig«, schickte Sepp hinterher.

Irmi lächelte. Richtig kosmopolitisch waren sie, ihre Werdenfelser Manderleit.

»Danke«, sagte sie dann. »Ich freu mich sehr, wieder bei euch zu sein. Und ich freu mich auch darauf, mit euch an dem Fall zu arbeiten.« Sie stockte kurz. »Außerdem wollte ich mich entschuldigen. Ich war vor meiner Abreise manchmal ungerecht … Ich …«

»Passt scho, Frau Mangold, die Kathi is des oiwei, und die fahrt ned bis zu den Eisbären zur Läuterung«, meinte Sailer und grinste verschmitzt.

Sepp begann polternd zu lachen, Andrea gluckste, und Kathi zeigte Sailer den Stinkefinger. Irmi war wieder angekommen. Endgültig.

Ihr Blick fiel auf das Flipchart.

»Ist das die Familie?«

»Ja«, sagte Kathi. »Schau mal, Schmid Xaver und Notburga, genannt Burgi, sind die beiden Alten. Franz Schmid, Sohn Nummer eins, ist mit Rita verheiratet. Beide sind um die fünfzig und wohnen in bad Paranoien. Er arbeitet in Peißenberg bei der Agfa, seine Frau jobbt Teilzeit im Tourismusbüro, auch in bad Paranoien.«

Imri grinste. Seit Kathi mal schlimme Erfahrungen in Bad Bayersoien gesammelt hatte, nannte sie den Ort nur noch bad Paranoien, wobei sie den ersten Teil wie das englische »bad« aussprach. Sie hatte einen Freund in dem Ort gehabt, doch das Ergebnis der Liaison war katastrophal gewesen. Der »Laff« sei ein »echtes Arschgeigerl« gewesen, hatte sie hinterher erzählt. Nun stand bad Paranoien unter Generalverdacht.

»Hier hast du Veronika, die Tochter von Franz und

Rita. Sie ist Mitte zwanzig, ledig und Kindergärtnerin i Ogau. Ihr Bruder Thomas arbeitet auf dem Bau. Beid wohnen noch daheim. Der zweite Sohn der beiden Alte heißt Markus. Er betreibt einen Biobauernhof in Schenau. Seine Frau Renate ist ebenfalls Landwirtin und macht den Hofladen. Deren Tochter Anna Maria arbeitet in Kohlgrub in einem Hotel. Alle helfen dann und wann mit, die wenigen verbliebenen Kühe, Schafe, Ziegen und Hühner der beiden Alten zu versorgen und Heu zu machen.«

»Und keine der Familien hätte die beiden aufnehmen können?«, fragte Irmi.

»Das haben wir auch gefragt. Den alten Xaver kriegt man nur tot aus dem Haus, hat es geheißen, und er hat auch verboten, dass seine Frau in ein Pflegeheim geht.«

»Wäre das finanziell denn drin?«

»An der Sache bin ich schon dran«, sagte Andrea. »Wenn's brennt, kann es ja sein, dass da jemand warm saniert hat.«

Irmi lächelte. »Ihr habt das ja perfekt im Griff, ihr braucht mich gar nicht.«

»Oh doch!«, rief Andrea.

»Ganz g'wiss«, meinte auch Sepp.

Kathi nickte. »Keine fragt so bled wie du, keine hat so komische Ideen, was das Motiv betrifft. Wir sind verloren ohne Eure Herrlichkeit, Frau Chefin!«

Vor zwei Monaten hätte Irmi das als Affront und Frechheit empfunden, heute lachte sie.

»Blede Fragen wollt ihr? Also gut: War es Brandstiftung? Wenn ja, wer hätte ein Motiv? Wie hoch ist die Vericherungssumme? Wollte einer der Söhne die Eltern dazu :wingen, doch endlich in ein Heim zu gehen? Um den Hof zu verkaufen oder das Haus abzureißen? Oder zu vermieten? Was wollten die beiden Frauen in der Tenne? Wie sind sie in das Silo gekommen? Sind sie reingefallen? War es ein Unfall? Oder war der Brand nur dazu da, den Mord an zwei Menschen zu vertuschen?«

Es war kurz still. »Diese Fragen haben wir uns zum Teil auch schon gestellt«, meinte Kathi dann.

Irmi atmete kurz durch. »Also, mir fällt noch was Bleders ein: Was ist mit der Katze?«

»Welche Katze?«, fragte Kathi.

»Bernhard hat vom Herbert erfahren, dass neben den Frauen auch noch eine tote Katze im Silo war. Ein oberschlauer Feuerwehrler hat sie wohl bei der Leichenbergung rausgeworfen. Das ist später den Brandermittlern aufgefallen. Sagt Bernhard.«

»Wieso wissen wir davon nichts?«, rief Kathi.

»Steht aa nix in den Akten«, meinte Sailer.

Irmi sah vom einen zum anderen. »Dann ruf den Herbert an, Kathi, und frag nach, wo die Katz jetzt ist!«

Kathi nickte und verschwand aus dem Zimmer.

»Die verbrannte Katz?« Sepp blickte staunend seine Chefin an.

»Genau die! Und so lange, bis wir in dem Punkt Klarheit haben, stelle ich weitere blede Fragen: Was ist mit dieser zweiten Person? Wird wirklich niemand vermisst? Ist heute früh vielleicht was reingekommen?«

»Bis dato ned«, meinte Sailer.

Bis dato. Seit wann hatte der Sailer denn so was in seinem Sprachschatz? Wahrscheinlich hatte sich seine Frau, die süchtig nach Silbenrätseln war, ein neues Rätselbuch gekauft.

»Und was meint ihr? Die beiden Frauen müssen sich doch gekannt haben! Man liegt ja nicht einfach so gemeinsam im Silo, also …« Irmi brach ab und fand sich ziemlich unsensibel.

»An der Sache bin ich auch dran«, sagte Andrea. »Die Ionella hatte eine Freundin, auch eine Rumänin, die in Ugau beschäftigt war. Die ist aber … ähm … zur Begleitung ihrer Herrschaft angeblich in die Augenklinik nach München. Das hat die Nachbarin gesagt. Aber genau wusste sie das auch nicht. Wir erreichen da keinen. Vielleicht ist das ja … ähm … die zweite Tote. Oder aber die lebt noch und weiß mehr über Ionellas Leben …«

Ihre Herrschaft, so hatte das die junge Kollegin formuliert. Und so altmodisch der Begriff auch klingen mochte, so hatte Andrea doch den Kern getroffen. Diese Mädchen wurden nicht wie in einem geregelten Arbeitsverhältnis behandelt, dachte Irmi, sondern so, als handele es sich um eine Art Leibeigenschaft.

»Irgendwie hatten wir gar nicht das Gefühl, dass da was nicht stimmen könnte in der Familie Schmid«, fuhr Andrea leise fort. »Ich meine … also … zwei Tote sind natürlich nicht normal, aber dass da eine Pflegerin aus Rumänien war und dass die jungen Leut nicht …«

Irmi wusste, was Andrea meinte. Es war normal, dass eine Großelterngeneration wegstarb, dass eine Generation von Landwirten starb, die ein karges Auskommen gehabt, die ihre Tiere noch mit Namen gekannt hatten. Es war normal, dass mit dieser Generation auch die kleinen Höfe starben, die dann von Großstädtern gekauft wurden, welche sich den Traum vom Landleben erfüllen wollten. Es war normal, dass diese unrentablen alten Gehöfte für die Nachkommen nur noch eine Belastung waren – genau wie die Eltern, weil sie immer noch dazwischenschnabelten. Dabei stiegen der Unmut und die emotionale Überforderung immer weiter, denn die Kinder wurden trotz allem vom schlechten Gewissen geplagt, weil sie die Eltern nicht selbst pflegten, sondern sie in die Hände von Fremden gaben. Alles ganz normal eben.

Kathi kam wieder ins Zimmer. Sie kochte. »Diese depperten Feuerwehrler! Da war wirklich eine Katz, die verbrannt ist! Und das sagt mir der Volldepp von Oberfeuerwehrkommandant nicht. Hat er vergessen, der Hirsch!«

»Na ja, ich kann mir vorstellen, dass zwei verkohlte Leichen auch g'standene Feuerwehrleute aus der Bahn werfen«, meinte Irmi. »Der Herbert ist kein Depp. Ich denke, der wollte sich vor seine Leute stellen. Er hat die Sache mit der Katz ja nicht selbst verbaselt. Lass mal gut sein, Kathi. Aber wo ist das Tier jetzt hingekommen?«

»Der Herr Kommandant sagt, sie hätten den Kadaver am Gartenzaun vom Bauerngarten abgelegt. Und in der Hektik leider vergessen!«

Sailer stand der Mund offen, und Andrea war anzusehen, dass sie sich gerade einen verkohlten Katzenkörper auf weißem Schnee vorstellte. Ein Bild, das auch Irmi schwer verdrängen konnte.

»Na gut, Leute. Ich fahr mit Kathi sowieso gleich hin. Dann schauen wir mal …«

»… wo die Katz rumgammelt«, ergänzte Kathi so unsensibel wie eh und je.

Ja, es war alles wie immer, dachte Irmi. Nur in ihr hatte sich etwas verändert. Die Erkenntnis, dass man Menschen nicht ändern konnte, war ihr nicht neu. Sie wusste schon lange, dass es nur selten etwas nutzte, sich gegen den Lauf der Dinge zu wehren. Es war vergeudete Energie, um sich zu schlagen. Man konnte nur seine Einstellung zu den Dingen und den Menschen verändern. Doch diese Erkenntnis vermochte sie nur allzu selten umzusetzen. Momentan allerdings war Irmi in der Lage, die Dinge und die Menschen so zu nehmen, wie sie eben waren. Auch Kathi, das hübsche Trampeltier, diese Gewitterfront in Gestalt einer Elfe.

In diesem Moment klopfte es an der Tür. Ein Kollege von ihnen trat ein und brachte eine Dame mit, die hektische Blicke zwischen den Anwesenden hin und her sandte. Die Frau wolle eine Vermisstenanzeige aufgeben, erklärte der Kollege, bevor er den Raum verließ. Irmi bat die Unbekannte, sie doch in ihr Büro zu begleiten. Fast unmerklich nickte sie Kathi zu, die den beiden daraufhin folgte.

Die Dame stellte sich als Dr. Uschi Strissel vor. Sie war jener scheinbar alterslose Frauentyp zwischen fünfunddreißig und fünfundfünfzig und pflegte einen lässig-eleganten Kleidungsstil mit teuer aussehenden Jeans und Wollblazer. Irmi nahm an, dass die Tasche von Louis Vuitton stammte und ganz sicher keine Fälschung war. Auch das Hermès-Tuch war bestimmt echt. Ein so dezentes, aber perfektes Make-up erforderte viel Erfahrung in der

Gesichtsmalerei, dachte Irmi. Sich so zu schminken, dass man ungeschminkt aussah, war eine Kunstform.

Frau Dr. Strissel war Volkskundlerin an der Uni München. Sie war sicher gut situiert – und sie vermisste ihr Au-pair-Mädchen Runa Dalby aus Norwegen. Kurz zuckte Irmi innerlich zusammen. Gerade hatte sie das Land verlassen, und nun wurde eine Norwegerin vermisst? Runa studierte laut Frau Dr. Strissel in Tromsø Kunstgeschichte und hatte jetzt ein Auslandssemester in München eingelegt.

»Wir benötigen eigentlich kein Au-pair, die Kinder sind schon zwölf und fünfzehn«, sagte Uschi Strissel. »Aber eine liebe Bekannte, eine Dozentin von Runa, hat mich gebeten, sie bei uns unterzubringen. Die derzeitige Wohnsituation in München übersteigt ja doch die finanziellen Möglichkeiten einer jungen Frau aus dem Ausland. Runa kam, sah und siegte, möchte ich sagen. Ein reizendes, sehr intelligentes Mädchen. Wenn ich sie als Au-pair bezeichne, trifft es das nicht so ganz. Runa ist ein Parttime-Gast. Drei Tage pro Woche verbringt sie in München an der Uni, und einen Tag jobbt sie in einem Museum in Schwangau. Wenn sie bei uns ist, bringt sie meinem Sohn Norwegisch bei, und er verbessert ihr Deutsch, das ohnehin schon sehr gut ist. Sie geht mit den Hunden Gassi und hilft, wo es eben was anzupacken gibt. Wirklich ein patentes Mädchen!«

»Und jetzt ist sie verschwunden?«, fragte Irmi vorsichtig.

»Das weiß ich nicht. Runa wollte in München bei einer Kommilitonin bleiben und von dort direkt nach Schwangau fahren. Dort ist sie aber nicht angekommen. Das Museum hat mich angerufen. An ihr Handy geht Runa auch nicht. Sie ist sehr zuverlässig und hat mich eigentlich immer darüber informiert, was sie tut. Verstehen Sie mich?«

Irmi nickte. »Was ist das für ein Museum?«

»Verzeihen Sie, dass ich ein bisschen konfus bin. Runa arbeitet im Museum der Bayerischen Könige in Schwangau.«

Na, da kenne ich weit konfusere Menschen, dachte Irmi und bot Frau Strissel erst mal einen Kaffee an.

»Runa jobbt am Ticketcounter und auch im Museumsshop. Ihr Englisch ist nahezu perfekt, sie darf auch Führungen machen, und das ist für sie als angehende Kunsthistorikerin natürlich hochinteressant.«

»Und Sie sagen, Runa hat ihren Dienst dort nicht angetreten?«

»Nein, und ich kann sie nicht erreichen. Ich meine, sie ist erwachsen, kein Kind mehr. Aber junge Frauen … Verzeihen Sie, ich versuche positiv zu denken …«

Irmi lächelte sie mitfühlend an. »Haben Sie ein Foto dabei?«

Frau Strissel fördert eines zutage, das zwei Jungen zeigte, vermutlich ihre beiden Söhne, und ein hübsches Mädchen, eine Skandinavierin wie aus dem Bilderbuch. Blonder Pferdeschwanz, blaue Augen, attraktive Kurven und ein Lächeln, das einen sofort einnahm. Sogar aus dem Bild heraus strahlte sie.

»Was für ein Handy hat Runa denn?«, erkundigte sich Irmi. »Ist es ein Smartphone?«

Frau Dr. Strissels Auge zuckte kurz. »Sie haben einen Verdacht? Sie wissen etwas?«

»Bitte beantworten Sie meine Frage, Frau Dr. Strissel.«
Irmis Stimme klang ganz sanft.

»Ja, es ist ein Smartphone. Welches Modell, weiß ich nicht, da müssten Sie meinen Sohn fragen. Was wissen Sie? Bitte sagen Sie es mir.«

Irmi wechselte einen kurzen Blick mit Kathi. In solchen Fällen waren sich die beiden Kolleginnen auch ohne Worte einig.

»Könnten Sie uns einen Kamm, eine Bürste oder eine Zahnbürste von Runa Dalby zur Verfügung stellen?«, wandte sich Irmi dann wieder an Frau Strissel.

»Sie wollen DNA abgleichen? Warum?«

Es hätte keinen Sinn gehabt, um den heißen Brei herumzureden. Und Irmi war es ein Anliegen, die Menschen in ihren Ängsten und Bedürfnissen ernst zu nehmen. »Wir haben zwei Brandopfer, die noch nicht identifiziert sind«, sagte sie leise.

Frau Strissel schlug die eine Hand vor den Mund. Dabei stellte Irmi fest, dass auch ihre Ringe nicht so aussahen, als stammten sie aus einem Modeschmuckladen in der Münchner Fußgängerzone, sondern eher wie Unikate vom Goldschmied.

»Hatte Runa vielleicht Kontakt zu einer jungen Rumänin, die hier als Pflegekraft gearbeitet hat?«, fuhr Irmi fort.

»Ja, Ionella hieß die. Runa hat sie ein paarmal mitgebracht. Hatte kaum Zeit, das arme Ding. Sie hatte ja nie frei. Moderne Sklaventreiber sind das, diese Bauersleute! Aber warum wollen Sie das wissen?«

»Es wurden zwei Tote weiblichen Geschlechts gefunden, die bis zur Unkenntlichkeit verbrannt sind.« Irmi schluckte.

Wieder zuckte das Auge, und die attraktive Lady sah nun doch so aus, als sei sie eher in Irmis Alter. »In der Zeitung war die Rede von einem Brand in Unterammergau. Da stand aber nichts von irgendwelchen Toten. Und die eine ist Ionella?«

»Das können wir noch nicht mit Sicherheit sagen. Bisher haben wir die Information auch zurückgehalten, aus ermittlungstechnischen Gründen«, sagte Kathi, die seit einiger Zeit, als Spätfolge eines unschönen Kriminalfalls in Krün, eng mit Tina Bruckmann vom Tagblatt befreundet war. Tina stand bereits in den Startlöchern, auch die TV-Sender mit den schönen Moderatorinnen in Markenkleidung und den brisanten, exklusiven Beiträgen würden sicher kommen, sobald sie von zwei Toten im Silo in einer abgebrannten Tenne erfuhren. Doch solange nur wenig nach außen drang, hatten die Ermittler einen Vorsprung.

»Die eine ist also Ionella?«, beharrte Frau Dr. Strissel.

»Das steht, wie gesagt, noch nicht fest«, antwortete nun Irmi. »Noch haben wir keine sicheren Erkenntnisse. Ionella war auch mit einer anderen Rumänin befreundet, über deren Verbleib wir ebenfalls nichts wissen.«

Irmi ersparte ihr Sätze wie: »Regen Sie sich nicht auf« oder ähnliche Plattitüden. Natürlich hatte diese Sache Frau Dr. Strissel aus den Bahnen ihres ruhigen, geregelten, wahrscheinlich recht sorgenfreien Lebens gerissen.

»Und wann wissen Sie Genaueres?«, fragte sie nach, und die Kaffeetasse zitterte in ihrer Hand.

»Bald. Es tut mir leid«, sagte Irmi.

Nachdem sie sich ihre Kontaktdaten notiert hatte, erinnerte sie sie noch mal daran, das DNA-Vergleichsmaterial von Runa Dalby herauszusuchen, und brachte Frau Dr. Strissel dann nach draußen.

Kaum stand Irmi wieder in ihrem Büro, kam von Kathi ein herzhaftes: »Eine Scheiße ist das alles!« Sie überlegte kurz. »Was, wenn das zweite tote Mädel die Norwegerin ist? Warum liegen bei uns im Ammertal eine Rumänin und eine Norwegerin in einem Silo? Und verbrennen auch noch darin? Waren sie eigentlich schon vorher tot, ich meine, bevor die Tenne abgebrannt ist?«

»Kathi, wir wissen ja noch nichts. Warten wir erst mal die Ergebnisse des DNA-Abgleichs ab. Dann werden wir ja wissen, ob es sich bei den Toten wirklich um Ionella und Runa handelt.«

»Wer soll es denn sonst sein? Es fehlt ja keiner in Ugau. Skitourentouristen werden auch nicht vermisst. Momentan gibt es keine Lawinen.«

»Wir fahren nachher in jedem Fall nach Ugau. Ich hab nur noch ein paar Telefonate zu erledigen und geb dir Bescheid, wenn's losgeht.«

Kathi trollte sich und murmelte noch irgendwas. Irmi telefonierte mit dem Chef und dem Staatsanwalt, der gleich düstere Szenarien von Drogen, Schmuggel, Mafia, Mädchenhandel und anderen weltumspannenden Verbrechen malte. Es war schon merkwürdig: Kaum waren Ausländer involviert, galoppierte die Phantasie unaufhaltsam davon. Was, wenn zwei Mädchen von der einheimischen Musikkapelle verbrannt wären? Woran hätte man dann gedacht? Der Fall begann jetzt schon an Irmis Energieüberschuss zu zehren, aber sie war noch nicht bereit, etwas von ihrer neu erworbenen Souveränität einzubüßen.

Gerade als Irmi zu Kathi hinübergehen wollte, kam Kollege Hase herein, der dürre Spurensicherer, der immer so aussah, als wären ihm die Antidepressiva ausgegangen.

»Frau Mangold, Sie sind wieder im Lande!«, stellte er fest.

Ob das gut oder schlecht war, konnte man dem Hasen nicht anhören. Aber Irmi wusste sehr wohl, dass ihre Anwesenheit für ihn nur Arbeit bedeutete.

»Grüß Sie! Bestimmt haben Sie interessante Neuigkeiten für mich«, sagte Irmi betont fröhlich. Dieser Mann animierte einen immer dazu, Freude vorzuspielen oder Spaß zu verbreiten. Andernfalls drohte man selbst in Depressionen zu versinken. Irmi war selbst gerade erst wieder aus einer dunklen Nebenwelt aufgetaucht, und sie beschloss, ihn regelrecht anzustrahlen.

»Interessant ist ein neutrales Wort«, sagte der Hase.

»Für etwas weniger Neutrales?«

»Frau Mangold«, fuhr er tadelnd fort, »lassen Sie mich doch einfach mal beginnen.«

Irmi nickte. »Bitte.«

Und der Hase begann. Und litt. Denn er konnte ihr nur sagen, dass die Ursache immer noch nicht geklärt sei, dass er aber in Kürze mit Ergebnissen rechne.

»Ich hätte aber noch die Berichte der Gerichtsmedizin«, sagte der Hase. »Die sind nämlich bei mir gelandet.« Das implizierte einen Vorwurf. Die Berichte hätten direkt an Irmi gehen müssen.

»Schön, dass Sie diese Berichte haben!« Gespielte Fröhlichkeit konnte echt anstrengend werden.

Der Hase schwieg.

»Was steht denn drin?«, wollte Irmi wissen.

»Beide Frauen waren tot, bevor es angefangen hat zu brennen. Sie sind an den Gärgasen verstorben, das steht fest. Also nicht etwa am Rauchgas. Sie waren mausetot, als es losging.«

»Also sind sie ahnungslos ins Silo gestiegen oder hineingefallen oder auch hineingeworfen worden?«

»Eins davon, ja. Und eines der Opfer ist eindeutig Ionella Adami.«

Irmi riss die Augen auf. »Das ist sicher?«

Er sah sie wieder tadelnd an. »Todsicher. Wie alles, was ich mache.«

Irmi schluckte. »Und was wissen Sie von der toten Katze?«

»Auch nur, dass ein Feuerwehrler sie gefunden hat, dem Ganzen aber wenig Bedeutung beigemessen und das tote Vieh deshalb irgendwo abgelegt hat. Diese Minderbemittelten!«

Eigentlich hätte er nun theatralisch rufen müssen: Ich kann so nicht arbeiten! Tat er aber nicht.

»Wo genau wurde die Katze denn gefunden?«

»Tatsächlich auch in dem Silo. Zwei Tote mit Katze.«

Zwei Tote mit Katze, das klang wie ein schräger Buchtitel, dachte Irmi. Plötzlich fiel ihr wieder der norwegische Reim ein: Ingen doktor kunne hjelpe, for tippehøne var død. Zwei tote Hühnchen im Silo. Mit Katze. Sie riss sich zusammen.

»Wir reden also von einem Unfall? Die Annahme wär dann, dass die Frauen tatsächlich die Katze aus dem Sil retten wollten.«

Der Hase sah Irmi zum ersten Mal in die Augen und brach mit seiner professionellen Distanz. »Mir kommt das merkwürdig vor. Zwei Tote in einem Silo. Eine davon eine junge Pflegerin. Und dann geht alles in Flammen auf. Seltsamer Unfall. Aber ich habe nichts gesagt. Mein Job ist es, die Fakten herauszufieseln.«

»Ja, und dafür danke ich Ihnen. Fürs Fieseln. Sehr sogar.«

Der Hase sah Irmi mit gerunzelter Stirn an und verschwand. Irmi sah ihm hinterher. Seltsamer Unfall. Eben.

Ehe sie mit Kathi das Büro verließ, brachte sie die Kollegen auf den neuesten Stand. Andrea bekam den Auftrag, die Angehörigen in Rumänien zu verständigen – jetzt, da man wusste, wer die Tote war. Sie sollte außerdem bei Frau Dr. Strissel das Material für den DNA-Abgleich abholen und im Labor Druck machen, dass man die Identität der zweiten Toten möglichst bald entschlüsselte. Irgendwie wünschte sie sich, dass es nicht die Norwegerin sein möge. Weil das Mädchen so herrlich aus dem Foto herausgelacht hatte. So jung, so offen, so überbordend vor Lebensfreude. Aber dann wäre eine andere Frau das Opfer, und das wäre für deren Angehörige genauso schlimm. Jeder war irgendeines Menschen Sohn oder Tochter.

4

Immer wenn Irmi den Ettaler Berg hinauffuhr – und das hatte sie in ihrem Leben nun wahrlich oft genug getan –, wurde er länger. Die letzte Kurve hätte ihrem Empfinden nach deutlich früher kommen müssen. Doch irgendwann tauchte das Schild schließlich auf, das den Ettaler Sattel ankündigte. Auf über neunhundert Metern, wo es ein Mehr an Winter gab und ein Mehr an Schatten. Jedes Mal, wenn sie vorbeifuhr, schien das Kloster gewaltiger zu werden und die Berge ihm näher zu rücken.

Wollte man der Legende Glauben schenken, dann sollte ein Pferd am Bau dieses Klosters schuld gewesen sein. Als Kaiser Ludwig von Bayern 1330 aus Rom zurückkam und schließlich vom Loisachtal herauf den beschwerlichen Weg über den Kienberg genommen hatte, kniete sein Pferd angeblich dreimal nieder, woraufhin der gute Ludwig wusste, dass er hier ein Kloster stiften wollte. Wahrscheinlich hatte der Gaul einfach nur Hunger gehabt, der Sattel hatte gedrückt, oder er hatte sich hinlegen wollen – was für eine alberne Idee, deshalb eine solche Anlage mitten zwischen die Berge zu klatschen!

Am Kolben liefen die Skilifte, und wie am Steckenberg in Unterammergau bliesen auch hier die Schneekanonen. Es hatte unter null Grad, die Saison konnte noch lange dauern, doch der Winter hatte sich in den letzten Jahren als wankelmütig erwiesen und Frau Holle nicht gerade

als Tourismusbeauftragte. Die sparte zu Weihnachten a
Schnee und streute ihn dafür zu Ostern üppig aus, wen
man ihn wirklich nicht mehr gebrauchen konnte.

Als sie nach Ugau abbogen und langsam durch die Dorfstraße tuckerten, musste Irmi zugeben, dass der Ort wirklich so anmutig und schön war, dass man ihn in jeden Bildband über Bayern hätte aufnehmen können. Zwei große Dorfbrände hatten den Ort im 17. und 18. Jahrhundert zerstört, doch man hatte ihn wiederaufgebaut und so ein einheitliches Gebäudeensemble geschaffen. Am Hof der Schmids zuckte Irmi unwillkürlich zusammen. Brandruinen waren nichts für Bildbände, in ihrer schwarzen Endgültigkeit wirkten sie bedrohlich. Noch immer lag der Brandgeruch in der Luft, das dunkle Skelett reckte sich in den blauen Himmel, schwarzbrauner Matsch war auf der Nordseite zu einem See gefroren. Ein apokalyptisches Bild.

Daneben lag das alte Bauernhaus, das nicht eben klein war. Unterammergau war weiland ein sehr reiches Dorf gewesen, manche sagten sogar, das reichste Dorf Oberbayerns. Das hatte man der Wetzsteinindustrie zu verdanken. Irmi hatte mal gelesen, die Ugauer hätten schon hundert Jahre vor Einführung der Schulpflicht in Bayern ihre Kinder das Lesen und Schreiben gelehrt. Wahrscheinlich hatte man aber nur die Buben mit Bildung erfreut, denn wer Wetzsteine bis nach Budapest flößte und verkaufte, der musste eben auch rechnen können. Die Mädels blieben daheim, und ohnehin hatte bei Frauen damals nicht Klugheit gezählt, sondern Tugendhaftigkeit, Fruchtbarkeit und ein Haus mit vielen Fenstern, das eine große Mitift versprach. Glück hatte, wer in eine der angesehenen 'amilien einheiraten konnte. Und wenn die Leiter der Vetzsteingenossenschaft von ihren Reisen zurückkamen, ıatten sie häufig neue Ideen im Gepäck. Nein, Ugau war ːein verschlafenes Bauernkaff unterm Pürschling. Ihre 3ewohner waren immer schon ein spezielles Völkchen gewesen. Nicht umsonst hatte Irmi sie »Gallier« genannt.

In diesem Moment trat eine Frau mit einem Kübel Küchenabfällen aus dem Wohnhaus. Als sie das Auto der beiden Kommissarinnen sah, blieb sie abwartend stehen.

»Das ist Rita Schmid, die eine Schwiegertochter«, sagte Kathi leise zu Irmi, bevor sie ausstieg und auf die Frau zuging.

»Frau Schmid, grüß Gott«, sagte sie. »Wir kennen uns ja bereits. Das ist meine Kollegin Irmi Mangold.«

Die Frau mochte in Irmis Alter sein. Sie hatte ein Vollmondgesicht, wirkte ansonsten aber sehr dünn. Dennoch umgab ihre Hüften ein wabbliger Rettungsring. Das war das Perfide am Altern: Selbst bei eiserner Disziplin setzte das Fett irgendwo an, wo der Körper die Problemzone ausgerufen hatte.

»Dürfen wir kurz reinkommen?«, fragte Kathi.

Frau Schmid nickte. Irmi erhaschte einen kurzen Blick auf die Stube, wo ein sehr alter Mann in einem Lehnstuhl am Kachelofen schlief. Fast auf Zehenspitzen gingen sie in die Küche, wo die Frau die Tür hinter ihnen zuzog. Irmi musste in sich hineinlächeln: Auch hier lag das Linoleum, das sie früher gehabt hatten, und wie bei ihnen trat schon das Jutegewebe hervor. Die Einrichtung war ebenfalls in die Jahre gekommen. Irmi kannte kaum einen Bauernhof,

in dem die Küche wie in diesen Landstylemagazinen aus-
sah, die wie Pilze aus dem Boden schossen und »Landluft«
oder »Geliebtes Land« hießen. In den meisten Küchen
herrschte eher Landfrust als Einrichtungslust.

Rita Schmid bereitete ihnen Kaffee in einer modernen
Pad-Maschine zu, die sich in dem übrigen Ambiente eher
fremd ausnahm.

»Gibt es was Neues?«, fragte Frau Schmid in patzigem
Ton, als sie am Tisch saßen.

»In der Tat. Wir müssen Ihnen leider mitteilen, dass
die eine Tote mittlerweile als Ihre Pflegerin Ionella Adami
identifiziert wurde. Wir bräuchten die Kontaktdaten der
Angehörigen in Rumänien«, sagte Irmi und warf Kathi
einen Blick zu. Sie waren sich einig gewesen, ihren Ver-
dacht, was die Norwegerin betraf, lieber nicht zu er-
wähnen.

Rita Schmid schwieg und sank auf einen Stuhl.

»Geht es Ihnen gut? Soll ich ein Glas Wasser …?«,
fragte Irmi.

»Das ganze Dorf red scho. Dass des die Ionella war. Und
jetzt is sie's echt?«

»Ja, echt«, erwiderte Kathi in scharfem Ton. Bei Frau
Schmid schien der Dorfklatsch das Wichtigste im Leben
zu sein.

»Und warum sie da drin war, des wissts aa?«

»Nein, das wissen wir nicht. Aber Sie vielleicht?«

»Naa, woher denn? Anständige Leit sind nachts im Bett.
Im eigenen. Alloa.« Sie stutzte kurz. »Schämen muass ma
sich. Oiwei die Polizei am Hof!«

Einen besonderen Schmerz schien Frau Schmid ja nicht

ı empfinden. Irmi ärgerte sich, versuchte aber möglichst eutral zu klingen. »Im Zusammenhang mit den beiden odesfällen sind wir auf der Suche nach einer Katze.«

»Woas?«

»Nach dem Brand soll auch eine Katze gefunden woren sein«, meinte Irmi.

»Das Mohrle, ja. Das war die Schwester vom Peterle. nd das Peterle flackt da oben. « Sie stand auf und deutete ıf ein Regal neben der Tür, in dem ein Korb stand. Darin g eine kleine schwarze Katze, ein Katzenkringel im Tiefchlaf, die sich die eine Pfote über den Kopf gelegt hatte. Scheiß Viecher. Die g'hören nach draußen, ned in d' uchl. Aber der Papa lässt sie halt.«

Irmi nahm den Blick von der Katze. »Und wo ist die erbrannte Katze jetzt?«

Frau Schmid war anzusehen, dass sie Irmi für völlig ehämmert hielt. »Wo soll die Katz scho sein? Mein chwager, der Markus, hat sie beerdigt. Unsre Tochter ollt das unbedingt. Halt wegen der Pietät. So a hirnrissier Schmarrn. Wegen oaner Katz so an Aufzug!«, stieß sie us.

So wenig nachvollziehbar fand Irmi das gar nicht. »Es äre hilfreich gewesen, wenn wir früher davon erfahren ätten«, sagte sie. »Diese Katze ist ein wichtiges … ähm … eweisstück.« Bei ihr selbst wäre das Mohrle mehr gewesen als nur ein Beweisstück, davon war Irmi überzeugt.

»In der Hektik? Als man die Toten g'funden hat? Glauen Sie, da hat oaner Zeit, über a Katz nachzumdenken?)e Katz is irgendwann am Zaun geflackt, a Feuerwehrler ıuass sie dort hing'legt ham. Unsre Tochter war wie narrisch. Hysterisch war sie. Sogar der Arzt is kemma. So Schand.« Der Ton der Frau war noch unfreundlicher ge worden.

Irmi konnte vor allem die Tochter gut verstehen. Be stimmt war mit dieser toten Katze die gesamte Anspar nung der Brandnacht aus ihr herausgebrochen. Ein Ventil der berühmte Tropfen, der das sprichwörtliche Fass zum Überlaufen gebracht hatte.

»Hat Ionella denn die Katzen gemocht?«, fragte Irmi plötzlich.

»Ja, sehr. Die hat ja Viecher lieber g'habt als Menschen Ja, so ist das gewesen mit der rumänischen Dame.« Rita Schmids Tonfall war bissig, und sie bemühte sich beim Sprechen nun um ein seltsam gestelztes Hochdeutsch Dabei hatte sie den Kopf merkwürdig zur Seite gelegt und sah Irmi provozierend an.

»Auch lieber als Ihre Schwiegereltern?«

Rita Schmid hantierte schweigend an der Spüle herum

»Wäre es denn möglich, dass Ihre Pflegerin versucht hat, die Katze aus dem Silo zu retten?«, fragte Kathi in einem Ton, der erkennen ließ, dass sie keine Lust auf Schmusekurs hatte.

Rita Schmid hatte sich wieder zu den beiden Kommissarinnen umgedreht. »Na, das wäre ja eine Erklärung, warum sie ins Silo gefallen ist«, sagte sie. Anscheinend hatte in der Familie Schmid noch keiner so weit gedacht. Sie wirkte beinahe erleichtert. »Das kann doch gut sein«, fuhr sie fort. »Sie war ja ganz narrisch mit den Katzenviechern Die haben eher ihr Futter bekommen als die Schwiegerle ihr Essen.«

»Sie waren von Ionella also nicht so ganz überzeugt?«, hakte Irmi nach.

»Mei.«

»Was mei?«

»Da hatten wir schon noch andere! Schlimmere.«

»Und das heißt?«, fragte Kathi nun schärfer.

»Die Polinnen am Anfang.«

»Ja?«

Rita Schmid stöhnte und legte den Kopf noch etwas weiter zur Seite, als würde das Neigen des Kopfes das Sprachzentrum beeinflussen, vielleicht lief das Wasser so auf die richtige Seite, dachte Irmi und rügte sich schon im nächsten Moment innerlich.

»Erst hatten wir Polinnen. Von so einer Agentur. Eine hat so viel Waschmittel auf unsere Kosten gekauft, dass jetzt wohl ganz Polen damit wäscht. Die Nächste konnte angeblich gut Deutsch. Was sie in Wahrheit konnte, war: ›Bin gute Frau‹ und auf Englisch: ›I like mountains!‹. Die hat hier Urlaub machen wollen, aber der hab ich's gegeben mit ihren Mountains!«

»Aha«, sagte Irmi und betrachtete das verkniffene Gesicht der Frau, die hängenden Augenlider, die Hautlappen an den Mundwinkeln. Was für eine verbitterte dürre Truthenne!

»Sie haben also erst die Polinnen verschlissen, und dann gab's Rumäninnen?«, fasste Kathi zusammen.

Ihr Zynismus entging Frau Schmid zum Glück. Die brachte ihren Kopf wieder in Mittelposition. »Die Karpatenschlampen konnten besser Deutsch.«

»Und war diese Ionella nun brauchbar oder nicht?«, hakte Kathi nach.

Der Kopf von Frau Schmid neigte sich. Es war ihr anzusehen, dass sie nachdachte. »Sie hat das halt nicht gelernt mit der Pflege«, wiegelte sie auf einmal ab.

»Nein, denn sie war eigentlich gelernte Apothekerin, wie wir gehört haben, oder?«

»Na ja, das war scho recht praktisch. Wegen dene Medikamente, die wo die Schwiegerleit nehmen. Die Mama hat das alles verwechselt. Die Pflegerin davor, die Wilhelmine, war Lehrerin, außerdem hatten mir eine Buchhalterin und eine Fremdsprachenkorrespondentin.«

»Aber die Wilhelmine war Ihnen am liebsten?«, fragte Irmi, denn die hatte aus Frau Schmids Sicht immerhin eine Namensnennung verdient, im Gegensatz zu den anderen.

Frau Schmid nickte. »Des war a g'standene Person von Ende fuffzig, ned so a jungs G'mias.« Längst war sie wieder in ihren Dialekt verfallen.

»Die blieb aber nicht lange?«

»Die bleiben alle nur zwischen sechs Wochen und drei Monat. Wollen das Geld, und hoam geht's in die Karpaten. Des is a Gfrett!«

»Wie viel gibt es denn an Geld?«

»Dreihundert Euro in der Woch. Zuzüglich Fahrtgeld!«

Rita Schmid klang, als sei diese Summe fast schon sittenwidrig. Dabei waren zwölfhundert Euro für einen Vierundzwanzigstundenjob doch höchstens ein Schmerzensgeld.

»Ham da unten nix zum Beißen und mandeln sich hier auf!«

»Inwiefern?«

Der Kopf wackelte von links nach rechts und zurück, dann kam sie wieder richtig in Fahrt. »I bitt Sie recht schee! Die hot den Boiler immer ganz leer laff'n lassen. Weil mir ja so reich san. Und in die Kirch wollt sie gehn. Die is bei die Unitarier, hat's g'sagt. Was soll des sein? Des is doch Blasphemie. Do is sie dann immer zu die Evangelischen. Und einmal die Woch wollt sie den halben Tag frei. Und sie wollt einen Schlüssel, um ihr Zimmer abzumsperrn. Ja, wo san mir denn do? In den Karpaten gibt's sicher aa koan Schlüssel.«

»Was ist denn hier los?« Franz Schmid kam hereingepoltert. Die beiden waren wirklich ein Traumpaar: Hängeauge und Truthenne.

Sie informierten ihn über das Ergebnis der Gerichtsmedizin, und auch er vermittelte den Eindruck, als nerve ihn vor allem »das ganze Gfrett«, das jetzt auf ihn zukam. Die Tote rührte ihn offenbar weniger.

Irmi unterdrückte alles, was sie in diesem Moment am liebsten herausgespien hätte, und fragte nur: »Könnte ich mal mit Ihren Eltern sprechen?«

»Jetzt red ich erst mal mit dem Vater«, erwiderte Franz Schmid. »Das braucht's jetzt ned, dass Sie da so unsensibel reinplatzen.«

Irmi trat Kathi auf den Fuß. Natürlich hatte der hochsensible Sohn da Vortritt. Er entschwand, und Rita stellte sich in den Rahmen der Küchentür. Ein Cerberus ante Portas!

»Da werden Sie wenig Freud ham«, meinte Franz Schmid, als er wenig später in die Küche zurückkam, und warf sich auf einen Stuhl. Rita gab die Tür frei und ging in di Wohnstube, Irmi und Kathi folgten ihr.

Sie baute sich vor dem alten Ohrensessel auf, in dem ih Schwiegervater saß. Er schien gerade erst aufgewacht zu sein und blickte von Irmi zu Kathi, zu seiner Schwiegertochter, dann wieder zu den Kommissarinnen. Sein Haar war schlohweiß, und er wirkte wie eine Mischung aus Karajan, Rühmann und Heesters. Dass er ein Sakko trug, fand Irmi beachtlich. Seine blauen Augen lagen tief in ihren Höhlen, das Gesicht war von Falten durchfurcht, aber der Alte strahlte noch immer von innen. Früher war er sicher ein schneidiger Bursche gewesen.

»Hoher Besuch«, sagte er. »Und auch noch von jungen Damen, das freut mich aber!«

»Danke fürs Kompliment, Herr Schmid.« Irmi lächelte ihn an.

»Trinken Sie ein Weinchen mit mir? Rita, würdest du eben?« Er wedelte mit der Hand, die voller Blutergüsse war. Sicher nahm er irgendwelche Blutgerinnungshemmer.

Rita ging tatsächlich hinaus. Der Alte zwinkerte Irmi zu. »Der Bua hätt was Bessers verdient als den Stecken. Du g'fallsch mir besser. Bist du noch zu haben?«

Irmi blieb kurz die Spucke weg. »Für Sie oder Ihren Sohn?«, konterte sie dann.

Er lachte. »Für den Sohn, ich mach bald Peterchens Mondfahrt. Wird auch Zeit. Aber meine Burgi kann ich nicht alleinlassen.«

»Ihre Frau?«

»Ja, es tickt nicht mehr richtig im Oberstübchen von der Burgi.«

Rita kam mit schweren Kristallgläsern voller Rotwein zurück. Der Alte prostete den Frauen zu, die in diesem Fall natürlich nicht ablehnten. Irmi hätte einen süßen Kopfwehwein erwartet, der Wein war aber gar nicht mal übel. Zweifellos war Xaver Schmid ein Bonvivant gewesen oder war es sogar noch. Und mit Sicherheit war er ein Schwerenöter gewesen, der nichts hatte anbrennen lassen. Ohne Genaueres zu wissen, tat ihr die gute Burgi ein wenig leid.

»Gutes Tröpfchen, Herr Schmid«, sagte Kathi. »Sie wissen, dass die Ionella tot ist?«

Die Augen des alten Mannes flackerten und wurden feucht. Plötzlich wirkte er fahrig, und etwas Wein schwappte auf die Decke, die auf seinen Knien lag. »Das versteh ich alles nicht. Der Franz hat's mir schon erzählt, aber sie kann doch nicht tot sein. So ein junges Ding.«

»War sie denn lieb zu Ihnen, die Ionella?«, fragte Irmi.

»Ja, sehr. Ein ganz ein liebes Mädchen.«

»Ha, lieb!«, rief Rita. »Euer Essen hat sie vergessen, weil sie dauernd eing'schlafen is. Deine Windeln hot sie oiwei z' spät g'wechselt. Du hast der doch bloß auf die dick'n Duddeln g'starrt. Geklaut hat sie aa! Und jetzt ham mir des Gfrett am Hals.«

»Gfrett« schien ein Lieblingswort zu sein. Irmi betrachtete die Frau. Ionella trug durch ihr Ableben jetzt auch noch die Schuld daran, dass die Schwiegertochter zusätzliche Arbeit hatte.

»Frau Schmid, ich wäre Ihnen sehr verbunden, wenn Sie uns in Ruhe mit Ihrem Schwiegervater reden ließen. In Ruhe!«

Frau Schmid rauschte hinaus und knallte die Küchentü
hinter sich zu. Man hörte sie mit ihrem Mann schimpfen

»Zwiderwurzn«, sagte der Alte und nahm einen weite
ren kräftigen Schluck. »Die, die …«

»Die Ionella?«

»Ja, die war ein liebes Madel.«

»Und die anderen auch?«

»Die anderen?«

»Sie hatten doch vorher auch andere Pflegerinnen, oder?«

»Ja, wenn Sie das sagen.«

»Die Wilhelmine?«

»Richtig, stimmt. Aber die war zu alt«, brummte er und trank seinen Wein aus. Wenig später fielen ihm die Augen zu. Irmi nahm ihm vorsichtig das Glas aus der Hand. Sie empfand eine tiefe Wehmut.

In der Küche empfing Rita Schmid sie mit bösen Blicken. Ihr Mann hatte es nicht für nötig erachtet, auf sie und Kathi zu warten, sondern war wieder verschwunden.

»Wo ist Ihre Schwiegermutter?«

»In Ogau in der Kurzzeitpflege. Die Sanitäter ham die Schwiegerleit neulich mitg'nommen nach dem Brand, aber der Xaver musst ja partout wieder hoam. Der sture oide Knochen, der! Dabei wär der in Ogau gut verräumt g'wesen.«

Verräumt. Ja, diese Alten gehörten weggeräumt. Irmi beherrschte sich mühsam, und auch Kathi blieb verhältnismäßig ruhig. Sie sagte nur mit schneidender Stimme: »Frau Schmid, könnten Sie bitte veranlassen, dass morgen die ganze Familie anwesend ist?«

»Wie stellen Sie sich das denn vor? Mir arbeiten!« Zum Beweis wedelte sie mit ihrem Geschirrtuch, öffnete das Backrohr und stellte ein dampfendes Brot auf den Tisch.

»Dann halt abends. Sonst kann ich Sie gerne auch alle vorladen lassen!«, maulte Kathi.

Rita Schmid sah sie giftig an. »Warum eigentlich so a Theaterstückerl wegen einem Unfall? Tragisch, aber so is es eben. Ich hab immer g'sagt, des alte Silo soll weg. Sie sagen doch selber, sie is der Katz hinterherg'hupft.«

»Das hab ich nicht gesagt, Frau Schmid«, mischte sich Irmi ein. »Und dann wäre da ja noch das winzige Detail, dass eine weitere tote Frau in Ihrem Silo lag. Morgen Abend um halb acht sind wir hier. Auf Wiedersehen.«

Aus dem Augenwinkel nahm Irmi wahr, dass der Kater im Korb einen gewaltigen Buckel machte und zu einer erheblich größeren dreifarbigen Katze hinuntersprang. Das war wohl Minka. Sonnenstrahlen fielen in den Raum. Das Brot duftete – ein Bauernhofidyll. Doch plötzlich griff Rita Schmid nach einem Besen und jagte die völlig überraschten Katzen hinaus. »Raus jetzt, Viecher g'hören ned in d' Kuchl!«

»So eine Giftspritze!«, rief Kathi auf dem Weg zum Auto. »Und dann verreckt ihr auch noch ihre Rumänin im Silo, und sie muss ran. Was für ein Scheiß!«

»Kathi, bitte!«

»Stimmt doch!«

Irmi fand Rita Schmid auch ganz fürchterlich, dennoch versuchte sie Ruhe in die Situation zu bringen. »Kathi, so

einfach ist das bestimmt nicht. Würdest du deine Mutte
pflegen?«

»Sicher, warum denn nicht?«

»Kathi, denk mal länger darüber nach! Sie ist deine Mutter, keine Fremde. Du hast keine Distanz. Du kennst sie so, wie sie jetzt ist. Ruhig, souverän, immer für alle da, eine zupackende Frau. Und plötzlich hast du ein Bündel Mensch vor dir, das mal depressiv ist, mal aggressiv, das nur noch fordert und nichts mehr geben kann. Und du hast einen Beruf und eine Tochter und nicht nur gute Tage. So einfach ist das alles nicht.«

Irmi war mit jedem Wort leiser geworden. Bei ihrem letzten Mordfall hatte sie Kathis Mutter verdächtigt. Eine Frau, zu der sie eine solch tiefe Verbindung gespürt hatte und immer noch spürte. Ihr schlechtes Gewissen hatte ihr lange Zeit keine Ruhe gelassen, bis Adele sie sanft auf das gestoßen hatte, was sie so belastete. Außerdem war da noch das Eingesperrtsein im Verlies, ihre Gespräche mit dem Rentierschädel. Seit jenem Erlebnis hatte sie dieses plötzliche Herzklopfen, diese Flashbacks, die sie auch tagsüber ohne Vorwarnung ansprangen. Anfangs hatte sie die bizarren Bilder zu ignorieren versucht. Sie hatte sich ermahnt, sich nicht so anzustellen. Aber das hatte nicht funktioniert, immer wieder hatte das Rentier sie angestarrt, und immer wieder war vor ihrem inneren Auge das Gesicht des kalt agierenden Mörders aufgetaucht, den Irmi bis zuletzt nicht zum Kreis der Verdächtigen gezählt hatte. Er hatte sie kalt erwischt, und seitdem war die Leichtigkeit aus ihrem Leben verschwunden.

Doch das war nicht alles. Erst als Adele angefangen

hatte, mit ihr zu arbeiten, wurde Irmi klar, dass ihr Problem viel komplexer war. Es ging nicht nur um das tatsächliche Gefängnis unter der Erde, es ging auch um Kathis Mutter. Es ging um das beständige Bohren in ihrem Herzen, weil sie dieser Frau einen Mord zugetraut hatte. Dabei hatte Irmi sie auf das spiegelglatte Eis ihrer verdrängten Vergangenheit geführt. Dabei hatte sie festgestellt, dass Irmis Abgründe tiefer gewesen waren, als sie es hatte zulassen wollen.

Adele hatte zu Irmi gesagt, sie verfüge über eine gute Resilienz. Ein schönes Wort für die Fähigkeit, traumatischen Erlebnissen aus eigener Kraft etwas entgegenzusetzen. Adele hatte ihr zu der Reise nach Norwegen geraten, und nun war Irmi wieder da. Der Aufenthalt im Norden hatte ihr gutgetan und sie gestärkt, aber sie musste mit Kathis Mutter reden, das war sie sich und ihr schuldig. Und auch mit Kathi musste sie ins Reine kommen.

»Hör mal, Kathi, ich weiß, das passt gerade nicht so ganz, aber ich wollte dir sagen, dass ich damals mit deiner Mama …«

»Passt schon!«, unterbrach Kathi sie etwas rüde. »Irmi, lass das mal ruhen. Jetzt machen wir erst mal hier weiter.«

»Aber ich möchte …«

»Weiß ich«, schnitt ihr Kathi erneut das Wort ab. »Wenn mal Zeit ist, können wir drüber reden. Und wie der Sailer gesagt hat: Ich bin doch ständig z'wider, da hattest du eben auch mal einen Freischuss.«

Typisch Kathi. Sie kochte schnell über, aber ebenso blitzschnell war sie auch wieder abgekühlt. In keinem Fall war sie nachtragend.

»Okay«, sagte Irmi und suchte den Blick ihrer Kollegin die gerade mit ihrem Handy beschäftigt war. »Wir müssen uns die ganze Familie Schmid anschauen. Ich würde mir gern mal ein Bild von der alten Frau machen. Wir könnten in Ogau im Pflegeheim vorbeifahren.«

»Genau, das machen wir, und vorher holen wir uns ein Eis im Paradiso«, schlug Kathi vor.

»Es ist Winter!«

»Eis geht immer. Und Espresso. Ich hab kein Mittagessen gehabt.«

Wenig später stellten sie sich an ein Stehtischchen gleich an der Theke des Paradiso. Kathi bestellte drei Kugeln und einen Espresso, in den sie so viel Zucker kippte, bis er Ähnlichkeit mit einem Kaffeesirup hatte. Irmi beließ es bei einem Cappuccino.

Draußen herrschte geschäftiges Treiben, Menschen mit Einkaufstüten eilten vorbei, eine Frau verhedderte sich in den Hundeleinen ihrer Vierbeiner, von denen sie vier dabeihatte. Einer ihrer Hunde sah aus wie Wally. Irmi versetzte es einen kurzen Stich. Wally, ihre geliebte Hündin, fehlte ihr so oft. Ihre Sanftmut, ihre Augen, ihre stille Präsenz. Die Kater waren natürlich auch präsent. Meist trugen sie irgendwelche Beutetiere herum, spielten wild oder lagen in todesähnlichem Schlaf herum. Bei Wally hingegen hatte Irmi immer den Eindruck gehabt, als habe sie über jeden ihrer Atemzüge gewacht, selbst wenn Wally geschlafen hatte. Und gerade aufgrund dieser Einzigartigkeit war Irmi nicht bereit für einen anderen Hund.

Kürzlich hatten sie einen Dackel namens Lohengrin zu

Besuch gehabt. Der Hund hatte nach dem letzten Mordfall einen neuen Platz gebraucht, und Irmi hatte sich bereiterklärt, ihn für eine Weile zu beherbergen. Lohengrin hatte seinen Kopf immer in die Futterschüssel gesteckt und war dann durch den Gang gerannt, um scheppernd auf sein Hungerödem aufmerksam zu machen. Sie hatte viel gelacht über Lohengrin, aber geliebt hatte sie ihn nicht. Mittlerweile war er gut untergebracht.

Die Passantin strebte aufs Hundesporthotel Wolf zu. Bernhard hatte sich seinerzeit ans Hirn getippt, als sich das Ogauer Hotel vor vielen Jahren in ein Hundesporthotel verwandelt hatte. »So weit kommt's no«, hatte er gemeint und gar nicht glauben wollen, dass das Hotel über eigene Hundesporthallen verfügte, wo Hunde über sogenannte Agility-Parcours jagten. »Wos, Agielietie?«, hatte Bernhard gefragt. Tja, die Welt draußen galoppierte weiter, während in Schwaigen eine ruhigere Gangart herrschte.

Und heute, hinter der Glasscheibe des Paradiso, hatte auch Irmi das Gefühl, als rase die Welt an ihr vorbei. Ogau war ja wahrlich keine Großstadt, aber die gestressten Passanten und die vollen Geschäfte kamen ihr fast urban vor, im Gegensatz zum behäbigen Nachbarn Unterammergau, wo sich die schweren, unverrückbaren Bauernhäuser reihten, wo ein Bäckerladen schon der Gipfel des Shoppingglücks war. In Schwaigen gab es nicht mal den.

»Pack mer's?«, fragte Kathi, die das Eis in Hochgeschwindigkeit verdrückt hatte.

Irmi nickte, und Kathi zahlte für sie beide.

5

Das Altersheim lag ein bisschen oberhalb des Orts, wo es ruhiger war. In Irmi lösten Altersheime immer Beklemmungen aus, aber dieses war recht heimelig, ein ehemaliges Hotel, in dem es gottlob nicht nach Krankenhaus roch. Sie erkundigten sich nach Frau Schmid und verliefen sich fast in den vielen verschachtelten Gängen und Stockwerken. Schließlich standen sie vor dem richtigen Zimmer und klopften an. Als keine Reaktion kam, öffnete Irmi vorsichtig die Tür.

Burgi Schmid lag in ihrem Bett, dessen Kopfteil in Sitzposition hochgestellt war. Während die Falten das uralte Gesicht ihres Mannes lebendig und beinahe schön gemacht hatten, wirkte diese Frau einfach nur elend. Sie starrte mit leerem Blick an ihnen vorbei. Sie sah so winzig aus in dem Krankenhausbett, ihre Ärmchen waren so dürr.

Irmi schluckte. Ihre eigene Mutter war auch mit massivem Untergewicht verstorben. Sie hatten sie nicht mehr zum Essen gezwungen, lediglich eine Infusion war noch getropft. Es war dennoch pervers: Verhungern ließ man die Alten, verdursten nicht.

Burgi Schmid drehte langsam den Kopf herum, in ihrem Blick lagen so viel Verzweiflung und so viel Wut.

»Bisch du die Rita?«, fragte sie.

»Nein, die Irmi. Und das ist die Kathi. Wir wollten …« Ja, was wollten sie eigentlich? Diese Frau war keine Zeugin. Höchstens dafür, dass das Altern eine einzige Pein war. Das Altern in Würde war den wenigsten vergönnt. Die Gesellschaft versagte vor der zunehmenden Armee an dementen Alten, die dahinvegetierten, weil sie anscheinend mit Gott keinen Vertrag gemacht hatten, dass er sie rechtzeitig abrief. Er hatte sie vergessen.

»Das Essen … das Essen schmeckt ned«, greinte sie. »I will heim. Du hast mich da einibracht.«

Sie war schwer zu verstehen, und schon diese wenigen Worte zerrten an Irmis Nerven. Sie bewunderte all jene Menschen, die in der Pflege tätig waren. Sie würde das keine Woche durchstehen, das wusste sie. Und sie schämte sich dafür.

»Ach, so schlecht ist das Essen doch gar nicht«, sagte Kathi und tat etwas für Irmi völlig Unerwartetes. Sie setzte sich zu der Frau ans Bett und nahm ihre Hand.

»Wer bisch du?«

»Die Kathi.«

»Von der Vroni a Freindin?«

»Ja, kann man so sagen«, meinte Kathi. Es war faszinierend zu sehen, wie bei Burgi Schmid offenbar gerade ein Schalter umgelegt wurde. Irgendeine Synapse im Hirn hatte wohl wieder auf Leben geschaltet.

»Dann sag der Vroni, dass i heimwill.«

»Ja, mach ich. Weißt du, dass es bei euch gebrannt hat?«

»Ja, aber des Vieh is nauskommen.«

Irmi hatte den Atem angehalten. Es kam ihr pietätlos vor, jetzt nach Ionella zu fragen. Ob Kathi das tun würde?

»Ja, aber in der Tenne war noch wer. Die Ionella, die euch gepflegt hat.«

»Die Ionella is nachts im Bett und ned unterwegs. Die muss mit dem Xaver aufs Häusel gehen. Des gefallt ihm natürlich, dem alten Zausel.«

»Magst du die Ionella?«

»Naa.«

»Warum nicht?«

»Die nimmt immer a Messer und sticht mi. Und sie hat mir die Hand verbrannt, Tee drüberg'schüttet.«

Die Tür klappte, und eine Pflegerin kam mit dem Essen herein, das wirklich nicht schlecht aussah. Eine junge Frau folgte ihr ins Zimmer und blickte erstaunt von Irmi zu Kathi sah. »Wer sind Sie?«, fragte sie.

»Irmi Mangold und Kathi Reindl von der Polizei. Wir sind wegen des Brandes hier. Und Sie sind …?«

»Die Enkelin. Veronika Schmid.«

Die Pflegerin baute sich im Raum auf. »Und wenn Sie dann jetzt alle wissen, wer Sie so sind, dann gehen S' bitt schön alle raus. Sonst isst die Frau Schmid nämlich gar nichts. Gell, Frau Schmid, mir zwei probieren des jetzt mal miteinand.« Sie klang resolut, aber nicht unfreundlich.

»Dahinten ist ein Aufenthaltsraum«, sagte die Enkelin und ging voraus. »Sie können mich ruhig Vroni nennen.«

»Dann sind Sie die Tochter von Rita? Die Erzieherin?«, fragte Irmi.

Die junge Frau nickte. Sie war weniger knochig als ihre Mutter und eher das, was man in Bayern als »fester« bezeichnete. Vom Vater schien sie die vollen dicken Haare geerbt zu haben, die sie zu einem Pferdeschwanz gebunden hatte. Auf ihrem dicken Rollkragenpullover klebte irgendwas.

»Wir bauen Kaschperlfiguren aus Pappmaschee«, sagte Vroni erklärend. »Dieser ganze Leim überall! Ich weiß, ich seh furchtbar aus, aber ich bin halt ein Schweinderl.« Das klang entwaffnend und sympathisch.

»Vroni, wir ermitteln wegen der beiden toten Menschen im Silo.« Irmi musterte die junge Frau. Sie litt, das war offensichtlich.

»Es ist alles so furchtbar!«

»Ja, Vroni, und leider ist eine der beiden Toten Ionella.«

Der jungen Frau liefen die Tränen herunter und tropften auf den Pullover. Irmi reichte ihr ein Taschentuch. Vroni war das erste Familienmitglied, dem die ganze Sache wirklich ans Herz zu gehen schien.

»Vroni, haben Sie eine Idee, was Ionella in der Tenne gemacht haben könnte?«

»Nein!«

»Es lag auch eine Katze im Silo.«

Nun begann Vroni zu schluchzen und konnte gar nicht mehr aufhören. Irmi und Kathi warteten, bis sie sich ein wenig beruhigt hatte.

»Ich weiß, dass es blöd klingt. Da sterben zwei Menschen, und ich heul wegen dem Mohrle. Es ist nur so … ach …«

»Vroni, das ist nicht blöd«, versicherte Irmi. Sollte sie ihr was von Triggern erzählen und dass sie sie nur zu gut verstehen konnte? Sie wusste doch, wie es war, sich allzeit gut im Griff zu haben, bis auf einmal der Kontrollverlust über einen hereinbrach. Stattdessen lächelte sie ihr aufmunternd zu. »Könnte es sein, dass Ionella die Katze retten wollte? Im Silo? Sie mochte Katzen, oder?«

»Das könnte schon sein, ja. Das Mohrle war auch so eine Kamikazekatze. Hat sich immer in Schwierigkeiten gebracht. Ist hinter dem Odelfass her und hat den Strahl gejagt. Das Viech sah vielleicht aus! Und gestunken hat es! Einmal musste sogar die Feuerwehr kommen und das Mohrle vom Baum holen.« Sie schniefte wieder. »Wenn das Mohrle im Silo war, wär die Ionella vielleicht schon reingegangen. Sie hat nicht nur die Katzen geliebt, sie mochte alle Tiere und war, sooft es ging, im Stall. Ich glaub, sie hätte lieber als Dorfhelferin gearbeitet als in der Pflege … Also, nicht dass ich …«

»Vroni, Ihre Eltern waren nicht so begeistert von Ionella. Und Sie sagen ja auch …«

»Ich sag gar nichts! Es ist sauschwer mit der Oma. Und mit meiner Mutter auch. Denen kann man nichts recht machen. Die Mädchen haben sich wirklich bemüht. Alle. Die Ionella war einfach eine besonders Lustige, sie war ziemlich lässig in manchen Dingen. Anders ist der Job ja auch nicht zu ertragen. Ich hab die Mädchen eigentlich bewundert.«

»Als Erzieherin haben Sie doch auch einen Sozialberuf. Haben Sie mal erwogen, die Großeltern selbst zu pflegen?« Irmi hoffte, dass sie Vroni mit dieser Frage nicht zu nahetrat.

»Das haben wir anfangs ja auch versucht. Wir haben uns abgewechselt, die Mama, die Renate, die Anna Maria und ich. Aber keiner von uns kann vierundzwanzig Stunden vor Ort sein. Und der Oma ging es immer schlechter. Einmal war sie so verwirrt, dass sie ins Wohnzimmer gekackt hat. Furchtbar, die Arme! Sie hat öfter mal Herdplatten angeschaltet und dann vergessen, was sie eigentlich wollte. Sie hat Rührschüsseln aus Plastik draufgestellt. Damals ist sogar die Feuerwehr gekommen, so hat das geraucht. Es ging nicht mehr anders.«

»Und ein Heim wäre keine Option gewesen? Hier ist es doch ganz nett?«

»Der Opa wollte das nicht. Der ist so ein Sturkopf, aber das hält ihn auch am Leben.« Zum ersten Mal lächelte Vroni.

»Woher kamen die Mädchen denn? Woher hattet ihr den Kontakt?«

»Auf dem Beck-Hof haben die schon länger rumänische Pflegekräfte. Hanne, die Tochter auf dem Hof, ist eine Schulfreundin von meinem Vater. Die hat den Kontakt hergestellt. Organisiert hat das alles dann die Wilhelmine. Die kommt selbst aus Rumänien und hat auch schon beim Beck gearbeitet und bei meinen Großeltern. Die Frauen stammen alle aus Siebenbürger Familien und sind irgendwie weitläufig miteinander verwandt. Und sie konnten alle hervorragend Deutsch. Die sprachen besser Hochdeutsch als wir hier im Ammertal. Also, die verwenden Wörter, die tät ich nie verwenden.«

»Und die bleiben dann wie lange?«

»Unterschiedlich. Zwischen sechs Wochen und drei Monaten, dann reisen sie heim und kommen wieder. Ionella war auch schon zum zweiten Mal da.«

Und zum letzten Mal, weil die lebenslustige junge Frau im Silo verbrannt war, dachte Irmi.

Sie stocherten hier in einer Nebenwelt herum, in der Pflege eine moderne Form von Leibeigenschaft war. Früher hatte man Afrika und Asien ausgebeutet, heute war der Osten ein Reservoir an billigen Arbeitskräften – auf dem Bau und in den Haushalten. Früher waren die Frauen noch mit Touristenvisum aus Osteuropa eingereist, heute gab es eine semilegale Grauzone, an der die Politik auch besser nicht rüttelte. Sonst müsste Mitteleuropa nämlich nicht nur Krippenplätze zur Verfügung stellen, sondern auch ganze Batterien von Pflegeheimen bauen. Ohne das Kommen und Gehen der Ostfrauen wäre das System längst kollabiert, und Irmi traute sich kaum daran zu denken, was wohl passieren würde, wenn eines Tages die gesamte Babyboomergeneration der frühen Sechziger über achtzig sein würde.

»Sie waren ja in einem ähnlichen Alter wie Ionella – hatten Sie denn näheren Kontakt zu ihr?«

»Mei, na ja, zumindest einmal in der Woche. Wir sind freitags immer zusammen zum Einkaufen nach Ogau gefahren. In der Zeit war jemand von der Familie bei den Großeltern. Da hab ich mir immer viel Zeit gelassen, und wir waren mal ein Eis essen oder so. Die Mädchen kamen ja sonst nie raus.«

»Die arbeiten also wirklich vierundzwanzig Stunden am Tag, und das über mehrere Wochen? Ohne geregelte Arbeitszeiten?«, fragte Kathi staunend.

»Das geht doch nicht anders! Anna Maria und ich haben uns mal nach deutschen Pflegekräften erkundigt, aber da kriegst du niemanden! Höchstens welche für eine Achtunddreißigstundenwoche, aber keine, die nachts dableiben würde. Und das war doch das Wichtigste. Der Opa muss aufs Klo begleitet werden, damit er nicht stürzt, und die Oma hat Nächte, da weint sie nur.«

»Schlaf kriegen die Mädchen dann aber wenig, oder?«, sagte Irmi und wollte eigentlich gar nicht, dass das wie ein Vorwurf klang.

»Sagen Sie mir eine Lösung! Haben Sie eine?« Vroni war lauter geworden, ihre Wangen hatten sich gerötet.

Natürlich hatte sie keine. Irmi fiel es schwer, etwas zu erwidern.

»Wenn Sie am Freitag unterwegs waren, hat Ionella denn dann auch mal andere Leute getroffen?«, ergriff Kathi das Wort.

»Wir haben oft die Tereza Benesch zum Einkaufen mitgenommen, sie arbeitet gerade als Pflegerin beim Beck. Und Ionella hat mal eine Norwegerin kennengelernt, eine Studentin. Sie dürfen sich das nicht so vorstellen, dass Ionella eine Gefangene war. Ich hab öfter auf die Großeltern aufgepasst, da konnte Ionella sonntags in die Kirche gehen oder abends mal rüber zu Tereza. Oder diese Norwegerin besuchen, komisch, jetzt fällt mir ihr Name gar nicht ein. Sie hat immer gesagt, dass sie das schon aushält, weil es ja nur für eine begrenzte Zeit ist. Und weil zwölfhundert Euro für sie wahnsinnig viel Geld ist. In Ionellas Familie sind alle ständig irgendwo beim Arbeiten, nur der Bruder, der noch zur Schule geht, ist immer daheim. Sogar ihre Mutter geht als Pflegerin zu einer Familie in Stuttgart. Der Vater und der große Bruder sind oft in Österreich auf dem Bau. Dann treffen die sich monatelang nicht. Das ist doch krass!«

Ja, das war krass. Wie beklemmend, dass dieses Europa es nicht schaffte, Menschen in ihren Heimatländern ein würdiges Leben zu ermöglichen. Derweil pflegten viele

junge Leute hier im schönen Bayern die Kultur des Nest
hockens, weil Mama so schön kochte und wusch und ein
Lehrstelle in Schongau draußen schon fast eine Zumu
tung war. Früher war es der Hunger gewesen, der die Men
schen hinausgetrieben hatte. Gute Zeiten machten fet
und faul. Eigentlich war es frustrierend, dass ein weite
Horizont oft nur aus der Not geboren war, dachte Irmi.

Inzwischen war die Röte aus Vronis Gesicht gewichen
»Meinen Sie, die zweite Tote im Silo könnte die Terez
oder das andere Mädchen gewesen sein?«

»Das müssen wir herausfinden, Vroni. Und Sie wür
den mir sehr helfen, wenn Sie uns die Telefonnummer vo
Ionellas Eltern und einen Kontakt zu Tereza geben könn
ten«, sagte Irmi. »Hatte Ionella denn ein Handy und eine
Laptop?«

»Handy schon, aber ein altes. Immerhin konnte sie be
Tereza ins Internet gehen, bei Oma und Opa gibt es kei
WLAN. Da hängt ja noch ein Wählscheibentelefon an de
Wand.« Sie lachte etwas gequält.

Vielleicht war diese Tereza ja ein Schlüssel zu Ionella
Irmi hoffte sehr, dass sie sich tatsächlich gerade in eine
Münchner Augenklinik aufhielt und nicht im Silo geleger
hatte. Doch wer war dann die zweite Person? Runa, di
strahlende Norwegerin?

»Vroni, Ihre Oma hat gesagt, Ionella hätte sie mit dem
Messer bedroht und heißen Tee über sie geschüttet.«

Vroni spielte hektisch mit ihren Händen herum. »Da
ist Quatsch. Die Oma hat sich so was ausgedacht. Un
sie verweigert fast alles Essen und Trinken, den Tee hat si
Ionella aus der Hand geschlagen.«

»Waren Sie dabei?«

»Nein, aber ich glaube Ionella.« Und bevor Irmi noch was antworten konnte, brach wieder die kämpferische Vroni hervor. »Und wenn Sie jetzt sagen, dass ich dann ja der Oma weniger glaube, dann ist das nicht so einfach, wie Sie denken. Natürlich haben wir anfangs der Oma geglaubt. Aber die Vorwürfe wurden immer komischer, unwahrscheinlicher. Die Mädchen wollten abreisen, eine ist auch Hals über Kopf geflüchtet. Wir haben gebettelt, dass sie bleiben. Und die Oma hat zwischendurch auch mal klare Momente, und da merkt man genau, wenn sie es ausnutzt, dass sie ja so arm und krank ist. Das sollte ich vielleicht nicht sagen, aber es ist so. Und dann wieder ist sie wirklich völlig weggetreten. Und du weißt nie, was sie noch bewusst tut und was nicht. Es ist ein Elend, für alle. Also, ich meine, wir halten das schon alle aus, jeder hat eben andere Wege, damit klarzukommen ...«

Irmi sah Vroni an, die mit gesenktem Kopf auf ihre Turnschuhe sah, auf denen ebenfalls Leim und Farbreste klebten. Oh ja, jeder hatte andere Mechanismen. Der Sohn ließ das Ganze nicht an sich heran. Rita war hart und hatte beschlossen, diese jungen Frauen zu hassen. Und Vroni hatte sich für den unbequemsten Weg entscheiden: hinzusehen und hinzufühlen, alle verstehen zu wollen, allen gerecht zu werden. Das laugte aus.

»Vielen Dank für Ihre Offenheit, Vroni. Wir haben Ihre Mutter gebeten, für heute Abend die Familie zusammenzutrommeln. Dann sehen wir uns ja wieder, oder?«

Vroni nickte und blieb sitzen, als die Kommissarinnen gingen. Irmi sah sich noch mal um. Die junge Frau hatte ein Twix aus ihrer Tasche gezogen und verputzte es rasend schnell. Dann holte sie noch ein zweites hervor.

»Was machen wir jetzt?«, fragte Kathi.

Irmi sah auf die Uhr. Es war knapp halb vier. »Wir fahren ins Büro. Vielleicht gibt es Neuigkeiten von der KTU oder der Gerichtsmedizin.« Und wir bereiten uns für die Gespräche mit der Familie heute Abend vor, dachte Irmi bei sich.

Irmi war beinahe froh, ins Büro zu kommen. Hier war es viel lebendiger als bei der Familie Schmid. Andrea hatte in Rumänien die Familie Adami erreicht, es wollte auch jemand möglichst bald nach Bayern kommen. Sie hatte außerdem die Vergleichsproben weggebracht, die sie inzwischen bei Frau Strissel abgeholt hatte, und nun standen alle in der Küche, als der Hase kam. Er sah wieder aus wie das Leiden Christi, eigentlich schade, dass er kein Oberammergauer war – für die Passionsspiele wäre er eine Topbesetzung gewesen.

»Grüß Sie!«, schmetterte Irmi aufmunternd. »Und?«

»Soll ich jetzt hier …? In der Küche?«

»Wir können auch gern in mein Büro gehen.«

Wortlos stiefelte der Hase davon, und Irmi folgte ihm, während Kathi Grimassen machte und Andrea sich an ihrem Kakao verschluckte.

Im Büro lehnte sich der Hase an einen Schrank und berichtete von der Arbeit der Spurensicherer, die in einem abgebrannten Holzgebäude, in dem es außerdem Heu, Stroh und Silage gegeben hatte, natürlich sehr unerfreulich war. Er erzählte, was die Experten der Feuerwehr und die Brandermittler herausgefunden hatten, die man extra aus Garmisch und München hinzugezogen hatte. Vor allem aber meldete er den Fund einer Phosphorbombe.

»Einer was?«

»Einer Phosphorbombe«, sagte der Hase, als sei das die normale Bestückung einer Ammergauer Tenne.

»Ähm, ja. Verzeihen Sie, aber da bräuchte ich nun doch ein bisschen genauere Informationen.«

Der Hase schnaubte durch seine lange dünne Nase. »Also, der Feuerwehr war schon klar gewesen, dass sich da etwas ganz Spezielles entzündet haben musste. Man hat an Dünger oder so gedacht. Es war aber Phosphor, und zwar weißer Phosphor, das ist die reaktivste Form. Er entzündet sich von selbst, und zwar allein durch den Kontakt mit dem Sauerstoff in der Luft. Anschließend brennt er mit einer dreizehnhundert Grad heißen Flamme, wobei es eine starke Entwicklung von weißem Rauch gibt. Die USA und Israel haben seinerzeit die Zusatzprotokolle zu den Genfer Abkommen nicht unterzeichnet, deshalb können sie diese Bomben bis heute einsetzen. Israel hat sie zum Beispiel 2009 im Gazastreifen verwendet. Sie firmieren als Brandwaffe, aber Kritiker sagen, dass es sich dabei zugleich um eine chemische Waffe handelt.«

Der Hase atmete tief durch. Irmi hätte ihm gern einige Fragen gestellt, aber sie wollte ihn auf keinen Fall unterbrechen, wenn er ausnahmsweise so viel redete und offenbar ganz fasziniert war von seiner exotischen Entdeckung.

Der Hase schien Irmis Schweigen zu goutieren, denn er fuhr fort: »Brandbomben wurden schon im Zweiten Weltkrieg verwendet – von den Deutschen, aber auch von den

Engländern zur Bombardierung deutscher Städte. Im vorliegenden Fall reden wir übrigens von einer britischen Nebelbombe. Brandbomben bergen heute noch eine große Gefahr, da der Phosphor sich, wie gesagt, von selbst entzündet, allerdings nur an der Luft. Bei Fehlwürfen von Phosphorbomben ins Ostseewasser wurde der Phosphor damals zwar freigesetzt, entzündete sich aber unter Wasser nicht. Das passiert erst, wenn er an den Strand gespült wird. Eifrige Sammler halten den gelblichen Phosphor für Bernstein und erleiden böse Verletzungen, wenn sich der Stoff nach dem Abtrocknen entzündet und die Kleidung des stolzen Finders in Brand setzt.«

Irmi hatte das Gefühl, als rausche es in ihren Ohren, wie die Wellen auf den Vesterålen rauschte es.

»Und wie kommt so etwas in die Tenne?«

»Ein Blindgänger? Vielleicht wurde er aufbewahrt, ohne dass man von der Gefahr wusste, die von ihm ausging. Oder das Ding gehörte einem Waffennarren, der auch noch stolz darauf war.« Der Hase bewahrte sich seine Emotionslosigkeit.

»Und diese Bombe hat den Brand entfacht?«

»Sie hat ihn auf jeden Fall beschleunigt.«

»Aber …«

»Falls Sie jetzt wissen wollen, ob es Brandstiftung war oder nicht, muss ich Sie leider enttäuschen. Vielleicht wurde der Phosphor zufällig freigelegt und hat sich entzündet, vielleicht aber hat jemand an der Bombe herummanipuliert. Oder aber jemand hat die Tenne an anderer Stelle angezündet, und die Bombe hat den Brand nur beschleunigt. Die beiden letzten Varianten wären dann

Brandstiftung. Tja, Frau Mangold, Brandstiftung oder Unfall – das ist hier die Frage.«

Was für eine bizarre Geschichte! Eigentlich hatte Irmi gehofft, die Experten würden ihr endlich definitiv sagen, ob es Brandstiftung gewesen war oder nicht. Und nun war sie so schlau wie vorher. Es war sekundenlang still, bis Irmi ein »Danke« ausstieß.

Kaum war der Hase draußen, da standen ihre Leute schon in ihrem Büro und erkundigten sich mit einem vielstimmigen: »Und?«

Während Irmi die Ausführungen des Hasen zusammenfasste, lauschten sie gebannt.

»I hob da wos im Fernsehen g'sehn, über den Phosphor auf Usedom. Des is a unguate Geschicht, wenn's in deiner Jacke puff macht«, meinte Sailer. »Da verbrennst di sauber. Bloß weil die Leit so gierig san. Solln die des Zeug doch rumliegen lassen. Und des Bernsteinzimmer soll auch bleiben, wo es is. Des hot g'wiss so a russischer Magnat im Keller.«

Irmi wunderte sich mal wieder, was der Mann so alles wusste und dachte.

»Eine Phosphorbombe! Ich glaub's ja nicht!«, rief Kathi.

»Stimmt, ist mal was anderes. Aber wir wissen immer noch nicht, ob das jetzt Brandstiftung war oder nicht«, sagte Irmi.

»Vielleicht führt uns die Identifizierung der zweiten Toten weiter«, sagte Andrea zögerlich. »Morgen früh haben wir das Ergebnis vom DNA-Abgleich, sagen die.«

»Danke, Andrea. Dann fahren Kathi und ich jetzt zu

den Schmids. Mal sehen, wie der Rest der Familie ist. Bi auf die mit Vroni waren die Begegnungen ja bisher ehe unerfreulich«, bemerkte Irmi.

Nun fuhren sie heute schon zum dritten Mal den Ettaler Berg hinauf. Es war sternklar, und als sie beim Haus der Schmids ausstiegen, schlug ihnen eine scharfe Kälte entgegen.

»Heut Nacht wird's zapfig«, meinte Kathi.

So zapfig war es auf den Vesterålen nicht gewesen, dachte Irmi. Es war dem Golfstrom zu verdanken, dass es am Meer so mild war. Allerdings war die Temperatur nur wenige Kilometer vom Wasser entfernt viel tiefer. Einmal waren sie über die Landzunge zum weißen Sandstrand bei Hovden gefahren, und auf einmal hatte die Temperaturanzeige eisige Minusgrade angezeigt. Am Meer herrschten dann wieder drei Grad plus, und es wehte ein steifer Wind. Trotz der Kälte hatte Irmi geglaubt, noch nie etwas Schöneres gesehen zu haben als den weißen Sand mit den kleinen gefrorenen Prielen. Zauberei aus Kristall. Aus dem Wasser ragten Berge wie Zuckerhüte auf. Ganz hinten am Horizont schwebten kleine Inseln. »Das ist ›Hildring‹, eine Fata Morgana«, hatte Carina erklärt. Wegen der Erdkrümmung schienen diese Eilande zu schweben.

Irmi schüttelte die Erinnerungen ab, jetzt war sie in Unterammergau. Wieder war es Rita, die wie ein Zerberus an der Türschwelle des Wohnhauses stand, als hätte sie schon auf die beiden gewartet. Drinnen war die Familie vollständig versammelt – bis auf den alten Xaver, der oben war und schlief, wie es hieß. Die übrigen Schmids saßen um den

Küchentisch herum, die Männer hatten Bierkrüge vor sich stehen und die Frauen Mineralwasser. Hier war die Welt noch in Ordnung.

Irmi und Kathi bekamen ebenfalls Wasser angeboten. Die Atmosphäre war angespannt und erinnerte ein bisschen an die in einem Seminar, bei dem sich jeder vorstellen sollte und seine Wichtigkeit unter Beweis stellen wollte. »Meine Hobbys sind ... Besondere Fähigkeiten habe ich meiner Tante in Wanne-Eickel zu verdanken ... Ich mache dieses Seminar, weil ...«

Nur Ritas eisiger Blick vermittelte die Botschaft: »Ich hab dieses Seminar gar nicht gebucht, sondern bin reingelost worden.« Sie war eine Frau, deren Mundwinkel wahrscheinlich selbst dann herabhingen, wenn sie zu lachen versuchte.

Die hagere Rita und den streitbaren Franz kannten sie ja schon. Markus sah seinem Bruder überhaupt nicht ähnlich. In dieser Familie war die Gunst offenbar sehr ungleich verteilt worden. Markus war blond, hatte einen Kurzhaarschnitt, und seine weichenden Geheimratsecken sah man kaum. Er war der Typ ewiger Lausbub, und das Blond würde wohl noch eine ganze Weile über das herannahende Grau siegen. Irgendwann würde er aussehen wie sein Vater, dessen Augen und Charisma er geerbt hatte. Irmi hoffte nur für Renate, dass er kein solcher Herzensbrecher war wie Xaver Schmid.

Renate, deren Locken ebenso echt waren wie das Karottenrot ihrer Haare, sah man ihr tatsächliches Lebensalter an: Sie wirkte wie eine schlanke Frau um die fünfzig, die viel gearbeitet hatte, und gerade das machte sie attraktiv.

Lediglich eine kleine Narbe unter dem einen Auge störte ein wenig.

Vroni hatte sich umgezogen und trug jetzt einen Pulli, der auch die nächsthöhere Größe vertragen hätte. Ihr Bruder Thomas hatte eine gewisse Ähnlichkeit mit ihr. Allerdings wirkte er ziemlich ungehobelt, gab sich gelangweilt und schaute Irmi bei der Begrüßung kaum an. Seine Cousine Anna Maria hingegen war eine richtige Schönheit. Sie hatte die brünetten Haare hochgesteckt und trug ein Kostüm, an dessen Revers noch das Namensschildchen befestigt war. Vermutlich war sie direkt aus dem Hotel hergekommen. Mit ihrem natürlichen Lächeln machte sie auf Irmi den Eindruck, als wisse sie gar nicht, wie hübsch sie eigentlich war. Oder sie wusste es, und es war ihr egal.

Alles in allem waren die Schmids eine schrecklich normale Familie, deren Normalität nur jäh von zwei Brandleichen unterbrochen worden war.

Nun saßen sie alle miteinander da und blickten Irmi und Kathi erwartungsvoll an.

»Dass es sich bei der einen Toten um Ionella handelt, wissen Sie bereits. Aber wir wissen noch immer nicht, was sie in der Tenne gewollt hat. Haben Sie eine Idee?«, fragte Irmi.

»Sie haben die Antwort doch scho«, brummte Franz. »Die hat die Katz retten wollen.«

»So bled muss ma sein«, knurrte Thomas.

Kaum hatte er das ausgesprochen, brüllte Vroni: »Ach, bled war sie? Nachgestiegen bist du ihr. Da war sie dir nicht zu bled. Du bist doch bloß sauer, dass sie dich nicht rang'lassen hat.«

»Halt's Maul, und red ned über Sachen, wo d' nix von verstehst. Du fette Sau findst doch nia oan!«

»Jetzt lass doch die Vroni!«, rief Anna Maria. »Sie hat doch recht. Jede von den Frauen hast du angebaggert. Und wir wissen alle, dass mit der Aurika was gegangen ist. Drum musste die dann auch so schnell weg. Du Arschloch!«

»Jetzt gebts a Ruh!«, donnerte Franz dazwischen.

Während die Fetzen flogen, war Irmi ganz langsam aufgestanden. »So, so«, sagte sie mit eisiger Stimme und schaute in die Runde. »Da machen wir doch jetzt mal Folgendes: Sie gehen alle mal raus, und dann kommt einer nach dem anderen hier rein und beantwortet meine Fragen. So ein Geschrei brauch ich heute Abend nicht mehr. Und wenn das nicht klappen sollte, kommt jeder einzeln zu uns auf die Inspektion morgen früh.«

»So a Kaschperltheater«, maulte Thomas.

Irmi konterte: »Und das Oberkaschperle bleibt gleich als Erstes da.«

Thomas blieb trotzig, gab immerhin zu, dass die Aurika ihm mal »untergekommen« sei, aber bloß weil sie ihn abgefüllt habe mit irgend so einem rumänischen Fusel. Die sei halt auf ihn gestanden, die Ionella dagegen sei ihm am Arsch vorbeigegangen.

»Zum Vögeln hätt sie dir schon getaugt, zum Heiraten nimmst dir dann aber eine aus dem Ammertal, du Arschloch, oder?«, brüllte Kathi.

»Des muss ich mir nicht sagen lassen von dir, du, du …«

»Ja? Ich was? Obacht, Burschi!«

Es gelang Irmi, ihre Kollegin mit einer beschwichtigenden Geste zu beruhigen, bevor sie noch ausfallender wurde.

Dieser Thomas war zweifellos ein Arschloch, aus ihn war aber nur herauszukriegen, dass seiner Meinung nacl der Markus und die Renate die Großeltern hätten nehmer sollen, weil die am nächsten dran wohnen würden. Docł die wären sich ja zu fein. Und die rumänischen Weibe hätten eh alle geklaut.

»Woher wissen Sie das? Haben Sie eine beim Diebstahl erwischt?«, hakte Irmi nach.

Gefehlt habe halt ständig was, und die Ionella sei sowieso die Schlimmste gewesen. Sie habe sich beim Opa eingeschleimt, ihm die Haare geschnitten und dafür ein Mordstrinkgeld eingestrichen. Lauter solche Sachen. Und sie habe auch noch heimlich mit ihm Schnaps gesoffen.

»Puh! Was für ein selbstgefälliger Dummbatz!«, rief Kathi, als er draußen war.

»Stimmt, aber bitte mäßige dich etwas, Kathi«, sagte Irmi, denn sie wollte den fragilen Frieden auf keinen Fall gefährden.

Die Nächste, die ins Zimmer trat, war Renate. Als sie die Tür öffnete, waren aus dem Nebenraum Stimmen zu hören, zänkische, schrille, brummige, vor allem aber laute.

»Die Stimmung in Ihrer Familie ist ja schon ziemlich aufgeheizt«, sagte Irmi zu Renate und merkte zu spät, wie ungeschickt ihre Wortwahl gewesen war – angesichts der realen Brandmale, die der Hof davongetragen hatte.

Renate Schmid lächelte müde. »Seit Jahren herrscht schlechte Stimmung zwischen Franz und meinem Mann. Sie haben beide von ihrem Vater Grund bekommen. Während wir den Hof gebaut haben, hat sich Franz ein ziemlich großes Haus in Soien hingestellt und den Rest verkauft. Das Geld hat er dann irgendwie durchgebracht. Na ja, die Rita hat ja auch jahrelang gar nicht gearbeitet, abgesehen davon, dass sie die Kinder versorgt hat. Aber die sind ja längst erwachsen. Die paar Stunden im Fremdenverkehrsamt, mit denen sie das Familieneinkommen aufbessert, machen ihr überhaupt keinen Spaß. Eine Rita Speer ist halt nicht dazu geboren worden, um zu arbeiten.«

Irmi hatte die Stirn gerunzelt.

»Nicht, dass ich schlechtreden will«, fuhr Renate eilig fort, »ich bin aus Habach draußen, mich hat sie immer behandelt wie eine Aussätzige. Der Franz ist zwar brummig, aber nicht unrecht. Nur hat die Rita ihn jahrelang gegen mich aufgehetzt.«

»Und jetzt ist sie neidisch auf Sie?«

»Na ja, unser Hof läuft schon gut. Die Umstellung auf Bio war goldrichtig. Ziegenmilchprodukte, Eier von frei laufenden Hühnern, Mutterkuhhaltung. Der Hofladen wirft auch was ab, ich geh nach Schongau und Peiting auf den Markt, und man kann unsere Produkte inzwischen sogar im Internet bestellen. Aber auch wenn's gut läuft – geschenkt ist uns nichts worden.« Ihr Ton war etwas schriller geworden, fast als müsse sie sich rechtfertigen.

Aber wofür eigentlich? Ihre Schilderung klang nach einem ausgefüllten und erfüllenden Vierundzwanzigstundentag, der trotzdem immer zu kurz war. Wie bei Irmi selbst. Sie lächelte Renate Schmid aufmunternd an.

»Und die Schwiegereltern? Ich hatte den Eindruck, dass der Xaver früher wohl ein ziemlicher Schwerenöter war.«

»Der Xaver! Ja, der ist ein Spezialfall. Wissen Sie, dass e jahrzehntelang Besamungstechniker war?«

»Nein«, sagte Irmi überrascht. Xaver Schmid war al Rucksackstier unterwegs gewesen? Die Zeiten, als Kühe noch Besuch von einem feurigen Stier hatten, waren so gut wie vorbei. Der sogenannte Natursprung, bei dem der Bulle die Kuh voller Energie und Manneskraft direkt bespringt, ist heute eine Seltenheit. Als die Gefahr von Deckseuchen in den Fünfzigerjahren noch hoch war, suchte man in der Tierzucht nach Alternativen, um deren Übertragung zu verhindern. Xaver Schmid war sicher einer der ersten Vertreter seiner Zunft gewesen.

»Dann ist er ja ganz schön rumgekommen im Oberland«, bemerkte Irmi.

»Ja, er hat viele Höfe besucht. Und viele Bäuerinnen. Das sehen Sie ganz richtig – er war hinter jedem Rock her. Außerdem hat er zeitweise Versicherungen verkauft, er war ein ganz schönes Schlitzohr. Aber er ist eben auch ein sehr gewinnender Mensch. Noch heute erzählt er davon, wie die Bauern später bloß noch ihren Hofnamen aufs Band genuschelt haben und den Namens des Stiers, den sie wollten. Er hat die Nachrichten aber immer entschlüsselt und hat bis zu fünftausend Besamungen im Jahr gemacht. Bloß an den kirchlichen Feiertagen war a Ruh, hat er immer gesagt.« Sie lächelte wehmütig.

Irmi schwieg. Renate Schmid schien es gutzutun, einfach mal mit jemandem zu reden.

»Er konnte das so herrlich erzählen, wie sie ihm in der Ausbildung eine Gebärmutter vom Schlachthof auf den Tisch geknallt haben, um zu demonstrieren, was man da drinnen so fühlt. Er war auch gut in seinem Metier. Er hat immer gewusst, wenn eine Kuh rindrig ist. Besser als der Tierarzt.«

»Sie mögen ihn sehr, oder?«

»Ach, irgendwie hat er mich fasziniert. Diese Energie. Dieser Optimismus. Natürlich ist er vielen Leuten auf die Füß getreten, aber mit Charme.«

»Und Burgi? Wie geht man als Ehefrau mit so einem ewigen Stenz um?«

»Ach, die Burgi! Sie hat mir immer so leidgetan. Nie hat sie aus ihrer Haut herausgekonnt. Stets korrekt. Stets mit Putzfimmel. Ständig diese Wenns und Abers und was man alles nicht dürfe wegen der Leut. Sie hatte anscheinend ganz gut Geld, als die beiden geheiratet haben, damals nach dem Krieg.«

»Also keine Liebesheirat?«

»Ich weiß nicht. Sie können den Menschen ja immer nur vor die Stirn schauen. Ich glaube, er hat seine Burgi geliebt. Und die letzten Jahre hat er für all seine Sünden gebüßt.«

»Inwiefern?«

»Na ja, er ist ungeheuer reizend zu ihr. Zumindest war er das, solange sie noch einigermaßen bei Verstand war. Wie ein Kavalier der alten Schule hat er sich verhalten. Hat zum Frühstück extra ein Sakko angezogen. Hat ihr den Stuhl hingestellt und ihr Kaffee eingeschenkt. Sie mit kleinen Gesten umsorgt. Ihr Küsse auf die Stirn gegeben. Eigentlich rührend.« Sie schluckte.

»Eigentlich?«

»Die Burgi konnte das nicht mehr zulassen. Es war, als

würde sie sich mit ihrer Ablehnung für die Schmach der ganzen vergangenen Jahre rächen. Bestimmt hat er sie immer wieder betrogen, aber wenn man gemeinsam so alt wird, dann müsste man doch verzeihen können, oder, Frau Mangold? Manches passiert eben. Da muss man doch verzeihen! Manches passiert doch einfach!« Ihre Stimme klang auf einmal intensiv, beinahe flehentlich.

Das Verzeihen war in der Tat eine der schwersten Lebensaufgaben, dachte Irmi, behielt diesen Gedanken aber für sich.

»Das habe ich damit gemeint, dass er seine Sünden hundertfach büßt. Und er muss zuschauen, wie die Burgi langsam verfällt.«

»Wie lange geht es ihr denn schon so schlecht?«

»So eine Demenz kommt schleichend. Anfangs haben wir das nicht gemerkt. Plötzlich mochte sie keine Semmelknödel mehr und hat uns beschimpft, wie wir so was servieren könnten. Dabei hat sie Semmelknödel immer geliebt. Ihr Bett stand plötzlich falsch, es hatte angeblich ein Leben lang woanders gestanden. Wir haben uns halt gedacht, die Burgi wird allmählich etwas wunderlich. Irgendwann hat der Arzt dann Demenz diagnostiziert. Das war vor vier Jahren, und es geht rapide abwärts.«

»Und seit wann haben Sie die Pflegerinnen?«

»Seit etwa anderthalb Jahren. Davor haben wir versucht, die Pflege zusammen zu übernehmen. Markus und ich hätten die beiden auch zu uns genommen, aber der Xaver will auf seinem Hof sterben.«

»Ach, das ist ja interessant. Ihr Neffe hat gemeint, Sie hätten die Schwiegereltern nicht aufnehmen wollen!«

»Wissen Sie, der Thomas ist knapp dreißig, lebt zwischen Mamas Waschmaschine, Stammtischen und Stadelfesten. Der hat keinerlei Verantwortungsgefühl. Woher will der das überhaupt wissen!«

»Wie war es denn wirklich?«, mischte sich jetzt auch Kathi ein.

»Die Rita wollte nicht, dass wir die Schwiegereltern zu uns nehmen.«

»Warum denn nicht?«, fragte Irmi zweifelnd.

»Sie hat gedacht, wir würden dann als Dankeschön den alten Hof erben. So was Lächerliches. Es gibt doch eine Erbfolge, es gibt Pflichtteile. Das weiß jeder.«

»Das heißt, Rita war auf den alten Hof aus?«

»Natürlich. Denen steht das Wasser bis zum Hals. Wenn es nach ihr ginge, würden die Alten ins Heim gehen, der Hof würde möglichst bald verkauft, und sie würden ausgezahlt werden.«

Hatte Rita deshalb Feuer gelegt? Und zwei Frauen im Silo übersehen? Es war schon spät, aber Irmi war hellwach. Da passte doch irgendwas nicht.

»Ich würde gern noch mal auf die jungen Pflegerinnen zurückkommen. Wie sind die denn mit den Schwiegereltern zurechtgekommen?«

»Unterschiedlich. Wollen Sie das wirklich alles wissen?«

Irmi nickte.

»Unbedingt«, sagte Kathi, und das war in diesem Fall nicht ironisch gemeint.

»Als Erste kam Wilhelmine. Die ist eigentlich Deutschlehrerin. Eine Frau in meinem Alter, vielleicht sogar etwas älter. Die hatte die nötige Souveränität. Burgi mochte sie.

Dann kam Marina, ein bildschönes Mädchen. Xaver war ganz hin und weg.«

»Burgi weniger, vermute ich?«, warf Irmi ein.

»Die Burgi war eifersüchtig! Ist das nicht furchtbar? Und das bei einem alten Mann, der es mit bewundernswerter Würde und Souveränität erträgt, dass junge Frauen seine Windeln wechseln. Burgi hatte selbst da noch Angst, dass er die Mädchen einmal zu viel anschaut und sonst was mit ihnen treibt. Ich bitte Sie! Selbst wenn er gewollt hätte, der Xaver kriegt doch keinen mehr hoch.« Sie sah Irmi entschuldigend an. »Stimmt doch!«

»Ach, bei den Männern hört das doch nie auf«, warf Kathi ein und grinste. »Zumindest im Hirn. Die Natur erschlafft natürlich. Und die Marina ist geblieben?«

Renate schmunzelte kurz und wurde dann wieder ernst. »Ja, aber es war sehr anstrengend für sie, weil Burgi überall verbreitet hat, sie würde stehlen und so.«

»Hat sie das denn getan?«

»Es hat mal eine Flasche Weichspüler gefehlt und mal ein Shampoo. Manchmal wurde etwas zu viel eingekauft. Die Burgi und der Xaver essen ja kaum mehr was. Direkt stehlen würd ich das aber nicht nennen.«

»Eher Mundraub?«

»Vielleicht, ja. Diese Frauen haben halt nicht verstanden, dass auch wir hart für unser Geld arbeiten. Wir kommen denen einfach wahnsinnig reich vor.«

Wohlhabend war die Familie Schmid ja durchaus, dachte Irmi. Zwei Höfe, ein großes Haus, jede Menge Grund. Mehrere Autos. Natürlich ließ man da mal ein Shampoo mitgehen, weil es doch keine Armen traf.

»Und was war mit dieser Aurika?«

»Na, die war ein echter Feger. Bevor sie bei uns war, hat sie bestimmt noch nie gekocht. Salat gab's nur mit Salz und Pfeffer, davon aber jede Menge. Natürlich hat Burgi nur genörgelt, in dem Fall sogar zu Recht. Aurika konnte nicht mal Fertiggerichte aufwärmen. Und wenn sie dann mal geputzt hat, stand alles unter Wasser, und das Haus hat fast einen Tag gebraucht, um zu trocknen. Wenn die Ammer Hochwasser führt, ist es auch nicht schlimmer!« Renate lachte gequält. »Wenn das nicht alles so traurig wär, könnt man fast drüber lachen.«

»Und hat die Aurika den Thomas tatsächlich verführt?«, erkundigte sich Kathi.

»Na ja, die zwei haben sich da nichts gegeben, denk ich. Aber als Aurika einen Monat vierhundert Euro Telefonkosten verursacht hat und im nächsten knapp sechshundert, musste sie gehen. Wilhelmine ist zum Glück wieder eingesprungen, und danach ist Ionella zum ersten Mal gekommen. Eine Apothekerin versteht sich auf Medikamente, haben wir uns gedacht. Das stimmt ja auch. Sie hat verstanden, dass die genaue Dosierung wichtig ist und dass man die Einnahmezeiten einhalten muss. Wir waren da eigentlich zum ersten Mal beruhigt. Die Aurika hatte es damit nämlich auch nicht so genau genommen. Vor dem Essen, nach dem Essen, das war ihr egal. Die kleinen Schachterl für die Tabletten fand sie eher witzig.«

»Ionella war aber trotz ihrer Kompetenz auch nicht nach Burgis Geschmack?«

»Na ja, sie hat einmal den Fehler gemacht, sich im Bikini in den Garten zu legen. Hat mal ein kurzes Nickerchen gemacht, das arme Ding, denn nachts konnte sie ja nie durchschlafen. Und Xaver war im Garten und hat sie sich angesehen. Burgi ist völlig durchgedreht. Sie hätte Ionella am liebsten umgebracht.« Im nächsten Moment schlug sich Renate Schmid mit der Hand auf den Mund. »Tut mir leid, wie kann ich so was nur sagen!«

»Schon gut«, meinte Irmi, denn mit Sicherheit hatte nicht die bettlägrige Burgi Ionella ins Silo gestoßen und dann die Tenne angesteckt.

»Wer hat Ihnen eigentlich die Rumäninnen vermittelt?«

»Auf dem Beck-Hof hatten die schon länger welche. Die Tochter Hanne ist eine Schulfreundin vom Markus. Die hat den Kontakt hergestellt. Organisiert hat das dann die Wilhelmine, die hat ja auch schon beim Beck gearbeitet.«

»Und was ist Ihrer Meinung nach in der Brandnacht passiert? Hat Ionella die Katze aus der Tenne retten wollen?«

»Sie mochte Tiere, vor allem Katzen. Es wundert mich aber, dass sie nicht gewusst haben soll, wie gefährlich die Gärgase sind. Gibt es denn in Siebenbürgen keine Silos?«, fragte Renate Schmid und sah Irmi Hilfe suchend an.

Das wusste Irmi auch nicht aus dem Stegreif, aber sie verstand, was Renate Schmid damit gemeint hatte. Sie hielt Ionella für ein bodenständiges Landmädchen, das die Gefahren von Silos gekannt haben müsste.

»Haben Sie denn eine Ahnung, wer diese zweite Person gewesen sein könnte? Es gab offenbar noch eine Rumänin im Dorf, oder?«

»Ja, die Tereza. Auch so eine Hübsche. Ionella ist öfter

mal zu ihr rübergegangen. Beim Beck geht es etwas liberaler zu als bei uns. Das Mädchen hat einen freien Tag und so weiter.« Sie seufzte. »Wissen Sie, Frau Mangold, ich hätte viel mehr eingreifen müssen. Mich vor die Mädchen stellen. Ich hab mich zu wenig gekümmert, das tut mir so leid. Klar, wir haben viel zu tun auf dem Hof, mit den Tieren und dem Laden – aber das darf doch alles keine Entschuldigung sein. Und jetzt ist sie tot …« Sie begann zu weinen.

Als Renate Schmid sich wieder ein wenig beruhigt hatte, bat Irmi sie, ihren Mann hereinzuschicken.

»Irgendwas stimmt mit der nicht«, sagte Kathi, sobald Renate rausgegangen war. »Macht auf besorgt, dabei hat sie doch gar nix getan.«

Bevor Irmi antworten konnte, klopfte Markus Schmid höflich an und trat dann ein. Er setzte sich und sah freundlich interessiert von Irmi zu Kathi.

»Ich schäme mich etwas für meine Familie«, sagte er dann. »Zwei Tote – und die schreien hier rum.«

»Nun, das ist ja auch eine Ausnahmesituation«, meinte Irmi.

»Das halbe Leben ist eine Ausnahmesituation«, konterte er. Sein Bericht deckte sich mit dem seiner Frau, er hielt sich aber mit jeder Schuldzuweisung zurück. Der Bruder habe eben kein Händchen fürs Geld, und der Thomas sei ein Spätentwickler. Aus seinen Worten sprach eine große Liebe für seine Frau, die viel zu viel arbeite, die sich zu viel zumute und sich immer verantwortlich fühle. Für Mensch und Tier.

»Wir hatten mal eine Schweinezucht, doch das mussten wir aufgeben, weil wir ganze Nächte bei schwierigen Ferkelgeburten im Stall verbracht haben und diese Viecher so ins Herz geschlossen haben, dass jeder Schlachttermin eine halbe Trauerveranstaltung war. Schweine sind so menschlich. Und der Renate ist das alles noch viel nähergegangen als mir.«

Als Irmi erwähnte, dass sich seine Frau Vorwürfe wegen der jungen Mädchen gemacht habe, war er zum ersten Mal anderer Meinung als Renate.

»Ich kann nicht behaupten, dass es den Pflegerinnen schlecht gegangen wäre. Die haben sich schon ihre Freiräume geschaffen. Außerdem ist die Arbeit hier eine Möglichkeit für sie, schnell gutes Geld zu verdienen. Von dem, was sie hier kriegen, können die in ihrer Heimat eine ganze Weile leben. Schließlich sind das erwachsene Frauen, die sich bewusst dafür entschieden haben.«

Als Markus Schmid wieder draußen war, stieß Kathi aus: »Wenn ich nicht wüsste, dass der Bauer ist, würd ich sagen, der ist Coach für Lebensglück oder veranstaltet Engel-Aura-was-weiß-ich-Kurse.«

»Nicht jeder Landwirt ist eine Dumpfbacke«, konterte Irmi mit einer gewissen Schärfe.

»Aber der ist doch zu gut, um wahr zu sein. Trau niemals solchen Gutmenschen!«, rief Kathi. »Glaubst du wirklich, dass der nach all den Ehejahren treu ist wie ein Hunderl? Ob der nicht auch mal so einer Rumänin nachgestiegen ist?«

Irmi bezweifelte das. Vielleicht hatte Renate Schmid ja tatsächlich den Hauptgewinn in der Tombola gezogen – einen attraktiven Mann, der zu ihr stand. So war es nun mal bei Tombolas: Es gab nur einen einzigen Hauptgewinn, den großen Teddybären, während die anderen im besten Fall ein Plüschtierchen zogen, die meisten aber nur Schraubendreher, Kugelschreiber oder gleich Nieten. Wobei Irmi gedanklich einräumte, dass es auch nette, sympathische große Teddybären mit Schauspieltalent geben mochte.

Markus' Bruder Franz hingegen schauspielerte gar nicht. Er war der Meinung, dass der Streit um den elterlichen Hof ohnehin bald ein Ende haben werde, weil Xaver und Burgi den Weg alles Irdischen gehen würden. Er meinte das gar nicht böse, er sprach auch von einer Erlösung für die Mama und davon, dass beim Papa wirklich nicht mehr die Hebamme schuld wäre, würde er jetzt sterben. Die Rumäninnen seien halt anders als die Deutschen, ein anderer Menschenschlag. Franz Schmid wirkte weitaus sanftmütiger als noch am Mittag. Bestimmt hatte er inzwischen schon einiges gepichelt, und er war offenbar einer der Menschen, die unter Alkoholeinfluss eher gutmütiger werden.

Als Anna Maria, die Tochter von Renate und Markus, hereinkam, musste Irmi sich ermahnen, das Mädchen nicht anzustarren. Sie war so hübsch! Auf dem Rückflug nach München hatte Irmi in einem Magazin einen Artikel über die Schönheit gelesen. Darin hatte gestanden, dass Schönheit nur bedingt im Auge des Betrachters liege. Quer durch die unterschiedlichsten Kulturen würden bei Frauen hohe Wangenknochen und eine schmale untere Gesichtshälfte attraktiv wirken, bei Männern hingegen seien ein wuchtiges Kinn und eine markante Nase entscheidend. Das alles hänge mit einem erhöhten Östrogen- beziehungsweise Testosteronspiegel zusammen, denn diese Sexualhormone sorgten nicht nur für Fruchtbarkeit, sondern auch für lockende Ästhetik. Laut dem Magazin hatten amerikanische Wissenschaftler bei ihren Versuchspersonen jeweils die beiden Ohren, Hände und Füße miteinander verglichen und dabei entdeckt, dass die in dieser Hinsicht symmetrischsten Männer früher sexuell aktiv wurden als die asymmetrischen Kerle. Für Frauen mit beidseitig gleich proportionierten Brüsten galt dasselbe – körperliches Ebenmaß signalisierte offenbar tüchtige Gene. Wahrscheinlich war auch Anna Maria so eine Symmetrieprinzessin.

»Hatten Sie denn näheren Kontakt zu Ionella?«

»Ich hab sie zweimal in München am Busbahnhof abgeholt, das mach ich gern, wenn es reinpasst. Ich habe aber im Hotel sehr unregelmäßige Dienstzeiten. Den meisten Umgang mit Ionella müsste eigentlich Vroni gehabt haben, weil die ja immer die Einkaufstour gefahren ist. Manchmal sind die beiden danach noch ein bisschen in Ogau geblieben, oder sie haben einen Ausflug nach Garmisch gemacht.«

»Wir haben mehrfach gehört, die Pflegerinnen hätten geklaut. Was meinen Sie dazu?«

»Ach, Unsinn, das hätten die sich doch gar nicht getraut. Sie brauchten das Geld und hätten es nie im Leben riskiert, den Job aufs Spiel zu setzen.«

»Es hieß auch, Ionella hätte zusätzliches Trinkgeld eingestrichen?«

»Blödsinn! Der Opa hat den Wert von Banknoten halt

nicht mehr im Blick. Diesen Euro hat er nie ganz verstanden. Er bietet allen immer mal wieder fünfzig Euro an – einfach so. Auch mir und der Vroni steckt er ab und an einen Schein zu. Wir nehmen das Geld an und legen es hinterher unauffällig in die Haushaltskasse. Ich hab den Mädchen gesagt, dass sie es auch so machen sollen. Er wollte doch unbedingt, dass sie es annehmen.«

»Und das hat immer geklappt?«

»Keine Ahnung. Aber kommen Sie, fünfzig Euro. Davon wird meine Familie nicht arm.«

»Das scheinen einige aber anders zu sehen. Ihr Onkel zum Beispiel steht finanziell offenbar nicht so gut da, oder?«

»So genau weiß ich das nicht. Onkel Franz ist kein Geschäftsmann. Aber so toll sieht es bei uns ja auch nicht aus.«

Irmi warf Kathi einen Seitenblick zu. Das hatte sich bei Renate aber anders angehört.

»Inwiefern?«

»Die Energiekosten und die Gebühren bei den Bioverbänden steigen ebenso wie die Anforderungen an die Produkte. Reich wird da keiner. Papa hat sich ein paar neue Maschinen gekauft, aber die gehören momentan natürlich vor allem der Bank. Also, Frau Mangold …«

Irmi kannte das alles. Sie und ihr Bruder betrieben eine konventionelle Landwirtschaft, aber die Probleme waren die gleichen. Sie hatte auf einmal das Gefühl, dass Anna Maria ihr noch irgendetwas sagen wollte.

»Wenn Sie sonst etwas bedrückt, erzählen Sie es uns doch bitte«, ermutigte sie die junge Frau.

»Nein, also … es ist nur so …« Anna Maria atmete tief durch. »Ich weiß nicht, ob das wichtig ist, aber der Opa hat irgendwas an seinem Testament geändert«, sagte sie schließlich.

»Wie bitte? Woher wissen Sie das, Anna Maria?«

»Der Opa hat bestimmt zwanzig Brillen, er hat nämlich alle alten aufgehoben. Und natürlich hat er immer die falsche auf. Als ich neulich zu Besuch war, hat er mich gebeten, seine Lesebrille zu suchen. Ich hab sie dann auch gefunden und ihm gebracht. Der Opa saß gerade an seinem Sekretär im Schlafzimmer und hat etwas geschrieben. Ich konnte nur die oberste Zeile lesen. Da stand eindeutig das Wort ›Testament‹. Er hat mich dann relativ charmant rausgeworfen. Ich hab noch gefragt, ob ich ihm was helfen kann, aber er hat nur gesagt: ›Dir wird es an nichts fehlen, Mäuselchen.‹ Er sagt immer Mäuselchen zu mir. Und zur Vroni Moppelchen, was sie mehr kränkt, als sie zugibt. Gerade, weil es vom Opa kommt.«

»Und nun nehmen Sie an, er hat ein neues Testament geschrieben. Warum sollte er das getan haben?«

»Keine Ahnung. Ich weiß doch nicht mal, ob er vorher überhaupt schon mal eins geschrieben hat.«

»Wollte er vielleicht Ionella bedenken? Glauben Sie das?«, fragte Kathi.

»Ich weiß es echt nicht.« Anna Maria wirkte sehr angespannt.

»Haben Sie schon mit jemand anderem darüber gesprochen?«

»Ja, mit der Vroni, aber die hat nur gemeint, dass wir mal abwarten sollen, bis der Opa unter der Erde ist. Und dass natürlich sein Wille zähle, dafür habe er ja lange genug gearbeitet.«

»Wo bewahrt er das Testament denn auf?«

»Keine Ahnung. Rita behauptet zwar, dass er irgendwo einen Safe hat, aber wo der sein soll, weiß ich wirklich nicht.«

»Hat sonst noch jemand was von diesem Testament mitbekommen?«

»Keine Ahnung. Den besten Draht hat der Opa zu mir und zur Vroni. Die ist nur ab und zu beleidigt, wenn er ihr sagt, sie sei zu moppelig und solle weniger Schokolade essen. Sie hat es eh nicht leicht. Schon als Kind wurde sie ständig von ihrem Bruder gehänselt. Und ihr Job ist auch kein Zuckerschlecken. Die Kinder sind ja heute kleine Tyrannen, auch in Ogau. Sie glauben gar nicht, mit was für Eltern sich die Vroni rumschlagen muss. Die stehen nur hinter ihren Bälgern. Da gibt's zum Beispiel einen Buben namens Justin. Die Mutter ist Alkoholikerin und kriegt Hartz IV, und wenn Justin anderen Kindern den Pullover zerschneidet, und zwar so richtig, dann nennt Vronis Chef das ›verhaltensoriginell‹. Die Mutter findet das völlig normal. ›Der muss sich doch wehren, der Bua‹, sagt sie. Und dann wäre da noch eine gewisse Mary Jane Baumgärtner. Die Mutter hat ein Tattoostudio und zwingt Vroni dazu, die Tochter M. J. zu nennen. Abends ist die Vroni oft völlig fertig mit der Welt, und dann isst sie Süßes. Sie ist halt so eine Frustesserin.«

Bei einer Cousine mit Modelmaßen und One-Million-Dollar-Lächeln war man als dickliches Entlein bestimmt nicht auf der Gewinnerseite, dachte Irmi.

»Und wenn dann der Opa sagt«, fuhr Anna Maria fort, »dass man im Dirndl besser ausschaut als in zu engen Jeans, tut ihr das natürlich weh. Er ist da halt ehrlich bis schonungslos. Wie ein kleines Kind. Plappert alles raus, der Opa.«

»Aber er ist klar im Kopf?«

»Das schon. Sein Langzeitgedächtnis ist exzellent. Nur das Kurzzeitgedächtnis lässt nach. Er ist halt sehr alt, wird schnell müde … Und wissen Sie was? Ich glaub, er mag manchmal auch nicht. Da taucht er einfach ab. Und lacht über uns. Innerlich, mein ich.«

»Und die Oma?«

»Das tut schon weh, da zusehen zu müssen, wie sie abbaut. Sie war früher so eine Rätselliesl und hat jedes Kreuzworträtsel in Windeseile gelöst. Mit ihren Landfrauen hat sie Rummy Cup und andere Kartenspiele gespielt, und sie war richtig gut, hat immer gewonnen. Und jetzt kann sie kaum einen ordentlichen Satz formulieren. Sie ist so depressiv. So traurig. So anklagend. Ach …«

»Das ist ganz schön schwer für Sie, oder?«

»Ich weiß, dass sie krank ist, aber manchmal ist sie so gemein, dass ich mir nicht vorstellen kann, das kommt nur von der Krankheit. Ich glaube, manchmal weiß sie ganz genau, wo sie zustechen kann. Und dann dreht sie auch noch das Messer in der Wunde … Ich weiß, so etwas sollte ich wahrscheinlich gar nicht sagen, aber …«

Wie ihre Cousine hatte auch Anna Maria nicht den leichten Weg gewählt. Sie wollte verständnisvoll und gerecht sein, auch wenn das schwer war. Vielleicht hätte sie ihr das sagen sollen, dachte Irmi, aber sie musste professionelle Distanz wahren. Und so bedankte sie sich bei der schönen Anna Maria und bat sie, die restliche Familie zu holen.

Wenig später saßen sie wieder alle am Küchentisch. Franz war inzwischen so betankt, dass er beinahe weggetreten wirkte. Rita schaute so schlecht gelaunt drein wie immer. Renate hatte dunkle Augenringe, während Markus sein Zahnpastalächeln zur Schau stellte. Anna Maria wirkte ähnlich erschöpft wie ihre Mutter. Thomas hingegen sah sich provozierend um, und Vroni starrte auf die Tischplatte und drehte gedankenverloren eine Haarsträhne.

Dann ließ Irmi die Bombe platzen – im wahrsten Sinne des Wortes. Allen stand die Ungläubigkeit ins Gesicht geschrieben, als sie berichtete, dass die Brandursache ohne jeden Zweifel eine Phosphorbombe sei. Thomas war anzusehen, wie sein Spatzenhirnchen mühsam die Botschaft verarbeitete. Dann brach ein Tumult los, alle redeten durcheinander. Keiner aus der Familie hatte je eine Phosphorbombe in der Tenne gesehen. Was Irmi nicht so ganz glaubte, aber so bauernschlau waren sie alle, um zu wissen, dass sich das Vorhandensein einer Bombe aus dem Zweiten Weltkrieg nicht gerade günstig auf die Brandversicherung auswirken würde. Wer von ihnen hatte von der Bombe gewusst und sich sein Wissen eventuell zunutze gemacht?

»Ich würde gerne mit Ihrem Vater sprechen«, wandte Irmi sich an Markus.

»Sie können da nicht hochgehen, der schläft jetzt!«, rief Rita.

»Sie werden uns nicht davon abhalten. Notfalls hol ich

mir einen Beschluss vom Staatsanwalt«, maulte Kathi retour, und auch wenn das so nicht ganz korrekt war, stoppte die Drohung immerhin Ritas Protest.

»Wenn Sie meinen«, sagte Markus, stand auf und ging zur Tür.

»Wir reden allein mit ihm!«, erklärte Irmi.

Markus Schmid blieb stumm an der Treppe stehen. Selbst er hatte in dieser Situation keinen passenden Satz in petto.

Irmi und Kathi stiegen die Treppe hinauf. Die Tür zum Elternschlafzimmer war angelehnt, und Xaver Schmid saß in einem Lehnstuhl, der aussah wie der in der Wohnstube unten. Er trug eine Strickjacke über seinem Pyjama. Vermutlich hatte ihn jemand ins Bett gebracht, doch er war wieder aufgestanden.

»Jetzt braucht auch keiner mehr zu kommen, damit ich aufs Klo kann«, sagte er. »Jetzt war ich schon selber, obwohl ich ja angeblich immer umfall!«

»Wir wären Ihnen gerne zur Hand gegangen«, sagte Kathi in einem ironischen Ton, der der Situation nicht gerade angemessen war.

Aber Xaver Schmid lachte. »Madel, des glaub ich ned. Was ist los da unten? Was schreien die alle so rum? Wegen euch zwei Grazien?«

»Wir mussten die Familie wegen des Brandes und wegen Ihrer toten Pflegerin befragen«, sagte Irmi vorsichtig und beäugte dabei den alten Mann, der aber keine Reaktion zeigte. »Herr Schmid, waren Sie im Krieg?«, fuhr sie fort.

»Klar, jeder war doch im Krieg. Lieb Vaterland. Das war halt so damals.« Eine leichte Schärfe lag in seiner Stimme.

»Hatten Sie da auch mit Phosphorbomben zu tun?«, fragte Kathi.

»Oder haben Sie mal einen Blindgänger gefunden?«, ergänzte Irmi.

Er blinzelte, sagte aber nichts.

»Herr Schmid, in Ihrer Tenne befand sich eine Phosphorbombe. Wie kann die denn da hingekommen sein?«

Er blinzelte wieder. »Woaß ned.«

»Das glaube ich Ihnen nicht. Ich glaube vielmehr, dass Sie in der Lage sind, eine solche Bombe zu erkennen, und sehr wohl wissen, dass Phosphorbomben extrem gefährlich sind, selbst wenn der Sprengkopf sicher hin war. Sagen Sie mal, Herr Schmid, wozu haben Sie so was denn aufgehoben?«

»Weiß ich nicht. Und wenn, dann is des lang her«, sagte er seufzend und schloss die Augen.

Irmi musste an Anna Marias Behauptung denken, dass der Opa sich einfach ausklinke und innerlich über den Rest der Welt lache. Irmi war klar, dass sie hier und heute nichts mehr erfahren würden. Womöglich musste sie sich wirklich um einen Durchsuchungsbeschluss bemühen, um dieses rätselhafte Testament zu finden. Ob die Staatsanwaltschaft bei so viel Spekulation mitziehen würde?

Irmi und Kathi verabschiedeten sich von der Familie Schmid und gingen zum Auto.

»Es ist doch zum Kotzen!«, stieß Kathi aus. »Diese Männer, die alles abwiegeln und überhaupt nichts damit zu tun haben wollen. Und diese Frauen, die immer nur rumzicken. Diese ganze Familie kotzt mich an. Auch diese perfekte Anna Maria. So perfekt kann doch niemand sein.«

»Perfekt will sie auch gar nicht sein«, sagte Irmi. »Vielmehr glaube ich, dass es unterschiedliche Wege gibt, mit Leid umzugehen. Die einen reden sich alles schön, die anderen verdrängen es, und manche versuchen halt, es allen recht zu machen und für jeden Verständnis zu haben. Und das ist gar nicht so leicht, wenn du in so einer Familie lebst und auch noch den Zwängen in einem kleinen Dorf unterliegst.«

Kathi schwieg eine Weile und schien nachzudenken. »Sag mal, Irmi«, sagte sie dann. »Kennst du die Schilder, die die Lkw-Fahrer im Führerhaus haben?«

Irmi nickte etwas irritiert.

»Früher stand da Karl-Heinz oder Günni, dann Ali oder Enzo und heute liest man Wladimir und Piotr, oder? Und wir sind längst auf Arbeitskräfte aus dem Osten angewiesen, und dann muss man sich so einen Schmarrn anhören wie bei der Familie Schmid – dass die Ausländer nichts taugen, nur klauen, kein Deutsch können. Und jemand wie die Renate wird schon gleich gar nicht ernst genommen …«

Jetzt verstand Irmi, was Kathi da etwas ungelenk formuliert hatte. Diese ganze angeblich zusammenrückende globalisierte Welt war doch nichts als Humbug. Schon eine Renate Schmid hatte einen nie wiedergutzumachenden Makel: Sie kam nicht aus Unterammergau. Echten Wert hatten nur die Familien, die aus dem Dorf stammten und auch innerhalb des Dorfs heirateten. Wo man die Gene bewahrte und kreiseln ließ und mit der Weisheit von fünfhundert Jahren Inzucht seine Stammtischparolen ausstieß. Dabei war Ugau im Vergleich zu anderen Orten vermutlich noch weltoffen zu nennen. Irmi hätte da jede Menge andere Beispiele gewusst, hier und in den Nachbarlandkreisen, vor allem dort, wo es kaum Tourismus gab. In Bayern bedeutete Migrationshintergrund bereits die Migration aus dem Nachbardorf.

»Angeheiratet« war immer schon ein Billett für die zweite Klasse, und komplett »zuagroast« bedeutete Güterwaggon, wenn überhaupt. Da kauften diese Großstädter Höfe und Häuser und wollten ein Stück vom Landleben abhaben? Eingekauft hatten die sich – und auch wenn keiner der Einheimischen die Bude hätte haben wollen, so ging es doch ums Prinzip. Man wollte nicht ausverkauft werden, da ließ man lieber die Höfe verrotten und schlug jene in die Flucht, die solche Kulturzeugnisse erhalten wollten. Da gab es viele schöne Beispiele von heimischen Handwerkern, die doch so überbeschäftigt waren und sich dann bitterlich beschwerten, wenn ein Arbeiter von außerhalb genommen wurde. Von Stammtischen, an denen die Alteingesessenen verstummten und starrten, wenn die Neubürger das Wirtshaus betraten, um etwas zu essen. Von Anliegerstraßen und Sperrschildern, die nie für die Einheimischen galten, sondern nur für die Zuagroasten. Und bei Hochwasser oder Brand wurde erst mal bei den Ureinwohnern geholfen, so betrachtet, hatten die Schmids ja Glück gehabt.

O ja, Irmi wusste sehr wohl, was Kathi meinte. Doch das alles war nicht neu und würde sich wohl nicht so schnell ändern. Auch das war ein Nachteil am Altern: Man hatte alles schon mal erlebt, tausendmal hatte es einen berührt und nie zu Besserung geführt. Die Desillusion war ein ständiger Wegbegleiter von Irmi, blöd nur, dass sie trotzdem noch zu schocken war und Enttäuschung empfand. Zumindest hätte sie erwartet, im Alter eine gewisse Abgestumpftheit zu entwickeln. Das war aber nicht so.

»Tja, Kathi, der Mensch lernt halt nichts dazu. Und der Brotneid ist eine Kernkompetenz. Die Schmids – eine schrecklich normale Familie.«

»Und jetzt?«, fragte Kathi, als sie in Garmisch waren.

»Gehen wir schlafen. Es ist nach zwölf. Und wir hocken jetzt nicht noch im Büro rum. Wir schlafen, und morgen bekommen wir hoffentlich neue Ergebnisse, die uns weiterhelfen.«

Nachdem Irmi eine halb verdaute Maus entsorgt hatte, die einer der Kater vor ihrer Schlafstatt abgelegt hatte, lag sie in ihrem Bett und starrte die Zimmerdecke an, über die eine Spinne wanderte. Spinnen bedeuteten Wohngesundheit, hatte sie mal gelesen. Trotzdem hoffte Irmi, dass sich das Viech heute Nacht nicht auf sie abseilen würde. Sie litt zwar nicht unter Arachnophobie, aber über die Nase laufen musste das Ding einem ja auch nicht. Kurz erwog sie, bei Jens anzurufen, aber sie war zu müde und zu erschöpft. Stattdessen schickte sie eine SMS: »Bin wieder zu Hause. Meld dich doch mal. Alles Liebe.« Sie hoffte auf eine Antwort, die kam aber nicht.

Am nächsten Morgen war die Spinne verschwunden, und noch immer war keine SMS gekommen.

6

Gerade als Irmi sich einen Kaffee machte, brachte Andrea erste Neuigkeiten. Inzwischen hatte sie die Tochter vom Beck in Stuttgart erreicht. Die Dame hieß inzwischen Lorenzi mit Nachnamen und war bei Mercedes-Benz in der PR-Abteilung beschäftigt. Andrea hatte in Erfahrung bringen können, dass Tereza tatsächlich Frau Lorenzis alte Mutter nach München in die Augenklinik begleitet hatte und heute zurückerwartet wurde.

Indes war Kathi hereingekommen. »Dann war die zweite Tote im Silo also nicht die Tereza«, bemerkte sie nüchtern.

Doch wenn Tereza lebte, was war mit Runa? War sie etwa in den Flammen verbrannt?

Die traurige Bestätigung traf eine Stunde später ein. Anhand des DNA-Abgleichs hatte man in der Gerichtsmedizin festgestellt, dass es sich bei der Toten um die Norwegerin handelte, die bei Frau Dr. Strissel gelebt hatte. Diese Nachricht versetzte Irmi solch einen Stich ins Herz, als hätte sie das Mädchen gekannt, das so strahlend vom Foto gelächelt hatte. Sie stand auf, ging herum und blieb schließlich vor dem Flipchart stehen, auf dem die Angehörigen der ganz normalen Familie Schmid aufgelistet waren und die Irmi mit Anmerkungen versehen hatte.

»Und wer von denen hat nun Ionella und Runa ermordet?«, fragte Kathi, die leise hinter Irmi getreten war. Diese fuhr erschrocken herum.

»Puh! Spätestens jetzt bin ich wach! Bisher haben wir keinen Anhaltspunkt für einen Mord«, sagte Irmi.

Gemeinsam brüteten sie vor dem Flipchart.

Markus Schmid: Biobauer, war in der Brandnacht daheim auf dem Hof (Zeugin: Ehefrau), Motiv? Ist ungewöhnlich »philosophisch«

Renate Schmid: Bäuerin, war in der Brandnacht daheim auf dem Hof (Zeuge: Ehemann), Motiv? Ist gut informiert über Erbschaftsrecht

Anna Maria Schmid (Tochter von Markus und Renate Schmid): Rezeptionistin, war in der Brandnacht in ihrer Wohnung in Kohlgrub (keine Zeugen), Motiv? Glaubt zu wissen, dass der Großvater sein Testament ändern wollte – zugunsten Ionellas?

Franz Schmid: Industriearbeiter, war in der Brandnacht bei sich daheim (Zeugin: Ehefrau), Motiv? Hat Geldsorgen, befürwortet den Verkauf von Xaver Schmids Anwesen, Alkoholproblem

Rita Schmid: Hausfrau, war in der Brandnacht bei sich daheim (Zeuge: Ehemann), Motiv? Ist sehr schlecht auf die Pflegekräfte zu sprechen

Thomas Schmid (Sohn von Franz und Rita Schmid): Maurer, derzeit arbeitslos, war am Sonntag angeblich den ganzen Tag daheim im Bett (Einliegerwohnung bei seinen Eltern), weil er am Samstag zu tief und lang ins Glas geschaut hat, Motiv? Hat die Pflegerinnen bedrängt, hatte mit einer von ihnen sexuellen Kontakt

Vroni Schmid (Tochter von Franz und Rita Schmid): Erzieherin, war in der Brandnacht bei sich daheim (Zeugen: Eltern), Motiv? Hatte den meisten Kontakt zu den Pflegerinnen.

Xaver und Burgi Schmid: waren beide in der Brandnacht in ihrem Haus, beiden ist die Tat kräftemäßig nicht zuzutrauen, wo ist das Testament, das Anna Maria erwähnt und das Xaver eventuell verändert hat?

»Sieh an, der Philosoph! Der beschäftigt dich auch, oder!«, meinte Kathi grinsend. »Und was diesen Thomas betrifft, kannst du gleich dazuschreiben, dass er aktenkundig ist, dieser Arsch!«

»Ach?«

»Ja, wegen Körperverletzung. Er hat einem Kohlgruber bei einem Stadelfest in Saulgrub einen Maßkrug auf die Nase gehauen, dass der eine neue gebraucht hat und die Wangenknochen überall waren, bloß nicht da, wo sie eigentlich hingehören. Bei diesem legendären Abend hat er auch gleich den Stadel angezündet. Zum Glück waren noch ein paar andere da, deren Blutalkohol unter zwei Promille lag, die haben das Feuer gleich wieder gelöscht. Vor Gericht hat Thomas ausgesagt, dass ihm die Sicherungen durchgebrannt seien. Weiß man, ob dem nicht schon wieder irgendwelche Sicherungen durchgebrannt sind?«

»War er in Haft?«

»Er war damals erst siebzehn. Hat Sozialstunden und eine Geldstrafe aufgebrummt bekommen, man war wohl der Meinung, dass der andere, der jetzt die neue Nase hat, ihn zuerst angegriffen habe. Ein paar Spezl von ihm haben das bestätigt. Im Übrigen hatte er die Moserin als Anwältin. Die hat schon ganz andere Kaliber rausgehauen.«

Frau Dr. Undine Moser – niemand wusste, was die Eltern geritten haben mochte, einem Mädchen mit dem Nachnamen Moser einen solchen Vornamen zu verpassen – war eine sogenannte Staranwältin, bekannt als »Berufungsundine«. Sie war stets durch alle Instanzen gezogen, und viele Richter und Staatsanwälte hatten vor der Durchschlagskraft dieser Frau resigniert. Inzwischen war sie im Ruhestand.

»Wenn diese Ionella ihn nicht rangelassen hat, dreht so einer schnell hohl«, fuhr Kathi fort. »Dann hätte Thomas ein Motiv. Und wenn der wirklich befürchtet hat, es geht von seinem Erbe was flöten, trau ich dem auch noch ganz andere Ausraster zu.«

Nun ja, schwerwiegendere Ausraster als Mord fielen Irmi gerade keine ein.

»Aber dann müsste er von dem neuen Testament gewusst haben, vorausgesetzt, es gibt überhaupt eins«, gab Irmi zu bedenken.

»Woher will diese Anna Maria so sicher sein, dass nicht doch andere Familienmitglieder davon gewusst haben? Und dann wären da noch Franz und Rita, die ja beide den Hof verkaufen wollten.«

Irmi überlegte. »Aber das wären dann zwei verschiedene Hypothesen. Die eine wäre, dass Thomas Ionella aus gekränktem Stolz umgebracht und den Brand nur zur Verschleierung gelegt hat. Oder Franz und Rita haben den

Brand gelegt, um die Eltern zum Verkauf des Grundstücks zu zwingen. Aber was haben Ionella und Runa dann im Silo gemacht?«

»Also, ich bin mir sicher, da hat einer gezündelt. Es kann doch kein Zufall sein, dass diese Bombe genau jetzt hochgeht. Die hat doch bestimmt schon lange dort gelegen. Da muss einer dran rumgespielt haben. Thomas, weil er nicht zum Stich kam, oder dieser Alki mit seiner Zicke, weil sie Geld gebraucht haben.« Kathi war wirklich eine Meisterin der Prägnanz.

»Dann lass uns mal weiter über die zweite Theorie nachdenken«, meinte Irmi. »Angenommen, Ionella hat die Katze gesucht. Überall, auch in der Tenne. Vielleicht hat sie ein Maunzen gehört und ist ins Silo gestiegen und hineingestürzt. Runa, die vermutlich gerade bei Ionella zu Besuch war, wollte ihr helfen. Ein weiterer tragischer Silounfall. Vermutlich wären die beiden Frauen gar nicht so schnell gefunden worden, wenn die Tenne nicht abgebrannt wäre. Eben weil Franz oder Rita oder beide sie abgefackelt haben.«

»Das sind dann aber zwei Paar Stiefel. Unfall im Silo plus Brandstiftung, um die Eltern zum Verkauf zu zwingen – das ist noch lange kein Mord, oder?«

Kathi hatte sich in Rage geredet, und man hätte glatt sagen können, sie war Feuer und Flamme – wäre das nicht schon wieder eine in diesem Zusammenhang ziemlich unpassende Redewendung gewesen, dachte Irmi.

Auf einmal sah sie das Gesicht von Runa vor sich. »Warum nur glaube ich nicht an diese Theorie?«, fragte sie ganz leise.

»Weil du immer sagst, glauben tun wir in der Kirche, und wissen ist besser?«

Irmi verzog zweifelnd den Mund. »Ja, Kathi, und Gefühle sind auch trügerisch. Aber mein Gefühl sagt mir, dass da irgendwas nicht stimmt mit den beiden Frauenleichen. Dass das kein Unfall gewesen sein kann. Aber Gefühle reichen nun mal nicht. Genauso wenig, wie der Glaube reicht.« Sie trank einen Schluck kalten Kaffee aus der Tasse, an der sie sich schon die ganze Zeit festhielt. »Wir müssen Frau Dr. Strissel informieren. Anschließend fahren wir zur Arbeitsstelle dieser Runa nach Schwangau. Wir müssen mehr über die junge Frau erfahren. Vielleicht ist sie der Schlüssel zum Ganzen. Und dann reden wir mit Tereza, die ja auch bald wieder da sein sollte.«

Frau Dr. Strissel wohnte in einem gediegenen Haus im gehobenen Landhausstil. Der dazugehörige große Garten war in dieser Jahreszeit von Schnee überzuckert, aber auch so konnte Irmi sehen, dass hier im Sommer ein Profi Hand anlegte. In diesen Kreisen beschäftigte man Gartenbauunternehmen. Die Strissels verfügten bestimmt auch über so einen gespenstischen Roboterrasenmäher, der, wie von Zauberhand bewegt, durch den Garten schnurrte. Als Bernhard so was zum ersten Mal gesehen hatte, war ihm die Kinnlade heruntergefallen.

Frau Dr. Strissel erkannte sofort an Irmis Blick, dass ihre schlimmsten Befürchtungen wahr geworden waren. Sie beherrschte sich, offenbar war sie nicht der Typ, der in der Öffentlichkeit weinte oder gar die Dramaqueen gab. Irmi versprach, alles zu tun, um den Fall möglichst bald aufzuklären. Frau Dr. Strissel wollte probieren, die Eltern von Runa zu erreichen, die aber ihres Wissens wenig Kontakt zur Tochter gehabt hatten und ständig im Dienst der Wissenschaft unterwegs waren.

»Der Vater ist Biologe, glaube ich, und die Mutter Fotografin. Sie begleitet ihren Mann auf Schiffsreisen an entlegene Forschungsstationen im Nordmeer. Runa hat eher wenig über ihre Eltern gesprochen, ja, sie hat fast ein wenig unwillig gewirkt. Deshalb bin auch nicht weiter in sie gedrungen.«

Irmi nickte. Es war merkwürdig im Leben: Plötzlich wurde etwas zum Thema, was jahrelang keine Bedeutung gehabt hatte. Sie selbst kam gerade vom Nordmeer, und Runas Eltern forschten dort. Das Leben öffnete plötzlich eine Tür, eine Tapetentür zumeist, von deren Existenz man gar nichts gewusst hatte. War das Schicksal oder alles nur Zufall?

»Dürfen wir Runas Zimmer sehen?«, fragte Irmi.

Frau Dr. Strissel brachte die Kommissarinnen ins Souterrain und verschwand gleich wieder. Da das Haus an den Hang gebaut war, gab es unten einige Zimmer, die dem Garten zugewandt waren. Der Raum, in dem Runa untergebracht gewesen war, hatte eine Terrassentür, die man fast über die ganze Zimmerbreite aufschieben konnte. Von hier aus gelangte man in ein geschmackvolles Bad mit gemauerter Dusche und Badewanne. Teuer aussehende Wasserhähne im antiken Stil zierten die Keramik – »Schöner Wohnen« in Ogau.

Der Inhalt des Kleiderschranks war wenig bemerkenswert, lauter Dinge, die man als junge Frau im Winter eben so trug. Das Bett war nachlässig gemacht, auf dem Kopfkissen saß ein Elch, der eine gestrickte Mütze mit passendem Schal trug. Auf dem Nachttisch lagen ein paar Magazine und einige Geschichtsbücher herum, darunter eines über König Ludwig und eines, auf dessen Umschlag ein deutscher Wehrmachtler zu sehen war. »Norge under andre verdenskrig« stand darauf. Davor lehnte ein Foto in einem himmelblauen Rahmen. Runa und eine andere junge Frau lachten mit großen blauen Augen in die Kamera. Irmi steckte das Bild ein.

»Kein Laptop oder Netbook? Sie war doch Studentin«, sagte Kathi erstaunt.

Das war in der Tat merkwürdig. Man hatte zwar Runas ruiniertes Smartphone gefunden, das sie am Körper getragen hatte. Womöglich hatte sie ihren Laptop in einem Rucksack oder einer Tasche dabeigehabt. Dann wäre er ebenfalls in der Flammenhölle verbrannt. Doch hätte es noch irgendwelche Überreste davon gegeben, dann hätte der Hase sie bestimmt gefunden. Er arbeitete sehr gründlich.

Irmi und Kathi gingen wieder nach oben. Frau Dr. Strissel hatte geweint, sie bemühte sich aber weiterhin, stark zu wirken. Irmi zeigte ihr das Foto, doch auch Frau Strissel wusste nicht, wer das andere Mädchen war. Eine Freundin, eine Verwandte vielleicht?

»Besaß Runa gar keinen Laptop?«, erkundigte sich Irmi.

»Doch, natürlich. Diese Generation überlebt doch nicht ohne Smartphone und Netbook.« Frau Dr. Strissel stiegen erneut die Tränen in die Augen. »Sie hat es bestimmt dabeigehabt. Sie wollte doch in die Uni …« Die Tränen flossen stärker.

»Können wir etwas für Sie tun? Sollen wir jemanden benachrichtigen? Brauchen Sie Hilfe?«, fragte Irmi.

Frau Dr. Strissel schnäuzte sich. »Mein Mann kommt gleich nach Hause. Ich habe ihn angerufen. Bevor die Jungen nach Hause kommen, müssen wir doch …«

Ein Mann, der heimkam. Das war gut. In normalen Familien kamen in solchen Fällen Männer früher nach Hause. Bei ihr wäre in einem solchen Fall niemand gekommen. Bernhard wäre an einen Stammtisch geflüchtet, an dem man schweigen durfte. Ihre Meinung, alles allein zu können und mit sich selbst auszumachen, war ihr seinerzeit zur Falle geworden. Sie musste gut auf sich aufpassen, denn sie wollte Adele momentan nicht weiter in Anspruch nehmen müssen. Sie hatte bei ihr angerufen, und die Psychologin hatte sich sehr gefreut, dass Irmi sich wieder so gut fühlte. Allerdings hatte sie ihr dringend dazu geraten, die Therapie zu Ende zu machen. Aber dafür war jetzt wirklich keine Zeit.

»Finden Sie heraus, was passiert ist, bitte!«, sagte Frau Dr. Strissel zum Abschied.

Irmi nickte. »Wir tun unser Möglichstes.«

Kaum waren sie draußen, rief Kathi so laut: »Scheiße!«, dass sich eine Spaziergängerin mit Hund umdrehte und böse den Kopf schüttelte. Kathi zeigte ihr den Stinkefinger.

»Kathi!«

»Ist ja gut! Aber dieser Teil von unserem Job ist doch auch scheiße! Die arme Frau. Da nimmt sie so ein Mädchen bei sich auf, und dann kommt es ausgerechnet hier zu Tode.«

In diesem Fall waren zwei ganz unterschiedliche junge Frauen aus dem Ausland ums Leben gekommen. Ionella stammte aus einem Land, in dem man um jeden Cent kämpfen musste, um ein lebenswertes Leben und um Anerkennung. Denn bei vielen galten Rumänen immer noch als Menschenhändler, Mörder, Drogenschieber oder wenigstens Sinti und Roma. Runa hingegen kam aus einem Land, das durch sein Ölvorkommen reich geworden war und wo ein junges Mädchen alle Möglichkeiten hatte, die es sich nur wünschen konnte. Rumänien und Norwegen – zwei gegensätzliche Pole in Europa. Zwei junge Mädchen mit ganz unterschiedlichen Ausgangspositionen waren fröhlich und mit der Unverwundbarkeit der Jugend nach Bayern gekommen. Und nun waren sie beide tot. Verbrannt in einem Silo in Unterammergau. Scheiße, Kruzifix. Sacklzement! Irmi konnte Kathis Wut nur zu gut verstehen angesichts der Ohnmacht, die man in so einem Fall empfand.

Irmi rief im Museum an und kündigte ihr Kommen an. Man erklärte, dass die Direktorin da sei und ihren Besuch erwarte.

Sie redeten nicht viel auf dem Weg nach Schwangau. Es ging das Ammertal hinauf durch die Wildsteig, wo es wie in Ettal auch immer dieses Mehr an Winter gab. Aber die Wildsteig lag offen und weit vor den Bergen. Es ging weiter nach Steingaden und Halblech. Gefühlt war es eine halbe Weltreise. Für die meisten Oberbayern stellte das Allgäu eine ferne Galaxie dar, obwohl es geografisch so nahe lag. Stattdessen strebten sie dem Tegernsee zu, dem Chiemgau oder Garmisch.

Als sie einen Weiler namens Schlauch passierten und sich der Blick in die Berge auftat, musste Irmi zugeben, dass die Allgäuer ihre Landschaft gut hinbekommen hatten. Seen, Vorberge, weite Täler – hätte man in so einer Landschaft nicht unentwegt ein überglücklicher Mensch sein müssen?

Kurz vor Schwangau lag die berühmte Wallfahrtskirche St. Coloman, die Tausende von Bildbänden zierte, und dahinter Neuschwanstein – live und mitten im Schnee fand Irmi den Anblick einfach bezaubernd. Letztlich appellierte das kitschige Märchenschloss eben doch an die Kinderseele im Menschen. Prinzessin, Ritter, Turniergetümmel – das sprach doch fast alle an.

Die Fahrt stockte, weil ein Reisebus plötzlich angehalten hatte, die Straße blockierte und fotowütige Touristen in die Wiese entließ. Auch Irmi und Kathi stiegen aus, die Luft war klar, und es war winterlich kalt. Ein junger Hund tummelte sich im Schnee, und das zugehörige Herrchen kam angeschlendert.

»Mei, hier braucht's halt Geduld mit dene Fremde. Aber au wenn ma von hier stammt, isch es doch immer wieder schee anzumschaun, wie des Schloss so im Fels bäppt«, sagte der Mann und traf mit seinem Lächeln direkt in Irmis Herz. Sosehr sie immer in Gedanken an Tote verstrickt war, so viel Leben gab es um sie herum. So viel Lebenslust und einen so wunderbaren Dialekt. »Bäppen« war doch ein viel schöneres Wort als »kleben«. Die beiden plauderten ein wenig mit dem Mann, der höflich meinte, dass Garmisch »fei aber au schee« sei. Schließlich war die Busbesatzung wieder an

Bord, und es ging weiter in den Schlund des Schlosstourismus.

Irmi fuhr in Schlangenlinien um die Chinesen oder Japaner herum. So genau konnte sie die Nationalität dieser Asiaten nicht bestimmen.

Doch Kathi klärte sie auf: »Die Japaner erkennst du am Mundschutz und den OP-Überzieherlis an den Füßen.«

Die hatten sie in der Tat angehabt. Pumps mit Schuhkondom im Schneematsch, dachte Irmi amüsiert.

»Die Koreaner wuseln so komisch, die Chinesen haben ein Vollmondgesicht, und die Inder stinken, das liegt an dem Essen dort«, fuhr Kathi fort.

Gott erhalte uns unsere Vorurteile in einer vernetzten Welt, in der jeder alles wissen könnte und doch so gar nichts lernt, was Toleranz betrifft, dachte Irmi und erinnerte sich an Kathis Ärger über die intolerante Familie Schmid.

Sie fuhren an ein paar Pferdekutschen vorbei. In eine davon hievten sich gerade ein paar mächtige Menschen, deren Ärsche größer waren als die der Kaltblüter vor dem Gefährt.

»Die Amis fressen sich noch um den letzten Verstand«, kommentierte Kathi bissig.

Die Pferde waren um ihren Job ganz sicher nicht zu beneiden. Heute war es wenigstens kühl. Vor einigen Monaten waren zwei der Pferde durchgegangen, und die Kutsche war gegen eine Mauer geprallt. Die Insassen hatten sich zum Glück nur leicht verletzt. Womöglich war das die Rache von Generationen von Kutschpferden gewesen, dachte Irmi, die als Kuhbäuerin die Meinung vertrat, dass Pferde den Menschen gegenüber ohnehin viel zu höflich waren.

Im Schritttempo krochen sie weiter, bis sie den Parkplatz am Museum erreicht hatten. Der Parkplatzwächter mit Pferdeschwänzchen ließ sich von Irmis Dienstausweis nur wenig beeindrucken. Er bestand auf der Parkgebühr und erklärte den Kommissarinnen, dass sie doch bitt schön möglichst platzsparend parken mögen.

Das Museum der Bayerischen Könige befand sich im ehemaligen Grandhotel direkt an den Gestaden des Alpsees. Von hier aus hatte man einen grandiosen Blick auf Hohenschwangau. Irmi hatte natürlich Schulausflüge zu den unvermeidlichen Schlössern gemacht und sie ein paarmal mit Gästen besichtigt, dennoch war sie überraschend beeindruckt und berührt. Es war eine Landschaft voller Opulenz, die sich Übertreibungen gönnte. Ein grünlich türkiser See, der weiße Schnee, ein Himmel in Hellblau. Hier klotzte auch die Architektur, und das musste sie auch, um überhaupt gegen diese orchestrale Landschaft anzukommen.

An der Kasse in der riesigen Eingangshalle wusste man bereits von ihrem Kommen. Wenig später kam die Museumsdirektorin, eine schlanke, gepflegte, alterslose Frau. Sie bat Kathi und Irmi hinüber ins Restaurant in eine Art Lounge, deren Einrichtung von gediegener Noblesse geprägt war.

»Wir sind wegen Runa Dalby hier«, begann Irmi.

»Was für eine Tragödie«, sagte die Museumsdirektorin. »Ich habe schon mit Frau Dr. Strissel telefoniert, und sie sagte mir, dass Runa in einer Tenne verbrannt sei. Zusammen mit einem anderen Mädchen?«

»Das ist korrekt.« Irmi wollte die näheren Umstände nicht gleich zu Beginn des Gesprächs erläutern und ging deshalb weiter in die Offensive. »Wie kam denn der Kontakt mit Runa zustande?«

»Eigentlich über die Uni in Tromsø. Ich bekam eine Anfrage, ob ich eine junge Kunstgeschichtlerin, die in München ein Auslandssemester machen wollte, hier im Museum einstellen würde. Sie wollte neben ihrem Studium ein bisschen Geld verdienen und ihr Deutsch verbessern. Das war mir sympathisch. Sie hat am Ticketcounter und im Museumsshop gejobbt, und außerdem hat sie englische Führungen gemacht.«

»Und das klappte gut?«, fragte Kathi.

»Nicht immer natürlich. Jeder muss sich einarbeiten.« Sie lächelte. »Gleich in den ersten Arbeitstagen wurde der Alarm ausgelöst. Der Grund dafür waren nicht Diebe, sondern ein paar italienische Touristen, die ihre Kinder auf dem Tisch mit dem berühmten Tafelaufsatz laufen ließen. Und Runa hat die Kinder aufgefangen, wenn sie runterhüpften. Die Italiener haben eben ein sehr unverkrampftes Verhältnis zur Kultur. Und Runa hatte das auch.«

»Das ist aber nicht ganz Ihre Herangehensweise?«, fragte Irmi vorsichtig nach.

Die Museumsdirektorin, die auf Irmi etwas spröde und distanziert wirkte, lächelte wieder. »Ich bin Wissenschaftlerin, Runa stand ja noch am Anfang ihrer Laufbahn und war in dieser Hinsicht ganz unbefangen. Sie war ein Sonnenschein und nahm jeden für sich ein.« Die Museumsdirektorin machte eine kurze Pause. »Und ich konnte so mein Fernweh pflegen, die norwegische Sprache lebendig halten und den Trockenfisch und das Flatbrød aus ihrem Reiseproviant aufessen. Außerdem fand ich ihren Namen so inspirierend. Runa ist ein sehr seltener Name, eigentlich zu altmodisch für eine Ende der Achtziger oder Anfang der Neunziger geborene Norwegerin. Er stammt aus dem Altnordischen und bedeutet Geheimnis oder Zauber. Ihre Mutter hatte wohl ein Faible für alte nordische Namen. Ihr zweiter Name ist Hjördis, die Göttin mit dem Schwert.«

Irmi fand bemerkenswert, wie vorsichtig-verhalten die Museumsdirektorin war und gleichzeitig so begeisterungsfähig. »Sie sprachen vorhin von Fernweh?«, fragte sie nach.

»Ich war einige Jahre Leiterin des Nordkapmuseums in Honningsvåg.«

»Wow!«, sagte Kathi.

»Ist schon ein gewisser Unterschied zu hier, oder?«, meinte Irmi.

Die Museumsdirektorin nickte. »Ein gewaltiger. Waren Sie schon mal bei uns im Museum?«

Irmi schüttelte den Kopf und sah an Kathi geflissentlich vorbei, denn die hatte sicher keine Lust auf eine Museumsführung. Aber Irmi hatte den Eindruck, dass die Direktorin eine gewisse Zeit benötigte, um warm zu werden. Und so folgten sie ihr in den ersten Raum, den imposanten Saal der Könige. Das also war der weiß gedeckte Tisch mit dem Prunkgeschirr, wo die italienischen Kinder herumgetollt waren.

»Der Tafelaufsatz wurde zur Hochzeit des Kronprinzen Max mit Marie von Preußen in Auftrag gegeben. Leo von Klenze hat die feuervergoldeten Bronzefiguren geschaffen, die Motive stammen aus dem Nibelungenlied. Nach der Napoleonischen Zeit war dieser Text identitätsstiftend und ein wahres Sehnsuchtsepos der Deutschen. Dabei sind Themen wie Eifersucht, Hass und verschmähte Liebe ja eigentlich zeitlos.«

»Hmm«, machte Kathi, die erstaunlich interessiert wirkte.

»Wissen Sie, unser Museum ist das einzige dynastische Museum der Welt, und es hat seinen besonderen Reiz durch die Lage hier bei den berühmten Schlössern. Dabei muss man verstehen, welch große Bedeutung Schwangau für die Wittelsbacher hatte. Das wäre so, als gäbe es ein Hohenzollernmuseum in Sanssouci.«

Zu Irmis großer Überraschung ergänzte Kathi: »Ohne die Wittelsbacher und ihre Bautätigkeit wäre München nie zu einer Stadt geworden, oder!«

Irmi musste ihre Kollegin wohl wirklich angeglotzt haben wie ein Gnu, denn Kathi fügte erklärend hinzu: »Meine Tochter, das Soferl, soll ein Referat über den Kini und Schloss Linderhof halten.«

»Schicken Sie das Mädchen mal her! Junge Leute verstehen oft viel besser, dass der Kini ganz sicher nicht verrückt war. Er mag ein kreativer Sonderling gewesen sein, aber er war hochgebildet und las pro Nacht ein Buch. Und Leute, die nachts arbeiten und tags schlafen, sind ja nicht per se verrückt. So mancher Teenie kann das besser nachvollziehen als wir. Außerdem hat er mit seiner Technikbegeisterung die Ingenieure zu Höchstleistungen angespornt.«

»Wie bei der Venusgrotte in Linderhof?«

»Ja, da hat er um diesen blauen Farbton gerungen, der der Blauen Grotte auf Capri nachempfunden ist. Erzählen Sie Ihrer Tochter mal, dass dabei die blaue Farbe entstand, die später von dem fränkischen Schneider Levi Strauss für seine Jeanshosen verwendet wurde. Die Welthose gäbe es also nicht ohne diesen Franken und ohne einen Wittelsbacher.«

Irmi war beeindruckt von der Museumsdirektorin und auch ein klein wenig frustriert. Diese Frau wusste so viel und konnte spielend den Gang der Welt in Zusammenhänge stellen, dort, wo sie selbst nicht mal über Viertelwissen verfügte.

Sie gingen weiter durchs Museum und kamen an einem Bild des volksnahen Prinzregenten Luitpold vorbei, der immerhin einundneunzig Jahre alt geworden war. Dann sahen sie sich ein Porträt des Kurfürsten Karl Theodor an, dem München den Englischen Garten zu verdanken hatte und der Namensgeber des Münchner Karlsplatzes war. Wenn Karl Theodor nicht so unbeliebt gewesen wäre, hätten die Münchner den Platz bestimmt bis heute Karlsplatz genannt und nicht Stachus nach dem Wirt Eustachius Föderl.

Schließlich blieben sie vor einigen Werbeplakaten stehen, die das Landleben um 1900 zeigten.

»Das war Runas Thema«, erklärte die Museumsdirektorin. »Sie wollte eine Arbeit schreiben und darin die Darstellung des Landlebens in Norwegen und Deutschland in den letzten hundert Jahren vergleichen. Natürlich auch im Hinblick auf die Wunden, die die beiden Weltkriege verursacht haben.«

Deshalb also die Bücher, dachte Irmi und studierte ein Plakat, auf dem eine Magd mit blütenweißer Schürze Milch in ein Gefäß kippte und ein Bursche dazu auf der Mundharmonika spielte. Was für ein klischeehaftes Bild vom heilen Landleben, zu einem Zeitpunkt, als die Verelendung, die aus der Industrialisierung resultiert war, auch Bayern längst erreicht hatte. Wenig hatte sich seitdem an den Klischees geändert, die vor allem in Büchern, Filmen und der Tourismusbranche weiterlebten. Aus den gesichtslosen Städten wollte man die Menschen aufs heile Land locken, wo alles besser war. So gut, dass rumänische Mädchen in Silos starben, dachte Irmi zynisch.

»Wenn sie nur so heil wäre wie auf dem Plakat, diese bäuerliche Welt«, sagte sie laut und näherte sich dann dem eigentlichen Grund ihres Besuchs. »Hat Runa Ihnen gegenüber eigentlich mal eine rumänische Freundin erwähnt?«

Die Museumsdirektorin dachte kurz nach. »Stimmt, sie hat mal von ihr erzählt, einer Pflegekraft, die in ihrer Heimat Pharmazie studiert hatte. Runa war fassungslos, dass in Rumänien das ganze Jahr über Holzstöckchen gesammelt werden, um sie im Winter zu verheizen, während ihre norwegischen Kommilitonen nicht auf die Idee kommen, ihre Heizung, die mit Strom läuft, mal niedriger als fünfundzwanzig Grad zu stellen.«

Auch Irmi war aufgefallen, dass die Norweger ihre Natur liebten und so oft wie möglich mit Goretex, Fleece und Co. ausgerüstet hinauszogen, aber nur selten über Energiesparen nachdachten. Fast alle Heizungen liefen mit Strom, und in allen Häusern war drinnen T-Shirt-Time, während draußen die Schneestürme tobten.

»Sie hat mich gefragt, ob ich nicht das rumänische Mädchen anstellen könnte, damit sie von ihrem Sklavenjob wegkommt«, fuhr die Museumsdirektorin fort.

Irmi schluckte. »Das ging aber nicht?«

»Leider nein.« Die Museumsdirektorin stutzte kurz. »War die junge Rumänin das zweite Mädchen, das ums Leben gekommen ist?«

»Ja, die beiden kamen in der Tenne ihres … äh … Arbeitgebers ums Leben.« Jetzt hätte sie fast Sklaventreiber gesagt.

Schweigend gingen sie durch den Raum, der die NS-Zeit thematisierte, als die Wittelsbacher als Sippenhäftlinge von einem KZ ins nächste verlegt worden waren.

»Sagen Sie, so wie Sie Runa erlebt haben, könnte sie versucht haben, die Rumänin zu … nennen wir es befreien?«, fragte Irmi. »Könnte sie in der Familie ihres Arbeitgebers Stimmung gemacht und sich für die Freundin eingesetzt haben?«

»Das kann ich mir sehr gut vorstellen. Sie war nicht unhöflich, aber ungestüm, eine Schwert schwingende Kämpferin für eine bessere Welt. Vielleicht hätte sie ihren zweiten Namen als Erstnamen bekommen sollen.«

Was, wenn alles ganz anders gewesen war, als sie bisher angenommen hatten? Was, wenn gar nicht Ionella das Ziel gewesen war, sondern die aufmüpfige Norwegerin, die sich eingemischt hatte?

Sie beendeten ihren Rundgang an einigen 3-D-Animationen von weiteren Bauplänen des Kinis. Der chinesische Palast am Tiroler Plansee sah gewaltig aus. Wenn es nach der Tourismusindustrie ginge, hätte er ruhig noch mehr bauen können, dachte Irmi.

»Hatte Runa denn hier Zugang zu Computern?«, fragte sie. »Hat sie hier Texte für die Uni oder E-Mails geschrieben?«

»Das weiß ich gar nicht. Sie hatte in jedem Fall einen Laptop. Den hatte sie auch häufig dabei. Warum?«

»Genau den vermissen wir. Der Laptop kann natürlich verbrannt sein. Wissen Sie, über Briefe und E-Mails, über ihre Texte und Bilder erfährt man oft das meiste über einen Menschen.«

Die Museumsdirektorin nickte. »Ich lass unseren Systemtechniker das mal untersuchen. Wenn er etwas findet, würde ich mich melden. Und wie geht es weiter?«

»Die deutsche Polizei versucht natürlich die Eltern zu informieren, und auch Frau Dr. Strissel sucht den Kontakt. Allerdings meint sie, die Eltern könnten auf einer Forschungsreise unterwegs sein. Telefonisch hat sie sie jedenfalls noch nicht erreicht. Sie hat ihnen jetzt eine E-Mail geschrieben. Außerdem werden wir wohl die norwegische Polizei hinzuziehen müssen. Hat Runa denn Ihnen gegenüber von ihrer Familie erzählt?«

»Nein, eigentlich nicht. Jetzt, wo Sie mich fragen, fällt mir auf, dass sie erstaunlich wenig erzählt hat. Es ging in unseren Gesprächen um die Uni in Tromsø und ihren Studiengang – ehrlich gesagt, habe ich auch gar nicht groß nachgefragt.«

Irmi hatte das Foto herausgeholt, das sie aus dem Zimmer der Norwegerin mitgenommen hatte. »Wissen Sie, wer das andere Mädchen sein könnte? Das Bild stand auf Runas Nachttisch.«

Die Museumsdirektorin schüttelte den Kopf. »Nein, aber die andere sieht auch norwegisch aus, finden Sie nicht? Vielleicht eine Schwester?«

Das würden sie wissen, wenn sie Runas Familie erreicht hatten. Sie würden erfahren, wer in Norwegen alles um sie trauerte. Jeder Tod riss so viele andere Menschen mit in den Abgrund.

Sie verabschiedeten sich und arbeiteten sich durch eine Schlange von Menschen, die wohl ein Bus ausgespuckt hatte. Der Reiseleiter trug eine rot-weiß-geringelte Mütze mit Ohrenklappen. Er ragte wie ein Leuchtturm aus der Menge, es fehlte nur noch das Blinklicht. Und er mahnte zur Eile, denn die Tickets fürs Schloss gaben eine genaue Einlasszeit vor. Schlosstourismus war harte Arbeit nach der Stechuhr.

Auf dem Rückweg trieb der Wind in der wilden Wildsteig Schnee über die Straße. An der kühnen Echelsbacher Brücke hatte der Landkreis Garmisch sie wieder. Die Berge standen heute so nahe, sie wirkten bedrohlich. Irmi musste an die polnische Pflegerin mit ihrem »I like mountains«-T-Shirt denken. An Tagen wie diesen war sich Irmi nicht sicher, ob sie die Berge wirklich mögen sollte.

Der Beck-Hof lag ebenfalls in der Dorfmitte von Unterammergau, ein stolzes Anwesen. Vor dem Haus parkte ein silberner Mercedes der G-Klasse. Irmi wollte sich gar nicht vorstellen, wie lange eine alte Frau für so was stricken musste. Das klobige Fahrzeug mit seinem Stuttgarter Kennzeichen war hier ein merkwürdiger Fremdkörper.

Sie betätigten einen Türklopfer, der auf der alten Holztür schepperte, als riefe er zum Jüngsten Gericht. Die Tür wurde von einer Frau mit hohen Stiefeln und einem Wollkostüm geöffnet, die so aussah wie eine Großstädterin, die man eben gerade nach Ugau gebeamt hatte. Und so war es ja wohl auch. Sie stellte sich als Hanne Lorenzi vor. Das also war die Schulfreundin von Markus Schmid, die PR-Dame von Benz, mit der Andrea telefoniert hatte. Diese Ugauer zogen hinaus in die Welt und kehrten mit einer als Geländewagen getarnten Luxuslimousine zurück. Zumindest manche, die nicht so faul waren wie Thomas, der seinen Hintern sicher maximal zum Oktoberfest nach München bewegte oder mit dem Burschenverein zum Törggelen nach Kaltern, dachte Irmi.

Kurz erklärte sie ihr Anliegen, und Frau Lorenzi ließ die beiden herein.

In der Küche saß eine alte Frau mit einer sehr dunklen Brille. Hanne Lorenzi stellte sie als ihre Mutter Gerti vor und bot ihnen Kaffee an. Während sie am Chromvollautomaten herumhantierte, der sich in der dunkelbraunen traditionellen Küche etwas merkwürdig ausnahm, erklärte sie: »Ich bin heute früh aus Stuttgart hergefahren, nachdem ich mit Ihrer Kollegin telefoniert hatte. Das ist ja furchtbar! Zwei tote Mädchen? Auf dem Weg durchs Dorf haben mich allein drei Leute aufgehalten, um mir davon zu erzählen. Ist das wirklich alles wahr?«

»Klar ist es wahr«, kam von der alten Dame, die eine

überraschend laute und jugendliche Stimme hatte. Sie drehte den Kopf in Irmis Richtung. »Ich seh fast nichts mehr und war drei Tage mit Tereza in München. Also hab ich ein Alibi und das Madel auch.« Dazu klopfte sie mit ihrem Gehstock auf den Boden wie ein Tambourmajor.

»Mama!«

»Ja, nix Mama! Ich bin bald blind wie ein Maulwurf, aber nicht blöd. So was fragen die im Fernsehen auch immer.« Und wieder wandte sie sich an die Kommissarinnen. »Früher hab ich gern Krimis geschaut. Und weil ich jetzt nix mehr sehe, hör ich stattdessen Hörbücher. Da geht es auch um Alibis.« Sie wies auf einen Stapel CDs mit Romanen von skandinavischen Kriminalschriftstellern, die nicht gerade für zimperliche Geschichten bekannt waren.

»Mama, ich glaube auch nicht, dass die Damen angenommen haben, dass du die Tenne beim Schmid angesteckt hättest.«

Irmi hatte das Gespräch zwischen Mutter und Tochter mit einem gewissen Amüsement verfolgt. Die Alte war in jedem Fall beeindruckend.

»Das weiß man nie so genau«, konterte die Dame mit Nachdruck.

»Bei der einen Toten handelt es sich um Ionella Adami, die Sie ja auch kennen und die unter anderem mit Tereza, Ihrer Pflegerin, befreundet war. Und deshalb sind wir hier. Wir müssen mit Tereza sprechen. Ist sie da?«

»Ja, aber ich hab sie genötigt, sich etwas hinzulegen«, sagte Hanne. »Sie war völlig fertig und hat so stark geweint, dass ich fast versucht war, den Arzt zu holen, damit er ihr was zur Beruhigung gibt.«

»Armes Ding. Was für ein schlimmes Ende für einen jungen Menschen«, sagte die alte Dame und verlieh ihrer Rede erneut mit dem Stock Nachdruck.

»Die Ionella war öfter bei Ihnen herüben …«, sagte Irmi langsam, doch sie wurde sofort unterbrochen.

»Ich sehe wenig, aber ich bin nicht taubstumm. Sie können schon schneller reden, und schonen müssen Sie mich auch nicht. Ich hab die Flucht aus dem Egerland überlebt. Mir haben sie drei Brüder an der Hand meiner Eltern weggeschossen«, sagte die alte Dame.

Irmi war kurzzeitig sprachlos.

In die erdrückende Stille kam von Hanne Lorenzi ein erneutes: »Mama!«

»Also, die Damen«, fuhr die Alte fort, »Ionella kam öfter herüber, weil's beim Schmid ja nicht mal gelitten war, dass sie telefoniert oder ins Internet geht. Dabei haben sie beim Schmid so was auch gar nicht. Außerdem haben sie ihr immer das warme Wasser abgedreht, damit sie ja nicht zu oft duscht. Wir waren hier eine Art Asyl, die Tereza und ich. Außerdem ist die Burgi eine alte Hexe.«

»Mama!«

»Stimmt doch! Sie war schon früher eine humorfreie Bissgurke, und jetzt, wo es im Hirn ausbeißt, akzentuiert sich das. So nennt man das, Töchterchen. Ak-zen-tu-ieren! Die schlechten Eigenschaften werden im Alter mehr, drum werd ich immer noch g'schnappiger und peinlicher. Ich war meiner Tochter nämlich immer schon peinlich!«

Kathi lachte laut, und Irmi grinste. Dass Gerti zeitlebens eine Nonkonformistin gewesen sein musste und so ein Dorf ordentlich aufgemischt hatte, daran hatte Irmi gar keine Zweifel.

»Mama, du bist eine Heimsuchung! Du kannst doch nicht …«

»Und Sie haben den Kontakt zu den Rumäninnen hergestellt?«, wechselte Irmi das Thema.

»Ja, die Schmids hatten zuerst Polinnen über eine Agentur, wie es sie im Internet ja zuhauf gibt. Da waren einige Kaliber dabei. Am besten war die mit dem ›I like mountains‹-Shirt, die hat echt keinen Finger krumm gemacht«, meinte Frau Lorenzi.

Immerhin hatte diese Frau in Unterammergau einen gewissen Bekanntheitsgrad erreicht, dachte Irmi.

»Und außer dem Satz ›I want coffee‹ konnte die auch kein Englisch!«, rief Gerti. »Ich hab beim Amerikaner übersetzt, ich weiß, was Englisch ist.«

»Ja, Mama! Du weißt alles! Jedenfalls haben wir dann unsere Rumäninnen empfohlen. Das läuft anders als bei einer Agentur, weil die Mädchen alle weitläufig miteinander verwandt sind. Die Wilhelmine organisiert dann, wer wann kommt. Auch für die jungen Frauen ist es viel schöner, wenn es im Dorf noch eine Freundin gibt. Ein Zuckerschlecken ist der Job nämlich nicht«, bemerkte Hanne Lorenzi.

»Willst du damit sagen, *ich* bin kein Zuckerschlecken?«

»Na ja, du bist eher Chilipfeffer, Mama!«

Gerti tippte sich an den Kopf. »Gib deinem Vögelchen mal ein Wasser. Ich geh jetzt Tereza holen.« Bemerkenswert geschwind stand sie auf und tackerte mit ihrem Stock von dannen.

Ihre Tochter sah ihr kopfschüttelnd nach. »Sie ist eine richtige Urgewalt. Zwölf Brüder hatte sie, von denen vier tatsächlich auf der Flucht gestorben sind. Sie war das Nesthäkchen und das einzige Mädchen. Während der Besatzungszeit hat sie als Übersetzerin gearbeitet. Dann hat sie den Vater kennengelernt. Er war ein sanfter Mann und hat sie so geliebt. Und sie ihn auch – auf ihre etwas herbe Art. Als er vor zehn Jahren starb, hat man ihr nichts angemerkt. Sie hat sich nie in die Karten schauen lassen. Immer eiserne Disziplin gewahrt. Als Kind war das manchmal schwierig … Ach, was rede ich da.«

Irmi warf einen vorsichtigen Seitenblick auf ihre Kollegin. Auch Kathi war so eine Urgewalt, als Mutter immer burschikos und kumpelhaft, aber nie eine Kuschelmama. Das Soferl hatte für die Streicheleinheiten die Oma, und die kleine Hanna hatte anscheinend einen sanften Vater als Ausgleich gehabt. Kinder taten sich immer schwer, wenn ihre Familie nicht dem Normbild entsprach. Wenn der Papa der Sanfte war und die Mama kein Blatt vor den Mund nahm. Die anderen Kinder im Dorf plapperten die bösartigen oder einfach nur unreflektierten Gemeinplätze ihrer Eltern nach: Der Hanne ihre Mama hat die Hosen an … Die hat Haare auf den Zähnen … Und der Papa ist ein Waschlappen … Irmi konnte sich nur zu gut vorstellen, wie das damals gelaufen war.

»Sie sehen ja, meiner Mutter geht es eigentlich gut«, fuhr Hanne fort. »Aber ihre Augen werden immer schlechter. Wir haben die Pflegerinnen letztlich eher als Gesellschafterinnen. Und so hat meine Mutter quasi eine Enkelin, weil ich …«

»Weil meine Enkel immer schon Katzen und Hunde waren. Mein aktueller Lieblingsenkel ist ein Labrador!«, kam es von der Tür. Gerti war wieder da und hatte Tereza mitgebracht. Die hatte eine fast schon beängstigend perfekte Figur, Rehaugen, hohe Wangenknochen und lange brünette Haare mit einem Goldschimmer.

»So, Mama, die Damen wollen sicher mit Tereza allein reden, wir gehen so lange in die Stube.« Und tatsächlich folgte Frau Feldwebel ihrer Tochter, ohne zu widersprechen.

Irmi lächelte Tereza an. »Wie kommen Sie mit so einer resoluten Frau zurecht?«, fragte sie, nachdem sie sich und Kathi kurz vorgestellt hatte.

»Gut, sehr gut. Sie ist lustig. Wir lachen viel. Ich lerne viel besser Deutsch. Und Englisch. Wenn sie mit mich einmal schimpft, gehe ich weg. Dann ist sie brav wie ein … wie sagt man … Fohlen?«

»Lämmlein?«

»Richtig, Lamm. Schwere Sprache, ich mühe mich aber sehr.«

»Sie sprechen gut Deutsch, Tereza!«

»Ja, aber muss üben. Bei uns zu Hause sprechen nur noch die Großeltern Deutsch, wir andern alle Rumänisch. Ich will studieren in Berlin.«

»Und deshalb arbeiten Sie hier?«

»Ja, sicher. Waren Sie schon einmal in Rumänien?«

Irmi schüttelte den Kopf. Nein, sie war noch nie in Rumänien gewesen. Warum auch? Sie erinnerte sich an das Gespräch mit Kathi, dass sich die Welt durch die Globalisierung verändert hatte und doch irgendwo im Mittelalter hängen geblieben war, als sich die benachbarten Herzöge bekriegt und die Dorfbewohner sich gegenseitig gemeuchelt hatten. *The more things change, the more they stay the same.* Gab es da nicht einen Songtext von Bon Jovi?

Ihr wurde bewusst, dass sie kaum etwas wusste über die neuen europäischen Länder, abgesehen von dem, was ihre seltenen Ausflüge ins deutsche Fernsehprogramm und die unübersehbaren reißerischen Titel in der Boulevardpresse sie lehrten. Sinti und Roma kamen wie eine Flutwelle, um hier vom Kindergeld zu leben? Rumänische Banden klauten wie die Raben? Sie kannte solche Probleme außerdem aus Sicht der Polizei. Aber was wusste sie über all diese Ionellas und Terezas und deren Familien? Das waren Menschen, die sicher auch nur das wollten, was alle Menschen für sich erhofften: eine lebenswerte Zukunft.

»Wenn Sie sagen, dass Sie kommen aus Rumänien, die Leute halten ihre Handtaschen fest. Wir sind immer Diebe. Dabei sind wir nur geboren auf die falsche Seite von die Eiserne Vorhang«, sagte Tereza.

Was hätte Irmi darauf antworten sollen? Sie schwieg und lächelte Tereza aufmunternd an.

»Mit Frau Gerti ist es leicht«, fuhr die junge Frau fort. »Ionella hat schwerer. Muss zwei Personen zu pflegen. Die Frau Burgi immer so traurig. Weint. Depressiv. Alle, die dort gewesen sind, sagen, dass es immer schwerer wird. Sogar ich weiß, wie es vor einem Jahr mit die alte Frau Schmid noch besser war. Ging spazieren und mit andere Frauen Spiele spielen. Jetzt sitzt nur auf Couch und weint. Isst nicht. Tochter Rita will, dass man sie zwingt. Aber man kann eine Mensch nicht zwingen.«

Irmi kannte das von ihrer eigenen Mutter, die am Ende auch kein Hunger- und Durstgefühl mehr gehabt hatte. Diese ganz banalen Dinge wie Essen, Trinken und Ausscheiden waren ab einem bestimmten Punkt die einzigen Dinge, über die man als pflegebedürftiger Mensch noch ein klein wenig selbst entscheiden konnte. Oder man verweigerte sich ganz, wenn man sonst so gar nichts mehr tun konnte.

Irmi nickte. »Haben Sie Runa mal kennengelernt?«

»Ja, sie war Freundin von Ionella. Wir haben auf meinem Zimmer, ge… ge… geratscht?«

»Geratscht, genau! Und wie war sie?«

»Nett. Klug. Studiert. Wütend, sehr wütend.«

»Warum?«

»Sie konnte nicht glauben, dass wir so arbeiten. Sie hat gesagt: Ihr müsst eine andere Job suchen. Aber wo? Wie? Es ist schon gut so«, sagte Tereza. Dabei sah sie Irmi fast ängstlich an. So als sollte die bloß nicht denken, sie möge ihren Job nicht.

Runa schien tatsächlich eine aufmüpfige junge Frau gewesen zu sein, dachte Irmi. In ihrer Welt war so eine Ungerechtigkeit nicht tolerabel. Norwegen war groß, liberal, voller Chancen. Osteuropa hatte zwar seine Ummauerung niedergerissen, aber was konnte es seinen Menschen bieten? Wie bei einer modernen Völkerwanderung zog ein Heer von jungen, klugen Leuten gen Westen. Ungarische Lehrerinnen arbeiteten als Servicekräfte und bulgarische Ingenieure als Spüler, denn sie bekamen in Österreich, der Schweiz oder Deutschland für Jobs, die hier kaum keiner machen wollte, ein Vielfaches der Gehälter in ihrer Heimat.

Dort bekam ein Ingenieur vierhundert Euro im Monat, und das bei Lebenshaltungskosten, die beinahe so hoch waren wie in Deutschland. Kein Wunder, dass eine solche Schieflage die junge kühne Norwegerin wütend gemacht hatte!

Irmi sah Tereza mitfühlend an und fuhr fort: »Wir nehmen an, dass Ionella eine Katze retten wollte. Und dass sie dabei ins Silo gefallen ist. Haben Sie eine Idee, wieso auch Runa in der Tenne war?«

Terezas Augen schwammen in Tränen. »Ich war in München. Ich weiß gar nichts. Hat Runa vielleicht Ionella besucht? Ich weiß nicht.«

Das war noch immer die einzige plausible Erklärung. Eine Katze maunzt erbärmlich aus dem Silo. Die Retterin kommt – und stürzt. Die zweite Frau versucht zu helfen und verunglückt ebenfalls, weil Gärgase so heimtückisch und schnell sind. In Ermangelung weiterer Beweise würde die Staatsanwaltschaft die Sache genauso sehen. Als traurigen Unfall.

Aber kurz danach war eine Tenne abgebrannt, und der Brandbeschleuniger war ausgerechnet eine Phosphorbombe gewesen. Gab es wirklich solche Zufälle? Die Mordkommission war hier fehl am Platz, wenn Irmi und ihre Kollegen nicht bald auf etwas Greifbares stießen. Doch genau das wollte sie nicht einsehen.

»Wie ist Ionella denn mit den anderen Mitgliedern der Familie Schmid ausgekommen?«

»Rita ist ein Schrubber«, sagte Tereza.

»Ein was?«

»Ein Besen, meint sie!«, rief Kathi. »Ein ganz schlimmer Besen!«

Tereza lächelte vorsichtig. »Ja. Ein Besen. Franz immer zu viel Bier. Markus sehen wir fast nie. Renate ist immer schnell, hat nie Zeit. Anna Maria auch nicht. Vroni kommt jede Freitag zum Einkaufen. Vroni ist lieb.«

»Und Thomas?«

Sie zupfte an ihren Fingern und sah zu Boden.

»Was Sie uns sagen, Tereza, bleibt unter uns, versprochen. Was ist mit Thomas?«

»Ich wollte nicht zu Familie Schmid wegen Thomas. Geht nachts zu Mädchen ins Zimmer. Ionella hatte Spray. Hatte sie von Runa.«

Irmi suchte den Blick des Mädchens, das nervös mit einem Bleistift herumspielte. »Verstehe ich Sie richtig? Ionella hatte Pfefferspray, um Thomas abzuwehren?«

»Ja, weil hat vorher schon Mädchen belästigt. Er glaubt, weil wir von Osten sind, sind wir Nutten. Alle Mädchen aus Osten sind Nutten, glauben viele Männer hier. Oder dass wir sie wollen heiraten. Warum soll ich einen wie Thomas heiraten?«

»Na, sicher nicht!«, stieß Kathi aus. »Den will auch hier keine!«

Tereza lächelte ein wenig.

»Thomas soll ein Verhältnis mit Aurika gehabt haben«, sagte Irmi.

»Aurika kommt nie mehr für Pflege!«, rief Tereza und wirkte auf einmal wieder richtig aufgewühlt.

»Aber hatte sie denn etwas mit ihm?« Irmi tat das Mädchen leid, aber sie musste nun mal unangenehme Fragen stellen.

Tereza liefen die Tränen herunter.

»Tereza?«

»Er hat ihr, er hat …« Sie schluchzte stärker. »Er hat, Sie wissen schon, er hat mit Gewalt …«

»Er hat sie vergewaltigt?«, fragte Irmi ungläubig.

Tereza weinte noch herzzerreißender, was Antwort genug war. Es dauerte eine ganze Weile, bis sich die junge Frau wieder beruhigt hatte. Fast eine ganze Packung Tempos später fragte Irmi ganz leise: »Hat Ionella das Spray denn auch benutzt?«

»Ja, und er war so wütend. Er gesagt, dass er Ionella umbringt. Dass keine Schlampe von Karpaten so was macht mit ihm.«

Da war es, das Zipfelchen, das es zu ergreifen galt. Doch Irmi warf Kathi einen eindeutigen Blick zu: Sie wollte vor Tereza nicht weiter auf diesen Punkt eingehen und wechselte deshalb das Thema.

»Ionella ist von hier aus ins Internet gegangen. Was hat sie da gemacht? Mit wem hatte sie Kontakt?«

»Ich habe eine Netbook. Wir haben geschaut …«

»Was denn?«

»Zalando und andere Modeseiten. Ist blöd, aber …« Wieder sah sie Irmi ängstlich an, damit diese sie bloß nicht für eine Schmarotzerin hielte.

»Das ist doch klar!«, meinte Kathi. »Wo will man hier in Ugau denn an gescheite Kleidung rankommen – außer man steht auf Trachtenläden! Ich schau mir auch immer Klamotten und Schuhe auf Zalando an.«

Das bezweifelte Irmi zwar, denn Kathi schien keinen gesteigerten Wert auf ihre Kleidung zu legen, und an den Füßen hatte sie eigentlich fast immer irgendwelche bunten

Turnschuhe in verschiedenen Stadien der Auflösung. Aber mit ihrer Bemerkung hatte sie Tereza immerhin wieder zum Lächeln gebracht.

»Hat sie E-Mails versendet?«

»Ja, an Familie. An ihre Bruder Radu.«

»Ich hätte eine Bitte an Sie, Tereza. Dürften wir uns vielleicht Ihr Netbook ausleihen? Wir würden uns gern Ionellas E-Mails ansehen, die vielleicht noch drauf sind. Sie müssen das nicht tun, aber es wäre eine große Hilfe.«

Tereza überlegte. »Habe nix zu verstecken«, meinte sie dann. »Sie können schon haben. Soll ich holen?«

»Das wäre sehr lieb«, sagte Irmi, und Tereza ging hinaus.

Nach einer Weile klopfte Hanne Lorenzi an die geöffnete Tür.

»Nur herein«, sagte Kathi. »Wo ist Ihre Mutter?«

»Eingeschlafen. So streitbar sie auch ist, blitzt ihr Alter doch manchmal durch. Sie ist schon zweiundneunzig, selbst wenn sie das nicht wahrhaben will.«

»Zweiundneunzig! Wow! Wenn Sie *die* Gene geerbt haben, dann werden Sie bestimmt über hundert!«, rief Kathi.

»Muss gar nicht sein. Aber Sie haben recht. Wenn man so wach und rege altern darf, ist das ein Geschenk. Burgi hingegen … So ein Elend. Keine ermutigende Prognose. Es geht immer nur abwärts.«

»Ja, das ist bitter«, sagte Irmi. »Manchmal frage ich mich, ob Demenz und Alzheimer heute häufiger sind als früher? Oder gab es diese Erkrankungen immer schon?«

»Mein Mann ist Arzt, aber er meint, auch die Medizin kennt da nur Behelfskonstrukte. Es gibt ja den Mythos, dass Menschen, die vorher geistig rege waren, seltener an

Alzheimer erkranken, doch das würde ich verneinen. In meinem Bekanntenkreis hat es auch sehr kluge Menschen getroffen. Wissen Sie, ich habe eher die Theorie, dass so ein Gehirn eben auch nur ein Organ ist. Und wenn man ihm ein Leben lang zu viel zugemutet hat an Gedanken und Grübeleien, dann kollabiert es irgendwann. Mein Mann findet meine Hypothese natürlich unwissenschaftlich. Aber ich glaube daran. Vielleicht sind Menschen, die mit sich im Reinen sind, weniger gefährdet? Womöglich ist es sogar viel banaler: Die Leute werden heute einfach älter, zu alt für ein Affenhirn. Ich denke, früher hat man die Oma oder den Opa einfach als etwas wunderlich wahrgenommen und auf dem Hof mitlaufen lassen. Aber wie soll das heute noch gehen? Ich habe sogar mit meiner Mutter gesprochen, ob sie zu mir nach Stuttgart zieht.« Sie unterbrach sich und lachte. »Ich gebe zu, dass ich allein den Gedanken bedrohlich fand.«

»Und wie hat sie reagiert?«, fragte Irmi lächelnd.

»Sie hat sofort abgelehnt. Weil man einen alten Baum nicht verpflanzt. Weil sie mich nicht täglich aushalten würde. Und weil sie ihre Enkel auf die Dauer zu haarig findet. So kamen wir eben auf die Lösung mit den Pflegerinnen. Es ist ein Spiel auf Zeit …«

Sie brach ab, und Irmi ahnte, dass auch eine Hanne Lorenzi sich insgeheim wünschte, dass ihre Mutter eines Tages einfach tot umfallen würde. Für sich selbst und alle anderen.

»Hatten Sie den Eindruck, dass man bei den Schmids die Pflege nicht doch hätte selber stemmen können?«, fragte Irmi.

»Mir steht da kein Urteil zu. Es gehört viel dazu, die eigenen Eltern oder Schwiegereltern zu pflegen. Es fehlt die Distanz. Es gibt diese ganzen über Jahre eingeschliffenen Bösartigkeiten, dieses gegenseitige Erkennen von wunden Punkten, von nicht verheilten Stellen, an denen sich genüsslich herumpulen lässt. Jemand von außen tut sich immer leichter.«

»Wir haben den Eindruck, dass sich bei den Schmids ziemlich viele einmischen und mitentscheiden wollen?«

»In dem Fall ist es schon besser, ein kinderloses Einzelkind zu sein! Man muss zwar viele Entscheidungen allein treffen, aber immer noch besser, als alles im Familienrat zu beschließen, wo jeder auf seinen eigenen Vorteil schaut. Für die Pflegerinnen ist es in einer solchen Familie ungleich schwerer. Wer ist ihnen gegenüber weisungsbefugt? Wie nett darf man zu wem sein? Was macht man mit den Familienmitgliedern, die eifersüchtig über alle Kontakte zu den Alten wachen?«

»Und was macht man mit einem wie Thomas, der die Mädchen belästigt?«, fiel Irmi ein.

Hanne runzelte die Stirn. »Davon weiß ich nichts.«

»Nun, die Mädchen wollten vor allem wegen Thomas nicht bei den Schmids arbeiten.«

»Ja? Ich kenne ihn kaum. Etwas ungeschlacht kommt er mir schon vor, auch nicht sonderlich schlau. So ein typischer Haurucktyp eben, der aus einer alteingesessenen Bauernfamilie stammt, ziemliche Narrenfreiheit hat und nie was auf die Reihe kriegt und es offenbar auch nicht muss. Wissen Sie, bei uns in der Familie war es ganz anders. Mein Vater ist mit den Steinbrüchen, den Schleifmühlen und der Wetzsteinindustrie aufgewachsen. Die Schleifmühle heute kommt vielen wie Folklore vor, da isst man halt im Gasthof und schaut sich hinterher die Relikte längst vergangener Zeiten an. Aber bei uns ist die Wetzsteinindustrie immer präsent geblieben. Noch heute können Sie mich mitten in der Nacht wecken und Zahlen abfragen: 1865 gab es in Unterammergau 52 Steinbrüche und 32 Schleifmühlen. 1913 wurden sensationelle 280 000 Wetzsteine hergestellt. Und so weiter. Die Wetzsteinmacher-Genossenschaft hatte ihren Sitz an der Stelle im Dorf, wo heute die Raiffeisenkasse liegt. Man hatte Niederlassungen in Wien, Regensburg und Nürnberg. Mein Uropa und mein Opa waren Leiter der Genossenschaft, mein Vater auch. Die waren beruflich bis nach Budapest unterwegs – verstehen Sie? Das war das Leben unserer Familie.«

Hanne Lorenzi machte eine kurze Pause und fuhr dann fort: »Mein Vater war wie gebrochen, als 1958 die letzten Wetzsteinmacher aufgaben. Aber er blieb bis zum Ende ein sehr geachteter Mann, das hat uns etwas Schutz geboten. Ich selbst tauge nicht zur Ammertalerin. Schließlich bin ich das Produkt einer Mischehe zwischen einem Ureinwohner und einer Flüchtlingsfrau. Ich hatte auch nie Freunde im Dorf. Ich war auf dem Gymnasium in Murnau und bin nach dem Abi weggegangen aus der Gegend. Mich dürfen Sie nach dem aktuellen Leben im Dorf nicht fragen. Mir kommt einer wie Thomas einfach nur dumpf vor.«

Von Stuttgart aus betrachtet, war Thomas Schmid sicher eine lächerliche Erscheinung. Aber hier in der Enge des

Dorfs konnte so einer durchaus bedrohlich werden. Es gab zwar Fluchtmöglichkeiten aus dem Ammertal: nach Süden über den Ettaler Berg, nach Norden über die Echelsbacher Brücke, nach Osten auf der Straße nach Murnau. Aber in den Köpfen waren viele Menschen hier gefangen.

Tereza kam mit dem Netbook zurück. Wie sie es Irmi hinhielt, sah sie so jung und verletzlich aus, als wäre sie sechzehn und nicht fünfundzwanzig.

»Danke, Tereza. Sie bekommen es so schnell wie möglich zurück. Und noch etwas: Haben Sie schon mit Ionellas Familie gesprochen? Bei unserem kurzen Gespräch haben die Angehörigen nur gesagt, einer von ihnen würde so schnell wie möglich nach Ugau reisen.«

»Ich habe telefoniert. Ihre Vater und Bruder sind unterwegs. Sie kommen morgen schon. Vielleicht. Eben wie Bus fährt.« Tereza begann wieder zu weinen.

Von Andrea hatte Irmi zwar schon erfahren, dass jemand aus der Familie Adami mit dem Fernbus kommen wollte, allerdings hatte sie weder gewusst, wer von den Verwandten, noch die genaue Ankunftszeit.

Irmi und Kathi verabschiedeten sich. Frau Lorenzi wollte noch einige Tage in Unterammergau bleiben und gab den Kommissarinnen ihre Handynummer.

Draußen war es dämmrig geworden. Langsam rollten sie über die Dorfstraße. Kathi hatte sich lange zusammenreißen müssen, doch nun brach es aus ihr heraus: »Der hat eine Morddrohung ausgestoßen!«

»Ja, aber jemand wie Thomas Schmid sagt so was leicht mal. Außerdem würde er es bestimmt leugnen. Und Ionella als einzige Zeugin ist tot.«

»Ja, weil er sie in das Silo gestoßen hat!«

»Und was ist mit Runa?«

»Die kam dazu und hat alles gesehen und musste deshalb auch weg!«

Irmi atmete tief durch. »Wir dürfen nicht den Fehler machen, uns zu früh auf denjenigen zu versteifen, der unsympathisch ist.«

»Sympathieträger sind die ja alle nicht. Rita, der Besen. Franz, das Schnapsfassl! Ich möchte mit keinem von denen Säue hüten! Aber der Thomas ist der Erste mit einem konkreten Motiv, oder?«

»Ja, das stimmt. Aber was ist mit der Katze? Es ist doch offensichtlich, dass die beiden Mädchen die Katze retten wollten.«

»Eben, *zu* offensichtlich!«

Irmi überlegte, während Kathi sie auffordernd ansah. Dann seufzte sie tief. »Gut, dann lassen wir die Katze obduzieren.«

»Wow! Und wer soll das machen? Die Gerichtsmedizin? Die Spurensicherung? Hase obduziert Katze! Klasse!«

»Ich hatte eher an eine Bekannte gedacht, die Tierärztin ist.«

»Und wer gräbt sie aus? Ich nicht!«

»Wir können sowieso nicht einfach bei Schmids auf dem Grundstück eine Katze ausgraben«, sagte Irmi.

»Das wäre Leichenfledderei, genau!«

Irmi hielt an der Hauptstraße. »Also gut. Kathi, du gehst jetzt schon mal in diese Ugauer Highway-Bäckerei, bestellst Cappuccino und Butterbrezen oder sonst was, und ich telefoniere so lange.«

Als Irmi in die Bäckerei trat, hatte die Staatsanwaltschaft ihr einen Gerichtsbeschluss fürs Exhumieren der Katze zugesagt. Sie ersparte Kathi die Einwände, die sie sich hatte anhören müssen. Stattdessen setzte sie sich, aß ihre Butterbreze und wartete zusammen mit ihrer Kollegin auf Sailer und Sepp, die schon bald eintrafen.

Sailer nutzte die Gelegenheit, sich eine Feierabendtüte mit jeder Menge Semmeln zu kaufen – zum halben Preis, aber »no pfenningguat«. Irmi war schon nach der einen Breze unwohl, weshalb ihr die Aussicht auf einen ganzen Sack Semmeln wenig verlockend vorkam.

Als die vier Kollegen wenig später im Garten der Schmids standen, mussten sie Rita fast mit Gewalt davon abhalten, Sailer in den Spaten zu fahren. Er hatte den Auftrag, bei den Grabungsarbeiten besonders vorsichtig zu sein. Denn wenn er das Tier mit seinem Spaten spalten würde, dann hätte die ganze Aktion wenig Sinn gehabt. Aber Sailer und Sepp schienen mal einen VHS-Kurs für Hobbyarchäologen belegt zu haben, so feinfühlig gingen sie vor. Es fehlte nur noch ein Zahnbürstl, um das erdige Tier vom letzten Dreck zu befreien. Anschließend packten Sepp und Sailer die tote Katze in einen Karton und brachten diesen in Irmis Auto. Kathi und Irmi fuhren mit dieser Fracht nach Garmisch, wo die Tierärztin bereits auf sie wartete.

»Ich sag es euch gleich: Ich bin Tierärztin und keine Pathologin. Ich weiß wirklich nicht, wie die Lunge einer Katze aussieht, die in einem verbrannten Silo gelegen hat.«

»Das ist mir schon klar«, sagte Irmi. »Aber du machst das schon!«

»Und ihr wollt so lange warten?«

»Ja.«

Und so saßen sie im Wartezimmer und studierten Broschüren über Wurmkuren und Zeckenmittel. Irmi las ein Faltblatt, das auflistete, wie ein katzenfreundlicher Haushalt auszusehen hatte. Demnach war ihrer ausgesprochen katzenfreundlich.

Dann kam die Tierärztin wieder.

»Ja, was nun?«, empfing Kathi sie ungeduldig.

»Eure Katze ist erschlagen worden. Schädelfraktur. Ich nehme an, jemand hat sie tot ins Silo geworfen. Wirklich genau kann das aber nur ein Pathologe sagen. Ich könnte sie einem Kollegen in die Klinik nach München schicken. Der wird mich zwar für irre halten, aber sei's drum.«

»Mach das – vielen Dank!«

Dann standen Irmi und Kathi wieder draußen, wo eine Straßenlaterne fahles Licht auf den Bürgersteig warf.

»Ich hab's gewusst! Ich hab's gewusst!« Kathi hüpfte herum wie ein Derwisch.

»Jetzt beruhige dich mal. Unsere Annahme lautet also ab sofort: Jemand hat die Mädchen ermordet und die tote Katze hinterhergeworfen. Als Ablenkungsmanöver, damit alle glauben, sie hätten versucht, die Katze zu retten, richtig?«

»Klar! Thomas stößt Ionella ins Silo. Runa kommt dazu. Sie ist das Bauernopfer. Und dann fliegt die Katze hinterher. Weil jemand womöglich anhand der Leichen den Vorgang hätte rekonstruieren können, musste Thomas die ganze Sache vertuschen, indem er die Tenne ansteckt. Ganz sein Stil. That's it!«

That's it – manchmal war Kathi wirklich eine Komikerin. »Und die Brandbombe?«

»Entweder Thomas wusste davon und hat sie sich zunutze gemacht, oder sie ist einfach so mit hochgegangen!«

»Wenn das Leben so einfach wäre, Kathi! Wir wissen doch gar nicht, ob es wirklich Thomas war.«

»Wer sonst! Wir müssen Thomas nur zu einem Geständnis bewegen.«

»Nur! Na, prima, Kathi.«

»Laden wir ihn vor?«

»Ja sicher. Aber erst morgen. Es ist nach zehn, und mein Kopf brummt.«

»Meiner auch, aber er sagt mir, dass Thomas Arschgesicht unser Mann ist!«

Irmi schüttelte bloß noch den Kopf und fuhr heim. Kurz vor Schwaigen begann es sachte zu schneien. Die Kater kamen aus dem Nichts und beschwerten sich über das kalte katzenunfreundliche Wetter.

»Warum geht ihr nicht rein, ihr Trottel?«, fragte Irmi.

Beide blickten gelangweilt und schienen zu denken: Warum sollten wir durch den Hintereingang des alten Stalls gehen, wenn du uns die Fronttür aufsperren kannst?

Drinnen schlief Bernhard vor dem Fernseher, auf dem ein furchtbar hübscher blonder Mann im Anzug zu sehen war, der angeblich Menschen mental manipulieren konnte und mit einer ebenfalls furchtbar hübschen Brünetten zusammenarbeitete. So einen Mitarbeiter würde sie auch anfordern. Allein wegen der Optik. Es folgte Werbung: Ein Spot von Save the Children zeigte grauenvolle Bilder von unterernährten Kindern. Dann kamen Werbespots von C&A und McDonald's. Es war schon eine seltsame Welt.

Irmi schaltete den Fernseher aus, doch Bernhard schlief ungerührt weiter. Dabei sabberte er ein kleines bisschen aus dem Mundwinkel.

Sie lächelte und ging zu Bett.

7

Am nächsten Morgen wurde Irmi vom Vibrieren ihres Handys geweckt. Andrea war dran.

»Tut mir leid, dass ich so früh anruf, aber da war grad eine Mordsschlägerei in Ugau.«

Irmi wurde nur langsam wach. Eine Schlägerei? Was hatte sie damit zu tun? Und das um sieben in der Früh? Wo sie endlich einmal tief und traumlos geschlafen hatte …

»Zwei Rumänen haben Markus Schmid aus dem Bett geholt und vermöbelt. Und dann ist Thomas noch dazugekommen.«

Auf einmal war Irmi hellwach.

»Die Kollegen haben die Rumänen verhaftet«, fuhr Andrea fort. »Der Schmid liegt im Klinikum in Garmisch. Seine Nase ist hin. Und der Thomas ist abgehauen. Ich hab den Kollegen gesagt, sie sollen die Rumänen gleich herbringen, weil das doch sicher mit unserem Fall zu tun hat. Aber wenn ich …«

»Andrea, alles gut. Gib mir nur Zeit für einen Kaffee.« Irmi klemmte sich das Handy zwischen Ohr und Schulter und krabbelte aus dem Bett. Elegant war was anderes. »Diese Rumänen sind der Vater und der Bruder von Ionella, nehme ich an?«

»Ja, genau.«

»Warum bist du eigentlich schon im Büro?«

»Ich wollte schon mal das Netbook von Tereza checken.

Bin auch recht weit gekommen. Ich hab E-Mails von Ionella gefunden und lass sie grad übersetzen.«

Andreas Bescheidenheit stand ihr immer im Weg. Etwas mehr Selbstvertrauen, und das Mädchen wäre längst steil die Karriereleiter hinaufgestiegen.

»Großartig, Andrea, vielen Dank. Du solltest aber auch mal schlafen!«

»Schlafen kann man, wenn man tot ist«, konterte Andrea.

»Na dann. Bis gleich!«

Während Irmi sich anzog und Kaffee kochte, dachte sie über diesen ganz besonderen Weckruf nach. Warum hatten die Rumänen Markus Schmid verprügelt und nicht Thomas? Hatte Kathi doch recht gehabt mit ihrem Misstrauen gegenüber dem philosophischen Biobauern? Vielleicht betrog Markus seine Frau doch mit hübschen jungen Rumäninnen? Irmi seufzte.

Bernhard kam in die Küche. »Was stöhnst denn so?«

»Ach, Brüderchen, diese Welt enttäuscht mich schon in so früher Stunde«, deklamierte sie und lächelte.

»Sonst geht's aber?«, brummte Bernhard und schlappte wieder hinaus.

Im Büro traf sie auf eine triumphierende Kathi. »Siehste, Irmi, ich hab's ja gleich gesagt, oder! Mit dem Markus stimmt was nicht. Bei Gutmenschen tickt immer irgendwas nicht richtig.«

Die beiden Männer, die im Vernehmungszimmer warteten, sahen schlecht aus. Der Ältere trug einen inzwischen getackerten Riss über der Augenbraue und der Jüngere ein

Veilchen der Extraklasse, das seine volle Farbpalette noch entfalten würde. Beide wirkten müde und erschöpft. Kein Wunder, wahrscheinlich hatten sie die ganze Nacht im Bus verbracht und waren gleich morgens über Markus Schmid hergefallen.

»Kaffee?«, fragte Irmi. »Und Brezen?«

Die beiden nickten überrascht.

Irmi gab Sailer ein Zeichen, woraufhin dieser hinausschlich und wenig später mit zwei Bechern und vier Butterbrezen wiederkam. Dass Irmi ihn nun hinauskomplimentierte, würde er mit Sicherheit als Affront empfinden, ebenso wie die Tatsache, dass die Chefin die beiden Saubeitl auch noch mit einem Frühstück versorgte.

Irmi wartete, bis die beiden ihre erste Breze hastig verschlungen hatten, und sagte dann: »Wenn sich die Herren bitte mal vorstellen würden? Den Nachnamen wissen wir schon, aber ein Vorname wäre auch hilfreich.«

»Schmid hat meine Tochter getötet!«, rief der Ältere.

»Sie können mir gleich Ihre Ansichten mitteilen, im Moment will ich nur wissen, wie Sie heißen!«

»Ich heiße Razvan Adami, und das ist mein Sohn Radu. Schmid hat meine Tochter getötet, weil sie wollte aussteigen!«

Razvan Adami sprach fast akzentfrei Deutsch, sein Tempo war nur ein wenig langsam, weil er die Worte richtig setzen wollte. Irmi bewunderte ohnehin, wie man eine so komplizierte Sprache wie das Deutsche, das ja nur aus Ausnahmen bestand, überhaupt erlernen konnte. Sie war, was Fremdsprachen betraf, eher untalentiert. Ihr Englisch klang wie das des Altbundeskanzlers Kohl, und ihr Französisch war schon in der Schule an den Artikeln »le« und »la« gescheitert.

»Woraus wollte Ionella aussteigen?«

»Markus Schmid klaut Baumaschinen, versteckt sie, lackiert sie neu. Die gehen dann nach Rumänien und Bulgarien. Ionella hat gemacht die Korrespondenz mit Abnehmern und hat irgendwann gesagt, dass sie das nicht mehr will. Er hat sie getötet deswegen.«

»Sie wollen sagen, Markus Schmid verschiebt Baumaschinen in den Osten?«, fragte Kathi ungläubig.

»Ja.«

»Und woher wissen Sie das?«

»Hat Schwester mir gemailt«, erklärte Radu.

Irmi schätzte den jungen Mann auf höchstens zwanzig. Er hatte riesige braune Augen und war mit Sicherheit ein hübsches Kerlchen, wenn er nicht gerade so ramponiert war wie jetzt und etwas anderes trug als einen Jogginganzug.

»Sie sagen also, Ionella war in kriminelle Machenschaften verwickelt?«

Der junge Radu sprang auf. »Meine Schwester hat nicht gewusst, dass Maschinen gestohlen. Erst hat gedacht, ist alles ganz normale Exportgeschäft. Hat erst später gemerkt, dass die Maschinen geklaut. Dann hat sie nicht mehr gewollt. Aber der Mann hat Ionella getötet.«

»Beruhigen Sie sich, bitte! Und setzen Sie sich wieder!«

Der Vater zischte seinem Sohn irgendetwas zu, der daraufhin tatsächlich wieder Platz nahm. Radu sah die beiden Kommissarinnen an, und in seinem Blick lagen ein solcher Schmerz und eine solche Ungläubigkeit, dass Irmi am liebsten aus dem Raum geflüchtet wäre. Was konnte man auch einem jungen Mann sagen, der seine Schwester verloren hatte in einem Land, in das sie alle Hoffnung gesetzt hatte? Wo sie hatte studieren wollen? Wo sie für eine Familie gearbeitet hatte, die sie nun auf dem Gewissen hatte?

Doch sie blieb sitzen und hörte Razvan Adami zu, der in seinem bedächtigen Deutsch erzählte und dabei Wörter wie »heuer« und »garstig«, »Schuft« und »Zwist« verwendete. Es war ihm anzusehen, wie sehr er sich dabei um Fassung bemühte. Schon als Ionella das erste Mal bei Xaver und Burgi Schmid als Pflegerin arbeitete, hatte Markus ihr offenbar erzählt, dass seine Biolandwirtschaft nicht genug abwerfe. Da könne man noch so gutes Fleisch und noch so gute Milch produzieren – die Bürokratie mit den vielen Richtlinien lege einem lauter Steine in den Weg, und die Vertriebswege seien kompliziert und teuer. Deshalb handele er als zweites Standbein mit gebrauchten Baumaschinen. Allerdings hatte er das winzige Detail unerwähnt gelassen, dass die Maschinen gestohlen waren.

Anscheinend hatte Markus Schmid Kontakte nach Rumänien, er beherrschte die Landessprache aber nicht, und sein Englisch war auch eher rudimentär. Deshalb hatte er Ionella gebeten, ihm bei der Korrespondenz zu helfen. Natürlich hatte er dem Mädchen dafür zusätzlich Geld gegeben. Da es bei den beiden Senioren ja kein Internet gab, hatte Ionella die E-Mails entweder auf Markus' Rechner geschrieben oder bei ihren Freundinnen. Markus hatte auch einige andere Mädchen beschäftigt, warum auch nicht? Zusätzliches Geld war immer willkommen.

Außerdem war es aus seiner Sicht bestimmt sehr praktisch, gleich mehrere junge Frauen zu beschäftigen, weil die ja immer nur für begrenzte Zeit in Deutschland waren.

Doch dann hatte Aurika irgendwann begriffen, dass die Maschinen gestohlen waren. Sie war Thomas gefolgt und hatte entdeckt, dass die Baumaschinen ganz schnell in einem Stadel verschwanden und wenig später ganz anders aussahen.

Ionella hatte das wohl erst nicht glauben wollen, hatte mit ihrem Bruder hin- und hergemailt und dann auf eigene Faust den Stadel erkundet. Radu hatte ihr geraten, sich aus der ganzen Sache rauszuhalten, um ihre Zukunftspläne nicht zu gefährden. Schließlich war es ihm selbst unheimlich geworden, und er hatte sich dem Vater offenbart. Aber da war es schon zu spät gewesen. Ionella war bereits tot.

Während Razvan Adami unter äußerster Beherrschung erzählte, brach sein Sohn völlig zusammen. »Ich schuld, dass sie tot«, wimmerte er. »Wenn ich nicht gesagt, dass Schluss sein muss, würde Ionella noch leben.«

Was sagte man darauf?

Kathi sagte das, was man eigentlich nicht sagt als Polizistin: »Wenn das alles stimmt, dann kriegen wir diese Arschlöcher!«

»Herr Adami, wissen Sie, ob Ihre Tochter sonst noch jemanden eingeweiht hat?«, fuhr Irmi fort. »Tereza Benesch zum Beispiel?«

Er schüttelte den Kopf.

»Oder eine Freundin aus Norwegen, die Runa heißt? Ist Ihnen darüber irgendetwas bekannt?«

»Mich hat Ionella gesagt, sie kennt Runa und wundert sie sehr, sehr, sehr … nein …« Radu zögerte.

»Sie meinen, sie hat Runa bewundert?«

»Ja, weil Runa ist so mutig und stark, hat Ionella gesagt.«

Es klopfte an der Tür, und Andrea streckte den Kopf herein. »Ich müsst mal … ähm … mit euch reden. Könnt ihr mal kurz …?«

Irmi nickte. »Schick Sailer rein, der soll den Herren noch Wasser bringen. Oder wollen Sie noch einen Kaffee?«

»Wasser wäre gut«, sagte Adami.

Sailer war angesichts des neuen Auftrags noch säuerlicher als vorher. »Herren!«, grummelte er. »Zigeiner san des.«

Andrea hatte inzwischen Terezas Netbook durchforstet. Dabei hatte sie E-Mails von Ionella an ihren Bruder entdeckt und diese übersetzen lassen. Der Inhalt entsprach genau dem, was die beiden Männer erzählt hatten.

Die wichtigste Mail lautete: »Ich war in dem Stadel, wo sie die Maschinen umlackieren. Ich glaube, es läuft so: Thomas weiß, auf welcher Baustelle geeignete Maschinen stehen, die nachts nicht bewacht sind und wo wenig Licht ist. Sie fahren mit dem Tieflader hin, laden die Maschinen auf, verstecken sie, lackieren sie um, entfernen die Seriennummern. Dann nehmen sie Kontakt mit ihren rumänischen Abnehmern auf, und dann geht das Zeug über irgendwelche ungarischen Zwischenhändler weiter.«

In einer weiteren E-Mail hieß es: »Meine Freundin Runa aus Norwegen ist sehr besorgt. Sie sagt, die sind sehr kriminell und dass ich mich da nicht reinziehen lassen soll.

Ich würde ja früher abreisen, aber ich brauche das Geld doch so dringend.«

Irmi sah von Andrea zu Kathi, die mit der Faust auf den Tisch hieb. »Wow! Der feine Herr Biobauer! Du hattest zwar recht, dass er seine Frau nicht betrügt, aber dafür verschiebt er Baumaschinen, oder! Starkes Stück! Das erklärt auch die akute Zunahme von solchen Diebstählen. Wir hatten doch erst kürzlich was auf dem Tisch, wo eine Baufirma eine Brücke im Staatsforst saniert hat. Über Nacht waren plötzlich zwei Bagger, ein Lkw und zwei Rüttelplatten verschwunden. Einfach so. Das musst du dir mal vorstellen. Da kommen die Arbeiter am nächsten Morgen auf die Baustelle, und nichts mehr ist da außer Steinen und Sand! Und dahinter stecken also die Schmid-Burschen!«

Ja, die Schmid-Burschen … Eine schrecklich kriminelle Familie schien das zu sein. Irmi überlegte, was jetzt zu tun war. Sollte sie die beiden Rumänen gehen lassen? Allerdings hatten sie sich der Körperverletzung schuldig gemacht, indem sie Markus Schmid die Nase gebrochen hatten – da konnte der in noch so kriminelle Machenschaften verwickelt sein.

Sie ging zurück in den Vernehmungsraum.

»Wir wollten hier Zimmer mieten«, erklärte Razvan Adami. »Wir können unsere Pässe hierlassen. Wann können wir Ionella heimführen?« Die Tränen standen ihm in den Augen.

»Einen Moment bitte!«

Irmi ging hinaus, telefonierte mit der Staatsanwaltschaft und bat Andrea, sich um einen Anwalt, um eine Unterkunft für die Männer und um die Protokolle der Aussagen zu kümmern. Sie war davon überzeugt, dass die beiden nicht abhauen würden. Nicht ohne Ionellas sterbliche Überreste.

»Meine Kollegin wird Ihnen behilflich sein«, erklärte sie den beiden Rumänen. »Sie bleiben vor Ort, und sobald ich etwas Neues weiß, informiere ich Sie.« Der Zeitpunkt, wann die beiden mit der Brandleiche würden zurückreisen können, stand allerdings noch nicht fest.

»Du lässt sie gehen?«, fragte Kathi, als die beiden Männer in Andreas Büro umgezogen waren.

»Das ist so abgesprochen. Und jetzt brauche ich erst mal einen Kaffee.«

Sie hatte nur kurz daran genippt, als ein Anruf der Museumsdirektorin durchgestellt wurde. Sie hatte inzwischen ihren Systemtechniker herumtüfteln lassen. Dabei hatte er einige E-Mails rekonstruieren können, die Runa vom PC des Museums aus verschickt hatte.

»Könnten Sie die an uns weiterleiten?«, fragte Irmi.

»Natürlich, es sind aber nur vier Stück. Gibt es denn etwas Neues? Ich bin immer noch so erschüttert. Mit Frau Dr. Strissel stehe ich auch in Kontakt, sie hat Runas Eltern aber immer noch nicht erreicht. Sie etwa?«

Irmi verneinte. Sie erzählte der Museumsdirektorin nichts von den aktuellen Entwicklungen, versprach aber, sie auf dem Laufenden zu halten. Dann druckte sie die E-Mails aus, die inzwischen eingetroffen waren. Drei waren auf Norwegisch verfasst und eine auf Deutsch, die Runa an Ionella geschickt hatte. Die beiden jungen Frauen hatten offenbar auf Deutsch kommuniziert, das war sprachlich der beste gemeinsame Nenner gewesen.

»Liebe Ionella, Du darfst Dich nicht unsicher machen

lassen. Was heißt das, Thomas hat Dir gedroht? Dass es Dir so geht wie Aurika, dass er aber noch ein paar Kumpels mitbringt, wie er mal hat gesagt? Du musst Markus Schmid sagen, dass Du da raus bist. Dass Du nicht planst, sie zu verraten. Dass er aber soll seinen Neffen zurückpfeifen. Ich gehe mit. Wir treffen uns mit Markus Schmid, Du machst Treffpunkt aus. Wir lassen uns nicht erpressen, das ist doch klar!«

Kathi und Irmi starrten auf den Text.

»Und der Treffpunkt war die Tenne der Schmids?«, fragte Kathi ungewöhnlich leise.

»Genau das werden wir Markus Schmid fragen. Der liegt ja recht unbeweglich im Klinikum.«

»Wir geben sofort eine Fahndung nach Thomas Schmid raus. Dem Arsch will ich in die Augen sehen. Droht einem Mädchen mit Gruppenvergewaltigung. Den pack ich an den Eiern!«, brüllte Kathi so laut, dass Sailer den Kopf hereinstreckte.

»Ganz genau, Sailer!«, rief Kathi. »An den Eiern!«

Der Kollege verzog sich kopfschüttelnd wieder.

»Also, Fahndung nach Thomas Schmid, und zwar flott!«, ordnete Irmi an. »Außerdem brauchen wir einen Durchsuchungsbeschluss für den Hof von Markus Schmid und die Wohnung von Thomas. Holt den Hasen, wir müssen den Computer des sauberen Herrn Biobauern herschaffen. Da muss ja noch was drauf sein von den Geschäftsmails. Außerdem will ich wissen, wo dieser Stadel ist, in dem sie die Maschinen umlackiert haben.«

»Da hätte ich eine Idee«, sagte Andrea, die inzwischen dazugestoßen war und auch die E-Mail von Runa überflogen hatte. »Die Schmids haben Grund im Wiesmahd, drüben bei der Kappelkirche. Da gibt es vielleicht auch einen Stadel.«

»Was haben die?«, fragte Kathi.

»Kathi, ich weiß ja, dass du nichts von uns Bauerntrampeln hältst«, sagte Irmi und versuchte, dabei witzig zu klingen. »Aber zu deiner Fortbildung: Wiesmahd sind Bergwiesen, die nicht gedüngt sind und nur einmal jährlich gemäht werden, meist ab Mitte Juli. Ihre Mahd erfordert wegen der Hanglage viel Handarbeit, weshalb es diese Bewirtschaftungsform in der heutigen Hocheffizienzlandwirtschaft kaum noch gibt. In den Wiesmähdern überleben Pflanzen, die andernorts schon längst verschwunden sind. So was gibt es im Ammertal – vor allem an den Hängen unterm Hörndl und unterm Aufacker.«

»Aha, dann suchen wir den Stadel am besten mal in diesem Wiesdings, oder!«, meinte Kathi.

»Das machen Sailer und Sepp. Der Stadel fällt dann ja auch unter den Durchsuchungsbeschluss fürs Anwesen der Schmids. Andrea, ruf mal bitte die Kollegen an, die sich mit diesen Baumaschinendiebstählen beschäftigt haben. Wir fahren so lange ins Klinikum.« Sie überlegte kurz. »Ach ja, und wenn du noch Zeit hast, lass doch bitte auch die drei norwegischen Mails von Runa übersetzen. Und jetzt los, Kathi!«

Während sie den Gang entlangeilten, sagte Irmi leise, aber eindringlich: »Bitte mäßige dich ein ganz klein wenig, wenn wir Markus Schmid treffen.«

»Ja, aber wenn's doch wahr ist! Was sind das denn für Typen!«, entfuhr es Kathi.

Was das für Typen waren? Männer, die nie etwas anderes als Gewalttätigkeit gelernt hatten und deren Frauenbild dadurch charakterisiert war, dass die Frau dem Manne untertan zu sein hatte.

Die beiden Kommissarinnen sprangen ins Auto und waren wenig später am Klinikum. Irmi empfand das Klinikum wie immer als beklemmend. Wie eine Fabrik sah es aus. Die Berge standen so nah, und durch die ständigen An- und Umbauarbeiten fühlte sie sich bei der Suche nach dem Zimmer von Markus Schmid wie in einem Irrgarten. Schließlich hatten sie ihn gefunden. Er lag in einem Dreibettzimmer, in dem die anderen beiden Betten nicht belegt waren. Das war insofern verwunderlich, als gerade die Hauptzeit der Sportunfälle herrschte, bei denen sich Skifahrer und Snowboarder zuhauf die Knochen brachen, die Bänder rissen und die Schultern luxierten. Da war es gut, wenn sie immerhin Helme trugen statt Wollmützen, während sie ihre Schädel aneinanderschlugen. Orthopäde oder Chirurg war im Garmischer Winter sicher kein Traumjob.

Markus Schmid trug einige Pflaster über der Nase und war über dem Auge genäht. Ein Kopfverband vervollständigte das Gesamtbild, das Irmi an den Film »Die Mumie kehrt zurück« erinnerte. Markus Schmid blinzelte kurz, dann erkannte er die Kommissarinnen.

»Sie müssen diese irren Rumänen festnehmen!«, rief er und setzte sich schwer atmend auf.

Irmi schwieg, während Kathi das Bild an der Wand betrachtete, das die Alpspitze zeigte.

»Die sind mitten in der Nacht über mich hergefallen.

Ohne Vorwarnung. Haben geläutet, ich bin zur Tür, und da hatte ich schon die Faust im Gesicht!«

»Interessante Perspektive der Alpspitze«, sagte Kathi.

»Ja, wirklich«, meinte Irmi. »Sie wirkt auf dem Bild weniger schroff als in Wirklichkeit. Fast lieblich.«

Schmid blinzelte erneut, was daran liegen mochte, dass der Verband ihm allmählich über das rechte Auge rutschte. »Ich bin lebensgefährlich verletzt worden, und Sie schauen sich Bilder an?«

»Na ja, Lebensgefahr besteht ja nicht, oder! Die haben Ihnen das Hirn ein bisschen durchgewirbelt und die Nase neu platziert. Wer weiß, wofür das gut ist!«, kommentierte Kathi.

»Was soll das? Was wollen Sie hier? Sie sind doch wohl gekommen, um meine Aussage aufzunehmen. Zwei verrückt gewordene Rumänen haben mich halb umgebracht, völlig grundlos und aus dem Hinterhalt.«

»Bleiben Sie mal ganz ruhig, Herr Schmid«, sagte Irmi. »Auch mit einer leichten Gehirnerschütterung ist nicht zu spaßen. Leider haben Sie ganz vergessen, uns zu erzählen, dass Sie gestohlene Baumaschinen in den Osten verkaufen und für die Büroarbeiten leichtgläubige Mädchen missbrauchen, die Sie mit einem Sonderbonus ködern! Dabei haben wir doch so nett miteinander geplaudert.« Irmi lächelte.

»Das behaupten diese irren Rumänen vielleicht. Das ist aber eine Lüge! Die haben mich zusammengeschlagen. *Die* müssen Sie verhaften!«

Irmi setzte wie schon öfter in ihrem Berufsleben aufs Bluffen. Früher hatte sie noch gezögert und daran gezweifelt, dass so viel Frechheit siegen konnte, doch nach einigen diesbezüglichen Erfahrungen hatte sie festgestellt, wie einfach es war. Hauptsache, sie blieb ganz ruhig und eiskalt wie eine Hundeschnauze, dann brachen fast alle Befragten zusammen. Kartenhäuser stürzten ein. Lügengebilde zerbröselten wie Sandburgen, die in leichtem Größenwahn gebaut worden waren und die doch gegen Wind, Sonne und Wellen keine Chance hatten.

»Herr Schmid, da haben Sie so einen schönen Stadel im Wiesmahd. Mit der Kappel in Sichtweite, einer der ältesten Kirchen im Ammertal, deren Chor vom Wessobrunner Meister Johann Schmuzer gebaut wurde und deren Deckenfresken vom Erfinder unserer berühmten Lüftlmalerei, Franz Seraph Zwinck, stammen. Die Kappel ist eine der fünfzehn Stationen auf dem Meditationsweg – und wenige Meter entfernt lackieren Sie Baumaschinen um. Das grenzt ja fast an Blasphemie! Sie und Ihr Neffe haben da einen lukrativen Zweitverdienst gefunden, das wissen wir längst. Das ist illegal, und dazu werden die Kollegen Sie sicher auch noch befragen wollen. Aber eine junge Frau zu töten, nur weil sie aus diesen kriminellen Machenschaften aussteigen wollte, das ist unser Ressort. Und Mord wiegt ein klein wenig schwerer als Ihre Diebstähle und die Hehlerei!«

Jetzt kam es Irmi zupass, dass sie vor zwei Jahren mit Jens auf dem Wiesmahdweg gewandert war und Jens, das wandelnde Geschichtslexikon, ihr von der Kappelkirche erzählt hatte, die eigentlich Heilig Blut hieß. Es war ihr ein bisschen peinlich gewesen, dass sie als Werdenfelserin sich von einem Preiß die Geschichte der Lüftlmalerei hatte erklären lassen müssen.

Kathi starrte ihre Kollegin beeindruckt an, und auch Schmid wirkte konsterniert und blinzelte nervös.

»Ich habe doch Ionella nicht getötet!«, versicherte er. »Ich bin Pazifist.«

Kathi schnaubte, und Irmi stellte sich ans Fußende des Krankenbettes.

»Herr Schmid, Sie verschieben ganz pazifistisch Baumaschinen. Stimmt das?«

Er schwieg.

»Für den Schriftverkehr und die Telefonate nach Osteuropa haben Sie die rumänischen Mädchen missbraucht.«

Er schwieg weiter beharrlich.

»Und weil Ionella aussteigen wollte, musste sie sterben.«

»Ich hab das Madl doch nicht getötet! Uns abzurufen liegt allein in Gottes Macht.«

»Ja, ja, der Herrgott, wofür der alles zuständig ist, oder! War es Thomas? Hat der sie abgerufen? Kaltgemacht?« Kathi beherrschte sich nur mit Mühe.

»Das war doch alles Thomas' Idee!«

»Was alles?«, donnerte Kathi.

»Na, das mit den Maschinen. Er wusste, wo welche unbewacht herumstehen. Das hat er bei seinem ehemaligen Arbeitgeber und bei weiteren Baufirmen ausspioniert. Thomas fand, dass er mit ehrlicher Arbeit viel zu wenig verdient und dass ihm mehr zusteht.«

»Hätt er was Gescheits gelernt, der Trottel!«, giftete Kathi.

»Thomas geht immer den Weg … ach …« Schmid geriet zusehends aus der Fassung.

»Den Weg des geringsten Widerstands ja wohl kaum«,

meinte Irmi. »Ganz im Gegenteil: Er rennt die Hindernisse nieder. Er brennt sie nieder. Er schlägt sie zusammen. Er vergewaltigt sie! Und am Ende tötet er. Waren Sie dabei?«

Schmid blinzelte immer hektischer. »Ich habe niemanden getötet! Das wäre doch niemals mein Weg.«

»Jetzt ersparen Sie uns doch endlich mal Ihr Gutmenschgequatsche!«, maulte Kathi.

Irmi sah Schmid scharf an. »Wir haben Beweise, dass Ionella sich kurz vor ihrem Tod mit Ihnen treffen wollte. Ihre norwegische Freundin Runa Dalby wollte mitkommen. Sie war mutiger als Ionella. Hat Runa Ihnen zugesetzt? Hat sie Ihnen mit der Polizei gedroht? Oder hat sie Sie erpresst? Sie haben einen Silounfall vorgetäuscht. Und dann haben Sie eine Katze erschlagen und hinterhergeworfen. Um das Ganze weiter zu verschleiern, haben Sie ein bisschen gezündelt, nicht wahr? Mit Verlaub, Herr Schmid, aber das war nicht clever. Ohne den Brand hätten Sie viel weniger Aufmerksamkeit erregt. Die Mädchen wären vielleicht erst Tage später gefunden worden. Die Unfallinszenierung wäre perfekt gewesen. Warum der Brand? War das Thomas, der Hitzkopf?«

Schmid begann ganz erbärmlich zu husten. Außerdem bekam er Nasenbluten. Irmi reichte ihm eine Packung Papiertaschentücher, die auf dem Nachttischchen lag.

»Jetzt passen Sie mal auf!« Kathi hatte sich über ihn gebeugt. »Ihr Gewäsch geht mir allmählich auf den Senkel! Hören Sie auf, sich hinter Ihren pastoralen Parolen zu verstecken. Sie stehen unter Mordverdacht!«

»Ich will einen Anwalt«, stieß er hervor.

»Den bekommen Sie – und außerdem einen Kollegen, der sich vor Ihr Zimmer setzt.« Irmi sah ihn eindringlich an. »Herr Schmid, überlegen Sie sich gut, was Sie tun. Sie verstricken sich doch immer weiter. Wusste Ihre Frau eigentlich Bescheid?«

Er zuckte zusammen. »Nein, natürlich nicht! Meine Frau ist ein Engel. Sie muss so viel arbeiten. Auch für sie wollte ich etwas zusätzliches Geld erwirtschaften.«

»Mir kommen die Tränen! Erwirtschaften! Schönes Wort für Diebstähle, die mit einem Mord enden!«, rief Kathi.

Schmid zuckte zusammen und blickte zum Bild von der Alpspitze, als käme von dort Hilfe.

»Wir warten auf Ihren Anwalt, aber ich kann Ihnen nur raten, rechtzeitig die Notbremse zu ziehen, Herr Schmid. Die Sache mit den Maschinen ist das eine, aber Mord?«

Irmi und Kathi gingen hinaus auf den Gang, wo gerade ein Essenswagen entlangschepperte.

»Der kann einen doch wahnsinnig machen, dieser Spruchbeutel, aus dem nur Plattitüden hervorblubbern!«, rief Kathi.

Bevor Irmi etwas erwidern konnte, klingelte ihr Handy. Die Krankenschwester hinter dem Essenswagen sah sie bitterböse an. Ja, ja, Handyverbot, ich weiß, dachte Irmi. Angeblich wegen irgendwelcher Interferenzen mit den medizinischen Geräten, aber in Wirklichkeit bestimmt nur, um die überteuerten Telefonkarten des Krankenhauses zu verkaufen.

Am anderen Ende der Leitung war Andrea. Sie war in der Zwischenzeit mit Sailer und Sepp und einem Durchsuchungsbeschluss losgezogen und hatte den Stadel entdeckt, eine perfekt ausgestattete Autowerkstatt. Außerdem hatten die Kollegen ein ganz besonderes Juwel gefunden: Thomas Schmid, der nun in Garmisch saß und auf Irmi und Kathi wartete.

»Na wunderbar, dann hören wir uns mal an, was der uns zu sagen hat. Bis gleich, Andrea!«

Irmi und Kathi verließen eilig das Klinikum – vorbei an Frotteebademänteln und aufgeschnittenen Jeanshosen über Gipsbeinen und zurück in die verschneite Stadt, die heute so ruhig und harmlos wirkte.

Thomas Schmid hockte auf einem Stuhl und hatte Handschellen an.

»Dieser Depp hot mi attackiert!«, schimpfte Sailer.

»Sie sind doch a g'standnes Mannsbild, Sailer!«, meinte Irmi lächelnd. »Sie werden doch so einem Würstl was entgegensetzen können.«

»Du blede Kachel!«, rief Thomas Schmid und versuchte aufzuspringen, wurde von Sailer aber zurück auf den Stuhl gedrückt.

Irmi ignorierte ihn. »Wir machen jetzt mal die Handschellen ab. Der Herr Schmid wird sich uns gegenüber bestimmt benehmen, gell, Herr Schmid? Er ist ja ein Kavalier der alten Schule. Frauen vergewaltigt er nur ab und zu.«

»Was reden S' da?« Nun sprang er doch auf.

»Setzen! Sofort!«, brüllte Kathi. »Sie halten jetzt die Fresse, und ich sag Ihnen, was passiert ist. Ionella wollte aussteigen aus eurem Baumaschinendeal und hat sich mit Ihrem feinen Onkel im Stadel verabredet. Dem war das unheimlich, deshalb hat er Sie dazugerufen. Womit Sie beide nicht gerechnet hatten, war, dass Ionella noch eine Zeugin mitbringt. Eine vorlaute Norwegerin. Beide Frauen waren unliebsame Zeuginnen und mussten weg. Rein ins Silo. Katze hinterher. Unfall. Alle tot, Klappe zu.«

Thomas Schmid schien schon an die Grenze seiner intellektuellen Kapazitäten zu stoßen, jedenfalls lauschte er Kathi mit offenem Mund. Auf seinem runden Schädel breiteten sich rote Flecken aus.

»Du Fotze!«, stieß er aus.

»Obacht!« Kathis Augen sprühten Gift.

»Ich sag gar nix mehr!«

»Na, außer diesem Schimpfwort haben wir von Ihnen bisher ja eher wenig gehört. Aber bitte, gerne. Ziehen Sie einen Anwalt zurate. Wir warten«, sagte Irmi.

Es blieb eine Weile still. Dann sagte Thomas Schmid: »Des war alles dem Onkel sei Idee. Weil der zu bled is, einen Hof zu führen.«

»Aha, das hat Ihr Onkel uns aber ganz anders erzählt. Er meint, die Baumaschinen seien Ihre Idee gewesen«, sagte Kathi leise, aber mit schneidender Schärfe. »Und wer hat die Frauen ins Silo geworfen? Sie beide miteinander? Oder haben Sie die Mädchen allein gepackt, Herr Schmid? Schade, dass Sie sie vorher nicht mehr so richtig hernehmen konnten, was?«

»Du verdammte Fotze! Du Bullensau!«

Irmi wandte sich an Sailer. »Der Herr Schmid wiederholt sich laufend. Er geht sich jetzt erst mal abkühlen. Und wenn er seinen Rechtsbeistand dabeihat, plaudern wir ganz gepflegt weiter. Von Bullenfotze zu Mädchenmörder.«

Sobald Thomas Schmid draußen war, ließ sich Kathi auf einen Stuhl sinken. »Brutal! Was für ein Arschloch!«

»Da kann ich dir nicht mal widersprechen«, sagte Irmi. »Wir können nur hoffen, dass wir die beiden gegeneinander ausspielen können und dass dann einer von ihnen umkippt und den anderen belastet. Ich würde mir den Stadel auch gerne mal ansehen. Außerdem sollten wir mit Renate Schmid sprechen. So ganz glaube ich nicht, dass sie nichts gewusst oder zumindest geahnt hat.«

Da Irmi so gar keine Lust auf den Ettaler Berg hatte, weil bestimmt wieder Lkw und Touristen im Schneckentempo hinaufzuckeln würden, beschloss sie, stattdessen über Grafenaschau zu fahren. Auf der Straße kam ihr irgendwann Bernhard mit dem Bulldog entgegen, er hatte die Seilwinde am Heck befestigt. Irmi ließ das Fenster herunter, und ihr Bruder öffnete die Tür.

»Griaß di, Schwester. Kathi, habe die Ehre!« Er grinste. Obwohl er überzeugter Junggeselle war und manchmal über die »gschnappige« Kathi schimpfte, hätte sie ihm rein optisch schon gefallen. Gottlob war der eher »festere« Bernhard weniger nach Kathis Geschmack. Und die junge Kollegin als Schwägerin – das wäre für Irmi ein Albtraum gewesen.

Man plauderte ein wenig, und Irmi versetzte es einen kleinen Stich, als sie die Motorsägen und den Fällheber sah und Bernhard erzählte, was er vorhatte. Sie wollte auch mal wieder ins Holz gehen. Nun ja, der Winter war lang, sie würde schon noch Gelegenheit dazu bekommen.

»Dein Bruder findet auch keine mehr«, sagte Kathi, als sie wieder losgefahren waren.

»Du willst ihn ja nicht.«

»Um Gottes willen. Der ist mir viel zu alt. Und zu g'wampert. Und du als Schwägerin, das wär ja der Horrortrip!«

Das war Kathi. Was Irmi sich kaum zu denken traute, sprudelte aus ihrer Kollegin munter heraus. Dass Kathi dabei sehr oft verletzend war, war ihr oft gar nicht bewusst. Sie vergaß auch schnell und war ehrlich bestürzt, wenn ihr nachtragendere Menschen noch Jahre später sagen konnten, wann sie ihnen das Kraut ausgeschüttet hatte.

»Und sonst ist keiner in Sicht? Mir hätte ja der Tiroler gefallen«, bemerkte Irmi.

»Wir treffen uns ab und zu. Zum Essen mit anschließendem Geschlechtsverkehr. Das kann er gut.«

Irmi tat der Mann leid. Er war richtig verschossen in Kathi, seit Jahren schon. Dass er sich auf so einen unverbindlichen Deal einließ, lag sicher nur daran, dass er hoffte, Kathi doch noch zu überzeugen. Andererseits war er auch bloß ein Mann. Besser den Sex in der Hand als die Ehefrau im Orbit.

»Was macht eigentlich Jens?«, erkundigte sich Kathi. »Weiß der überhaupt, dass du wieder in Deutschland bist?«

»Ich hab es ihm gesimst. Er ist irgendwo unterwegs. Es ändert sich ja nichts, ob ich nun in Norwegen oder hier bin.« Nein, es änderte sich nichts. Er blieb ein verheirateter Parttime-Lover. Und der Mensch, der immer in ihrem Herzen sein würde.

In Saulgrub bogen sie ab ins Ammertal, das sich hier weitete und einen schönen Blick auf Kofel und Pürschling freigab. Der Stadel lag tatsächlich unweit der Kappel. Es war ein großzügiger Neubau, wie man ihn eben hatte als Landwirt, und alles wäre wieder mal so schrecklich normal gewesen, hätten da nicht schon die Kollegen gestanden und auf sie gewartet. Man grüßte und redete ein paar Sätze. Ein Bauer tuckerte mit einem kleinen Allradbulldog vorbei und wäre vor lauter Halsrecken fast in eine Schneewechte gefahren. Heute Abend würde ganz Ugau wissen, dass die Bullerei beim Schmid gewesen war. Und wenn demnächst in der Zeitung zu lesen war, dass im Ammertal ein Baumaschinendiebstahl in größerem Ausmaß aufgedeckt worden sei, dann würde man im Dorf weitaus mehr wissen als das, was der Schreiberling zu Papier gebracht hatte. Wie immer würde das Wissen dann in konzentrischen Ringen nach außen hin abnehmen. Die einen würden noch wissen, wer dieser Schmid war, die Nächsten schon gespannt nach dem »Wer?« fragen müssen. Weiter draußen würde man die schaurigschöne Geschichte lesen, keinen kennen und sich wundern, dass es so was gab. Hier im beschaulichen Ammertal.

Unter dem unscheinbaren Holzmantel des Stadels befand sich tatsächlich eine Autowerkstatt mit Lackiererei. Der Hase sicherte Fingerabdrücke, die es natürlich zuhauf gab. Die würde man leicht den Schmid-Burschen zuordnen können, und weil der Hase schon wieder so leidend dreinblickte, flüchteten die Kommissarinnen den Hang hinunter und über die Bundesstraße, hinüber nach Scherenau.

Der Biobauernhof von Markus und Renate Schmid war unauffällig, ein kleines Holzschild verwies auf den Hofladen. Auch hier waren schon die Kollegen eingetroffen, um Beweismaterial zu sichern. Vor dem Wohnhaus standen ein paar neugierige Nachbarn und tuschelten miteinander. Irmi und Kathi gingen durch die offene Haustür und über den langen Gang in die Küche, wo Renate Schmid saß. Sie hatte geweint.

Als die beiden Kommissarinnen hereinkamen, blickte Renate Schmid hoch. »Habe ich das Ihnen zu verdanken?«

»Eher Ihrem Mann!«, rief Kathi und setzte sich rittlings auf einen Stuhl. Irmi zog sich ebenfalls einen heran.

»Frau Schmid, wussten Sie, dass Ihr Mann und Ihr Neffe Baumaschinen stehlen, umlackieren und in den Osten verschieben?«, fragte Irmi.

Renate Schmid wischte sich ein paar Tränen ab und sagte mit gesenktem Blick: »Das glaube ich nicht. Das muss ein Irrtum sein!«

»Irrtum ausgeschlossen! Wussten Sie, dass die rumänischen Mädchen die Buchhaltung und die Übersetzerdienste übernommen haben?«

Die Bäuerin schwieg.

»Frau Schmid, die Mädchen waren bei Ihnen im Haus am PC! Das müssen Sie doch bemerkt haben!«

»Ja, aber die haben doch nur ein paar Briefe übersetzt, die Markus an rumänische Biobauern geschrieben hat. Er ist Mitglied in einem europäischen Bionetzwerk und wollte einfach mehr über die Produktionsbedingungen in solchen Ländern erfahren, nicht zuletzt um dort vielleicht Boden zu kaufen.«

Irmi war Landwirtstochter genug, um zu wissen, dass das gar nicht so abwegig war. Rumänien war ein fruchtbares Land und die Bodenpreise niedrig. Der Biomarkt boomte, und deutsche Bauern waren gar nicht mehr in der

Lage, die große Nachfrage zu erfüllen. Rumänien exportierte längst in andere EU-Länder, auch weil die Preise für Bioprodukte für die Rumänen selbst viel zu hoch waren. So schlecht war die Idee also gar nicht. Vielleicht hatte Markus Schmid seiner Frau nicht nur eine hübsche Geschichte erzählt, um sie ruhig zu halten, sondern wirklich vorgehabt, in Rumänien Grund und Boden zu kaufen. Das Spielgeld dafür hatte er mit seinem Baumaschinenbetrug verdient.

Kathi schien weniger überzeugt. »Was für eine schöne Märchengeschichte, oder!«

»Das ist die Wahrheit!«

Irmi nickte Kathi unmerklich zu. Es war sinnlos, Renate Schmid zu attackieren. Sie würde doch nur zumachen.

»Frau Schmid, es mag ja durchaus sein, dass Ihr Mann da Kontakte knüpfen wollte«, lenkte Irmi ein. »Aber er hat sich trotzdem was dazuverdient, und zwar auf kriminellem Wege. Ich frage Sie jetzt noch mal: Wussten Sie davon?«

»Nein.« Renate Schmid begann laut zu schluchzen, und Irmi wusste nicht zu sagen, ob das Show war oder echte Verzweiflung. Sie hatte kein Gespür dafür, ob sie Renate Schmid glauben konnte oder nicht. Sie spürte rein gar nichts. Diese Frau entglitt ihr einfach.

»Ich weiß nicht, ob Ihnen klar ist, dass wir hier nicht von einem Kavaliersdelikt reden. Es geht um einige Hunderttausend Euro. Und um Mord!«

»Warum Mord?« Renate Schmid sah erschrocken aus.

»Finden Sie es nicht merkwürdig, dass Ionella aus der ganzen Sache aussteigen wollte und kurz darauf stirbt?«

»Aber mein Mann ist doch kein Mörder. Und wenn er

wirklich Maschinen gestohlen hat, dann hat ihn Thomas dazu gezwungen. Bestimmt war es so. Mein Mann kann keiner Fliege was zuleide tun.«

Ach ja, die viel zitierte Fliege. Irmis Blick fiel auf einen dieser ekligen gelben Klebestreifen, der wohl noch vom Sommer übrig geblieben war. Hier tat man durchaus einer Fliege was zuleide. Frau Schmid würde sich auf eine längere Abwesenheit ihres Mannes einstellen müssen.

»Gleich kommt ein Kollege, der Ihren Computer mitnimmt. Wäre schön, wenn das reibungslos vonstattenginge«, sagte Kathi. »Und wenn Sie behaupten, Thomas hätte Ihren pazifistischen Mann gezwungen – warum sollte der sich denn so etwas gefallen lassen? Hat Thomas etwas gegen ihn in der Hand? Hat er ihn erpresst oder so?«

»Nein, also ...« Sie brach ab.

»Also was?«

»Markus hat mal Milch ...«

»Was ist mit der Milch?«, donnerte Kathi.

»Wir hatten mal eine Weile zu wenige Kühe, und da hat Markus die Milch von seinem Vater mit unserer zusammen abgegeben.«

»Ihr Mann liefert an einen Bioabnehmer silagefreie Milch und hat dann einfach Milch von Kühen aus konventioneller Landwirtschaft dazugeschüttet?«, fragte Irmi erschüttert.

»Ja, aber das war nur ein paarmal. Wir haben dann ja neue Kühe gekauft. Und das war ganz wenig Milch vom Xaver. Das verdünnt sich ja.«

Klar, das verdünnte und verwässerte sich doch! Und der Käufer der guten Heumilchprodukte würde es schon verschmerzen … Hinter der scheinbar korrekten Fassade gab es ungeahnte kriminelle Energie, stellte Irmi fest, aber vielleicht sah sie das wieder mal zu kritisch. Das war doch gar kein Betrug, sondern nur Verdünnung. Sie beherrschte sich mühsam. »Und Thomas hat davon gewusst?«

»Ja, und der ist so eine fiese Sau, dass ich dem schon zutrau, Markus zu erpressen.«

Eine Frau versuchte ihren Mann zu retten, und da verwandte sogar die eher verhaltene Renate deftige Ausdrücke. Hier ging es um ihr Leben.

»Nun, Frau Schmid, wir werden das alles prüfen. Wir …«

In diesem Moment klingelte Irmis Handy.

»Moment!« Sie nickte Kathi zu, mit einem Blick, der besagte, Kathi möge Renate Schmid bitte nicht zerfleischen. Dann ging sie vor die Tür.

Es war Jens. »Hallo. Ich habe deine SMS gelesen. Du bist zu Hause? Seit wann?« Er klang besorgt.

»Seit ein paar Tagen erst. Hier gibt es einen Fall, der …« Wie sollte sie das am besten formulieren? Einen Fall, der nicht ohne sie auskam, vielleicht? Sie spürte, wie Jens sich bemühte, jeden Vorwurf zu unterdrücken. Sie hatte sich bei ihm quasi auf unbestimmte Zeit abgemeldet. Natürlich hatte er sich gewünscht, dass sie sich zwischendurch melden würde. Was hätte sie im Gegenzug gedacht, wenn er sich eine Auszeit genommen und sie dann erfahren hätte, dass er längst wieder mitten im Leben stand. Sie wäre sauer gewesen, enttäuscht. »Jens, ich freu mich, deine Stimme zu hören. Ich stecke bloß mitten in einer Befragung. Kann ich dich zurückrufen?«

»Sicher. Ich bin nur nicht immer erreichbar.« Das klang zwar neutral, doch er signalisierte ihr damit, dass auch er nicht immer und überall parat stand.

»Wo bist du denn?«

»In Russland. Melde dich, wenn du Luft hast. Und … äh … schön, dass du wieder da bist und arbeitest.«

»Jens, ich erklär dir alles. Ich probier's einfach bei dir, ja? Jens?«

Ein seltsames Pfeifen erklang und dann eine Stimme in einer Sprache, die sie nicht verstand. Als sie erneut anrief, meldete sich nur die Mailbox. Verdammt!

»Was Wichtiges?«, fragte Kathi, als Irmi wieder in die Küche kam.

»Nein, nur ein privates Problem.«

Kathi runzelte die Stirn, aber sie schwieg.

Die nächsten beiden Tage verbrachten sie mit zwei Herren, die sich als zähe Brocken erwiesen. Die Befragungen von Thomas Schmid mussten immer wieder abgebrochen werden, weil er mehrfach versuchte, Kathi an die Gurgel zu fahren. Irmi hatte Gelegenheit, ihr Repertoire an bayerischen Kraftausdrücken aufzufüllen. Es war unglaublich, wie viele Worte Thomas Schmid kannte, um Frauen zu beleidigen. Er gab sogar zu, dass Ionella ihr Pfefferspray zum Einsatz gebracht hatte, dabei habe er ihr doch nur einen Tee bringen wollen. Die Attacke hatte er offenbar gut weggesteckt, und Ionella hatte sich angeblich entschuldigt. Irmi blieb die Spucke weg bei so viel Dreistigkeit. Der Mann log, ohne rot zu werden. Der Anwalt tat Irmi beinahe leid.

Auch Markus Schmid strapazierte ihre Nerven über die Maßen. Wie zu erwarten, belasteten sich die beiden Männer gegenseitig. Thomas Schmid behauptete, sein Onkel habe ihn angefleht, er möge doch eine Idee entwickeln, wie man zu Geld käme. Und Thomas habe als guter Neffe ja nur seinem verschuldeten Onkel helfen wollen. Markus Schmid war in die ganze Sache irgendwie hineingeschlittert. Sein Neffe habe den Stadel ursprünglich nur ab und zu mal nutzen wollen. Als er Thomas beim Umlackieren ertappt und zur Rede gestellt habe, da habe Thomas ihn an die Sache mit der Milch erinnert. Erpresst habe er ihn, mit dieser winzigen Verfehlung, die ja nur aus der Not geboren war. Weil er keinen Staub habe aufwirbeln wollen, habe er dann mitgemacht. Natürlich nur ungern!

Markus Schmid sagte aus, tatsächlich Grund in Rumänien kaufen zu wollen, was die Auswertung seiner E-Mails auch bestätigte. Außerdem hatte man die Empfänger der Baumaschinen ausfindig machen können. Darum würden sich nun andere kümmern, die Kollegen waren mit der Polizei in Ungarn und Rumänien in Kontakt. Es würde zu Festnahmen kommen, aber das war für Irmi eine Randnotiz. Sie wollte wissen, wer die beiden jungen Frauen getötet hatte. Markus, der Bauernphilosoph, oder Thomas, die wandelnde Drohgebärde?

Bei der Untersuchung des Rechners war man auch auf eine E-Mail von Ionella an Markus gestoßen, in der sie ihn um ein Gespräch gebeten hatte: »Markus, ich muss dir sprechen. Wegen Maschienen. Heute Abend um 10 in Tenne von Xaver. Es ist dringent.«

Markus Schmid konnte bei der Vernehmung diese Verabredung nicht leugnen. Allerdings sei er nicht allein in die Tenne gekommen. Als er Thomas von Ionellas E-Mail erzählt habe, da habe dieser mitkommen wollen, um der kleinen »Karpatenfotze« mal zu erklären, dass man ihm so nicht kommen könne. Diesen Punkt stritt Thomas lange ab und behauptete, gar nicht im Stadel gewesen zu sein. Am Ende aber gab er zu, dass der Onkel ihn um Hilfe gebeten habe. Für Markus, »die dumme Verrätersau«, hatte er auch noch andere unschöne Wörter gefunden …

Am Ende hatten Irmi und Kathi ein relativ klares Bild von der Situation. Ionella hatte Markus Schmid angemailt. Der hatte natürlich Lunte gerochen und geahnt, dass da irgendetwas unrund lief. Er hatte Thomas informiert, woraufhin beide um zehn in den Stadel gefahren waren. Renate habe da schon geschlafen und seine Abwesenheit nicht bemerkt, hatte Markus ausgesagt. Thomas hatte seine Honda Dax genommen, die weiter vorn an der Straße in einer Garage stand – insofern mochte es stimmen, dass kein anderes Familienmitglied etwas von der Abwesenheit der beiden Herren erfahren hatte. Im Stadel hatten sie Ionella mit einem weiteren Mädchen vorgefunden, das sie nicht kannten. Die andere war die Wortführerin gewesen und hatte gesagt, dass Ionella mit der ganzen Sache nichts mehr zu tun haben wolle und dass die beiden Männer ihre Freundin in Ruhe lassen sollten, sonst würden sie zur Polizei gehen. Dort könne sie als Zeugin aussagen und habe alle einschlägigen E-Mails auf ihr Netbook geladen.

So weit deckte sich die Geschichte der Männer.

Markus Schmid hatte behauptet, den beiden Mädchen je tausend Euro ausgehändigt zu haben, als Schweigegeld.

Die beiden hätten das Geld angenommen, und Runa habe daraufhin unter seinen Augen die E-Mails auf ihrem Netbook gelöscht. Anschließend sei er gegangen. Dass er wegen »ein paar so Weibsen« so viel Geld eingebüßt hatte, das habe ihn schon sehr gefuchst. Was Thomas dann noch gemacht hatte, wusste er angeblich nicht.

Thomas Schmid bestätigte, dass »diese kleine norwegische Hure« die Mails gelöscht habe. Dann habe er den Onkel beiseitegenommen und gesagt, er sei doch ein Volldepp, weil er nun erpressbar sei. Diese kleinen Miststücke würden das sicher ausnutzen. Der Markus sei allerdings total verstockt gewesen und habe gemeint, das sei schon in Ordnung mit dem Geld. Dann sei er wütend hinausgestürmt und habe noch gerufen, Thomas solle in Zukunft »seinen Scheiß alleine machen«. Dann sei er selbst auch gegangen, sagte Thomas. Den Stadel bei der Kappel wollte er im Übrigen schließen, überhaupt wolle er mit Markus nicht mehr zusammenarbeiten.

Zwei Männer und eine schöne Geschichte, die sich lediglich in der Pointe unterschied. Einmal war der pastorale Markus der gute Mitläufer gewesen, einmal hatte der hoch aggressive Thomas seinem Onkelchen nur helfen wollen. In beiden Versionen war Thomas am Ende mit den Mädchen allein gewesen.

Von hier an gab es nach Irmis Einschätzung zwei Varianten: Entweder hatte Thomas den Onkel davonlaufen sehen und die ganze Sache in seine Hände genommen. Er hatte einfach mal aufgeräumt mit den Weibern – nachhaltig und endgültig. Mädels entsorgt, Katze hinterher, der Kas war bissn. Oder aber – und das war die zweite Variante

– Markus war doch zurückgekommen und hatte eines der Mädchen ins Silo geworfen. Er hätte ja nur warten müssen, bis die andere zu Hilfe kam und starb. Dann die Katze hinterher, um das Ganze plausibler aussehen zu lassen …

Aber wie war es zu dem Brand gekommen? Keiner von ihnen habe gezündelt, beteuerten sie. Und Irmi war fast versucht, zumindest diesen Teil der Geschichte zu glauben. Aber wer hatte dann so ein loderndes Scheunenfest aufgeführt?

Die beiden Männer saßen nun in U-Haft, und Irmi hoffte, einer von ihnen werde endlich reden. Doch sie wiederholten immer wieder, dass sie doch niemals jemanden ermorden würden.

Die restliche Familie war natürlich bass erstaunt angesichts der kriminellen Machenschaften, keiner hatte etwas gehört, gesehen, geahnt. Vroni war heulend zusammengebrochen und hatte gesagt, dass ihr Bruder zwar manchmal ein bisschen aggressiv rüberkomme, aber doch niemals ein Mörder sei. Irmi war überrascht, dass sie ihn so löwenhaft verteidigte. Aber am End war wohl auch hier Blut dicker als Wasser. »Er war das nicht. Er war das nicht«, hatte sie immer wieder gestammelt.

Anna Maria war völlig erschüttert gewesen, wozu ihr Vater fähig war. Aber sie beteuerte seine Unschuld mit so einer Inbrunst und Verzweiflung, dass Irmi sich ernsthafte Sorgen um das Mädchen machte.

Die Frauen der Familie waren alle völlig aus der Bahn geworfen – aus den Bahnen ihres geregelten Lebens. Tricksen, stehlen, betrügen, verdünnen – ja. Mit Vergewaltigung drohen, mit Bierkrügen um sich schmeißen – auch. Aber Mord – niemals! Irmi fand es beängstigend, wie viele moralische Grauzonen die Schmids zuließen. Zugleich schlossen sie natürlich vehement aus, dass ein Familienmitglied in der Aggressionsskala eine Stufe weitergegangen sein sollte.

Aus ihrer langen Berufserfahrung wusste Irmi nur zu gut: Wer so viel kriminelle Energie hatte, dem war letztlich auch Mord zuzutrauen. Die Schmids waren eine schrecklich normale Familie. Und eine so dehnbare Auffassung von Recht und Moral hatte so mancher hier im Werdenfels. Kavaliersdelikte reichten weit, nur Mord war unverzeihlich.

In solchen Momenten sehnte sich Irmi nach Norwegen zurück, wo die Luft klar war und das Licht wegdämmerte. Dabei wusste sie sehr wohl, dass sie die Inseln im Nordmeer idealisierte. Wäre sie dort tiefer in die Strukturen eingedrungen, hätte sie vermutlich feststellen müssen, dass die Norweger keinen Deut besser waren. Menschen waren so, überall: feige und rückgratlos – man konnte sich eben vieles schönreden unter dem Deckmantel der Toleranz.

Irmi versuchte, ihre negativen Gedanken zu unterdrücken, auch wenn es ihr schwerfiel. Außerdem merkte sie, wie die Sache mit Jens an ihr nagte – mehr, als sie sich eigentlich eingestehen wollte.

In dem ganzen Kuddelmuddel hatte letztlich Rita gewonnen: Der alte Xaver war nun auch im Altersheim in Oberammergau untergebracht. Als Irmi probierte, ihn noch mal wegen der Brandbombe zu befragen, verweigerte er jedes Gespräch. Er saß nur mit geschlossenen Augen da und atmete schwer. Irmi erzählte, dass sie Markus und Thomas verhaftet hatten, sie konfrontierte ihn mit den gestohlenen Baumaschinen. Immerhin sei es ja sein Stadel, den die Männer da missbraucht hatten.

»So einfach ist das alles nicht, Frau Oberamtskommissar«, sagte er irgendwann.

»Was ist nicht einfach? Herr Schmid, wenn Sie etwas wissen, was uns weiterhilft, müssen Sie mir das sagen, bitte.«

»Schöne Frau, ich muss gar nichts. Sterben muss ich bald. Jetzt sind andere dran.«

»Und die dürfen morden? Wollen Sie etwa tolerieren, dass Ihr Sohn oder Ihr Enkel ein Mörder ist?«

»Man bekommt selten das, was man will«, sagte er, und aus seinen geröteten Augen liefen ein paar Tränen. Dann begann er erbärmlich zu husten. Immer stärker. Irmi drückte auf den Notknopf, und eine Pflegerin stürmte herein, zog von irgendwo ein Spray hervor und schrie: »Raus hier!«

Betroffen trollte sich Irmi zum Parkplatz. Da war etwas. Der Alte wusste mehr, das spürte sie. Aber sie hatte es versemmelt. Seit Tagen machte sie ihre Arbeit nicht so gut wie sonst. Ihre Fragetechnik war einfallslos, sie hatte zu wenig Biss.

Irmi dachte an Jens. Sie konnte gar nicht zählen, wie oft sie inzwischen versucht hatte, ihn zurückzurufen. Mailbox, immer nur die Mailbox. War das das Ende?

8

Irmi saß bedrückt beim Abendessen. Wobei das großartiger klang, als es war. Es gab ein Käsebrot, ein paar Essiggurken und dazu ein Bier, mehr nicht. Die bettelnde Katertruppe war angewidert abgezogen. Käse hätten sie gefressen, aber der Gurkenessig hatte den guten Geschmack ruiniert.

Plötzlich ging die Tür auf, und Bernhard kam herein.

»Du hast Besuch.«

Er trat zur Seite und dirigierte mit einer linkischen Geste einen älteren Mann herein. Irmi meinte, ihn schon mal gesehen zu haben, wusste aber nicht so genau, wo sie ihn hinstecken sollte.

»Hochwürden, setzen S' Eahna doch«, sagte Bernhard.

»Danke, den Hochwürden lass mal weg. Ich bin Pfarrer a. D.«

Jetzt fiel es Irmi wieder ein: Das war ein ehemaliger Gemeindepfarrer aus dem Loisachtal. Ein guter Mann und ein echter Seelsorger. Einer, der auch Leute bestattet hatte, die aus der Kirche ausgetreten waren. Der sogar »Born to be wild« in der Kirche hatte spielen lassen, weil das der Lieblingssong des verstorbenen jungen Mannes gewesen war. Das hatte damals eine Mordsaufregung gegeben.

Sie erhob sich. »Grüß Gott.«

»Bleiben S' sitzen. Ich platz hier so rein.«

Irmi lächelte. »Kein Problem. Leider kann ich Ihnen außer einem Bier nichts anbieten.«

»Passt scho. Bier ist gut.«

Bernhard holte eins aus der Speis und suchte nach einem Glas.

»Das Flascherl reicht«, sagte der Pfarrer.

»Ja … äh … ich geh dann mal«, druckste Bernhard herum. »Sie wollen ja zu meiner Schwester. Hat mich gefreut.«

»Mich auch«, sagte der Pfarrer und lächelte. »Auch wenn du ein furchtbar schussliger Ministrant gewesen bist. Da kippt der mir die Hostien vor die Füß!«

Irmi gluckste. Bernhard lief rot an und stolperte hinaus.

Die beiden Bierflaschen klangen aneinander, und sie tranken schweigend. Irmi wartete.

»Sie wundern sich sicher, dass ich herkomme«, sagte er schließlich.

»Ein wenig schon. Ich glaub ja nicht, dass Sie hier sind, weil Sie so launige Erinnerungen an meinen Bruder haben. Und ich hab nie ministriert. Mädchen waren damals noch nicht so gefragt.«

»Etwas schlauer ist die Kirche zwar geworden, und doch vertreibt sie all ihre Schäfchen. Nun ist der bayerische Bene weg, aber ob der Argentinier die Kirche reformieren kann? Ich bezweifle das. Die Unseren schwängern weiter ihre Haushälterinnen oder missbrauchen Schutzbefohlene. Ein Sauhaufen ist das, was sich Abgesandte Gottes nennt. Aber es sind halt Menschen, nicht mehr und nicht weniger.«

Irmi betrachtete den Mann interessiert. Harte, klare Worte von einem Kirchenmann.

»Ja, Frau Mangold, es menschelt, aber ich bin nicht hergekommen, um philosophische Betrachtungen über das Wohl und Wehe der Kirche anzustellen. Auch nicht wegen Ihres Bruders, wobei er mir von den vielen Ministranten gut im Gedächtnis ist. Er hat sich kaum verändert. Immer noch dasselbe Lausbubengesicht.« Er lächelte. »Aber um auf den Punkt zu kommen, Frau Mangold …«

»Irmi reicht.«

»Irmi, gut. Es geht um diese Sache in Unterammergau. Es ist, nun ja, ein wenig heikel. Drum komm ich auch so privat und nicht in Ihr Büro.«

Irmi schwieg. Die Erfahrung lehrte sie, dass Schweigen oftmals Gold war und Zungen lockerte. Es war offensichtlich, dass der alte Mann mit sich zu ringen hatte.

»Ich breche das Beichtgeheimnis. Gott hat mir leider kein Zeichen gegeben, ob das, was ich hier tue, richtig ist.«

»Haben Sie ihn denn gefragt?«

Er lächelte. Und auf einmal leuchtete er von innen heraus. Es gab solche Menschen. Leider nur wenige.

»Ja, das hab ich. Und gerade ich müsste wissen, dass Gottes Zeichen manchmal sehr schwer zu erkennen sind. Aber sei es drum.«

Er atmete tief durch und begann zu erzählen. Davon, dass eines schönen Tages vor etwa sieben Jahren Xaver Schmid zu ihm gekommen war. Zwar gehörte Unterammergau nicht zu seinem Sprengel, aber er hatte eben den Ruf gehabt, ein renitenter, unkonventioneller Pfarrer zu sein. Schmid hatte gefragt, ob er denn auch bei ihm beichten könne. Was ihm natürlich erlaubt gewesen war, denn Gott sei nicht an Gemeindegrenzen gebunden, meinte der

Pfarrer. Xaver Schmid hatte von einer Zeit erzählt, die nicht die beste in seinem Leben gewesen war. Oder vielleicht doch. Von einer Zeit des Ausnahmezustands, von einer Zeit falscher Parolen und richtiger Gefühle. Er hatte im Krieg ein Mädchen gefunden. Obwohl er doch zur Besatzungsmacht gehört hatte. Ein Mädchen, das er geliebt hatte. Das ihn verzaubert hatte. Das schwanger geworden war. Im Winter 1944/45 sahen sich die Deutschen zum Rückzug gezwungen. Schmid musste gehen, das Mädchen blieb zurück. Und mit ihr das ungeborene Kind. Auf die Kriegswirren folgten die Nachkriegswirren. Anfangs hatte er noch gehofft, seine große Liebe zu sich holen zu können. Aber wie das Leben so spielt, kamen Hunger und Existenzangst der Nachkriegszeit dazwischen, danach der Wiederaufbau. Im täglichen Kampf werden bunte Bilder blasser und blasser. Und irgendwann hatte er sich nicht mehr getraut. Das bunte Bild war längst schwarz-weiß geworden, aber er trug es noch im Herzen. Und wie es so ist im Leben, verpasste er viele richtige Zeitpunkte, und er verpasste jene, die schon nicht mehr richtig gewesen wären, aber noch möglich. Und zu irgendeinem Zeitpunkt war es unmöglich und zu spät.

Irmi hatte gebannt zugehört, weil der Pfarrer einen großartigen Erzählstil hatte, weil er mitfühlte und doch kein falsches Pathos bemühte.

»Irmi, sehen Sie, ich habe von der Tragödie gehört. Es hat etwas gedauert, bis die ganze Geschichte die hohe Schwelle vom Ammertal hier herunter geschafft hatte. Natürlich war es ein Leichtes zu erfragen, um wen es ging. Ich habe auch in der Zeitung gelesen, dass es da eine böse

Betrugsgeschichte mit Baumaschinen gab. Und ich weiß, dass Markus und Thomas Schmid in Untersuchungshaft sitzen. Natürlich habe ich auch erfahren, dass beim Schmid eine junge Rumänin und eine junge Norwegerin gestorben sind.«

»Und Sie sehen da einen Zusammenhang zum Senior?«

»Xaver Schmid war während des Zweiten Weltkriegs in Norwegen stationiert. Dort hatte er eine norwegische Freundin, die er am Ende der Besatzungszeit im Stich lassen musste. Er hat sein Kind nie kennengelernt, aber was, wenn er auch eine Enkelin hatte?«

Irmi lief es plötzlich eiskalt den Rücken hinunter. Eine junge Norwegerin kommt ausgerechnet auf dem Hof jenes Mannes ums Leben, dessen Dasein so tragisch mit ihrem Heimatland verknüpft ist. Wirklich nur Zufall?

»Wo in Norwegen war er denn?«, fragte Irmi, weil sie ihr Gedankenwirrwarr mit einer konkreten Frage kanalisieren wollte.

»In der Finnmark. Er gehörte zu einer U-Boot-Besatzung. Wissen Sie, Irmi, er war wie so viele im Porsangerfjord zum Warten verdammt. Die Soldaten waren oft junge Männer, die endlich einen Einsatz erleben wollten. Viele von ihnen haben sich dort regelrecht gelangweilt und sich voller Tatendrang wegbeworben an die Ostfront. Xaver Schmid hat das nicht getan, weil er dieses Mädchen kennengelernt hatte und in seinem Leben viel wichtigere Dinge passiert sind, als Straßen- und Küstenbefestigungen zu bauen. Er liebte. Und er spielte mit seiner Militärkapelle in Honningsvåg zum 1. Mai und unterhielt die Bevölkerung. Wissen Sie, Frau Mangold, ach, Irmi, wissen

Sie, Krieg ist ja nichts Abstraktes. Der Krieg ist die Summe von Millionen Einzelschicksalen.«

Irmi betrachtete den braun gebrannten Mann, dessen Gesicht von vielen Linien durchzogen war, dessen Augen aber so jung wirkten. »Herr Pfarrer, nehmen Sie an, die tote junge Frau könnte wirklich Xaver Schmids Enkelin gewesen sein?«

»Drängt sich der Verdacht nicht auf?«, entgegnete der Pfarrer fast verzweifelt.

»Haben Sie irgendeinen Anhaltspunkt? Ist Schmid noch mal zu Ihnen gekommen?«

Der Geistliche schüttelte den Kopf. »Vielleicht hätte ich besser nicht ...«

»Nein, um Gottes willen ...« Irmi stutzte. Wie oft verwendete man diese Redewendung. Wenn dieser Gott bloß mal offenbaren würde, was sein Wille war. »Es ist gut, dass Sie gekommen sind. Wirklich! Ich bin nur etwas irritiert, weil wir bisher immer davon ausgegangen sind, dass die junge Rumänin ermordet wurde und Runa, die Norwegerin, sozusagen in die Schusslinie gekommen ist. Wir glauben, die beiden jungen Frauen wurden umgebracht, weil Ionella aus dem miesen Betrugsgeschäft mit diesen Baumaschinen aussteigen wollte. Sie hatte im Auftrag der Herren Schmid die Korrespondenz mit den rumänischen Kunden übernommen. Die junge Norwegerin hatte sie aber davon überzeugt, die Mitarbeit zu beenden. Es ist sogar Schweigegeld geflossen.« Irmi hielt inne. »Ihr Beichtgeheimnis gilt immer noch, oder?«

»Natürlich bleibt das unter uns. Ich trage das nirgendwohin. Das würde dann ja bedeuten, dass die beiden

Schmids nicht nur Baumaschinen gestohlen haben, sondern Mörder sind?«

»Ja, das ist der aktuelle Stand, die beiden Männer leugnen aber.«

»Und dann komme ich mit so einer seltsamen Geschichte aus der Vergangenheit. Ich muss mich entschuldigen.«

»Nein, ganz im Gegenteil. Alles, was ich erfahre, kann wie ein Puzzleteilchen das Gesamtbild vervollständigen. Und das hier könnte sogar ein Eckstück sein.«

Er nickte.

»Kannten Sie den alten Schmid denn näher? Oder die übrige Familie?«, fuhr Irmi fort. »Ich habe das Gefühl, immer nur an der Oberfläche zu kratzen. Xaver Schmid muss früher mal ein ziemlicher Hallodri gewesen sein, oder?«

Der Pfarrer lächelte wieder. »Xaver kommt aus ganz kleinen Verhältnissen. Kennen Sie die Geschichte Unterammergaus?«

»Ein wenig.«

»Dann wissen Sie sicher, dass man sich in den Bergen irgendwann auf die Suche nach Edelmetallen machte und dabei eine Plattenschicht entdeckte, die Kieselerde enthielt und sich zum Schärfen von Metallklingen eignete. Damit war die Grundlage für die Wetzsteinindustrie gelegt. In den goldenen Zeiten des 19. Jahrhunderts war man auf den Messen in Leipzig vertreten und lieferte Wetzsteine bis nach Budapest. Man kehrte mit viel Geld in der Tasche zurück und baute großzügig. Trotz zweier Dorfbrände gibt es heute noch rund fünfunddreißig Gebäude in Unterammergau, die unter Denkmalschutz stehen. Es ist ein schöner Ort mit stolzen Bewohnern. Xaver Schmid jedoch stammt aus einer bitterarmen Kleinhäuslerfamilie, die nicht vom Wetzsteinboom profitierte. Der Vater starb früh an einer Lungenentzündung, und die Mutter musste sich und die vier Buben irgendwie durchbringen. Xaver war sicher intelligent, aber bis dahin ohne Chance. Ihm kam der Krieg im Grunde gelegen. Ja, das muss ich so sagen. Er konnte weggehen, ins Abenteuer reiten. Warum er als Ammertaler ausgerechnet bei der Marine landete, weiß ich auch nicht. Aber er hatte sicher eine Menge Improvisationstalent und Überlebenswillen im Gepäck. Ich weiß nur, dass er irgendein Patent erfunden hat, das ihm der Amerikaner angeblich Ende der Vierzigerjahre abgekauft und das ihm noch lange danach lukrative Erträge gebracht hat.«

»Er war also begütert? Oder ist es noch?«

»Zumindest wird er nicht durch seine Landwirtschaft zwei Höfe und mehrere Bauplätze in Bad Bayersoien erwirtschaftet haben. Einige Jahre nach seiner Rückkehr aus dem Krieg hat er jedenfalls anderen Bauern Grund abgekauft. Eigentlich das ganze Wiesmahd auf der Kappeler Seite bis Wurmansau. Auf der anderen Talseite hat er sehr viel Wald erworben, droben am Köpfel. Das war ziemlich klug, früher war Wald nichts wert. Heute schon.«

»Das gehört alles Xaver Schmid?«

»Ich schätze mal, fünfzig Hektar Wiesen und weitere hundert Hektar Wald.«

Irmi pfiff durch die Zähne. »Das Wiesmahd ist wenig wert, aber der Wald!«

»Teile vom unteren Wiesmahd wurden dann in den

Fünfzigern bebaut, dabei hat er Geld gemacht, viel Geld, keine Frage.«

»Dann hat er die Burgi ja gar nicht geheiratet, weil sie wohlhabend war! Das wurde uns nämlich erzählt. Dabei hatte er das doch gar nicht nötig, oder?«

»Nein, ich glaube, er hat das getan, weil sie aus einer der alten Wetzsteinmacherdynastien stammt. Er wollte den Makel seiner Kindheit ausmerzen.«

»Die Burgi wurde mir als eher zwider beschrieben. Haben Sie sie kennengelernt?«

»Sie war immer schon eine eher spröde Frau. Nicht unrecht, aber mit Sicherheit die völlig falsche Partnerin für Xaver. Die beiden hätten sich trennen sollen. Nicht als die Kinder klein waren, aber später.«

»Eine unorthodoxe Ansicht für einen Geistlichen, der doch eine Ehe schließt, die halten soll, bis dass der Tod sie scheidet«, sagte Irmi und hoffte, sie war damit nicht zu weit vorgeprescht. Sie kam auch noch aus einer Generation und aus einer Lebenswelt, in der man Respekt vor dem Lehrer und dem Pfarrer gelernt hatte.

»Wie gesagt, ich bin im Ruhestand, Frau Mangold. Ich bin Jahrgang 1943 und würde lügen, wenn ich sage, ich hätte vom Krieg noch viel mitbekommen. Aber ich habe eine Erinnerung an die späten Vierzigerjahre und die frühen Fünfziger. Da zählten andere Werte als Selbstverwirklichung. Da war keine Zeit für Lebensreflexion. Da musste man was zu essen organisieren, Heere von Flüchtlingen unterbringen, Häuser wieder aufbauen. Damals wurden viele Ehen nicht im Himmel geschlossen. Manche hat diese Zeit auch zusammengeschweißt, andere nicht.«

»Aber was für ein Typ war Xaver denn nun?«

»Das ist sehr schwer zu beschreiben. Er war ein Charmeur. Hallodri würde ich gar nicht sagen. Er war so eine Art Gottvater persönlich.« Er lachte. »Das dürfte ich auch nicht sagen, aber er breitete seinen Mantel aus. Er nahm Menschen unter seine Fittiche, er war immer sehr großzügig, wenn jemand Hilfe brauchte, und im Wirtshaus schmiss er auch gern mal eine Lokalrunde. Zu beurteilen, ob er das aus Berechnung tat, steht mir nicht zu. Vielleicht hat er sich damit auch Freundschaften erkauft, aber er war halt ein Rattenfänger, ein Menschensammler. Er konnte begeistern. Und viele Frauen erlagen seinem Charme. Ich weiß, Polygamie ist nicht gerade das Credo meiner Kirche, aber Xaver Schmid war ein Mann, der wirklich glaubte, mehrere Frauen glücklich machen zu müssen. Und zwar müssen, nicht bloß können. Er hätte auch gut damit leben können, mit zwei oder drei Geliebten unter einem Dach zu wohnen. Was Burgi natürlich nie erlaubt hätte. Sie war introvertiert, mochte keine Menschenaufläufe und riesigen Feste, wie Xaver sie zu geben pflegte. Das setzte ihr zu, sie konnte sich da nicht entspannt bewegen. Im Einzelgespräch war sie hingegen sehr herzlich und klug. Xaver hat sie einfach überrollt.«

»Und betrogen?«

»Ja, immer wieder, und das Komplizierte an seiner verschrobenen Denkweise war, dass er diese anderen Frauen nicht wie Geliebte zum Zeitvertrieb hielt, sondern auch denen als Ernährer und Gönner gerecht werden wollte. Er kreiste als Zentrum in seinem eigenen Universum, das für ihn selbst ganz schlüssig war. Nur war das für die Welt rundum nicht eben leicht zu verstehen.«

»Aber seine Söhne litten doch sicher darunter, oder?«

»Ich kenne die beiden nicht sehr gut. Aber ich glaube, Markus hat den Gegenentwurf gewählt und will eine perfekte Einehe führen. Und Franz trinkt, der hat immer schon getrunken. Wissen Sie, ich bin Pfarrer, kein Psychologe.«

Vielleicht aber ein besserer Therapeut, als die meisten ausgebildeten Psychologen es waren, dachte Irmi und sagte: »Lassen Sie mich mal ein wenig laienhaft herumpsychologisieren: Hat er das alles getan, um seine erste große Liebe zu vergessen? Oder wollte er etwas wiedergutmachen, indem er andere Frauen beglückte? Vorausgesetzt, man folgt seiner kruden Logik.«

»Möglich, Irmi, gut möglich. Wir blicken den Menschen ja nur ins Gesicht, man kann immer mogeln. Wir sehen ja nicht in die Herzen. Auch ich bin kein Hellseher.«

Sie schwiegen eine Weile und tranken Bier.

»Ich werde mit Xaver Schmid reden müssen«, sagte Irmi nach einer Weile zögerlich.

»Sie meinen, Sie müssen ihm sagen, dass ich ihn denunziert habe?«

»Eventuell …«

»Wenn das Gottes Wille ist. Irmgard, Sie sind eine kluge, besonnene Frau. Sie machen das schon richtig. Ich bin ein alter Mann. Und Xaver Schmid ist ein uralter Mann, und er kam zu mir, weil er dachte, dass er bald sterben würde. Es ist nicht immer gut, Wahrheiten tief in sich zu verschließen. Auch Xaver Schmid konnte es letztlich nicht. Vielleicht habe ich ihn nun verraten. Vielleicht aber habe ich ihm am Ende geholfen. Das entscheiden Sie, Irmi.«

»Danke für die Blumen, Herr Pfarrer. Ich habe gerade kurz nachgerechnet. Wenn das Kind 1945 geboren worden wäre, dann war Runa als Enkelin aber viel zu jung. Sie war bei ihrem Tod dreiundzwanzig. Mal angenommen, ihre Mutter war Xaver Schmids Tochter, dann müsste sie Runa ja mit weit über vierzig bekommen haben? Oder aber Xaver hat in Norwegen einen Sohn gezeugt …«

Der Pfarrer überlegte eine Weile. »Sie haben recht. Anfang der Neunziger, als diese Runa geboren wurde, war es noch unüblich, so spät Kinder zu bekommen, höchstens als Nachzügler. Heutzutage kommt es häufiger vor, dass Frauen sich selbst verwirklichen und erst kurz vor den Wechseljahren ein Kind bekommen, oder? In diesen modernen Zeiten sind Frauen mit vierzig doch so strukturiert, wie meine Mutter es mit fünfundzwanzig war. Wenigstens hat es den Anschein oder soll zumindest den Anschein haben.« Den letzten Satz betonte er so, dass man sich seinen Teil dazudenken konnte. Konnte, nicht musste.

Irmi unterdrückte ein Lächeln. »Herr Pfarrer, wissen Sie irgendetwas von einem Testament? Eine der Enkelinnen befürchtet, Xaver Schmid habe darin vielleicht eine der Pflegekräfte bedenken wollen. Aber was, wenn er nun eher seine norwegische Enkelin oder Urenkelin eingesetzt hat?«

Der Pfarrer schüttelte den Kopf. »Davon weiß ich nichts. Wenn ich genauer darüber nachdenke, kommt mir das alles nun doch recht abwegig vor. Es müsste dann ja wirklich eher die Urenkelin sein. Ich hätte Sie wirklich nicht aufsuchen dürfen. Ich glaube nur nicht, dass Markus Schmid zu einem Mord fähig ist.«

»Und Thomas?«

»Auch nicht. Sie kennen doch diese Pappenheimer, Irmgard. Ganz große Klappe. Im Burschenverein immer vorne dran. Auch beim Saufen. Aber Mord? Nein.« Er stand auf. »Ich möchte Ihnen Ihre Zeit nicht weiter stehlen, meine Liebe. Natürlich stehe ich gern zur Verfügung, wenn ich Ihnen schon so einen nächtlichen Floh ins Ohr gesetzt habe. Gott sei mit Ihnen.«

Irmi erhob sich ebenfalls. Ihr war auf einmal so feierlich zumute. Den Segenswunsch sagte dieser Pfarrer nicht einfach so dahin, und was seine Überlegungen zum aktuellen Fall betraf, so war das kein Floh, sondern etwas viel Größeres.

Als der Pfarrer wieder gegangen war, kam Bernhard hereingeschlichen und blieb einfach stehen, als wollte er wissen, worum es in ihrem Gespräch gegangen war. Doch Irmi wollte und konnte ihm nichts davon erzählen.

»Immer noch ganz schön fit, der Herr Pfarrer«, sagte sie fast zu burschikos, wünschte ihrem Bruder eine gute Nacht und ging in ihr Zimmer. Der Abend hatte sie berührt, weil sie nur selten auf Menschen traf, mit denen Gespräche beglückend waren.

Aber sie war auch alarmiert. Ein Verdacht, der sich im Verlauf der Ermittlungen schon ab und zu angeschlichen und leise geklopft hatte, pochte nun heftiger. Was, wenn es gar nicht um die Rumänin und die gestohlenen Baumaschinen ging? Was, wenn Ionella das Bauernopfer geworden war und der Anschlag eigentlich Runa Dalby gegolten hatte?

Ihr Handy rutschte vibrierend über den Nachttisch. Es war nach elf. Irmi sah aufs Display. Als sie sah, dass es Jens war, erschrak sie kurz und war nahe dran, es einfach weitervibrieren zu lassen. Sie war innerlich gar nicht auf ein Gespräch eingestellt, sooft sie auch versucht hatte, ihn zu erreichen. Dann ging sie doch ran.

»Hallo, Jens, ich freu mich so. Ich hatte es schon mehrmals versucht, aber …«

»Ich bin öfter mal dort, wo das Netz versagt. Entschuldige … Wir haben beim letzten Mal ja nur kurz … Du bist wieder in Deutschland, Irmi. Warum?«

»Wäre ich dir in Norwegen lieber?«, fragte sie und fand diese Äußerung schon im nächsten Moment völlig daneben.

Er seufzte. »Irmi, du wärst mir am liebsten hier, wobei ich dir das nicht zumuten möchte. Murmansk lässt es etwas an Romantik vermissen. Aber es wäre eindeutig näher nach Norwegen. Ich habe mit dem Gedanken gespielt, dich dort zu besuchen. Aber ich wusste ja nicht … Egal! Wie geht es dir? Störe ich dich?«

»Natürlich störst du nicht. Du musst doch wissen, wo ich bin.«

»Zu Hause, das habe ich verstanden. Aber du wolltest doch …«

»Ich *musste* zurück«, fiel Irmi ihm ins Wort. »Nein, ich wollte. Wirklich. Ich habe mich als geheilt entlassen.«

»War das nicht zu früh? Du steckst doch schon wieder mitten in einem Fall, oder? Bist du deshalb zurückgekommen? Kann Kathi das nicht mal alleine?«

»Doch, bestimmt. Aber ich *wollte*.« Das klang etwas zu scharf. Aber es war eben so schwierig, all diese Dinge am Telefon zu besprechen. Sie hätte mindestens ein ganzes

Abendessen unter vier Augen benötigt, um ihm ihre Gefühle zu erklären. Ihm von dieser neuen Sicherheit zu erzählen, die sie jetzt empfand, da sie wieder in ihr Leben zurückgekehrt war, das sie doch liebte, so, wie es war. Von diesem Wissen, dass es immer eine Tür gab, dass man nur lernen musste, sie auch zu öffnen.

Er ruderte zurück. »Na ja, es geht mich ja auch nichts an.«

Natürlich ging es ihn etwas an. Wohin lief das Gespräch nur? Sie hatte sich nach ihm gesehnt, warum verbockte sie es schon wieder?

»Jens, ich bin hier, und das ist gut so. Ehrlich. Magst du etwas über den Fall wissen?«

»Darfst du denn darüber sprechen?«

»Das sind doch keine Staatsgeheimnisse. Ich hoffe nur, die Russen oder die USA hören dich nicht ab. Das ist ja recht beliebt geworden. Was machst du überhaupt in Murmansk?«

»Die Software der staatlichen Fischereiflottenakademie modifizieren.«

»Dann bist ja du der Geheimnisträger, Jens Bond! Ich frag besser nicht weiter. Oder doch? KGB?«

Es war gut, dass sie das Ruder hatte herumreißen können, um in ein offenes Fahrwasser hinauszusteuern.

»Es ist halb so spannend. Fischfangquoten. Werftarbeiten. Klimamodelle zum Golfstrom, der Murmansk momentan noch einen eisfreien Hafen beschert. Nichts Geheimes. Aber erzähl doch, soweit du eben darfst.«

Und sie erzählte. Es wurde ein langes Gespräch zwischen Schwaigen und Murmansk. Was für eine skurrile Welt, dachte Irmi. Da plauderte sie mit einem Mann in Russland über eine tote Rumänin und eine tote Norwegerin und saß währenddessen auf ihrem Bett in Schwaigen bei Eschenlohe. Zwei urbayerische Kater schnurrten derweil sonor und sandten Wellen kätzischen Wohlbefindens über die Telefonleitung nach Murmansk.

Irmi berichtete von Ionella, die Teil eines verbrecherischen Systems geworden war, und deren voranpreschender norwegischer Freundin. Und erklärte ihm ihre derzeitige Annahme, dass die beiden Frauen zu einem massiven Störfaktor in jenem System geworden waren, das eben noch so gut funktioniert hatte, und deshalb aus dem Weg geräumt werden mussten.

»Doch diese Hypothese überzeugt dich nicht?«

»Die Tatverdächtigen geben zwar zu, vor Ort gewesen zu sein und sich auch mit den Mädchen getroffen zu haben, aber den Mord leugnen sie. Und dann ist vorhin, als ich beim Abendessen über den Fall nachgegrübelt habe, auf einmal der Pfarrer vorbeigekommen.«

»Der Pfarrer?«

Irmi erzählte, dass Xaver Schmid ein uneheliches Kind in Norwegen gezeugt habe. Und dass erst der Pfarrer sie auf die Idee gebracht hatte, dass es einen Zusammenhang geben könnte.

»Die eine Tote ist die Enkelin, meinst du?«

»Das hat jedenfalls der Pfarrer vermutet. Dabei sind wir nicht mal sicher, ob das dann eine Enkelin oder eine Urenkelin wäre. Ach, aber das ist wahrscheinlich auch alles Unsinn!«

»Hör mal, Irmi, was zählt, ist dein Gefühl.«

»Das ist es ja. Ich bin mir da so unsicher und schwanke hin und her wie eine Betrunkene.«

»Also, Irmi, zumindest solange ich dich kenne, hast du nie so viel getrunken, dass du geschwankt wärest. Und du hattest immer den richtigen Riecher. Angenommen, diese Runa ist nicht irgendeine Norwegerin, sondern ebendiese Enkelin oder Urenkelin, dann hätte sie sich doch irgendjemandem zu erkennen geben müssen. Oder jemand in der Familie hätte ihre wahre Identität aufgedeckt?«

»Völlig richtig. Das muss ich noch herausfinden. Ich weiß nur nicht, wie ich das überhaupt angehen soll. Als der Pfarrer vor mir saß, war mir Xaver Schmid so nahe. Ich habe ihn vor mir gesehen in Nordnorwegen. Aber mit etwas Abstand ist das einfach eine Geschichte, die nichts mit dem Hier und Jetzt zu tun hat.«

»Wenn die letzten Zeitzeugen gestorben sind, dann ist es Geschichte. Bis dahin ist es ein Leben«, sagte Jens leise.

»Du meinst also, ich soll in diese Richtung weiterdenken und weiterrecherchieren? Allerdings frage ich mich schon, wie viele junge Norwegerinnen es allein in Bayern geben mag. Sollte Runa wirklich die Enkelin oder Urenkelin eines Ammertalers sein, der in Norwegen gedient hat? Wir wissen ja nicht mal, ob es eine Enkelin gibt.«

»Genau das wirst du herausfinden. Weil du es musst. Es lässt dir eh keine Ruhe. Ich kenne dich, und du kennst dich auch, Irmi.«

»Du bist dir so sicher!«

»Natürlich bin ich mir sicher. Du tust schon das Richtige, und es schadet doch nicht, wenn du noch in eine andere Richtung denkst.«

Aber genau darum ging es. Sie würde alte Wunden aufreißen, den Schorf aufkratzen und nacktes Fleisch zutage fördern. Wollte sie das wirklich?

»Du machst dir Sorgen wegen des alten Herrn?«, hakte Jens nach.

»Natürlich. Er ist uralt und gebrechlich. Weißt du, was ich da vielleicht freilege?«

»Nein, das weiß keiner. Aber was ich weiß, ist, dass niemand auf der Welt den geeigneten Ton besser finden würde als du.«

»Ach, Jens! Mein Ton ist leider auch nicht immer der grandioseste. Ich … du … also du und ich …«

Jens lachte. »Gut, dafür bekommst du jetzt keinen Pulitzerpreis. Aber ich versteh dich so gut, Irmi. Es ist schwer, immer so auf die Distanz. Für mich doch auch. Es liegt immer so viel Leben zwischen uns. Weißt du, ich habe mir Sorgen gemacht, als du plötzlich wieder zu Hause warst, weil ich Angst hatte, du bist noch nicht so weit. Ich weiß schon, du bist ein großes Mädchen, das alles alleine kann. Du kannst sogar Bäume fällen, aber ich mach mir eben trotzdem Sorgen.«

Irmi fiel es schwer, darauf etwas zu erwidern. Genau das war die Krux ihres Liebeslebens: Sie war zu groß und zu stark. Sie konnte Nägel in Wände schlagen, mit Bohrern umgehen, Bäume fällen, Kühen die Klauen schneiden, Traktor fahren. Sie hatte die Männerdomänen okkupiert, da gab es nur wenig, worin der Held im Mann vor ihr hätte brillieren können. Sie sah genau hin, sie hörte Botschaften zwischen den Zeilen, sie bohrte Finger in Wunden. Sie war schlecht zu manipulieren und schwer zu beeindrucken. Mein Haus, mein Auto, meine Jacht, mein Rennpferd, mein Chalet in St. Moritz – all das zog bei ihr nicht.

Jens hingegen beeindruckte sie sehr wohl, weil er klug war, witzig, aufrichtig und zugewandt. Aber wahrscheinlich zeigte sie ihm das viel zu selten. All ihre Männer hatten sich anfangs von ihrer Stärke angezogen gefühlt. Schwache, wenig selbstbewusste Bürscherl waren es letztlich gewesen, die früher oder später zu einer Frau übergelaufen waren, die weniger raumfüllend war. Zu anschmiegsamen Hasis oder bösartigen Zimtzicken, die den Helden anhimmelten oder die Dramaqueen gaben.

Irmi wunderte sich immer wieder: Frauen, die zickten und tobten und ihren Kerl bevormundeten, blieben trotzdem im Spiel. Weil der Mann sich letztlich auserwählt und geliebt fühlte. Vielleicht dachte er: Wenn eine meinetwegen solche Stückerl aufführt, was muss ich doch ein toller Hecht sein! Irmi war da anders. Sie setzte auf die Selbstbestimmung des Einzelnen und wollte beim Heldenspiel nicht mitmischen. Dabei machte sie es Jens aber ganz sicher nicht leicht.

»Es ist schön, dass du dich um mich sorgst. Aber sei versichert, ich bin wieder am Boden angekommen. Es freut mich, dass du so viel von meinen Fähigkeiten hältst. Und du hast natürlich recht. Ich muss weiterbohren, auch wenn sich das Ganze als Einbahnstraße herausstellen sollte.«

»Wo war der alte Herr denn stationiert?«

»Der Pfarrer sprach von Honningsvåg, vom Porsangerfjord. Du bist doch mein wandelndes Geschichtslexikon. Kennst du zufällig die Geschichte von Xaver Schmid, der von Unterammergau auszog Richtung Nordkap?« Irmi lachte.

»Natürlich bin ich brillant«, alberte er zurück. »Aber ihn kenne ich ausnahmsweise nicht. Was ich weiß, ist, dass sich der Einmarsch der Deutschen in Norwegen im April 2010 zum siebzigsten Mal gejährt hat. In den norwegischen Medien gab es jede Menge Berichte dazu, und das Thema wurde auch in zahlreichen Büchern aufgearbeitet – in Dokumentationen, persönlichen Erinnerungen und Romanen. Das zentrale Motiv dabei ist stets das Volk, das geschlossen Widerstand gegen die Besatzungsherrschaft leistet. Ich denke, genau darauf baut das kollektive Selbstverständnis der Norweger auf. Der Spielfilm ›Max Manus‹, der 2010 auch in den deutschen Kinos lief, handelt von einer Gruppe norwegischer Saboteure und glorifiziert den Widerstand. In der Finnmark, die ja ganz schön weitab ist vom Schuss, ist die deutschen Besatzung der zentrale Bezugspunkt der nationalen Gedenkkultur.«

»Aber wie konnte es dann überhaupt sein, dass sich ein norwegisches Mädchen in einen Deutschen verliebte?«

»Liebe hält sich eben nicht an Politik oder Vernunft oder Völkergrenzen. Die offizielle Glorifizierung findet sich nicht unbedingt in den Einzelschicksalen wieder. Der Einmarsch in die Finnmark war anfangs ja auch gar nicht geplant. Oslo ja, Südnorwegen ja, aber Generaloberst von Falkenhorst hatte gar kein Interesse an der dünn besiedelten Finnmark. Durch die große Entfernung zu England war eine Landung der Alliierten in diesem Gebiet eher unwahrscheinlich. Warte mal, ich habe parallel ein bisschen herumgesurft und auf meinem Laptop gerade eine ganz gute Website zum Thema gefunden. Hier steht, dass dann Joseph Terboven im Juni zu einer Inspektionsreise nach Kirkenes geschickt wurde. Und am 15. August gab Hitler die Order, ganz Nordnorwegen zu besetzen. Die waren zackig: Bereits einen Tag später erhielt Hammerfest ein deutsches Ortskommando, und am 9. September stand die ganze Finnmark unter deutscher Verwaltung. Hier steht auch, dass Norwegen 1943 knapp drei Millionen Einwohner hatte, und es waren 380 000 deutsche Soldaten stationiert. Da musste es zwangsläufig zu Kontakten kommen.«

»Und da oben war es den Soldaten wirklich langweilig? Das kann ich kaum glauben.«

»Die Propagandamaschinerie lief ja auf Hochtouren. Die Soldaten verreckten zu Zehntausenden an der Ostfront, aber die Propaganda hielt die Mär vom Endsieg aufrecht. Natürlich wollten die Jungs in Norwegen was tun fürs Vaterland. In der wenig erschlossenen Finnmark wurde vor allem Infrastruktur geschaffen wie Flugplätze, Geschützstellungen und befahrbare Straßen. Zu diesen Arbeiten wurden aber auch Kriegsgefangene herangezogen, vor allem aus Russland. Diese Männer waren unter elenden Bedingungen in Baracken und Erdhütten untergebracht und starben an Misshandlung, Krankheiten, an der Kälte, am häufigsten aber am Hunger. Die norwegischen Arbeiter wurden zum Glück ein bisschen besser behandelt.«

»Außerdem waren die Norweger ja Arier und passten damit prima ins Weltbild der Nazis, oder?«

»Klar, und stell dir vor, da kommen lauter zwanzigjährige Burschen an den Polarkreis und treffen auf blonde Mädchen. Propaganda hin oder her – es gab ja nun keinen

Grund, sich nicht mit einer blonden blauäugigen Norwegerin zusammenzutun.«

»Xaver Schmid hat bis heute eine ungeheure Ausstrahlung. Als junger Mann war er sicher ein sehr hübscher und charmanter Bursche«, meinte Irmi.

»Und er kam aus der Landwirtschaft, oder?«

»Von einem sehr ärmlichen Hof.«

»Das waren die Jungs, die richtig mitanpacken konnten, die bodenständig waren und klar im Kopf. Die wurden von ihren Befehlshabern sicher auch nicht mit Samthandschuhen angefasst. Die niederen Dienstgrade wurden durchaus schikaniert und mussten hungern, insofern haben sie sich den Besetzten unter Umständen näher gefühlt als den Besatzern. Es gibt Geschichtsbücher, es gibt Filme, es gibt kollektives Erleben, aber es gibt immer auch den Einzelnen!«, sagte Jens mit Nachdruck.

Irmi atmete tief durch. »Ich werde Xaver Schmid mal zu dieser Zeit befragen, auch wenn ich mir nur wenig davon verspreche. Und ich muss die Direktorin des Museums in Schwangau noch mal aktivieren. Vielleicht hat Runa ja doch mal etwas erwähnt, was auf eine irgendwie geartete Verwandtschaft nach Bayern hindeutet. Nach so etwas haben wir bisher ja auch noch nie gefragt. Warum auch! Die Direktorin ist übrigens eine sehr kluge Frau, neben der komme ich mir vor wie eine bildungsferne Idiotin. Wie neben dir ja auch.«

»Irmi, bloß wenn manche Menschen das lesen, was andere schon geschrieben haben, es durchquirlen und mehr Fußnoten hinzufügen, als sie an neuem Text schreiben, sind sie noch lange nicht klug.«

Irmi lachte. »Tolle Definition von Wissenschaft! Aber du bist tatsächlich klug, belesen und gebildet – ich bewundere das sehr.«

»Und ich bewundere, dass du dich einfühlen kannst.« Er machte eine kurze Pause. »Und deinen Arsch find ich auch sehr hübsch.«

»Jens!«

»Stimmt aber. Magst du nicht lieber vor Ort in Norwegen recherchieren? Von Murmansk nach Kirkenes ist es nur ein Katzensprung. Vielleicht könnte der belesene Schöngeist dann mal deinen Hintern kneten.«

»Ich hoffe wirklich sehr, dass du nicht abgehört wirst! Du bleibst also noch länger auf der Halbinsel Kola?«

»Wer redet hier von bildungsfern? Halbinsel Kola! Was du wieder alles weißt, du Streberin!«

»Das weiß ich doch nur, weil das in einem Kreuzworträtsel beim Arzt vorkam und ich die Lösung nachschlagen musste. Hauptschulniveau, Trash-TV – das ist meine Welt.«

»Soweit ich weiß, hast du Abitur und studiert. Und wenn du mal fernsiehst, dann doch höchstens Tierdokus. Weil dir die Krimis immer zu dumm sind.«

»Hast ja recht. Du, Jens?«

»Ja?«

»Ich würde nichts lieber tun, als dich in Nordnorwegen zu treffen. Ich glaube, es gibt nichts Schöneres, als wenn das blaue Licht davondämmert und der Himmel seine Laserstrahlen herabschickt.«

»Doch!«

»Was?«

»Dich unter dem Nordlicht zu küssen.«

Irmi lächelte und fühlte sich so viel besser.

Morgen würde sie Xaver Schmid besuchen. Sie hatte nichts zu verlieren, und so emotional instabil war Schmid sicher auch nicht, dass er ein Gespräch mit ihr nicht vertragen hätte. Anna Maria hatte angedeutet, dass er andere Leute durchaus manipulierte. Er war eben immer noch ein Schlitzohr.

9

Irmi registrierte, dass sie schon wieder in ihre alten Fehler verfiel. Es war früh am Tag, und sie war allein unterwegs. Eigentlich hätte sie Kathi anrufen und mitnehmen müssen. Aber sie fuhr ohne Kathi nach Oberammergau, und im Büro hatte sie sich auch nicht abgemeldet. Die beiden Gespräche am Vorabend waren so aufwühlend gewesen, und sie konnte die vielen Gedankenschnipsel noch nicht in klaren Sätzen formulieren. Sie wollte ihren Leuten aber mehr bieten als reine Spekulation und versprach sich von Xaver Schmid weitere Informationen.

Kathi hatte ihr mal vorgeworfen, sie benehme sich wie ein Mann. Sie lasse niemanden an ihrem Lösungsweg teilhaben, sondern präsentiere einfach die Endergebnisse. Sie hätte einfach zu viel Testosteron, hatte die Kollegin gemeint. Ob das stimmte, vermochte Irmi nicht zu sagen, aber ihr war einfach nicht danach, lange Lösungswege offenzulegen und auf Zwischenfragen einzugehen.

Das Altersheim in Ogau lag noch im Schatten. Irmi fragte sich zu Xaver Schmid durch. Er war in der Kurzzeitpflege untergekommen und lag in seinem Bett, als sie ins Zimmer trat. Auf dem Nachttisch stand das Frühstück, das er anscheinend gar nicht angerührt hatte.

»Keinen Hunger?«, fragte Irmi.

»Ich hab dir Backfisch doch grad schon gesagt, dass ich nichts ess«, schimpfte er.

»Danke für den Backfisch, aber ich fürchte, Sie verwechseln mich mit Ihrer Frühstücksmamsell.«

Er sah Irmi an, und es war ihm anzusehen, dass er sie nicht recht einordnen konnte. Dann huschte ein Lächeln über sein Gesicht. »Die Frau Polizeirat. Du bist aus meiner Sicht auch noch ein Backfisch.«

»Sagen Sie ruhig Irmi. Wie geht's Ihnen hier?«

»Ich wurde hergezwungen. Von dieser boanigen bösen Rita. Ich bleib nur, bis es daheim nicht mehr so sehr brandelt. Ich sterb in meinem Haus. Sonst nirgendwo.«

»Ach, Herr Schmid, für Sie ist es doch noch gar nicht an der Zeit. Der Himmelpapa hat sicher noch was mit Ihnen vor. Wollten Sie nicht vorher zum Beispiel noch Ihre Enkeltochter kennenlernen?«

Er blinzelte. »Wen? Das Annerl oder die Vroni? Die kenn ich genug.«

»Nein, Ihre Enkelin aus Norwegen.«

Er schwieg.

»Herr Schmid, der Herr Pfarrer war bei mir. Er hat mir erzählt, dass Sie im Krieg in Norwegen waren.«

»So, hat er das?«

»Hat er. Sie waren bei der Marine?«

Er lächelte. »Ja, unter anderem als Funker. Wir waren auf der Bäreninsel. Wenn es einen verreckten Ort auf der Welt gibt, dann den. Nebel, nichts als Nebel. Nebel drückt vom Meer herein. Nebel drückt aus den Felsenbergen heraus. Ein verreckter Ort für verreckte Burschen.«

»War da überhaupt jemand außer Ihnen?«

»Der Engländer halt.«

Irmi wartete.

»Drei Burschen in unserem Alter. Wir mit Gewehren auf die zu. Die mit Gewehren auf uns zu. Überall Nebel. Ohne Gewehr konntest du nie hinaus, auch wegen der Eisbären. Die Tommys waren nette Burschen. Warum hätten wir uns gegenseitig abknallen sollen? Stattdessen haben wir einen Nichtangriffspakt für die Insel geschlossen und gemeinsam das Wetter gefunkt. Es war immer nur Nebel. So viel Nebel.«

»Sie waren aber auch auf dem Festland, oder?«

»Ja, nachdem das Schiff in der Mitte durchgebrochen war.«

»Wo waren Sie denn dann?«

»Honningsvåg. Alta. Wollen Sie wissen, wie es wirklich war, Frau Polizeirat?«

»Gern.«

»Es war die Vorhölle. Alle hatten Filzläuse, Sie wollen gar nicht wissen, wo genau. Man glaubt gar nicht, mit wie wenig Waschen man auskommt. Aber am schlimmsten waren die U-Boot-Besatzungen dran. Das war dann die Hölle.«

Irmi wartete. Ihr Herz klopfte, und sie fühlte sich auf einmal schuldig. Schuldig, weil sie ihren Vater nie nach seinen Kriegserlebnissen gefragt hatte. Schuldig, weil sie vom Geschichtsunterricht in der Schule so genervt gewesen war, dass sie dichtgemacht hatte. Die NS-Zeit war Schulstoff geblieben und damit völlig abstrakt. Erst seit sie über die Lebensmitte hinausgereist war, spürte sie die bohrenden Fragen. Was hatte ihr Vater erlebt? Was ihre Mutter? Wie hatte es sie geprägt?

Und sie fühlte sich schuldig, weil auch sie als junge Frau diese »Wie konntet ihr da mitmachen?«-Parole geschmettert hatte. Heute kannte sie die Antwort: Menschen waren leicht aufzuhetzen, sie rannten mit der Masse, weil sie ihnen Schutz bot. Selbst heute, wo die Welt transparent war wie das Spiegeleis auf dem Staffelsee und man weit in die Tiefe blicken konnte, selbst heute, wo alle Informationen via Internet, Facebook und Twitter fast jedem zugänglich waren, ließen sich Menschen so leicht ködern für scheinbare Ideale.

Auch ihre Mutter hatte wenig erzählt, nur dass sie BDM-Führerin gewesen war und man dann halt in der Jugendgruppe, bevor man mit Singen und Stricken loslegte, dem Konterfei an der Wand kurz einen lässigen Hitlergruß zugeworfen hatte. Die Socken hatte man eben für die Soldaten an der Front gestrickt. Irmi konnte sich nicht erinnern, dass ihre Mutter jemals behauptet hätte, sie habe von den KZs nichts gewusst. Nie hatte sie einen wertenden Satz über Juden gesagt, und Irmi hatte nicht gefragt.

Sie hatte sich schuldig gemacht am Vergessen, denn die Zeitzeugen waren gestorben, ohne dass die Nächstgeborenen gefragt hatten. In ihrer Familie wie in so vielen anderen auch. Wenn die Generation von Xaver Schmid starb, dann war – wie Jens es so treffend ausgedrückt hatte – das alles Geschichte. Irmi wusste natürlich, dass die Angehörigen jener Generation einen ganz einfachen Grund gehabt hatten, nichts zu erzählen. Sie waren es über die Jahre leid geworden, sich wieder und wieder entschuldigen zu müssen.

Noch nie in ihrem Leben hatte Irmi diese Beschämung so körperlich gespürt wie jetzt, da ihr die Magensäure in den Hals hochstieg: Eine ganze Generation hatte diese Kultur des Hinunterschluckens perfektioniert. Sie hatten den Irrsinn und so viel mehr noch in ihren Seelen verschlossen. Was das in ihnen angerichtet hatte, das wagte Irmi sich kaum vorzustellen.

Bäreninsel, zerbrochene Schiffe, Filzläuse, Todesgefahr – wie lapidar hatte Xaver Schmid das hingeworfen. Irmi wusste, dass einer, der so zu schweigen gelernt hatte, jetzt nicht mehr anfangen würde zu reden.

»Wie haben die Norweger die Besatzung denn aufgenommen?«, fragte sie etwas abrupt. Was für eine dumme Frage, dachte sie schon im nächsten Moment.

»Wir waren keine Unmenschen. Die auch nicht. Ich habe länger auf einem Hof gewohnt. Die hatten nichts. Wie wir damals auch.«

»Und Sie haben sich verliebt?«

»Die Norwegerinnen sind schöne Frauen. Große Busen, dicke Zöpfe. Nibelungen.«

»Eine Norwegerin hatte es Ihnen besonders angetan. Sie wurde schwanger. Das haben Sie dem Pfarrer erzählt, Herr Schmid.«

Er blinzelte wieder.

»Herr Schmid, Sie sind vielleicht alt, aber Sie sind völlig klar im Kopf. Haben Sie nie darüber nachgedacht, was aus Ihrem Kind geworden ist? Ob Sie vielleicht weitere Enkel haben?«

»Gib deim Vögelchen mal a Wasser, Frau Polizeirat«, entgegnete er.

Hatte es so nicht auch die resolute Gerti formuliert? Wie merkwürdig das klang in den heutigen Zeiten, aber jede Generation hatte eben ihre eigenen saloppen Sprüche, dachte Irmi.

»Die Ionella, die bei Ihnen war, hatte eine Freundin. Sie hieß Runa und war eine Studentin aus Tromsø. Die haben Sie sicher mal gesehen? War das Mädchen bei Ihnen im Haus?«

»Kann sein.«

»Herr Schmid, was, wenn das Ihre Enkelin oder auch Urenkelin war? Was, wenn Ihre Familie das wusste und das Erbe nicht teilen wollte? Was steht eigentlich in Ihrem Testament?«

Er schwieg hartnäckig.

»Herr Schmid, wollen Sie wirklich abtreten, ohne das geklärt zu haben? Sie sind doch ein Kerl. Wie hieß Ihre Freundin damals?«

»Es war so viel Nebel«, sagte er, und aus seinen Augen, die anscheinend immer leicht entzündet waren, rannen ein paar Tränen.

Irmi stand in ihrer ganz persönlichen Vorhölle. Ihr war klar: Er würde nicht reden.

»Wir können uns einen Durchsuchungsbeschluss holen und Ihren Safe aufbrechen lassen. Sie haben doch einen. Liegt da das Testament? Wo ist der Safe?«

»Dein Gehirn muss zum TÜV, Frau Polizeirat«, sagte er und wischte mit einem Tempo die Tränen weg.

Das Gespräch, das eine einzige Salve an Fragen gewesen war, war beendet. Fast.

»Wenn ihr was sucht, im Haus ist nichts«, sagte er leise.

»Und diese Brandbombe? Wo kam die her?«, fragte Irmi.

»Aus dem Nebel.«

»Wusste jemand, dass Sie so ein Ding in Ihrer Tenne hatten?«

Der Alte sah aus dem Fenster und schwieg. Irmi verabschiedete sich, zog die Tür hinter sich zu und ging den Gang hinunter, wo eine Frau mit Rollator entlangging. In das Netz ihres Gehwagens hatte sie einen ganzen Zoo von Plüschtieren gepackt. Sie brabbelte Unverständliches und schrie plötzlich laut auf. Von irgendwoher kam eine Pflegerin gelaufen.

»Frau Jörg, jetzt plärren S' doch ned so. Des weckt ja Tote auf. Gehn S' besser frühstücken. Für den Tony«, sie wies auf ein abgewetztes Äffchen, »gibt's a Banane.«

Die alte Frau schlurfte weiter.

»Die Frau Jörg hatte eine Landwirtschaft. Dass die Viecher weg sind, das versteht sie nicht«, sagte die Pflegerin zu Irmi und verschwand in einem Zimmer.

Als Irmi wieder im Auto saß, setzte leichter Schneeregen ein. Nebel zog auf, ja, es gab viel Nebel in dieser Welt. Sie blieb eine Weile sitzen und zog das Foto von Runa heraus. Forschte in deren Gesicht nach einer Ähnlichkeit zu Xaver Schmid. Er hatte blaue Augen – sie auch, aber das hieß gar nichts.

Auf dem Weg in die Polizeiinspektion fuhr sie bei Frau Dr. Strissel vorbei. Niemand öffnete. Irmi starrte lange das Haus an, als könnte es eine Geschichte erzählen. Dann kurvte sie wie in Trance den Ettaler Berg hinunter. Sie hätte gar nicht sagen können, ob er diesmal kurz oder lang gewesen war.

Im Büro angekommen, bat sie Kathi zu sich und begann zu erzählen. Vom Gespräch mit dem Pfarrer, vom Besuch bei Xaver Schmid – und davon, dass sie im Prinzip noch immer nicht wusste, was hinter dem Mord an den beiden jungen Frauen stand.

Kathi hatte zugehört, ohne Irmi zu unterbrechen. Sie hatte lediglich ein wenig gelächelt, als irgendwann der Name Jens fiel.

»Und was meint Jens dazu?«

»Jens?«

»Ja, Jens. Du weißt schon, der Typ, der ziemlich cool ist für sein Alter und gar nicht so schiach. Mit dem du von Zeit zu Zeit in die Kiste steigst. *Der* Jens. Was meint der?«

»Dass ich tun muss, was ich eben tun muss. Oder so ähnlich.«

»Siehst du. Dem schließe ich mich an. Wir fahren noch mal ins Museum zur schlauen Frau Direktor. Und wir suchen ein Testament. Einen Durchsuchungsbeschluss für das Haus haben wir ja schon, wir haben ihn bloß noch nicht genutzt, weil wir bei Markus Schmid mehr als fündig geworden sind.«

Irmi betrachtete Kathi. Sie war unglaublich zahm und hatte nicht mal wegen ihres Alleingangs gemault.

»Bist du auf Drogen? Hast du Baldriantee getrunken?«, fragte Irmi grinsend.

»Nein, ich bin über dreißig. Allmählich stellen sich Weisheit und Milde des Alters ein.«

Sailer hatte kurz den Kopf hereingestreckt. »Bevor Sie weise werden oder mild, werd i vorher Bundeskanzler oder Astronaut, Fräulein Kathi«, bemerkte er.

»Ich vergess die Milde gleich, wenn Sie noch ein einziges Mal Fräulein zu mir sagen!« Aber selbst das klang versöhnlich.

Als Sailer draußen war, sagte Irmi: »Jetzt hab ich's: Du hattest besänftigenden Sex.«

Kathi grinste. »Die Dame schweigt und genießt.«

Es war seltsam. Auf einmal lag eine Leichtigkeit in der Luft, obwohl der Tag so schwer begonnen hatte.

Während Irmi und Kathi durchs Außerfern und Reutte nach Schwangau fuhren, hing der Nebel weiterhin über dem weiten Tal. Aus dem Museum kam gerade eine größere Gruppe von Asiaten mit Mundschutz und dicken Wollmützen. Dafür waren die Schühchen filigran.

Die Museumsdirektorin ging gerade durch die Eingangshalle. Als sie die Kommissarinnen erspähte, schien sie ehrlich erfreut zu sein.

»Wie ist das Referat Ihrer Tochter gelaufen?«, erkundigte sie sich bei Kathi.

»Hervorragend. Ich glaub, das war die erste Geschichtseins in ihrer Karriere. Und sie hat Blut geleckt. Im Moment liest sie die Jugenderinnerungen der Irmingard von Bayern und ist erstaunt, dass es doch gar nicht so einfach war, Prinzessin zu sein. Sie war sehr betroffen von den Geschichten aus den KZs und will jetzt noch mehr Bücher über die Familie lesen.«

Es war merkwürdig, dachte Irmi. Plötzlich nahm Geschichte so viel Raum ein. Forderte Gedankenräume. Sogar beim Soferl.

»Das freut mich. Die Jugend hat weit mehr Gespür, als

wir ihr manchmal zutrauen. Aber deshalb sind Sie nicht da, oder?«

»Nein«, sagte Irmi, »dürften wir Sie noch mal kurz in Beschlag nehmen?«

»Sicher.« Sie ging voran, hinüber in das Restaurant Alpenrose, wo es Kaffee und Wasser gab.

»Ich möchte unbedingt helfen, den Tod des Mädchens oder, besser gesagt, der Mädchen aufzuklären. Frau Dr. Strissel hat mir schon gesagt, es hätte eine Verhaftung gegeben?«

»Ja, völlig richtig. Das ist aber eher ein … wir nennen es mal Nebenkriegsschauplatz. Wir sind noch immer auf der Suche nach dem Verantwortlichen für Ionellas und Runas Tod. Deshalb möchte ich Sie bitten, genau nachzudenken. Hat Runa mehr aus ihrem Leben erzählt? Von ihrer Heimat? Von ihrer Familie? Hatten Sie den Eindruck, hinter ihrer Bewerbung bei Ihnen stecke mehr als nur der Wunsch nach einem Praktikumsplatz?«

Die Museumsdirektorin überlegte eine ganze Weile, doch am Ende ergab sich nur ein lückenhaftes Bild von Runa: Studium in Tromsø. Ein Auslandssemester in Deutschland. Die Eltern Forscher, die oft wochenlang auf Forschungsstationen im Polarmeer unterwegs waren.

»Ich hatte den Eindruck, das Verhältnis zu den Eltern sei nicht gut. Ich erinnere mich, dass sie in irgendeinem Zusammenhang die Formulierung wählte: ›seit meine Eltern tot sind‹. Sie hat sich sofort verbessert und gesagt: ›seit meine Eltern für mich wie tot sind‹.«

Irmi runzelte die Stirn. »Aber Geschwister oder so hat sie nicht erwähnt?«

»Nein, gar nicht. Sie hat von der Uni erzählt. Vom Studentenwohnheim. Richtig, da ist mal der Name Marit gefallen. Wohl eine Kommilitonin.«

»Könnte das nicht das andere Mädchen auf dem Bild gewesen sein?«, fragte Irmi und zog das Bild erneut aus ihrer Tasche.

»Das könnte natürlich sein. Im Hintergrund sieht man die Uni von Tromsø.«

»Warten Sie mal«, sagte Irmi plötzlich. Sie drehte den Rahmen um, öffnete ihn und zog das Foto heraus. Auf der Rückseite des Bildes stand: »Marit og Runa midt i Tromsø«.

»Marit und Runa mitten in Tromsø«, übersetzte die Direktorin leise.

Sie alle starrten das Bild an. Zwei strahlend hübsche junge Frauen. Von denen die eine nun tot war.

»Ich habe selber schon alles in Gedanken hin und her geschichtet, das können Sie mir glauben«, sagte die Museumsdirektorin. »Und ich mache mir Vorwürfe, dass ich nicht nachgefragt habe.«

Aber was hätte sie Runa fragen sollen? Das Mädchen war eine Praktikantin gewesen. Ein kleines Rädchen im Getriebe, und außerdem war nicht jeder Angestellte erfreut über inquisitorische Fragen, dachte Irmi. Und meist starben die Angestellten ja auch nicht auf so rätselhafte Weise.

»Da fällt mir noch was ein: Roger, ein Student, der hier aushilft, hatte mehr Kontakt zu Runa. Er hat sie ziemlich angeschmachtet, und die beiden haben öfter mal zusammen die Mittagspause verbracht. Soll ich ihn mal holen?«

»Bitte!«

Wenig später kam die Museumsdirektorin mit einem jungen Mann im Schlepptau zurück und entschuldigte sich dann, weil sie noch einiges zu tun habe. Rogers langer schräger Pony fiel ihm über die Augen, das enge graue Feinrippshirt steckte in einer viel zu weiten Jeans, und seinen Arm zierte ein grinsender Drache.

»Guten Tag, Mesdames«, sagte er mit einem Zungenschlag, den Irmi nicht genau einordnen konnte, aber reizend fand. Überhaupt war der ganze Junge auf eine androgyne Weise hübsch.

»Sie kannten Runa Dalby besser?«

»Besser nicht. Wir waren ab und zu beim Lunch. Ich war nicht ihr Typ«, sagte er bedauernd.

Irmi lächelte. »Trotzdem hat sie Ihnen vielleicht mal was von ihrer Familie erzählt oder so?«

Er schüttelte den Kopf.

»Von einem Bauernhof in Unterammerau vielleicht?«

Er überlegte. »Nicht direkt«, sagte er dann.

»Das heißt?«

»Sie hat von hier aus öfter nach Norwegen telefoniert, weil ihr Handy immer leer war. Ich hab ihr gesagt, dass sie ihre Gespräche nicht so ausdehnen darf. Wegen der Telefonkosten. Dauernd Norwegen fällt ja auf.« Der junge Mann sah richtig unglücklich aus.

»Und da haben Sie irgendetwas mitbekommen?«

»Ich lausche doch nicht!«

»Darum geht's momentan nicht! Wir stecken in einer Mordermittlung, und es wäre schön, wenn sich in Ihrem Schädel festsetzen könnte, dass *alles* wichtig ist. Da interessiert es mich einen Scheißdreck, ob Sie gelauscht haben oder nicht!«, fuhr Kathi ihn an. Ihr Typ schien er auch nicht zu sein.

Immerhin hatte Kathis Donnerstimme die Wirkung eines Weckrufs. Roger zuckte zusammen und stammelte: »Einmal hab ich nebenan kopiert. Und da hab ich Gesprächsfetzen gehört. Wenn ich es richtig verstanden habe, ging es um einen Hof, einen Bauernhof. Ich habe mal ein Semester in Oslo studiert, insofern verstehe ich die Sprache so einigermaßen. Und es ging um einen alten Mann und dass jemand sich beeilen müsse. Die Frau werde bestimmt bald sterben und der Alte dann auch. Runa hat gesagt, dass die jungen Leute ganz in Ordnung seien. Zwischendurch war es lange Zeit still. Ich hatte den Eindruck, am anderen Ende der Leitung wurde viel geredet. Am Schluss hat Runa dieser Person noch gesagt, sie müsse bald herkommen. Mehr habe ich wirklich nicht verstanden, und wie gesagt: So perfekt ist mein Norwegisch wirklich nicht.«

»Danke«, sagte Irmi und betrachtete den jungen Mann, der schon so weit herumgekommen war. Viele junge Menschen schienen heutzutage sehr flexibel zu sein, ganz anders als beispielsweise ein Thomas Schmid. »Sonst noch was?«

»Nein!« Er klang so erschrocken, als wäre Irmi die böse Hexe und er Hänsel.

»Gut. Wenn Ihnen doch noch etwas einfällt, rufen Sie bitte an.«

Er nickte und verließ fluchtartig den Raum.

Kathi sah ihm nach. »Puh, was für eine Lusche. Das ist

doch kein Mann! Hoffentlich sucht sich das Soferl nicht mal so einen aus!«

Irmi enthielt sich jeden Kommentars. Töchter entschieden sich bekanntlich nur selten für Männer, die ihrer eigenen Mutter gefallen hätten. Und selbst wenn die Tochter einen kernigen Sportsmann geheiratet hatte, zeugte der vielleicht einen Sprössling, der Balletttänzer werden wollte. Männer in Strumpfhosen. So tückisch war das Leben!

»Mit wem hat Runa wohl telefoniert? Wer sollte kommen?«, fragte Irmi.

»Ihre Mutter vielleicht? Oder ihr Vater? Stell dir vor, Xaver Schmids Enkelin entdeckt durch einen Zufall, wo ihre Wurzeln liegen. Ihre Eltern stellen sich stur, wiegeln ab. Und die Enkelin fliegt auf eigene Faust nach Deutschland. Die Legende mit dem Auslandsstudium ist ja auch gut. Runa findet schließlich ihren Opa und will, dass die Mutter kommt. Oder der Vater halt. Das wäre doch logisch.«

»Ja, durchaus. Ich bin bloß immer noch über die lange Zeitspanne irritiert. Runa könnte ja auch die Urenkelin sein. Aber das ist momentan egal. Wir fahren jetzt erst mal ins Büro. Im Museum waren doch auch noch Mails auf Norwegisch aufgetaucht. Vielleicht gingen die ja an die Eltern. Los!«

Sie bedankten sich bei der Museumsdirektorin.

»Hat Roger Ihnen helfen können?«, erkundigte sie sich.

»Das kann durchaus sein«, sagte Irmi und wusste, dass ihr Gegenüber klug genug war, nicht nachzufragen.

Der Rückweg zog sich wie Gummi. Ein Lkw nach dem anderen kroch durch das Außerfern, als hätten sich alle gegen Irmi verschworen.

Währenddessen brodelte es in ihrem Inneren. Wenn Runa Dalby wirklich die Enkelin oder Urenkelin von Schmid gewesen war, dann hätten sie einen komplett neuen Fall.

Die beiden Kommissarinnen stürmten regelrecht ins Büro der Polizeiinspektion.

»Andrea, wo haben wir diese norwegischen Mails?«, rief Irmi.

»Ähm, die hab ich in die Akte getan. Du wolltest sie dir ansehen. Sie gingen an eine Freundin in Norwegen, das glaub ich zumindest. Ich hätt … ich wollt …«

»Andrea, alles gut! Nicht deine Schuld. *Wir* haben das verpennt«, sagte Irmi und schlug die Akte auf. Mit einer Büroklammer waren jeweils das norwegische Original und die Übersetzung zusammengeheftet.

»Hallo, ich bin jetzt mehrmals vorbeigelaufen. Es ist ein altes Bauernhaus, und es gehen verschiedene Leute ein und aus. Eine junge Frau stützt eine alte Frau mit Rollator. Sie scheint sehr krank zu sein. Einen alten Mann habe ich auch gesehen. Er hat einen Korb Brennholz geholt. Er ist wirklich sehr alt, wirkt aber nicht so gebrechlich wie die Frau. Was soll ich tun? Fühl Dich gedrückt!«

»Hallo, ich habe Deinen Rat befolgt. Die junge Frau ist wirklich eine Pflegerin. Sie geht jeden Freitagnachmittag einkaufen. Ich muss zusehen, dass ich mit ihr ins Gespräch komme. Das klappt schon, Du darfst nicht so viele Bedenken haben! Was soll denn passieren? Und wenn was sein sollte, verstehe ich eben kein Deutsch mehr. Ich umarme Dich fest.«

»Hallo, endlich habe ich die junge Frau in Oberammergau ansprechen können. An der Eisdiele. Ich habe ihr Cappuccino über die Hose geschüttet. So sind wir ins Gespräch gekommen. Sie heißt Ionella und ist aus Rumänien. Sie ist sehr nett. Sehr schüchtern. Ich darf da nicht zu schnell sein. Du kennst mich ja. Küsschen!«

Alle drei Mails waren an die norwegische Adresse einer Marit Aarestad gegangen. Die Antworten der Freundin hatten sie nicht. Es war offensichtlich, dass Runa nur ab und zu vom Museum aus gemailt hatte. Sicher war der Löwenanteil der Konversation über ihren verschwundenen Laptop gelaufen. Vielleicht hatte Runa während der Arbeitszeit ihren privaten Rechner nicht benutzen dürfen. Die Museumsrechner hingegen waren sicher den ganzen Tag an, da konnte man bestimmt schnell mal eine E-Mail abrufen und beantworten.

»Marit Aarestad, das ist das Madel auf dem Bild, oder! Das muss eine Freundin von ihr gewesen sein!«, rief Kathi.

»Ja, und aus den Mails geht klar hervor, dass sich Runa ganz bewusst an Ionella herangemacht und gezielt deren Freundschaft gesucht hat«, sagte Irmi.

»Puh!«, machte Kathi. »Wenn wir hier wirklich von Xaver Schmids Enkelin reden, dann würde das heißen, dass es nie um Ionella gegangen ist! Das wäre ja der Wahnsinn!«

»Dann lügen die fabelhaften Schmid Boys womöglich gar nicht. Sie hätten zwar die Maschinen vertickt und junge Rumäninnen ausgenutzt, aber nicht ermordet.«

»Na, na, na! Da wäre ich mal nicht so voreilig. Thomas,

dieses Granatenarschloch, ist gewalttätig. Er hat ein Mädchen vergewaltigt und hat es sicher nicht auf sich beruhen lassen, dass Ionella Pfefferspray gegen ihn einsetzte. Ich denke, er war der Täter, nur der Grund für den Mord ist ein anderer. Er hat herausgefunden, dass Runa seine Cousine ist. Oder Großcousine. Oder was auch immer. Dann hat er zwei Fliegen mit einer Klappe geschlagen. Weg mit der Mitwisserin – und weg mit einer Miterbin. Beide elegant entsorgt, oder!«

Irmi musste zugeben, dass das gar nicht so abwegig klang. Dennoch sagte sie: »Wir dürfen uns aber nicht von unserer Antipathie gegen Thomas Schmid leiten lassen.«

»Antipathie ist ein Hilfsausdruck!«

»Kathi, wir müssen beweisen, dass einer gewusst hat, um wen es sich bei Runa handelt. Und noch schöner wäre es, wenn wir ein Testament finden würden.«

Andrea, die die ganze Zeit mehr oder minder fassungslos von der einen zur anderen gestarrt hatte, zuckte zusammen, als Irmi sagte: »Andrea! Wir müssen auf Hochdruck die Eltern von Runa finden. Und versuch bitte, diese Marit Aarestad aufzutreiben. Wir müssen in Norwegen um Amtshilfe ersuchen. Machst du das?«

Andrea nickte und eilte aus dem Büro.

»So, Kathi, und wir fahren nach Ugau. Mal wieder!«

Inzwischen hatte Irmi das Gefühl, als kenne sie jeden Baum und jeden Felsen an dieser Straße.

»Xaver Schmid hat gesagt, wir werden im Haus nichts finden. Was, wenn das Testament mit der Tenne abgebrannt ist?«

»Wir suchen einfach. Wir haben damals auch den Laptop von Regina von Braun gefunden.« Kathi stockte.

Ihr letzter großer Fall war auch eine bittere Familiengeschichte gewesen. Wie viele Familiengeschichten hinter den Fassaden mit den Bauernmalereien und den verzierten Holzloggien. Das war der Fall gewesen, bei dem Irmi Kathis Mutter des Mordes verdächtigt hatte. Der Fall, der sie zu Adele geführt hatte und letztlich bis nach Vesterålen.

»Kathi, ich möchte unbedingt mit Elli reden!«, brach es aus Irmi heraus.

»Das darfst du jederzeit, wenn du willst. Aber du musst nicht. Wenn alles so bleibt, wie es ist, dann ist es auch gut. Mama ist dir nicht böse, ganz im Gegenteil: Es hat ihr geholfen. Uns geholfen. Wir waren am Grab meiner Schwester in Weißenbach. Ich versteh meine Mutter jetzt viel besser. Ich bin halt immer ein bisschen schnell und laut, du kennst mich ja. Ich mein das meistens gar nicht so krass. Es blubbert einfach aus mir raus. Und wäre ich damals nicht so ekelhaft gewesen, wärst du nicht allein in die Falle gerannt. Echt, Irmi, ich hab mir auch Vorwürfe gemacht. Ich kann das nur nicht so gut sagen oder zeigen.«

Irmi war sprachlos. Ihr standen Tränen in den Augen. Sie brachte nur ein »Danke« heraus.

Doch Kathi konnte wie immer ganz schnell wieder umschalten. »So, Chefin, und jetzt finden wir das Testament, und darin steht, dass der Xare alles *mir* vererbt hat.« Sie lachte.

Die Haustür war von den Kollegen versiegelt worden. Eine neugierige Nachbarin schaute hinter der Gardine hervor, als Irmi aufschloss.

Unter den tiefen Decken roch es immer noch brandlig. Sie hoben Bilder an, sie verrückten Regale, doch es kam nirgendwo ein Safe zum Vorschein. Vergeblich suchten sie im alten Sekretär nach dem Testament, es gab darin auch kein Geheimfach. Dann durchforsteten sie das Bücherregal, zogen mehrere Bände heraus und schüttelten die Seiten auseinander. Einmal fiel ein vierblättriges Kleeblatt heraus, das sofort zerbröselte. Das Regal enthielt Ausgaben von Simmel und Konsalik, einige Bände der Romanreihe »Angélique« und ein paar Reader's-Digest-Auswahlbücher. Irmi entdeckte Bildbände über Bayern und sogar einen über Norwegen, doch auch darin fand sie kein Testament.

Auf einmal wurde ihr bewusst, wie anachronistisch dieses Wohnambiente war. In vielen modernen Haushalten gab es keine Bücherregale mehr, und auch Wohnzeitschriften bildeten lieber Anbauwände und Wohnlandschaften ab. Kürzlich war sie in einem großen Möbelhaus gewesen, in dem es gar keine Bücherregale mehr gegeben hatte. Stattdessen hatte zur Dekoration ein E-Book-Reader auf dem »Couchtisch aus Wildholz« gelegen. Zu ihren Studienzeiten waren Bücherregale noch Visitenkarten gewesen, frei nach dem Motto: »Ich sehe, was du liest, und ich sag dir, wer du bist.« Ihre Eltern hatten die gleichen Bücher wie die Schmids gehabt, doch sie hatte nach deren Tod die meisten davon einfach achtlos verschenkt. Wieder spürte sie den Verrat an der Kriegsgeneration. Sie war eine Henkerin der Erinnerung.

»Ich hatte so gehofft, wir würden das Testament finden«, sagte Irmi mutlos.

»Schauen wir noch auf dem Dachboden?«, schlug Kathi vor.

Sie kletterten hinauf. Oben waren Wäscheleinen gespannt, und im Lichtkegel des kreisrunden Giebelfensters tanzten die Staubpartikel Ringelreihen. Es gab ein paar alte Bauernschränke, in denen alte Kindersachen, Anoraks und Wintermäntel aufbewahrt wurden. Alte Skier standen herum, Holzrodel und Schlittschuhe staubten vor sich hin. In einem alten Koffer befanden sich fein säuberlich zusammengelegte Stoffreste. In einem anderen waren Wollreste sorgsam zu kleinen Knäueln zusammengerollt.

In einer Ecke stand eine alte Truhe, die mit einem Schloss gesichert war. Kathi sah Irmi fragend an. Als die mit den Schultern zuckte, griff Kathi nach einem Skistock und hebelte das Schloss auf.

In der Truhe lagen zehn Fotoalben. Die beiden blätterten sich durch die Familiengeschichte. In einem der etwas modrig riechenden Alben klebten Fotoecken mit vergilbten Bildern, die Xaver Schmid als jungen Soldaten zeigten. Er war schon ein schneidiger Bursche gewesen, ausgesprochen attraktiv.

»Schad, dass ich den nicht früher kennengelernt hab«, meinte Kathi.

Die Fotos hatten einen gezackten Rand und zeigten Schiffe, Häfen und Landschaften, häufig mit Xaver Schmid im Vordergrund. Auf dem schwarzen Papier stand mit silbernem Stift in feiner Schrift: Svinemünde, Honningsvåg,

Lakselv. Auf einer Doppelseite klebten Bilder eines jungen Mädchens, das Zöpfe trug. Vier Fotoecken waren leer, offenbar war eines der Fotos herausgenommen worden.

»Die sieht aus wie Runa«, flüsterte Kathi.

»Ich denke, das ist ihre Oma«, wisperte Irmi zurück. »Oder Uroma.«

Runa war schmaler gewesen als die Frau vom Foto, ansonsten aber war sie ihr wie aus dem Gesicht geschnitten.

Der Lichtstrahl war weitergewandert und hatte fast die Truhe erreicht. Irmi saß im Staub des Dachbodens und starrte in die Holzkiste. Es war, als zöge eine ferne Zeit sie dort hinein, und sie hätte einiges drum gegeben, wie in einem Fantasyfilm durch die Truhe in eine andere Welt reisen zu können. Und diese Frau kennenzulernen.

Kathi begann, die Fotoalben zu stapeln. Der erhabene Moment war vorbei.

»Die nehmen wir besser mit, oder?«, meinte Kathi, noch immer im Flüsterton. Irmi nickte.

Sie trugen die Alben nach unten und legten sie auf den Küchentisch.

»Und jetzt?«, flüsterte Kathi.

»Warum flüstern wir eigentlich?«, sagte Irmi in normaler Lautstärke, die in ihren Ohren richtig dröhnte.

»Um die Toten nicht zu wecken?«

Sie durchblätterten die Alben, doch nirgendwo war ein Testament eingelegt.

»Und nun?«

»Wir waren noch nicht im Stall.«

Der Stall war klein, und die Tiere hatte man auf den Hof von Markus Schmid gebracht. Leere Ställe hatten immer etwas Trauriges, fand Irmi. Nach oben klaffte ein Loch, denn auch der Teil der Tenne, der darübergelegen hatte, war abgebrannt und mit ihm die Luke, aus der man Heu hatte abwerfen können.

Es war kalt wie in einer Gruft. Irmi fröstelte, und ihre Finger waren eisig. Neben dem Eingang gab es eine kleine Milchkammer mit einem alten Schreibtisch. Irmi zog die Schublade auf und stieß auf eine Mappe mit alten Protokollen der Milchmesserin. Wieder kein Testament.

Sie sah sich um. Zwei Milchkannen standen herum, und an einem Kleiderhaken hing eine Latzhose, die so vor Schmutz starrte, dass man sie einfach in den Raum hätte stellen können. Am Haken daneben eine Milchschürze mit Gilb und zwei Ostfriesennerze. Ein speckiger Hut. Irmi schob die vernachlässigten Kleidungsstücke zur Seite.

Dahinter befand sich der Safe.

»Na, der hat Nerven!«, rief Kathi.

Irmi informierte den Hasen und bat ihn, umgehend jemanden zu schicken, der das Ding öffnen konnte.

Obwohl sie schon anderthalb Stunden nach dem Anruf vor dem geöffneten Safe standen, war Irmi die Zeit schier endlos vorgekommen.

Im Safe befanden sich ein Kästchen mit altem Goldschmuck, der wertvoll aussah, und eine Mappe mit Dokumenten. Obenauf lag ein sogenannter Ariernachweis: »Firnhaber's kleiner Ahnenpaß. Beglaubigter Nachweis der Abstammung aus deutschem und artverwandtem Blut bis einschließlich der vier Großeltern. Übersichtlich auf einem Blatt in Tafelform.«

»Hast du so was schon mal gesehen?«, fragte Kathi staunend. »Ich nicht.«

»Ich auch nicht«, sagte Irmi und nahm das Blatt genauer in Augenschein. Das war also Schmids arische Identität, die er gebraucht hatte, um überhaupt zum Militär zu gehen und einen Reisepass zu erhalten.

Mehr noch berührten sie seine Entlassungspapiere vom Military Government of Germany, die auf den 30.7.1945 datiert waren. Auf einem bräunlichen kleinen Zettel war verzeichnet, mit wie viel Feinseife, Rasierseife, Seifenpulver, Rauchwaren, Wehrsold und Marschverpflegung man den Fähnrich Xaver Schmid versorgt hatte – säuberlich mit der Schreibmaschine getippt, unterschrieben von einem Feldwebel.

Darunter lag das Soldbuch, dem zu entnehmen war, dass dem Soldaten Schmid 1940 das Schutzwallehrenzeichen und 1943 das Kriegsverdienstkreuz mit Schwertern verliehen worden waren. Zwei beklemmende Zeugnisse aus der Zeit der Vorhölle.

Es folgten alte Geburts- und Heiratsurkunden, dann ein paar neuere Unterlagen: Rechnungen von Bulldogs und anderen Landmaschinen, ein Merkblatt für Schöffen. Xaver Schmid war sehr ordentlich gewesen.

Schließlich stießen sie auf ein handgeschriebenes Blatt mit einem Datum, das erst wenige Wochen zurücklag. Die Schrift war dieselbe wie in den Fotoalben. Xaver Schmid vermachte darin seinen Söhnen zu gleichen Teilen das Haus und den hofnahen Grund, das Wiesmahd sowie die Maschinen. Für die drei Enkel gab es je zwanzigtausend Euro.

»Nicht grad ein armes Bäuerlein!«, kommentierte Kathi.

Irmi war sprachlos. Das Haus der Schmids war wahrlich nicht pompös zu nennen, aber das war typisch für die sparsame Kriegsgeneration, die hatte lernen müssen, dass immer auch andere Zeiten kommen konnten, und zwar sehr plötzlich. Irmi kannte einige Millionenbauern in Murnau und Garmisch, die durch den Verkauf von Baugrund reich geworden waren und sich ein Leben in Saus und Braus hätten leisten können, die aber dennoch in ihrem Bauernhäusl ohne Zentralheizung und mit verkalktem Wasserboiler geblieben waren.

Das Auto der Schmids und fünftausend Euro sollten an Ionella gehen, »als Dank für ihre liebevolle Betreuung und als Beitrag für ihr Studium«. Ein Sparguthaben von fünfzigtausend Euro und hundert Hektar Forstgebiet mit Umgriff – sogar die genauen Flurnummern waren angegeben – gingen an Åse Luhkkár, wohnhaft im Nordkappveien in Honningsvåg, Norwegen.

Irmi und Kathi waren sprachlos. Immer wieder lasen sie die letzten Zeilen des Testaments. Da stand es blau auf weiß, unterschrieben von Xaver Schmid, »im Vollbesitz seiner geistigen Fähigkeiten«. Er hatte tatsächlich fünfzigtausend Euro und den gesamten Forstbesitz, diesen gewaltigen Wald unterm Köpfel, seiner Tochter oder Enkelin vermacht.

»Hammerhart!«, rief Kathi schließlich. »Aber dann muss Schmid doch mit Runa gesprochen und gewusst haben, wer sie ist, oder!«

»Nicht unbedingt, Kathi. Er hat das alles einer Åse Luhkkár vermacht. Nicht Åse Dalby.«

»Wie lautet denn der Mädchenname von Runas Mutter? Oder Oma? Verdammt, ist das verwirrend! Das kann doch alles kein Zufall sein!«

Irmi dachte nach. »Wir müssen noch mal zu Schmid ins Altersheim«, sagte sie dann. »Wenn er bloß mal den Mund aufmachen würde! Wir müssen in Erfahrung bringen, wer aus der Familie Schmid von dem Testament wusste. Wenn überhaupt jemand davon wusste.«

»Aber diese Anna Maria hat doch gesagt, dass sie gesehen hat, wie ihr Opa das Testament neu geschrieben hat«, sagte Kathi.

»Ja, und sie hatte den Verdacht, dass er darin auch Ionella bedenken könnte. Hat er ja auch. Aber angesichts dessen, was er generell zu vermachen hatte, wäre ja Ionellas Erbschaft eher aus der Portokasse gewesen.«

»Aber was, wenn die Schmids Angst hatten, Teile des Erbes an eine Karpatenschlampe zu verlieren, und sich auf die Suche nach dem Testament gemacht haben? Angenommen, sie haben es gefunden und weit Dramatischeres erfahren? Was dann?«

»Dann hätten sie recherchiert, wer diese Åse ist. Und sie wären eventuell auf Runa gestoßen, die gerade in Ogau lebte. Sie hätten eins und eins zusammengezählt, hätten Runa aus dem Weg geräumt und Ionella gleich mit. Nicht wegen der albernen Baumaschinen. Hier ging es um etwas viel Größeres.«

»Auf zu Schmid! Wir halten ihm das Testament vor die Nase!«, rief Kathi.

Als sie wenig später im Ogauer Altersheim ankamen, versperrte ihnen plötzlich die fuchsteufelswilde Heimleitung den Weg. Xaver Schmid war nach Irmis Besuch zusammengeklappt, erfuhren sie, und ein »leichtes Schlagerl« könne nicht ausgeschlossen werden. Schmid lag nun in der Murnauer Unfallklinik. Ohne »irgendeinen Schrieb« wollte man Irmi und Kathi auch nicht zu Burgi vorlassen. Völlig konsterniert rief Irmi im UKM an. Xaver Schmid lag auf der Intensivstation, Besuche waren ausgeschlossen.

»Scheiße«, sagte Kathi. »Und jetzt?«

»Wir fahren zurück. Wir müssen mit den Kollegen in Norwegen sprechen. Andrea hat ja sicher schon … Stell dir vor, wenn Schmid jetzt meinetwegen …«

»Irmi, das war nicht abzusehen, oder! So instabil hat der auf mich nicht gewirkt. Mach dir keinen Kopf!«

Ach, wenn das so einfach wäre, sich keinen Kopf zu machen. Wie leichtfüßig würde sie durchs Leben tänzeln, dachte Irmi.

Mit zwei Tassen Kaffee bewaffnet, liefen sie bei Andrea auf. Die hatte Neuigkeiten.

»Ich habe mehrfach mit Norwegen telefoniert und gemailt. Sind alle sehr nett da oben. Also, was diese Marit Aarestad betrifft: Sie wohnt … ähm … in einem Studentenapartment in Tromsø, ist im Moment aber verreist. Im selben Haus wohnt auch Runa. Keiner weiß, wohin Marit ist. Die Kollegen haben auch keine Verwandten gefunden, sie ist … ähm … eine Vollwaise. Jetzt versuchen sie, über Kommilitonen was über Marit rauszufinden. Irgendwo muss sie ja stecken … na ja … sie hat ja mit Runa gemailt.«

Das stimmte zwar – doch das konnte man nun mal überall auf der Welt.

»Und jetzt zu Runas Eltern, Åse und Henrik Dalby. Er ist tatsächlich Meeresbiologe, sie ist Fotografin und dokumentiert seine Forschungsreisen. Die Uni in Tromsø nimmt Kontakt zu ihnen auf, im Moment erforschen sie den Zug der Wale. Warst du nicht auch auf so einer Tour, als du … ähm … auf den Inseln da oben warst?«

Irmi lächelte. »Ja, das war wirklich faszinierend. Da war auch ein Biologe dabei, der hieß aber anders. Diese Fahrten dienen in erster Linie der Meeresforschung. Gäste nehmen die eher aus finanziellen Gründen mit, das Ganze ist also keins dieser typischen Touristenspektakel.«

»In der Kälte im Nordmeer herumschippern? Nein danke, ich werd schon auf dem Staffelsee seekrank«, sagte Andrea schaudernd.

»Ach, der Biologe hat mir Tabletten gegen Seekrankheit in die Hand gedrückt, weil wir Alpenbewohner ja nicht ans Wasser angepasst wären, hat er gesagt! Und er bat, im Fall der Fälle den Mageninhalt bitte draußen abzugeben und nicht in den Toiletten. Wegen der anderen Gäste.«

Andrea musste lachen.

»Kluger Mann«, kommentierte Kathi grinsend.

»Jedenfalls habe ich gelernt, dass das Zugverhalten des Atlantic Herring, auf Norwegisch Sild, extrem schwer vorherzusehen ist. Die Wale folgen im Winter den Heringsschwärmen, also ist es auch nicht einfach, Wale zu entdecken. 2001 gab es gar keine Wale mehr in Vesterålen, aber inzwischen sind sie zurückgekehrt, vor allem die Schwertwale. Ihr Verhalten ist wirklich spektakulär: Sie zeigen den

Heringsschwärmen ihre weißen Bäuche, woraufhin diese erschrecken und in panischer Flucht zur Wasseroberfläche schwimmen. Es sieht aus, als würde das Meer überkochen. Dort oben werden sie zur leichten Beute. Ich habe in Norwegen einen Film darüber gesehen. Die Wale arbeiten in Gruppen zusammen, und was für den Biologen an Bord noch spektakulärer war: Schwertwale und Buckelwale agieren auch zusammen. Die Buckelwale schwimmen pro Jahr bis zu zehntausend Kilometer und wären im Winter eigentlich in der Karibik. Seit einigen Jahren bleiben sie allerdings im Nordmeer. Ihre Wintergesänge sind höchst ungewöhnlich, hat der Biologe gesagt. Wenn die Dalbys da dran sind, ist das eine ungeheuer spannende Sache. Ich weiß auf jeden Fall, dass es da noch viel Forschungsbedarf gibt.«

»Ja, so was machen sie wohl«, sagte Andrea. »Die Kollegen rufen jedenfalls zurück, sobald sie mehr wissen.«

»Und wo wohnen die beiden, wenn sie nicht gerade unterwegs sind?«

»In Alta. Moreneveien«, las Andrea von einem Zettel ab.

»Moment!«, rief Irmi. »Die Adresse dieser Åse im Testament lag doch in Honningsvåg. Nordkappveien war das. Wieso jetzt Alta?«

»Vielleicht ist sie umgezogen. Egal!«, rief Kathi. »Weiter, Andrea!«

»Ähm … ja. Jetzt wird es komisch. Die Polizei in Alta hat im Moreneveien angerufen, und es ist auch jemand ans Telefon gegangen. Eine junge Frauenstimme. Sobald sich die Kollegen gemeldet haben, wurde aufgelegt.«

»Na ja, nicht jeder mag die Polizei, oder!«, rief Kathi.

»Ja, schon, aber die sind dann hingefahren. Zu dieser Adresse. Keiner hat aufgemacht, aber eine Nachbarin hat gesagt, sie habe Runa noch vor zwei Tagen dort gesehen.«

»Bitte?«

»Ja, eben!«

»Hat Runa eine Schwester?«

»Nein.«

»Runas Eltern könnten ja auch jemanden zum Haushüten abgestellt haben. Vielleicht haben sie Haustiere, um die sich einer kümmern muss«, mutmaßte Kathi. »War sich die Nachbarin sicher, dass das Runa war?«

»Irgendwann nicht mehr. Sie hat halt eine junge blonde Frau gesehen, sagt sie.«

»Runa kann es ja auch nicht sein«, meinte Kathi. »Die liegt in München im Kühlschrank.«

»Kathi!«, rief Irmi in mahnendem Ton.

»Ist doch so. Und jetzt?«

»Die Kollegen bleiben dran und fahren Streife vor dem Haus. Es muss ja mal jemand rauskommen. Ich mein, die können das Haus ja nicht stürmen mit der GSG 9 … ähm … oder was die in Norwegen halt Vergleichbares haben«, sagte Andrea unsicher. »Vielleicht hätt ich mehr Druck … ähm …«

Irmi sah die Inseln von Vesterålen vor sich. Das betörende Licht. Das tintenblaue Wasser. Und es brach einfach so aus ihr heraus: »Ich flieg da hoch!«

Sie setzte sich an den Rechner und begann, nach Flügen zu suchen. In den nächsten Tagen waren auf der Strecke von München nach Alta keine Plätze mehr frei. Es gab nur eine Alternative: Sie würde bei Jens anrufen und ihn bitten, sie in Lakselv abzuholen.

Doch vorher brauchte sie die Einwilligung ihres Chefs und der Staatsanwaltschaft. Es brauchte einiges an Überredungskunst, bis sie ihr schließlich die Dienstreise genehmigten. Sie schärften ihr ein, sich sofort bei den Kollegen vor Ort zu melden. »Keine Alleingänge«, hieß es.

»Mach bitte keinen Scheiß!«, sagte auch Kathi.

»Keine Sorge, ich werde Jens bitten, mich abzuholen. Der passt gut auf mich auf.«

»Wo steckt der denn? Etwa da oben am Polarkreis?«

»Er ist gerade in Murmansk.«

»Na, dann viel Spaß.« Kathi grinste, ehe sie sich in den Feierabend verabschiedete.

Irmi blieb noch im Büro und wählte die Nummer von Jens. Sie hoffte inständig, er würde rangehen.

Tatsächlich meldete er sich nach mehrmaligem Klingeln.

»Jens, sag mal, du bist doch noch in Murmansk, oder?«

»Willst du mich besuchen?«

»Fast.«

»Fast besuchen ist aber nicht wirklich besuchen.«

»Nein, aber könntest du mich in Lakselv abholen?« Wie das klang. Sie hatte erst mal auf Google Maps nachsehen müssen, wo das überhaupt lag. Und jetzt kam es ihr so vor, als hätte sie gefragt: Könntest du mich schnell in Murnau am Bahnhof abholen?

»Klar, wann denn?«

»Morgen Abend, genauer um halb sechs. Ich weiß, es ist

nicht der nächste Weg von Murmansk aus, aber ich hab keinen Flug mehr nach Alta bekommen ...«

»Das mache ich gern, meine liebe Liebste. Eines sage ich dir aber: Wir fahren abends nicht mehr nach Alta. Das ist zu weit. Außerdem gibt es hier Schneeverwehungen. Ich reserviere uns eine Hütte bei meinem alten Kumpel Sven. Wir übernachten da und fahren am nächsten Morgen nach Alta weiter.«

Jens war grandios. Er hatte überall auf der Welt Freunde. Seine Welt war klein und durchzogen von Flugrouten. An einem Ort zu bleiben war für ihn ungleich schwerer, als zu reisen. Jetzt würde er eben mal schnell vierhundert Kilometer Auto fahren, um sie in Lakselv abzuholen. Einfach so.

10

Irmi flog um kurz nach acht in München ab. Als sie in Oslo-Gardermoen umstieg, lösten das »Ankomst«-Schild und die mit Holz vertäfelten Gänge heimatliche Gefühle in ihr aus. Es war noch gar nicht lange her, dass sie hier in der Abflughalle gestanden hatte. Diesmal würde sie von Oslo aus mit dem nächsten Flug weiter nach Tromsø fliegen.

Als Irmi dort in die kleine Maschine nach Lakselv umstieg, hatte sie ihre Zweifel. Auch das Geschaukel und die Abstürze in Luftlöcher waren nicht dazu angetan, Vertrauen zu bilden. Eine fröhliche Stewardess meinte, es sei heute etwas »rough«.

Unten sah Irmi Wasser. Viel Wasser. Der kleine Flieger nahm eine elegante Kurve und sank. Noch immer Wasser, bis schließlich doch eine Landebahn zu sehen war. Das Rollfeld lag beinahe im Wasser des zauberhaften Porsangerfjords. Womöglich hatte Xaver Schmid den Flughafen damals mitgebaut?

Der Miniairport verfügte über ein putziges Gepäckband, das Irmis Köfferchen ausspuckte. Als Irmi ins Freie trat, entdeckte sie gleich Jens, der an einem Volvo lehnte und eine Rose zwischen den Zähnen hatte. Er strahlte.

»Du Depp!« Irmi lachte und nahm ihm die Rose aus dem Mund.

Er zog sie an sich und küsste sie herzhaft. »Ihr Taxi wäre da, Madame!«

»Danke, du bist mein Retter. Ist ja etwas mühsam zu erreichen, dieses Weltenende.«

»Dafür ist es hier umso großartiger.«

»Ich hab dich gar nicht gefragt, ob du eigentlich einfach so wegkonntest von deiner Arbeit«, sagte Irmi, als sie im Auto saßen. »Ich bin wirklich unsensibel! Da bestell ich mir einfach ein Taxi nach Lakselv! Ach, Jens, ich …«

»Irmi, ich bin schon groß. Wenn ich keine Zeit gehabt hätte, dann hätte ich dir das auch gesagt. Ich wäre morgen sowieso abgereist und habe die Reiseroute jetzt einfach etwas modifiziert. Passt scho – so sagt man doch bei dir, oder?«

Sie fuhren auf einer langen geraden Straße durch eine stille Welt, durch endlose lichte Wälder aus Birken und Büschen. Währenddessen erkundigte sich Jens, wie es Kathi und Bernhard ging, ob Sailer wohl auch im Winter kurze Lederhosen trug und ob der kleine Kater immer noch so einen schwachen Magen habe und Irmi alle Beutetiere vor die Füße kotze. Draußen war es noch nicht ganz dunkel, und ein schimmernder Rest von Licht lag sphärisch über den Bäumen.

»Seit wann kommt die Sonne denn wieder?«, fragte Irmi.

»Ich glaube, Ende Januar gilt hier als Ende der Polarnacht. Jetzt im Februar geht es rapide bergauf. Heute Abend gibt es bei Sven übrigens eine Welcome-back-Sun-Party. Er hat ein paar Schweden zu Gast, ein bescheidenes Hüttchen für uns gibt es aber auch noch.«

»Wer ist eigentlich Sven?«

»Ein Verrückter. Ein Aussteiger, wenn du so willst, aber einer mit Plan. Er züchtet Huskys und nimmt an Hunderennen teil, und zwar an den ganz harten: Yukon Quest, Iditarod und Finnmarksløpet, das sind die tausend Kilometer von Alta an der Küste ins Hinterland. Und er hat eine Ferienanlage, die dir bestimmt gefallen wird.«

Sven Engholm begrüßte Jens mit einem Handschlag und Schulterklopfen. Er war kein überschwänglicher Typ, aber er schien Jens wirklich zu mögen, das war seinem Blick zu entnehmen. Ein junges Mädchen zeigte ihnen ihr Blockhaus.

Der Schnee knirschte, draußen waren sicher fünfzehn Grad minus, und die Luft war so rein, dass man sie beim Atmen schmecken konnte. Die Sterne leuchteten hell, obwohl es hier einige künstliche Lichtquellen gab. Das Blockhaus war weit mehr als eine bescheidene Hütte – es war individuell und liebevoll möbliert, und der Kamin war schon angeheizt.

»Fast das ganze Interieur stellt Sven im Winter selbst her: Lampenschirme aus Elchgeweih, Tischplatten aus Altaschiefer, Sofabezüge aus Fellen. Sogar die Löffel schnitzt er selbst.« Er machte eine kurze Pause und fuhr dann fort: »Ich weiß nicht, wie es dir geht, aber ich hatte wenig Lust auf eine Gruppe von trinkenden Schweden. Deshalb hab ich uns das Essen in die Hütte bestellt. Und einen Wein dazu, war das okay?«

»Wenn es dich nicht schon gäbe, müsste man dich erfinden«, meinte Irmi lächelnd. »Danke.«

»So ein Auslaufmodell wie mich will und würde keiner erfinden. Heutige Erfindungen sind schnell, spektakulär und haben keine Plauze.«

»Dieses Minibäuchlein ist doch keine Plauze! Wenn überhaupt, dann habe *ich* eine Plauze.«

»Na, da hättest du mal die Ingenieurin Natalia Worobjow sehen sollen, mit der ich die letzten zwei Wochen das Vergnügen hatte! Die hatte eine Plauze, dass sich der Himmel verdunkelte, wenn sie den Raum betrat! Und wenn man dann weiß, dass der Name Natalia eigentlich Spatz bedeutet …« Er lachte.

Es klopfte an der Tür, und das junge Mädchen von vorhin brachte ein Tablett mit Nudeln und Gemüsesoße, Schokokuchen, eine Karaffe Wasser und Rotwein. Dann wünschte sie eine gute Nacht und verschwand. Die Holzschälchen mit dem leckeren Essen sahen selbst gedrechselt aus, im Kamin knisterte es heimelig, und die ganze Szenerie erinnerte an einen romantischen Film. Doch Irmi war angespannt und hatte das Gefühl, als würde Runas Gesicht in den Flammen flackern.

Sie aßen, tranken Wein und plauderten, bis Jens schließlich fragte: »Bist du müde?«

»Ja, ziemlich. Es war eine weite Reise, und mir liegt der Fall auf der Seele. Zwei so junge Mädchen!«

Jens nickte. »Ich lass dir den Vortritt ins Bad. Dusch mal ordentlich heiß, das hilft meistens.« Er trat ans Fenster. Heute trug er eine Trekkinghose, und im Gegensatz zu ihr hatte er wirklich einen netten Arsch. Sie ging lächelnd ins Bad und duschte eine halbe Ewigkeit.

Als sie zurückkam, lag Jens auf der Couch und schlief. Sie deckte ihn mit einer bunten Wolldecke zu und krabbelte ins Bett. Sie war froh, dass er schon eingeschlafen war, auch wenn es ihr bescheuert vorkam. Da traf sie alle

Jubeltage ihren gut aussehenden, achtsamen und unendlich klugen Liebhaber, der ihr zudem das komplette Romantikpaket geboten hatte – und sie war erleichtert, dass der Sex ausfiel? Jede andere hätte ihn nun geweckt und verführt, doch sie freute sich an der Stille, an seiner Anwesenheit, an seinen Atemzügen. Es war immer das Gleiche: Sie musste sich an ihn gewöhnen, und es fiel ihr unendlich schwer, von null auf hundert zu beschleunigen.

Als Irmi aufwachte, war Jens weg, doch bis sie sich angezogen hatte, war er mit Kaffee, Brot, Käse und Joghurt wiedergekommen. Er wirkte zerknirscht. »Da schlaf ich einfach ein! Entschuldige. Warum hast du mich nicht geweckt?«

Jetzt nichts Falsches sagen, Irmi, ermahnte sie sich und rettete sich mit dem filmreifen Satz: »Du hast so schön geschlafen.« Dann schickte sie hinterher: »Du warst doch sicher wahnsinnig müde, oder?«

»Ja, ich war knapp fünfzig Stunden wach, aber da hätten zwei weitere auch nicht geschadet.«

Sie war ein Monster und hatte weder gefragt, wie er eigentlich nach Lakselv gekommen war, noch, woher das Auto stammte. Weil sie mal wieder nur in ihrem egoistischen mörderischen Orbit kreiste. Sie küsste ihn auf die Wange und schenkte ihm Kaffee ein.

Nach dem Frühstück packten sie zusammen. Sven war bereits mit den Schweden aufgebrochen und hatte ein paar seiner Hunde mitgenommen. Das junge Mädchen striegelte zwei wuschlige isländische Pferdchen, während einige Hunde oben auf ihren Hütten saßen und mit ihren seltsamen Huskyaugen in eine schneeweiße Welt blickten.

»Wir sollten kurz ins Städtchen und runter an den Fluss fahren, die Zeit haben wir noch«, schlug Jens vor. »Komm, Irmi!«

Nach wenigen Kilometern gelangten sie in eine Kleinstadt, die zwischen den Häusern viel Raum bot, die puristisch war, nordisch, arktisch. Es fehlte nur noch ein Elch, der wie in der Kultserie »Ausgerechnet Alaska« über die Straßen lief. Jens parkte hinter einer Stahlbrücke, sie stiegen aus und gingen einen schmalen Pfad hinunter an einen trägen Fluss, in dem sich Eisschollen übereinandergeschoben hatten. Das flache Licht malte Blautöne in das Eis. Der Sandstrand war von Schnee überzuckert und schimmerte in einem goldenen Ocker wie aus einem Wasserfarbkasten.

»Ist das schön. Fast wie in der Karibik. Fehlen nur noch die Palmen«, flüsterte Irmi.

»Der Norden hat eine andere Kraft. Die Karibik ist bunt, laut und flüchtig, doch hier gibt es eine Ruhe, die einen Wurzeln schlagen lässt. Wir müssen mal im Sommer herkommen und zu dem kleinen See in der Nähe von Svens Ferienanlage wandern. Wir sammeln Holz, kochen Wasser im verbeulten Kessel und rösten Speck und Brot. Und wir haben Sex. Ich schlaf dann auch nicht ein, versprochen. Wir lieben uns mitten im großen stillen unendlichen Nichts. Oder besser doch nicht – wegen der Mücken.« Er lachte. »Was mich hier besonders fasziniert, sind diese riesigen Sanddünen. Sie sind bewachsen, und man muss gut aufpassen, dass man nicht in ein Loch fällt.«

»Was denn für ein Loch?«

»Bis heute sind die Fanggruben erhalten, die den Sami vor knapp tausend Jahren zur Rentierjagd dienten. Heute sind die Sami eine Minderheit. Immerhin haben sie seit einigen Jahrzehnten in Karasjok ein eigenes Parlament, das Sámediggi. Es fasst Beschlüsse, die dann als Empfehlung ans norwegische Parlament in Oslo gehen und durchaus umgesetzt werden.«

Mittlerweile waren sie wieder ins Auto gestiegen. »Es wäre schön, das alles mal unter der Mitternachtssonne zu sehen«, sagte Irmi. »Du bist öfter hier gewesen, oder?«

»Ja, früher.«

»Wann ist früher?«, fragte Irmi, obwohl sie wusste, dass es klüger gewesen wäre, genau das nicht zu fragen.

»Früher eben.«

Irmis Magen meldete sich mit Sodbrennen. »Du warst mit deiner Frau bei Sven, oder?«, hakte sie nach.

»Ja, und?«

Ja, und? Da schleppte er sie in eine romantische Hütte hinterm Polarkreis, und dann stellte sich heraus, dass er mit seiner Frau dort gewesen war. »Schleppst du alle deine Weiber dahin?«

»Erstens mal habe ich keine ›Weiber‹, und zweitens hast auch du ein Vorleben.«

»Ich bin mit dir aber nirgendwohin gefahren, wo ich mit meinem Exmann Urlaub gemacht hab!«

Jens schwieg. Er fuhr konzentriert und sah strikt geradeaus. In Irmis Innerem rumorte es. Natürlich hatte sie ein Vorleben, und der zauberhafte Ort konnte ja nichts dafür, dass Jens hier schon mal mit seiner Frau gewesen war. Und eigentlich verlor er dadurch auch nichts. Dennoch empfand sie ihn auf einmal als entzaubert. Jens hatte hier schon geliebt – eine andere, mit der er bis heute verheiratet war und zusammenlebte. Auch wenn er nur seiner Töchter wegen blieb und aus Fairness gegenüber seiner Frau, die mit ihren schweren Depressionen immer wieder längere Phasen in irgendwelchen Kliniken verbrachte. Aber bei ihrer gemeinsamen Reise damals war sie bestimmt gesund gewesen.

Warum störte sie das nur so? Gab es einen Exklusivitätsanspruch auf Orte? War es geschmacklos, romantische Orte mit verschiedenen Partnern zu besuchen? Und würde Jens das überhaupt so sehen?

Er schwieg ebenso beharrlich wie Irmi. Eine gleichmäßige Landschaft flog vorbei, eine riesige Rentierherde warf ein Zerrbild, Jens fuhr viel zu schnell. Immerhin war Irmi klug genug, jetzt nicht zu maulen: »Ras nicht so!« Ihr war schlecht. Eine beständige Übelkeit, die nicht von dem viel zu starken Kaffee herrührte.

Fast eine Stunde war vergangen, als Jens sagte: »Ich wusste nicht, dass es dich so trifft. Tut mir leid. Ich wollte dir etwas zeigen, was mir sehr viel bedeutet. Im Übrigen war ich hier vor allem mit einem alten Kumpel, der im Ölbusiness gearbeitet hat. Er ist vor ein paar Jahren gestorben. Mit Margret war ich nur einmal hier. Sie fand es furchtbar am Arsch der Welt.«

Irmi schluckte. »Es tut mir auch leid. Es war nur … es ist … ach!«

»Schon okay.«

Wenig später bogen sie auf die 93 ab, wo ihnen ab und zu Autos entgegenkamen. Vorher war da nichts gewesen außer zugefrorenen Seen, Dünen und Birkenwäldern. Und die Stille der Finnmark.

»Wie viele Leute leben denn hier?«, fragte Irmi. »Du weißt doch immer alles.«

»Mag sein. Bloß nicht, wie man Frauen behandelt. Das lern ich auch nicht mehr.«

Er klang unglücklich. Sie war wirklich eine Idiotin, dachte Irmi. Da fuhr Jens sie in der Finnmark spazieren, schenkte ihr seine bedingungslose Fürsorge – und sie zickte rum. »Jens, es tut mir wirklich leid! Sehr sogar! Verrätst du mir trotzdem noch was über die Finnmark?«

»Die Finnmark ist der nördlichste und größte Regierungsbezirk Norwegens. Ich glaube, sie ist ungefähr so groß wie Niedersachsen und hat fast fünfundsiebzigtausend Einwohner. Hier leben die Sami, die Kvener, das sind Einwanderer aus Finnland, und natürlich Norweger.«

»Wie war das wohl, als Xaver Schmid hier ankam?«

»Jedenfalls nicht leer. Honningsvåg hatte wegen seiner geschützten Lage schon seit mehreren Hundert Jahren einen bedeutenden Hafen. Die Stadt war Zollstelle und ein wichtiger Stützpunkt für den Schiffsverkehr zwischen Ost und West. Sie wurde ein Zentrum der Fischindustrie, und als die Deutschen einmarschierten, dürfte der Ort etwa zweitausend Bewohner gehabt haben. Honningsvåg wurde zum Marinestützpunkt und ab 1941 zu einem entscheidenden Umschlagplatz für den Nachschub an die deutsch-russische Front.«

»Nicht zu fassen, was du alles weißt. Wie merkst du dir das eigentlich alles? Übrigens habe ich das neulich ernst gemeint, als ich gesagt habe, dass ich dich bewundere.« Irmi zögerte. »Und liebe. Sehr.«

»Auch wenn ich alle meine Weiber an den Polarkreis schleppe?«

»Komm, ich hab mich entschuldigt. Ich bin blöd. Saublöd.«

»Nein, ich bin blöd. Aber weiter im Text des Dozenten: Der Porsangerfjord und der Flughafen von Lakselv waren strategisch extrem wichtig für die Deutschen. Bis heute sieht man Reste von aufwendig errichteten Stellungen, Bunkern, Materiallagern und Baracken der Kriegsgefangenen. Rund sechzehntausend deutsche Soldaten waren allein in der Kommune Porsanger stationiert.«

»Und einer davon war der junge Xaver«, sagte Irmi leise.

»Die Russen rückten im Herbst 1944 von Murmansk aus vor und eroberten Kirkenes. Hitler gab daraufhin den Befehl zur Zwangsevakuierung der Bevölkerung und zur Verwüstung der Finnmark. Schon im Sommer waren viele Bewohner geflüchtet, als es Luftangriffe auf Kirkenes, Vadsø und Vardø gab. Sie wurden zu Flüchtlingen im eigenen Land. Beachtlich ist, dass etwa fünfundzwanzigtausend Bewohner trotz angedrohter Todesstrafe der Evakuierung trotzten. Sie blieben einfach, hausten in Hütten, Höhlen, umgedrehten Booten und Erdlöchern.«

»Puh, da muss man sich ja nicht wundern, dass manche Norweger die Deutschen bis heute hassen!«

»Danach musst du deine Kollegen in Alta fragen, aber ich habe eigentlich nie Ressentiments gegenüber Deutschen gespürt. In der damaligen Zeit war es natürlich Wahnsinn, ein Mädchen aus der Finnmark zu lieben und umgekehrt. Ich weiß nicht ganz genau, ob die Zahlen stimmen, aber ich glaube, es gibt in Norwegen rund zwölftausend Kinder aus Verbindungen mit deutschen Soldaten, von denen schätzungsweise achttausend im Rahmen des norwegischen Lebensborn-Programms gezeugt wurden. Die Kinder wurden nach dem Krieg beschimpft, diskriminiert und zum Teil sogar zwangsadoptiert. Für die Mütter prägte man das Schimpfwort ›Deutschenflittchen‹. Das ist ein Thema, das in Norwegen bis heute tabuisiert wird.«

»Aber dann hätte das Mädchen doch besser daran getan, Xaver nach Deutschland zu folgen?«

»Das ist der Blickwinkel der Moderne! Wie hätte sie denn von hier wegkommen sollen? Und wie hätte sie ihren Xaver wiederfinden sollen? Er war doch nach dem Krieg in englischer Gefangenschaft, hast du erzählt. Damals war die ganze Welt aus den Fugen geraten.«

Irmi schluckte und sah hinaus in die lilafarbene Dämmerung. Sie hatten Alta erreicht. Der Polizeiposten lag im Zentrum der Stadt, die mit ihren Klötzchenbauten nun wahrlich nicht hübsch zu nennen war. Es roch nach Meer, als sie das Fenster herunterkurbelte, weil die Scheibe angelaufen war.

»Die Stadt sieht nicht gerade einladend aus«, meinte Irmi.

»Tja, romantisch ist Alta wirklich nicht. Da sind wieder wir Deutschen schuld. In Honningsvåg zum Beispiel lag im Dezember 1944 mit Ausnahme der Kirche alles in Schutt und Asche. Hier in Alta sind wenigstens ein paar Steine aufeinandergeblieben.«

»Mir geht das alles auf einmal so nahe«, sagte Irmi nachdenklich.

»Zeit war immer schon relativ und subjektiv. Wie viele Wunden heilt die Zeit? Und wie viele bleiben offen?« Er lächelte. »Ich warte drüben im Café auf dich und esse so lange ein fettes Stück Schokokuchen. Für die Plauze.«

Im Polizeigebäude wurde Irmi von einem großen Wikinger begrüßt, der genauso aussah, wie sie sich einen Norweger vorstellte. Lächelnd sagte er: »Hei og velkommen«, und stellte sich als Aksel vor. Dann bat er sie herein und brachte ihr erst mal einen Kaffee. Irmi war davon überzeugt, dass ein Norweger sicher auf der Stelle sterben würde, müsste er auf Kaffee und Kartoffeln verzichten.

»Du kommst gerade aus Lakselv?«

»Ja, ein Bekannter hat mich hergefahren.«

»Das ist gut«, sagte er in beinahe akzentfreiem Deutsch.

»Dein Deutsch ist perfekt«, lobte Irmi.

»Ich war mal ein Jahr in Hamburg.«

Sie zögerte, und auf einmal war es ihr ein Anliegen zu erzählen, dass sie und Jens sich auf der Fahrt hierher über die Besatzungszeit unterhalten hatten. »Das war wirklich kein Ruhmesblatt der deutschen Geschichte«, sagte sie. »Mein Volk …«

»Lass gut sein«, unterbrach er sie. »Krieg ist nie ein Ruhmesblatt, bei keinem Volk dieser Welt. Aber keine Sorge, wir haben nichts gegen deutsche Gäste. Sie sind uns wirklich willkommen, solange sie nicht mit Zündhölzchen spielen.« Sein Lachen war ansteckend und nahm viel Schwere aus dem Tag, der so sanft begonnen hatte und dann so kompliziert geworden war.

»Aber jetzt erzähl mal. Bei diesem Fall geht ja um eine Kriegsgeschichte, wenn ich das richtig verstanden habe.«

»Ja, im weitesten Sinne.« Und Irmi schilderte ihren Fall, der mit einem gewaltigen Brand begonnen und sie erst zu den Baumaschinenschiebereien geführt hatte. Sie erzählte von der Situation der osteuropäischen Pflegekräfte, berichtete von Ionellas Vater und Bruder und deren Verzweiflung. Dann kam sie auf ihre beiden Verdächtigen zu sprechen, die immer noch beteuerten, niemanden ermordet zu haben. Und schließlich erzählte sie die Geschichte zwischen Xaver Schmid und einer Norwegerin, die Irmi letztlich nach Alta geführt hatte.

»Du glaubst also, Runa Dalby ist die Enkelin dieses Xaver Schmid?«

»Ja, oder seine Urenkelin. Vieles spricht dafür, zumal Runa den Kontakt zu Ionella Adami bewusst herbeigeführt hat, um die Familie Schmid unter die Lupe zu nehmen. Warum sonst hätte sie das tun sollen?«

Er nickte bedächtig und schenkte sich Kaffee nach. »Wir waren mehrmals beim Haus der Dalbys und haben geklingelt und angerufen. Es hat aber nie jemand geöffnet, und nur einmal ist eine weibliche Person ans Telefon gegangen, die gleich wieder aufgelegt hat.«

»Meine Kollegin hat eine Nachbarin erwähnt, die Runa gesehen haben will.«

»Nun, die alte Matilde Larsson sieht so einiges. Darauf würde ich nicht allzu viel geben. Sie ist eine … wie sagt man? Tratschtante?«

Irmi lächelte. »Ja, solche Zeugen kennen wir auch. Mitteilsam bis zur Inhaltslosigkeit.«

»Muss ich mir merken«, sagte Aksel und lachte. »Ich stehe außerdem mit Tromsø in Kontakt. Die beiden Dalbys wurden von einem Forschungsschiff auf Nordaustlandet abgesetzt und heute von einem anderen Schiff wieder an Bord genommen, das auf dem Weg nach Tromsø ist. Die beiden müssten morgen hier sein. Wir haben ihnen am Telefon noch keine Details gesagt, nur, dass sie unbedingt zurückkommen müssen, weil ihrer Tochter etwas zugestoßen ist.«

»Das wird nicht schön. Wenn du so eine kryptische Nachricht bekommst, muss die Rückreise ja unerträglich sein. Furchtbar!«

»Ja, aber ich wollte auch nicht am Telefon vom Tod der einzigen Tochter sprechen.«

»Sicher.«

»Gut, dann lass uns noch mal zum Haus der Dalbys fahren. Sag mal, wo ist denn dein Bekannter?«

»Er wartet in einem Café in der Nähe auf mich.«

»Ich habe euch ein Zimmer im Thon Hotel Vica gebucht. Vielleicht mag er da schon einmal hinfahren. Ein Doppelzimmer ist doch in Ordnung, oder?«

War ein Doppelzimmer in Ordnung? »Natürlich«, sagte Irmi und informierte Jens per Handy. Im Hintergrund hörte sie eine Frau lachen.

»Stell dir vor, das Mädchen, das hier arbeitet, ist Russin. Aus Murmansk«, erzählte Jens begeistert. »Und sie kennt einen der Herren, mit denen ich zu tun hatte. Und der Spatz ist ihre Tante! Unglaublich, oder? Wir plaudern auf Russisch.«

»Schön«, sagte Irmi lahm.

Jens konnte überall auf der Welt Kontakte knüpfen und elastisch zwischen Sprachen hin und her springen wie ein Kind beim Gummitwist. Was wollte er eigentlich von ihr? Von einer Frau mit zu viel Substanz, die so mit ihrem Boden verwurzelt war. Die nur leidlich Englisch sprach und am liebsten stumme Zwiesprache mit Kühen und Katzen hielt und übers Murnauer Moor blickte. Was wollte er von ihr? Sex? Den hätte er woanders leichter bekommen und vielleicht auch besser? Womöglich bekam er ihn auch?

Irmi versuchte sich zu bremsen. Was war bloß mit ihr los? Sie und Jens hatten sich diese Beziehung doch gemeinsam so zurechtgelegt, dass sie für beide funktionierte. Ein Verhältnis, das so locker war und doch so tief. Wurde sie etwa altersmelancholisch und zweiflerisch?

»Alles in Ordnung?«, fragte Aksel.

»Ja, schon, ich finde die ganze Sache nur ziemlich verwirrend.«

»Drum bringen wir jetzt Licht ins polare Dunkel. Ihr Mitteleuropäer glaubt doch, wir sitzen das halbe Jahr depressiv und saufend in der Dunkelheit, oder?«, bemerkte er grinsend.

»Ich nicht. Ich war vor Kurzem noch in Ringstad in Vesterålen.«

»Wirklich? Aber nicht bei Carina, oder?«

»Doch.«

»Ich kenne sie. Carina stammt ursprünglich von der Insel Sorøya, und meine Frau war mit ihr in der Schule.«

»Was für eine kleine Welt.«

Sie stiegen draußen in ein Polizeiauto und fuhren durch

das verschneite Alta. Überall strahlten die Lichter aus den Häusern.

»Um diese Jahreszeit ist die Stadt richtig hübsch, sonst nicht so sehr. Ich mag Alta aber trotzdem. Seine Geschichte ist aus genau dem Grund so präsent, weil man nichts davon sieht. Hier oben war ja fast alles zerstört, aber die Flüchtlinge haben sich an ihren provisorischen Wohnorten in Süd- und Mittelnorwegen schlecht aufgenommen gefühlt. Es gibt einen schönen Spruch: ›Heller branntomtene i Finnmark enn opphold hos hyggelige landsmenn.‹ Auf Deutsch: Lieber die niedergebrannten Grundstücke in der Finnmark als ein Aufenthalt bei netten Landsleuten. So sind wir bis heute, Oslo ist weit weg. Damals schon hat man sich gegen die Vorstellungen der norwegischen Behörden gewehrt, die den Rückstrom in den Norden steuern wollten. Die Häfen waren ja noch vermint, die Versorgung nicht gesichert, und es gab keine Verwaltung. Die hatten Angst vor Anarchie. Aber die Kinder des Nordens kannst du nicht stoppen. In Honningsvåg hat die Kirche den Zurückgekehrten ein festes Dach über dem Kopf geboten. In der Sakristei wurde eine Bäckerei eingerichtet, im Kirchenschiff eine Feldküche installiert, Schlafplätze wurden abgeteilt. Und im Nachhinein hatten die Deutschen ja sogar was Gutes: Man hat einfach deutsche Militärbaracken aus Südnorwegen hierhergeschafft, um darin die Leute unterzubringen.«

Aksel lachte. Er hatte wirklich einen entwaffnenden Humor. Und wieder mal spürte Irmi, dass es gut war, ab und zu die Heimat zu verlassen, weil es überall auf der Welt Orte und Menschen gab, die einen sanft umfingen.

»Wir sind gleich da«, sagte Aksel. »Was du hier draußen siehst, entspricht dem Geist der Zeit, in der es errichtet wurde. Nach dem Krieg wollte man die Region zukunftsweisend aufbauen, moderne Wohnungen schaffen und die Wirtschaft ankurbeln. Die alten niedergebrannten Fischersiedlungen am Meer sollten aufgegeben und stattdessen neue Städte an den großen Fjorden errichtet werden. Die norwegische Exilregierung in London hatte das alles schon minutiös geplant und ausgearbeitet. Der Vorteil war, dass mit der modernen Bauweise die Klassenunterschiede der Vorkriegsgesellschaft abgeschwächt wurden: Die neuen Gebäude waren in erster Linie modern und funktional – unabhängig von der Bevölkerungsschicht.«

»Du wärst ein guter Fremdenführer«, meinte Irmi.

»Ich möchte eben, dass ihr Deutschen uns versteht. Ich höre von Besuchern oft abfällige Bemerkungen über Alta, das sie so hässlich finden. Die hätten alle lieber romantische rote Holzhäuschen ohne fließend Wasser.«

»Weißt du, Aksel, diese Anforderung wird auch an meine Heimat gestellt. Am besten sollten wir alle in uralten Katen hausen, in denen der Kachelofen vor sich hin bullert und wo es draußen ein Klohäuschen mit Herzerl gibt. Das Heu sollten wir ganz ohne Maschinen aufladen und unsere Kühe natürlich auch von Hand melken. An unserem Hof führt ein Wanderweg vorbei, da kann man den Gesprächen lauschen. Die Touristen beschweren sich über die hässlichen Solaranlagen auf den Dächern, sie wollen für die schönste Zeit des Jahres eine Traumkulisse. Aber in diesen Kulissen leben Menschen!«

»Völlig richtig. Meine Schwiegermutter war Architektin und hat mir erzählt, dass die Frauen im Allgemeinen wesentlich weniger Widerstand gegen die Modernisierungsprozesse zeigten als ihre Männer. Frauen zogen nämlich direkten Nutzen aus modernen Küchen mit fließendem Wasser, aus Badezimmern und Toiletten im Haus. Dass das alles für den heutigen Geschmack nicht gerade hübsch ist, stimmt natürlich. Aber es sind seitdem ja auch über sechzig Jahre vergangen. So, da sind wir.«

Aksel parkte vor einem schlicht aussehenden Haus.

»Das hier ist ein typisches Finnmarkhaus mit fast quadratischem Grundriss, anderthalb oder zwei Stockwerken, einem Satteldach und einer Wohnfläche von neunzig Quadratmetern. Später wurde hier ein Vorhaus angebaut. Hinten gibt es eine Veranda, das haben wir neulich festgestellt, als wir hier waren, um herauszufinden, ob sich jemand im Haus aufhält.«

Drinnen brannte Licht.

»Na, dann versuchen wir mal unser Glück. Es gibt eine Tür, die auf die Veranda hinausführt. Könntest du die bitte sichern, falls sich jemand davonmachen will? Ich läute so lange vorn«, sagte Aksel.

Irmi nickte und ging auf die Rückseite des Hauses. Sie hörte, wie Aksel mehrfach klingelte, anklopfte und dann irgendwas rief. Das Licht erlosch. Aksel trommelte weiter.

Plötzlich wurde Irmi bewusst, dass sie ohne Waffe dastand. Was, wenn gleich ein gewaltbereiter Bewohner hinausstürmte? Kathi würde angesichts solcher Unvorsichtigkeit ganz schön meckern.

Aber nichts passierte, und Irmi begann allmählich zu frösteln. Nach einer halben Ewigkeit ging das Licht wieder an. Sie hörte Schritte. Leise Stimmen. Dann Aksel, der rief: »Irmi, komm bitte zur Haustür!«

Irmi ging eilig nach vorn. Vor dem Haus stand Aksel, im Türrahmen eine junge Frau. Blonde lange Haare. Blaue Augen. Sie trug Jeans und einen Pullover mit einem gewaltigen Rollkragen. Irmi kannte sie. Es war das zweite Mädchen auf dem Foto. Marit Aarestad.

»Können wir reinkommen?«, fragte Aksel die junge Frau.

Die nickte, ging vor bis in die Küche und machte Licht an. Mit einer fahrigen Handbewegung deutete sie zu ein paar weißen Stühlen vor einem abgewetzten Tisch. Eine nordische Küche. Viel Weiß, blaue Stoffe. Ein Stil, der Irmi sehr gefiel.

»Was ist hier eigentlich los?«, donnerte Aksel, nachdem sie sich gesetzt hatten. »Wir waren mehrmals hier, haben geklingelt und angerufen. Warst du das, die gleich wieder aufgelegt hat? Wer bist du überhaupt? Was tust du im Haus der Dalbys?«

Die junge Frau sah von Aksel zu Irmi, zupfte nervös an ihren Haaren und wirkte völlig verstört.

»Bist du taub? Was tust du hier?«, kam es erneut von Aksel.

»Du bist doch Marit, oder? Marit Aarestad?«, fragte Irmi.

Das Entsetzen im Gesicht der jungen Frau war grenzenlos. Dann begann sie zu weinen und stammelte etwas auf Norwegisch. Sie zitterte am ganzen Körper.

Aksel stellte ein paar schnelle Fragen, auf die sie leise antwortete.

»Was sagt sie?«

»Sie sagt immer nur, dass sie Marit schon seit Tagen nicht mehr erreicht. Sie geht nicht mehr ans Handy und antwortet nicht mehr auf E-Mails.«

»Warum Marit?« Irmi starrte Aksel an und dann das Mädchen. »Who are you?«, fragte Irmi auf Englisch.

»Runa. Runa Dalby.«

Es war still. So still. Irmi suchte mit dem Blick die Augen des Mädchens, die in Tränen schwammen. Aksel war völlig konsterniert. Dann schleuderte er der jungen Frau wieder eine Salve von Fragen entgegen, die sie schluchzend beantwortete. Irmi saß derweil auf den sprichwörtlichen heißen Kohlen, denn sie verstand nur wenige Brocken Norwegisch. Es fielen die Namen Marit und auch Schmid. Und immer wieder Marit.

Plötzlich brach das Mädchen zusammen. Sackte einfach zur Seite. Aksel war sofort bei ihr und brachte sie in die stabile Seitenlage. Fast gleichzeitig brüllte er in sein Handy nach einer »Ambulanse«. Das Mädchen war bewusstlos und atmete flach.

»Das ist Runa Dalby, forbannet! Irmi, ich verstehe gar nichts mehr. Ich hoffe, der Notarzt kommt schnell.«

Schon Minuten später war der Krankenwagen da. Mit schnellen Handgriffen luden die Männer das Mädchen ins Auto. Sie bekam Sauerstoff und eine Spritze, und schon fuhr der Wagen Richtung Krankenhaus.

Irgendwann hatte sich das ganze Getümmel gelegt. Irmi und Aksel sanken an den Küchentisch.

»Was hat sie gesagt, um Himmels willen?«

»Es ist tatsächlich Runa Dalby! Sie sagt, dass ihre Freundin Marit Aarested nach Bayern gefahren sei. Runa hat wohl die ganze Zeit versucht, sie zu erreichen. Sie sei schon ganz krank vor Sorge gewesen, meint sie. Fast hätte sie die Polizei gerufen, dann habe sie sich aber nicht getraut. Sie sprach davon, dass der ganze Plan ein Wahnsinn gewesen sei. Als ich gesagt habe, dass in Bayern eine Norwegerin ums Leben gekommen sei, ist sie zusammengebrochen.«

In Irmis Kopf drehte sich alles. Bilder liefen durch wie im Daumenkino. Das Skelett des verbrannten Hauses. Frau Dr. Strissel. Der Kini. Die Kappel. Thomas Schmid. Tereza. Xaver Schmid. Das Foto der beiden Mädchen.

Sie zog es aus der Tasche und legte es vor Aksel auf den Tisch. »Das sind die beiden. Aber warum war Marit in Bayern und hat sich überall als Runa ausgegeben? Bei der Frau, die sie untergebracht hat, bei Ionella und gegenüber ihrer Arbeitgeberin im Museum? Mein Gott, dann muss es sich ja bei der toten Norwegerin um Marit handeln und nicht um Runa! Warum das alles?«

»Keine Ahnung. Das würde ja heißen, dass die beiden Mädchen die Identität getauscht haben, oder?«

»Das wäre die einzige Erklärung. Aber warum?«

»Jetzt fahren wir erst mal ins Krankenhaus und befragen Runa Dalby.«

Auf dem Weg zum Krankenhaus tanzten die Lichter noch immer über der Stadt. Schon bald waren sie da. Aksel sprach kurz mit einer Krankenschwester und eilte einen Gang entlang. Dort wandte er sich an einen Arzt und wechselte ein paar Sätze.

»Meine Frau arbeitet hier. Sie ist Ärztin«, erklärte Aksel seiner deutschen Kollegin, die ihm gefolgt war. »Deshalb kenne ich hier einen Haufen Leute. Runa ist wieder bei Bewusstsein. Wir müssen aber noch warten, bis wir mit ihr sprechen dürfen. Ich hole uns so lange einen Kaffee.«

Irmi wäre ein großes Bier zwar weitaus lieber gewesen, aber sie trank das angebotene schwarze Gebräu, das ihren Magen noch saurer machte, und wartete.

Nach anderthalb Stunden tauchte eine Ärztin auf. »Hei«, sagte sie in Irmis Richtung. Auch sie schien Aksel gut zu kennen, die beiden redeten kurz, bevor sie sich mit einem freundlichen »Bye« verabschiedete.

»Berit sagt, wir können reingehen. Das Mädchen hat wohl tagelang nichts gegessen und kaum getrunken. Sie war völlig dehydriert und hängt nun am Tropf. Sie haben ihr auch was zur Beruhigung gegeben. Jetzt ist sie zwar wach, wir sollen sie aber auf keinen Fall aufregen.«

»Ist inzwischen erwiesen, dass es sich um Runa Dalby handelt?«

»Sie haben mit Runas Zahnarzt telefoniert und das Zahnschema abgeglichen. Es ist eindeutig Runa Dalby.«

Das Mädchen wirkte so klein und verloren unter den blinkenden Maschinen des Krankenhausbetts. Das weiße Krankenhaushemd ließ sie zerbrechlich und leichenblass aussehen.

»Runa, können wir Englisch reden, damit meine deutsche Kollegin uns auch versteht?«, fragte Aksel.

Sie nickte.

»Das ist Irmi Mangold aus Bayern. Leider wurden dort zwei junge Mädchen tot aufgefunden, und nun will sie mehr über die Hintergründe herausfinden. Eine der beiden war eine Rumänin, die als Pflegerin bei alten Leuten gearbeitet hat. Die andere war eine junge Norwegerin, die sich als Runa Dalby ausgegeben hat. Weißt du, wer das gewesen sein könnte?«

Das Mädchen nickte und begann leise zu erzählen. Runa Dalby und Marit Aarestad waren Kommilitoninnen gewesen und hatten sich an der Uni in Tromsø kennengelernt. Marit war Vollwaise und hatte bereits eine Drogenkarriere mit Heimaufenthalten, Pflegeeltern und Jugendstrafen hinter sich. Doch sie hatte die Kurve noch bekommen, einen hervorragenden Schulabschluss gemacht und galt sogar als hochbegabt. Runa war angezogen gewesen von der Kühnheit, ja Frechheit, mit der Marit durchs Studentenleben geschwebt war. Wie sie Professoren überrannt, junge Männer um den Verstand gebracht und ihnen das Herz gebrochen hatte.

»Marit war dabei aber immer bezaubernd. Sie war eine Elfe, eine Fee, aber vielleicht nicht unbedingt eine gute«, sagte Runa.

Die beiden wurden zu einem unzertrennlichen Paar: die eine wie eine entfesselte Mittsommernacht, die andere kühl und ruhig wie ein Polartag. Sie hatten sich gegenseitig korrigiert, die eine wirkte beflügelnd, die andere hatte auch mal die Notbremse gezogen.

Doch dann war etwas passiert, was Runas Leben verändern sollte. Ihre Eltern hatten vor einiger Zeit das Haus ein wenig umgebaut, doch weil sie ständig unterwegs waren, getrieben vom Forschergeist und der Jagd nach dem perfekten Foto, brachten sie den Umbau nie zu einem

Ende. Überall standen Kisten herum, die eigentlich auf den Sperrmüll hätten wandern sollen.

»Meine Eltern sind lebensuntauglich«, drückte Runa es aus. »Sie sind nur dort ganz Mensch, wo andere kapitulieren – auf einsamen Inseln, in Wüsten, in Mondlandschaften, wo das Leben vollkommen reduziert ist. Wenn es darum geht, Rechnungen zu bezahlen oder auch nur sinnvoll einzukaufen, versagen sie komplett.«

Runa hatte in Abwesenheit der Eltern begonnen, in einer alten Truhe zu stöbern. Dort hatte sie Briefe von einem Deutschen an ihre Urgroßmutter Magga gefunden. Sie hatte das alles nicht so ganz begriffen. Deshalb hatte sie gegoogelt und schließlich Marit zurate gezogen. Am Ende hatten die Mädchen die Puzzlestücke zusammengefügt: Magga hatte 1945 ein Mädchen geboren und auf den Namen Åse Live taufen lassen. Es war nicht nur ein uneheliches Kind, sondern der Vater war auch noch Deutscher. Åse selbst bekam mit zwanzig ein Kind, das ebenfalls Åse getauft wurde – Runas Mutter. Die Oma war in Runas Kindheit zur Hauptbezugsperson geworden. Die Enkelin hatte dort mehr Zeit verbracht als bei ihren Eltern. Die Oma hatte ziemlich zurückgezogen in Honningsvåg gelebt. Dort hatte sie ein kleines Café am Nordkappveien betrieben, in dem viele Touristen verkehrten. Runa konnte sich noch gut an die Autos mit den seltsamen Kennzeichen erinnern. Sie wusste auch noch, dass fremde Menschen Fotos von ihr, der bildhübschen kleinen Norwegerin, gemacht hatten. Später hatte Runa ein Internat besucht und die Sommerferien bei der Oma verbracht. Seit sie studierte, wohnte sie in einem Zimmerchen in

Tromsø und hütete ab und zu das Haus ihrer Eltern, deren Leben eine einzige Durchreise war und das nur aus Kofferumpacken bestand.

»Lebt deine Oma denn noch?«, wollte Irmi wissen.

»Ja, und sie hat über die Jahre Freundschaft mit einer Dame aus Deutschland geschlossen, die ein Haus in Trysil in Ostnorwegen besitzt. Oma hat das Café verkauft und ist nach Trysil gezogen. Lore, so heißt die Frau, hat ein riesiges Haus, in dem die beiden eine Alte-Weiber-WG gegründet haben. So nennen sie das jedenfalls. Oma liebt Trysil, es gibt dort auch ein Skigebiet, und sie fährt trotz ihres Alters immer noch sehr gut. Ich habe Oma zugeraten. Schließlich kann ich sie ja auch in Trysil besuchen. Mama kommt sowieso nie.«

Was für eine Geschichte, dachte Irmi. Wie hatte der Pfarrer gesagt? Krieg ist nichts Abstraktes, sondern die Summe aus Millionen Einzelschicksalen. Und Millionen Mal streckte die Vergangenheit ihre langen hässlichen Finger noch weit hinein in die Angelegenheiten der nachfolgenden Generationen.

Die beiden Mädchen hatten also Runas Familiengeschichte rekonstruiert: Die Oma war ein Deutschenkind gewesen, was in der Familie nie thematisiert worden war, Runas Mutter kam nie zur Ruhe, und sie selbst war die Urenkelin eines Deutschen! Marit war ganz Feuer und Flamme gewesen und hatte mehr wissen wollen. Die beiden jungen Frauen hatten sich zum ersten Mal ganz konkret mit der Geschichte ihres Landes befasst, die sie in der Schule gelernt hatten. Nun war das auf einmal Runas Geschichte geworden.

»Wir haben viel gelesen. Über den Krieg. Über die Besatzung. Über die Nachkriegszeit. Über die Finnmark, von wo die Menschen geflüchtet waren und wohin sie dennoch zurückgekehrt sind – ins Nichts. Komisch, oder? Wäre es in Oslo oder Lillehammer nicht viel einfacher gewesen? Und ich glaube, ich habe begriffen, warum die Oma so einsam war. Sie hatte eigentlich kaum Kontakte in Honningsvåg. Mit Ausnahme der Cafégäste. Sie hat auch eine kleine Ferienwohnung vermietet. Die Stammgäste haben sie geliebt. Es waren viele Deutsche darunter. Meine Mutter hat immer nur abfällig von den Deutschen gesprochen, die mit ihren VW-Bussen und Wohnmobilen die immer gleiche Rennstrecke Alta, Skaidi, Honningsvåg befahren. Die unbedingt ans Nordkap wollen.«

Das war alles eine Frage des Blickwinkels, dachte Irmi. Sie fand es auch komisch, dass die Japaner unbedingt einmal auf die Zugspitze wollten und einen viel zu hohen Preis dafür berappten. Sie fand es merkwürdig, dass sich die Reisegruppen durch Ogau schoben, das zweifellos hübsch war, aber für Irmi eben nicht mehr als ein Dorf unter vielen. Das Nordkap dagegen war etwas anderes. Es war der Rand der Welt, ein Sehnsuchtsziel. Irmi verstand gut, dass deutsche Touristen unbedingt dort hinwollten, und auch, dass sie sich als Erinnerung eine bunte Mütze kauften, so wie sich Australienbesucher eben einen Bumerang mitbrachten. Die kleine Runa war sicher oft am Nordkap gewesen, für sie war das Normalität. Aber eben nicht für den Rest der Welt.

Irmi spürte, wie gut es der Eisprinzessin Runa tat, dass sie über etwas anderes sprechen konnte als über Marit. Sie taute endlich ein wenig auf. Irmi unterdrückte die drängenden Fragen.

»Manche nennen das Nordkap auch die Endstation der Welt«, fuhr Runa fort. »Es ist auch ein Kraftort, aber nicht, wenn da Hunderte von Menschen herumlaufen. Im Winter hat das Nordkap ganz eigene Schwingungen. Ich war mit meiner Oma öfter oben, mit dem Schneemobil. Sie war dann immer sehr melancholisch. Ich dachte, das liege an der Landschaft, aber vielleicht hat sie sich an ihre Mutter erinnert. Und an die Briefe. Der Deutsche hat so schöne Briefe geschrieben.« Sie begann wieder leise zu weinen.

»Hast du diese Briefe noch?«, fragte Irmi. »Wie waren sie unterschrieben?«

»Mit Xari. Auf den Umschlägen stand der volle Name: Xaver Schmid. Ich kann nur ein bisschen Deutsch, aus der Schule, aber Marit war darin sehr gut. Wir haben die Briefe zusammen übersetzt. Sogar Marit musste weinen.«

»Und dann?«

»Und dann haben wir recherchiert und herausgefunden, dass es diesen Xaver Schmid noch gibt. Und wo er wohnt und all das. Marit hat gemeint, ich müsse mit meiner Mutter reden.«

»Und?«

»Meine Mutter ist böse geworden. Sie gesagt, das hätte nichts mit ihr zu tun. Und sie hat mir verboten, weiter darüber zu sprechen. Eigentlich wollte sie auch die Briefe haben, aber die hatte ich schon nach Tromsø mitgenommen. Sie hat getobt. Dann musste sie wieder weg – wie immer. Diesmal wollte sie irgendwo Eisbären fotografieren. Als sie abgereist war, fühlte es sich an, als ob sich ein

Sturm gelegt hätte. Plötzlich war es so still im Haus. Ich habe sie nicht verstanden. Sie hat einen Opa in Bayern, aber das interessiert sie nicht. Ich glaube, es liegt daran, dass meine Mutter keine Bindungen aufbauen kann. Sie liebt auch meinen Vater nicht. Die beiden sind ein gutes Arbeitsteam, aber kein Liebespaar.« Sie zögerte. »Mich hat sie auch nie geliebt. Sie war nie wie eine Mutter. Eher wie eine große Schwester. Keine besonders nette Schwester.«

Es war erstaunlich, wie klar Runa das alles analysierte. Bestimmt war sie früher als andere Gleichaltrige erwachsen geworden. Kein Wunder, wenn die Eltern weit Abenteuerlicheres zu tun gehabt hatten, als ein Kind zu erziehen. Sie liebten ihre Freiheit und die Exotik, wie wäre da Platz für ein Kind in der Enge von Alta gewesen? Runa tat Irmi unendlich leid. Nun hatte sie auch noch ihre einzige wirkliche Freundin verloren. Wenigstens war ihr die Großmutter geblieben.

»Sag mal, Runa, habt ihr deine Oma denn auch mit euren Entdeckungen konfrontiert?«

»Nein, ich wollte das auf keinen Fall am Telefon tun. Und ich wollte auch erst die Reaktion meiner Mutter abwarten. Sie hat mich nicht nur beschimpft, sondern mir auch verboten, Oma etwas davon zu sagen.«

»Das heißt aber, deine Mutter wusste, dass ihre eigene Mutter das Kind eines Besatzungssoldaten war?«

»Davon bin ich überzeugt. Sie hatte ja über all die Jahre diese Briefe bei sich gehortet. Aber meine Mutter glaubt eben, dass man einen Deckel nur schließen und den Schlüssel kräftig genug umdrehen muss. Dann werden schon keine Geister mehr herausschlüpfen.«

Runa war beängstigend blass. Einen Moment schwiegen alle, bis die junge Frau leise weitersprach.

»Marit hat vermutet, dass meine Mutter diese Briefe irgendwann bei Oma gefunden und dann bei sich versteckt hat. Auch Marit hat befürchtet, dass das Ganze ein ganz großer Schock für die Oma sein könne, weil sie es doch sicher längst ad acta gelegt hätte. Marit hielt meine Mutter für eine herzlose Kuh. Stimmt ja auch. Marit weiß, wie es ist, wenn man keine Familie hat. Wenn man nicht weiß, wo man herkommt und wo man hingehört. Mir geht es ja so ähnlich. Manchmal habe ich auch das Gefühl, keine richtige Familie zu haben. Marit war davon überzeugt, dass es mir guttun würde, nach Bayern zu reisen und die Wurzeln meiner Familie zu finden.«

Runa weinte wieder stärker, und Aksel holte ihr ein Glas Wasser. Es verging viel Zeit, bis sie sich beruhigt hatte.

»Doch dann ist Marit gefahren. Warum?«, fragte Irmi vorsichtig.

»Ich habe zu ihr gesagt, dass ich das nicht packe. Hätte ja auch sein können, dass das ganz böse Menschen sind, da in Bayern. Ich hätte das nie geschafft, inkognito zu reisen. Nie! Und irgendwann einmal hatte Marit die Idee, dass dann eben sie fährt. Mal vorsondiert, was das für Leute sind. Ob der Uropa überhaupt noch mit mir reden kann.«

»Und ihr habt wirklich die Identität getauscht?«, fragte Irmi immer noch fassungslos.

»Ja, Marit hat meinen Lebenslauf auswendig gelernt und meinen Pass mitgenommen. Wir haben sogar die E-Mail-Accounts getauscht. Alles sollte perfekt sein. Ich meine, wir sehen uns ja ziemlich ähnlich, und so genau schaut am Flughafen keiner hin. Und dann kann Marit auch viel besser Deutsch als ich.«

»Aber warum ist sie denn nicht als Marit gefahren?«, fragte Aksel. »Das wäre doch viel unauffälliger gewesen?«

Runa hantierte mit ihrem Taschentuch herum und flüsterte: »Jetzt im Nachhinein kommt mir das auch dumm vor. Aber Marit dachte, sie könnte die Leute in Bayern so eher aus der Reserve locken. Wenn sie als Marit umständlich hätte erklären müssen, dass sie eine Freundin hat, die einen Großvater … Verstehst du? Es war ihre Idee. Marit ging immer solche Wege. Ist sie wirklich tot?«

Sie wurde von einem neuen Weinkrampf geschüttelt, bis die Ärztin, mit der Aksel vorhin gesprochen hatte, hereingerannt kam und die Kommissare aus dem Zimmer jagte.

Draußen sanken Irmi und Aksel auf zwei Plastikstühle. Erschöpft. Leer.

»Das ist ein Wahnsinn. Ich hab das Gefühl, als würde ich mitten in einem schlechten Film stehen«, sagte Aksel schließlich, nachdem er einen weiteren Kaffee getrunken hatte.

Es war in der Tat surreal. Es war absurd. Marit war tot. Marit, die Vollwaise. »Seit meine Eltern tot sind«, hatte sie im Museum gesagt und sich dann schnell korrigiert. Niemandem war etwas aufgefallen.

»Was tun wir jetzt?«, fragte Aksel. Der große Wikinger schien völlig aus der Bahn geworfen zu sein.

»Ein Bier trinken? Das wäre die bayerische Lösung«, schlug Irmi vor. »Noch mehr Kaffee überlebt meine Magenschleimhaut nicht.«

»Fahren wir ins Hotel zu deinem Bekannten. Dort sollte es Bier geben.«

Im Hotel machten sich Aksel und Jens miteinander bekannt. Sie bestellten sich drei Gläser Bier zu einem Preis, für den man in Bayern ein halbes Fass bekommen hätte. Irmi trank in wenigen schnellen Schlucken ihr Mack. Auf dem Glas war ein Eisbär abgebildet, und darüber stand in roter Schrift: »Arctic Beer«.

»Die nennen sich die nördlichste Brauerei der Welt«, erklärte Aksel. »Der Gründer war ein Bäcker aus Braunschweig.« Zwischen den beiden Männern entspann sich eine Diskussion über Biersorten und Brauereien, der Irmi weder folgen konnte noch wollte. Sie entschuldigte sich, ging aufs Zimmer und rief Kathi an. Sie erzählte ihr von Runa und davon, dass Marit die tote Norwegerin gewesen war. Die kühne Marit, nicht die kühle Runa.

»Aber dann haben die Schmids die Falsche erwischt, oder!«, meinte Kathi.

»Der Gedanke liegt nahe, wenn es wirklich um diese Erbschaft geht. Wenn das unser Motiv ist«, sagte Irmi zögerlich.

»Na, hör mal! Du wolltest doch immer an die Unschuld der fabelhaften Schmid Boys glauben! Du findest diesen Labersack Markus doch so unschuldig wie ein Lämmlein, und Arschgesicht Thomas war es deiner Meinung nach auch nicht. Und nun ziehst du den Schwanz ein?«

»Kann ich gar nicht«, sagte Irmi und musste lächeln. Der Wirbelwind Kathi fehlte ihr.

»Okay, wir haben zwei Ansätze. Falls es um den Baumaschinendeal ging, wäre Ionella das Ziel gewesen. Falls es aber um den halben Berg ging, den irgendeine dahergelaufene Norwegerin erben sollte, hätte Runa weggemusst. Welches Schweinderl hätten wir denn nun gerne? Und was hast du jetzt vor?«

»Morgen kommen die Eltern von Runa hier an. Ich werde mit ihnen reden und dann alles Weitere entscheiden.«

»Soll ich die Schmids noch in die Mangel nehmen und auf das Testament ansprechen?«

»Lass das Testament vorerst aus dem Spiel, bitte.«

»Geht klar. Meld dich, ja?«

»Sicher.«

»Na, dein Sicher kenn ich. Gute Nacht!« Kathi klang dennoch versöhnlich.

Irmi ging wieder in die Hotelbar, wo Aksel und Jens sich lachend zuprosteten. Sie fühlte sich plötzlich ausgeschlossen.

Aksel entdeckte sie als Erster. »Irmi, stell dir vor, Jens kennt einen Schulfreund von mir, der Ingenieur geworden ist. Er hat ihn in Murmansk getroffen.«

»Jens kennt in jeder Ecke der Welt irgendjemanden.« Das klang bissiger als beabsichtigt, und sie bemühte sich um einen milderen Ton. »Aksel, wann genau erwartest du Runas Eltern morgen?«

»Bis spätestens Mittag, denke ich. Habt ihr vorher noch Lust auf einen Ausflug?«

Jens nickte.

»Gerne«, sagte Irmi ohne Überzeugung.

»Ich hole euch ab.« Aksel leerte sein Bier, stand auf und verabschiedete sich. Mit großen Schritten eilte er hinaus.

Irmi sah ihm nach, dann sagte sie: »Ich wollte deinen neuen Freund nicht vertreiben.«

Jens schwieg und bestellte sich noch ein Bier.

»Ich geh dann ins Bett«, sagte Irmi. »War ein langer Tag.«

Jens nickte nur und sah müde aus.

Während Irmi hinausging, tobte in ihrem Inneren ein Kampf. Sollte sie umkehren und sich entschuldigen? Jens in den Arm nehmen? Sie tat nichts von beidem.

11

Irmi schlief bald ein und bekam auch nicht mehr mit, dass Jens kam. Sie sah ihn erst, als sie am nächsten Morgen aufwachte. Er schlief in Seitenlage, hatte das Kopfkissen unter das Gesicht geknüllt. Er sah jung aus.

Irmi war zum Heulen zumute. Sie ging ins Bad und ließ sich eine Wanne einlaufen. Es war kurz vor acht, als Jens hereinkam.

»Guten Morgen. Es wird ein schöner Tag heute. Polare Klarheit«, sagte er und begann sich die Zähne zu putzen.

Sie hätte immer noch sagen können, dass ihr die Äußerung gestern Abend leidtat. Aber sie schwieg.

Beim Frühstück redeten sie über die norwegische Küche, die generell gewöhnungsbedürftig war. Es gab diverse Sorten Milch und Joghurt und natürlich die unvermeidlichen Fischcremes in Tuben, wovon einem schon schlecht wurde, wenn man sie nur aufschraubte. Es gab den typisch norwegischen Karamellkäse, den man entweder liebte oder hasste. Es verhielt sich mit ihm wie mit vielen italienischen oder spanischen Landweinen: Im Land genossen, waren sie herrlich, nahm man sie mit nach Hause, schmeckten sie schal.

Kurz nach neun kam Aksel. Er wirkte frisch und ausgeruht. »Runas Eltern werden gegen zwölf da sein. Davor könnten wir ins Alta-Museum fahren, wenn ihr Lust habt?«

»Gerne«, sagte Irmi und bemühte sich, euphorisch zu klingen.

Aksel hatte sie mit dem Privatwagen abgeholt, einem uralten Volvo, der die Federung einer Hollywoodschaukel hatte. Das Licht war sphärisch, die Sonne würde gleich über die Fjordkante kommen. Der Himmel zauberte. Aksel umfuhr Buchten, deren Wasser heute Morgen fast schwarz wirkte. Silberkronen tanzten auf den Wellen, und der Sand an den Stränden färbte sich langsam golden. Sie befanden sich auf dem neunundsechzigsten nördlichen Breitengrad, es waren drei Grad minus, und dennoch hatte sie den Eindruck, an karibischen Gestaden zu sein. Nur der Puderzuckerschnee störte.

Schließlich erreichten sie Hjemmeluft, wo das Freilichtmuseum lag.

»Die Felszeichnungen von Alta wurden ab 1960 entdeckt«, erzählte Aksel, »und zwar bislang an fünfundvierzig verschiedenen Orten. Ich würde euch empfehlen, erst die Ausstellung zu besuchen und dann hinauszugehen. Ich möchte euch gar nicht mit meinen Reden stören, das erklärt sich alles von selbst.«

Die Ausstellung im Museum informierte über die Kunst der Felszeichnungen, die seit 1985 UNESCO-Weltkulturerbe waren und vor bis zu siebentausend Jahren in den Fels geritzt worden waren. Jäger- und Fischerfamilien hatten ihre Lebenswirklichkeit in den Fels gebannt, aber auch ihre Mythen und ihre Rituale. Irmi überflog die Erklärungen zum Leben der Sami, in deren Religion die Natur eine Seele hat. Dann ging sie hinaus an die kühle klare Luft und schlenderte an Zeichnungen von Fischern mit Booten und ganzen Rentierherden vorbei, die in einem Gehege gefangen waren. Schon vor Tausenden von Jahren hatten hier Menschen gelebt, gejagt, Kinder gezeugt, geliebt … Diese Bilder waren von einer solchen Einfachheit und Schönheit, dass sie sich tief in Irmis Herz eingruben. Natürlich hatte die Natur eine Seele.

Jens war neben sie getreten. »Wir sind Dummköpfe, wenn wir glauben, dass wir wichtig sind. Wir sind nur einen Wimpernschlag lang Gast auf dieser Welt. Wir sollten etwas draus machen.«

»Jens, es tut mir leid. Ich bin momentan einfach unerträglich.«

»Nein, du bist immer so, wenn es um einen Fall geht, der kurz vor der Aufklärung steht. Du musst dich darauf konzentrieren. Da hast du keinen Platz für etwas anderes. Nimm dir den Raum dafür. Ich kann warten.«

Irmi war eine Weile sprachlos. Dann flüsterte sie: »Ach, Jens, was täte ich ohne dich?«

»Dasselbe wie jetzt, bloß ohne diese Nervensäge, die überall und nirgendwo zu Hause ist. Schau dir diese Zeichnungen an. Die Menschen hatten klare Ziele. Ihr Leben verlief mit den Jahreszeiten und entlang geregelter Bahnen. Sie lasen in den Sternen, sie verehrten Naturgötter. Sie lebten in Zelten, in denen bestimmte Ecken einem guten oder auch einem fordernden Geist zugeordnet waren. Sie nutzten alle Teile ihrer Beute. Sie lebten von und mit den Rentieren. Sie waren achtsam, und ich denke, wir sollten das auch wieder sein.«

Irmi nahm seine Hand. Dann küsste sie ihn. Er hatte sie unterm Nordlicht küssen wollen, doch auch der blaue

Morgen war eine gute Tageszeit für Küsse. Irmi fühlte sich so klein, so demütig. Sie hatte diesen großartigen Mann gar nicht verdient. Hand in Hand gingen sie zurück.

Als sie wieder im Museumsgebäude ankamen, waren anderthalb Stunden vergangen. Aksel trank Kaffee und plauderte mit einer Frau, die er als seine Cousine vorstellte. Es gab für alle einen Kaffee und einen Schokoriegel. Dann brachen sie auf in Richtung Krankenhaus. Runas Eltern waren soeben angekommen.

Wieder eilten sie den Gang entlang, und wieder warf sich ihnen die resolute Ärztin in den Weg und forderte, die Eltern erst mal mit Runa allein zu lassen. Das verstand sogar Irmi.

»Entschuldige«, sagte sie in Irmis Richtung und in fast akzentfreiem Deutsch. »Aksel kennt kein Maß, weder beim Kaffee noch bei seinen Ermittlungen. Ich hab mich gestern übrigens gar nicht vorgestellt. Berit, Aksels Frau.« Sie lachte, und Aksel schnitt eine Grimasse.

»Könnte meine gestrenge Frau uns einen Raum zur Verfügung stellen, in dem wir später mit den Dalbys reden dürfen?«, fragte er.

»Mein Büro. Das kennst du ja. Ich muss weiter.« Sie lächelte Irmi an und sauste davon.

»Von wegen, ich kenne kein Maß«, murmelte Aksel, aber so wie er seiner Frau nachsah, lagen darin die Liebe und die Vertrautheit vieler Jahre. »Sie ist leitende Oberärztin. Mehr muss ich wohl nicht sagen.«

Als sie in Runas Zimmer traten, saß diese mit ihrem Vater, der ihre Hand hielt, auf dem Bett. Henrik sah aus wie ein typischer Naturwissenschaftler: bärtig, braun gebrannt, ein schmaler, sehniger Typ, dessen kleine runde Brille sicher viele Jahre und Modeströmungen überdauert hatte. Manche Menschen sahen eben genau so aus, wie man sie sich vorstellte. Am Fußende des Betts stand Runas Mutter. Insgeheim hatte Irmi eine kleine, zähe Frau mit Kurzhaarschnitt erwartet, doch Åse war eine hübsche, eher kräftige Frau. Ihr langes blondes Haar, das sie als Zopf trug, war von grauen Strähnen durchzogen. Sie hatte jene Fältchen im Gesicht, die Menschen bekommen, die bei Wind und Wetter, bei Sonne und Kälte viel draußen sind. Menschen, die nicht darauf achten, stets die richtige Schutzcreme parat zu halten.

Aksel stellte sich und Irmi vor. Dann bat er Runas Eltern, ihnen ins Büro seiner Frau zu folgen. Es war klein und funktional, bar jeden Statussymbols. An der Wand hing ein Foto von den Felsmalereien. Sie setzte sich an einen kleinen Tisch, der mit weißen Plastikstühlen umstellt war.

»Eure Tochter hat euch erzählt, was passiert ist?«, fragte Aksel auf Deutsch, blieb aber dennoch beim Du. Offensichtlich beherrschten auch Runas Eltern die Sprache Goethes. Irmi schämte sich mal wieder ihres schlechten Englisch. Alle auf der Welt schienen problemlos durch verschiedene Sprachen zu reisen. Nur sie nicht – wie auch viele andere in ihrer bayerischen Heimat. Immerhin konnten sie Boarisch und leidlich Hochdeutsch. Auch eine Form der Zweisprachigkeit.

Der Vater nickte. Irmi berichtete, was sie hierhergeführt hatte.

»Was haben die Mädchen da nur getan?« Henriks Stimme zitterte. »Wir kennen Marit. Sie war so fröhlich … so lebendig. Und was, wenn Runa gefahren wäre? Ich mag mir das gar nicht vorstellen …«

»It's damn stupid«, sagte Åse mit einer Härte, die Irmi innerlich zusammenzucken ließ.

»Runa hat herausgefunden, dass ihre Oma die Tochter eines deutschen Besatzungssoldaten ist. Sie hat in dieser Vergangenheit herumgestochert, aber was ist daran dumm? Das ist menschlich. Und Sie haben ihr nicht geholfen, diese Geschichte zu verstehen. Nein, Sie haben ihr sogar verboten, ihre Oma anzusprechen. Was hätte sie denn tun sollen?«

»Was ich gesagt habe. Die Vergangenheit einfach ruhen lassen.« Die Härte wich nicht aus Åses Stimme.

»Das hat sie aber nicht getan. Niemand hätte das getan. Denn in dieser Geschichte liegt eine große Verführung. Jeder hätte recherchiert, warum haben Sie sie nicht dabei unterstützt? Dann hätte Marit nicht diese Reise nach Bayern angetreten.«

Aksels Blick war erschrocken, natürlich hätte Irmi diesen letzten Satz nicht sagen dürfen. Aber diese Frau machte sie wütend, so wütend.

»Und dann wäre Marit nicht in eurem verdammten Deutschland gestorben? Wollen Sie das sagen? Dass es meine Schuld ist, dass ihr selbstgefälligen Deutschen gerne mordet? Vor siebzig Jahren genau wie heute?«

»Ich glaube, wir sollten uns etwas beruhigen«, sagte Aksel, aber Runas Mutter war schon aufgesprungen. »Das muss ich mir nicht bieten lassen!« Sie stürmte hinaus und knallte die Tür hinter sich zu.

Sekundenlang war es still.

»Es tut mir leid«, sagte Henrik schließlich.

»Mir tut es leid. Ich habe Ihre Frau provoziert.«

»Aber Sie haben ja recht.« Henrik war den Tränen nahe. »Ich habe die Augen verschlossen und weggehört beim Streit der beiden. Mir war nicht klar, dass Runa diese Sache so wichtig war.«

Weil du in Gedanken längst bei deiner nächsten Expedition warst, dachte Irmi.

Es war, als hätte der Knall Henrik Dalby aus seiner Zurückhaltung gerissen. Er begann zu sprechen. Leise und eindringlich. Åse und er hatten sich Anfang der Achtzigerjahre an der Uni in Oslo kennengelernt. Sie waren beide politisch engagiert gewesen. Åse war eine Kämpferin gewesen, die nie die Folgen ihres Handelns bedacht hatte. Er hatte sie bewundert, weil er selbst zu oft zögerte. Von ihm also hatte Runa ihre Ruhe und Zurückhaltung geerbt, dachte Irmi.

Sie waren ein Paar geworden, das sich immer wieder getrennt hatte. Die wilde Åse hatte andere Männer gehabt und war doch immer wieder zu ihm in das wohltuende stille Hafenwasser zurückgekehrt. Irgendwann wurde sie schwanger, ungewollt natürlich, und 1988 war Runa zur Welt gekommen. Damals hatte Åse gerade einen Preis für Nachwuchsfotografen gewonnen, und einige renommierte Zeitschriften fragten bei der jungen Wilden an. Das Kind wurde zur Oma und später ins Internat gegeben. Erst in dieser Zeit hatte Henrik seine Schwiegermutter richtig kennengelernt, die er als herzliche und bescheidene Frau beschrieb. Da er und Åse nie geheiratet hatten, war sie eigentlich gar keine echte Schwiegermutter. Dass Åse trotzdem seinen Namen führte, lag vor allem daran, dass er weniger sperrig war als ihr eigener Nachname, Luhkkár.

Henrik hatte nach und nach mehr aus dem Leben der Oma erfahren. Wenn er Runa zu ihr brachte und wieder abholte, hatten sie häufig noch ein wenig auf der Veranda gesessen, übers Meer geblickt und geredet. Åse hatte lange geglaubt, dass die Umgebung, die Schulfreunde und Lehrer sie deshalb ablehnten, weil samisches Blut in ihren Adern floss. Doch irgendwann hatte sie begriffen, dass sie außerdem das Kind einer Vaterlandsverräterin war.

Magga starb früh – »an gebrochenem Herzen«, wie Henrik sagte –, und Åse erbte ein Häuschen, in dem sie später ihr Café eröffnete. Davon abgesehen, bestand das Vermächtnis der Mutter aus Kuchenrezepten und Xavers Briefen. Und die lieferten Åse den Beweis: Sie hatte nicht nur samisches Blut in ihren Adern, sondern auch deutsches.

»Meine Schwiegermutter ist zu einem Viertel Sami und zur Hälfte Deutsche. Für die damalige Zeit war das eine ungeheuerliche Mischung«, sagte Henrik leise.

Irmi hatte ihm die ganze Zeit gebannt zugehört. Nun unterbrach sie ihn. »Das heißt also, Xaver Schmid liebte ein Mädchen, das zur Hälfte Sami war?«

Henrik nickte. »Ja, und das war aus Sicht der deutschen Rassenhygiene noch viel brisanter.« Wieder wurde es still im Raum.

»Und dann?«, fragte Aksel schließlich.

Henrik wusste nicht zu sagen, ob seine Schwiegermutter jemals Kontakt zu ihrem Vater aufgenommen hatte. Irmi vermutete, dass sie das auch nie getan hatte. Die

Luhkkár-Frauen hatten wohl einen Pakt mit dieser Truhe geschlossen. Einen Pakt, sie niemals mehr zu öffnen. Erst Runa hat den Pakt gebrochen.

Die kleine Åse, Henriks streitbare Fotografin, war 1965 zur Welt gekommen. Ihre Mutter war nur wenige Jahre verheiratet gewesen, erzählte Henrik, sie habe mit achtzehn einen jungen Norweger geheiratet, der dann aber nach Kanada gegangen war. Auch darüber wurde nie gesprochen. Ein Meer aus Schweigen.

Åse, die junge Wilde, kannte ihre Familiengeschichte auch nur aus dem wenigen, was ihre Mutter ihr erzählt hatte. Und offenbar wollte sie genau diesen Makel ausmerzen. Sie wollte nicht mehr das schwache Mädchen einer verlassenen Oma und einer verlassenen Mutter sein. Sie kämpfte für ihren beruflichen Erfolg, notfalls auch mit scharfen Schwertern, und machte sich unabhängig von irgendwelchen Männern. Nur Henrik gelang es, zu ihr durchzudringen. Er schien ein Rezept für ihre Behandlung gefunden zu haben: Duldsamkeit.

»Åse kommt immer sehr hart rüber, leider war sie Runa auch keine liebevolle Mutter. Aber ich war ja auch kein guter Vater. Ich war gar kein Vater.« Nun traten ihm doch Tränen in die Augen. »Aber Åse ist nicht so hart. Wenn sie unbeobachtet ist, weint sie. Ich habe sie zusammenbrechen sehen, vor geschlachteten Seehundbabys. Da hat sie mich geschlagen und getreten und gesagt, dass ich weggehen soll. Sie will nicht, dass jemand diese Seite von ihr sieht. Ich liebe meine Frau, und auf ihre Weise liebt sie mich auch. Wir gehören zusammen. Das hat Runa nie verstehen wollen.«

Vielleicht auch nicht verstehen können, dachte Irmi. Runas Kindheit war jenseits normaler Familienverhältnisse abgelaufen, jenseits klarer Werte und Ankerpunkte. Was für ein Bild von der Liebe hätte sie denn bekommen können?

»Der alte Herr in Bayern hat sehr viel wertvolles Land an Ihre Schwiegermutter vererbt«, sagte Irmi. »Wusste Ihre Frau davon? Oder Sie?«

Henrik schüttelte den Kopf.

»Und was ist mit Åse senior? Kann sie davon gewusst haben?«, schaltete sich Aksel ein.

»Das glaube ich nicht«, meinte Henrik tonlos.

»Wir werden nach Trysil fahren müssen, um mit deiner Schwiegermutter zu sprechen«, sagte Aksel. »Verkraftet sie das?«

»Sie ist gesund und fit, wenn du das meinst«, sagte Henrik.

»Es wäre gut, wenn Ihre Frau mitkäme«, ergänzte Irmi.

»Ich rede mit ihr, aber ich habe wenig Hoffnung. Sie lässt sich nicht fremdbestimmen. Runa wird mitkommen wollen, aber sie ist doch so schwach.«

»Meine Frau hat ihr Okay zu der Reise gegeben, sofern wir aufpassen, dass sie genug isst und trinkt«, sagte Aksel.

Henrik nickte. Es war ihm anzusehen, wie froh er war, dass ihm jemand die Entscheidung abnahm.

»Möchtest du noch mal mit Runa reden?«, fragte Aksel.

»Nein, ich mache mich jetzt auf die Suche nach meiner Frau«, sagte er und sah auf seine Hände. »Ich bringe Runa aber später noch ein paar Sachen für die Reise vorbei.«

»Danke, Henrik, wir bleiben in Kontakt. Wenn dir noch

was einfällt, melde dich. Und versuch deine Frau zu überzeugen.«

Henrik nickte und eilte mit gesenktem Kopf hinaus. Aksel sah ihm nach. Dann hieb er mit seiner Pranke auf den Tisch, dass die Kaffeetassen hüpften. »Shit! Bullshit! Auf dieser Welt gibt es für alles und jedes Lizenzen – fürs Autofahren, fürs Jagen, für alles. Aber Kinder kriegen kann jeder. Hast du Kinder?«

»Nein.«

»Wir auch nicht. Wir wollten keine, weil wir beruflich so eingespannt sind. Wir haben uns dagegen entschieden. Das hätten die Dalbys besser auch getan.«

Irmi nickte. Dabei war die Kinderbetreuung in Norwegen ja vergleichsweise großartig. In Deutschland standen viele Frauen noch immer vor der Entscheidung: Kind oder Karriere.

Als sie erneut Runas Zimmertür öffneten, hockte die junge Frau auf dem Bett.

»Wo sind meine Eltern? Weg? Meine Mutter ist ausgerastet, und Papa ist hinterher?«, fragte Runa mit einer solchen Abgeklärtheit, dass es Irmi schmerzte.

Als niemand auf ihre Fragen antwortete, meinte Runa: »Das ist eben so. War immer so. Wird so bleiben. Deine Frau hat gesagt, wir fahren zu meiner Oma?«

»Ja, aber nur, wenn du ordentlich isst und trinkst«, sagte Aksel und versuchte streng zu klingen.

Runa lächelte. Sie war so hübsch. Wie eine Elfe. »Ja, schon gut. Soll ich meine Oma anrufen?«

»Ja, bitte. Du musst heute Nacht aber noch im Krankenhaus bleiben – zur Beobachtung. Wir holen dich morgen früh ab. Gegen Mittag werden wir bei deiner Oma sein, sag ihr das, aber bitte reg sie nicht auf!«

»Ich rege nie jemanden auf. Ich bin immer rücksichtsvoll und leise.« Wieder lag so viel Lakonie in ihren Worten. Worte, die ein so junger Mensch gar nicht aussprechen sollte, dachte Irmi.

Noch am selben Abend flog Jens nach Oslo und dann weiter nach Frankfurt. Sie hatten noch ein paar Minuten auf dem Bett gelegen, und Irmi hatte sich an seine Schulter gekuschelt. Als sie ihn zum Flughafen brachte, waren sie schon spät dran. Die Verabschiedung von Jens fiel kurz und hektisch aus. Ein schneller Kuss, eine Umarmung, ein »Danke für alles« und »Ich ruf dich an«.

Als Jens durch die Sicherheitsschleuse verschwand, fühlte Irmi sich elend. Sie vermisste ihn jetzt schon. Immer wenn er weg war, vermisste sie ihn und sah mit aller Klarheit, was für ein grandioser Typ er war. Warum machte sie nie etwas daraus, wenn sie zusammen waren?

Sie gab den Leihwagen zurück und nahm einen Bus nach Alta. Dort trank sie ein Bier an der Hotelbar, die nun so einsam war. Sie telefonierte mit Kathi, die ihrerseits auch nur zu berichten wusste, dass die Schmid-Burschen weiterhin bei ihrer Geschichte blieben. Die Staatsanwaltschaft erhielt die U-Haft noch aufrecht und wollte dringend wissen, ob Frau Mangold gedenke, demnächst mit Ergebnissen aus Norwegen zurückzukommen.

»Morgen fahre ich nach Trysil«, sagte Irmi. »Danach weiß ich hoffentlich mehr.«

12

In dieser Nacht schlief Irmi schlecht. Am nächsten Morgen musste sie sich schon wieder zum Flughafen aufmachen. Zusammen mit Aksel und Runa checkte sie für den Flug nach Oslo ein. Auch ihr Kollege war heute wortkarg, und so war es ihr nur recht, dass sie im Flieger keine zusammenhängenden Plätze mehr bekommen hatten.

Während des Flugs schaute Irmi die Briefe von Xaver Schmid durch, die Runa ihr in die Hand gedrückt hatte. Sie stammten aus der Zeit von 1945 bis 1952, dann hatte er wohl aufgegeben, oder aber seine späteren Briefe waren verloren gegangen auf dem Seegrund des Vergessens.

In Oslo stand ein Auto bereit, das sie nach Trysil bringen sollte. Sie saßen schweigend im Wagen, der durch eine gleichmäßige Landschaft glitt. In Everum tankte der Fahrer, und Irmi kaufte sich eine Cola. Ganz feiner, leichter Schnee überwirbelte die Straße, die sich durch endlose Wälder zog. Ab und zu säumten rot gestrichene Häuser den Weg. Irmi fragte sich irritiert, wo hier eigentlich ein Skigebiet sein sollte, denn es waren keine Berge zu sehen. Plötzlich ragte ohne Vorwarnung ein weißer Glatzkopf aus dem Wald, und Schilder wiesen verschiedene Wege zum Trysilfjellet. Runa erklärte dem Fahrer, wo er hinmusste.

»An den Berg geschmiegt liegen die Ferienhäuser und ein paar große Hotels«, erklärte sie ihren Mitfahrern. »Meine Oma wohnt aber im Zentrum von Trysil.«

Sie überquerten den Fluss, kamen an einer Kirche vorbei und standen bald schon vor dem Haus, in dem Runas Großmutter inzwischen wohnte. Es war gelb gestrichen, hatte weiße Fensterrahmen und sah so skandinavisch aus wie die Landschaft. Kaum rollte der Wagen aus, trat eine Frau aus dem Haus – in dunklem Wollrock, dicker roter Strumpfhose und einem langen Pulli mit Norwegermuster. Sie hatte ihre grauen Haare hochgesteckt. So würde Åses Tochter wohl in zwanzig Jahren aussehen, dachte Irmi, und das waren keine schlechten Aussichten, denn die Frau wirkte auf den ersten Blick sympathisch.

Runa sprang aus dem Wagen und rannte auf die Oma zu, die sie in den Arm nahm. Runa weinte und weinte, Åse strich ihr unentwegt übers Haar. Eine zweite Frau kam heraus und stellte sich als Lore vor. Sie führte Aksel und Irmi in die urgemütliche himmelblaue Küche, wo es Kaffee gab und Kekse, Flatbrød und Käse.

»Greift zu«, sagte Lore. »Ich hoffe, es stört euch nicht, wenn ich beim Du bleibe. Ich bin schon so lange in Norwegen, dass ich mich an das formale deutsche Sie nicht mehr gewöhnen kann.«

Sie schenkte Kaffee in große Keramikbecher und reichte Irmi den Keksteller. Eine rote Katze kam auf dicken Bärentatzen hereingeschritten, warf einen huldvollen Blick in die Runde und sprang auf die Bank. Mit der Noblesse seiner Art angelte sich das Tier einen Keks vom Teller und verspeiste ihn umgehend.

»Lord Nelson!«, rief Lore. »Deine Manieren lassen zu wünschen übrig.«

Irmi lachte. »Ich habe auch zwei so unmanierliche Kater, gar kein Problem.«

Runa und Åse waren noch immer nicht hereingekommen. Es vergingen einige Minuten des Schweigens, die Irmi aber nicht als unangenehm empfand.

»Ich wusste, dass dieser Tag irgendwann kommen würde«, sagte Lore schließlich und schickte einen besorgten Blick in Richtung Tür.

»Das heißt, Sie wussten von Åses Abstammung?«

Lore nickte. »Åse hat ihr Wissen lange verdrängt. Was hätte es ihr auch genutzt? Ein deutscher Vater, der sie im Stich gelassen hatte. Warum hätte sie ihn suchen sollen?«

»Aber er hat ihrer Mutter glühende Briefe geschrieben!«, rief Irmi, als müsste sie Xaver Schmid verteidigen.

»Briefe sind federleicht. Gedanken sind frei. Sie werden zu Sätzen, und die fliegen über Kontinente. Die Realität aber wiegt schwerer, sie macht keine Höhenflüge«, erwiderte Lore.

Irmi sah sie überrascht an. Solche nachdenklichen Worte hatte sie von ihr nicht erwartet. Lore wirkte so handfest.

»Das mag schon sein. Aber die Realität ist auch, dass ihr bayerischer Vater ihr fünfzigtausend Euro und ein riesiges, wertvolles Waldstück vermachen will. Das geht aus seinem Testament hervor, und er kannte auch ihre Adresse in Honningsvåg«, sagte Irmi.

»Oh!« Lore überlegte. »Und nun nimmst du an, dass die junge Frau, die sich als Runa ausgegeben hat, Ziel eines

Mordkomplotts wurde. Weil die Menschen da unten nicht bereit sind, das Erbe zu teilen?«

»Ja, so in etwa. Es gibt noch viele Ungereimtheiten. Wir wissen nicht, ob und wer aus der Familie von dem Testament wusste. Wir wissen auch nicht, wie die Familie die Zusammenhänge zwischen Runa Dalby und Åse Luhkkár hergestellt haben könnte. Aber das werde ich herausfinden. Das muss ich«, sagte Irmi.

»Nun, wenn dieser Mann Åse als Erbin eingesetzt hat und ihre frühere Adresse kannte, dann muss er seinerseits nachgeforscht haben.«

»Ja, eben!«

Åse streckte plötzlich den Kopf herein. »Ich will nicht unhöflich sein, aber diese ganzen Dinge haben lange geruht. Sie werden auch noch ein wenig mehr Zeit vertragen. Ich muss mich jetzt um Runa kümmern. Wir fahren auf den Berg. Das wird ihr helfen.«

Lore lächelte. »Und dir auch, oder?«

»Wir treffen uns im Hotel«, sagte Åse und zog die Tür wieder zu. Es lag so viel Zuneigung in ihrem Blick, und Irmi begriff, dass die beiden Damen mehr waren als nur alte Freundinnen.

Dennoch war sie etwas irritiert. Was dachten die sich eigentlich? Sie steckte mitten in den Ermittlungen zu einem Doppelmord, und nun machte sich diejenige, die Aufklärung bringen sollte, einfach aus dem Staub?

Lore schien Irmis Ungehaltenheit zu spüren. »Åse und Runa teilen eine Passion: Sie fahren Ski«, erklärte sie. »Vor allem, wenn es ihnen schlecht geht, hilft es ihnen. Åse fährt wie eine Schneegöttin. Auch mit knapp siebzig. Die

Luft, die Geschwindigkeit, der Rhythmus, der Tanz auf Schnee – sie braucht das, um wieder denken zu können. Und Runa geht es genauso.«

»Du willst sagen, die beiden sind Ski fahren gegangen?«, fragte Aksel ungläubig nach und begann dann zu lachen.

Irmi starrte die beiden an, und dann lachte sie mit. Minutenlang. Ihr ganzer Körper lachte, und ihre angestrengte schlappe Hülle füllte sich wieder mit Leben. Als sie sich wieder beruhigt hatten, erfuhren sie von Lore, dass die beiden sicher nur zwei Stunden fahren und sich dann im Park Inn auf der Hochgebirgsseite treffen würden. Sie würden mit dem Auto hinauffahren, weil Irmi und Aksel da sowieso ein Zimmer hätten. Und dass Gordon ja auch dabei wäre.

»Wer ist Gordon?«, fragte Irmi.

»Gordon ist unser Pfarrer. Er stammt ursprünglich aus Norddeutschland und war mal Elektriker. Dann hat er das Abitur nachgeholt und hat mit siebenundzwanzig sein Theologiestudium begonnen. Trysil ist seine zweite Stelle. In seinen Gottesdiensten erzählt er opulente Geschichten, lässt Bilder auferstehen, veranstaltet Krippenspiele. Das kannten die Leute hier nicht so.«

»Und Gordon fährt mit Gottes Segen Ski?«

»Du ahnst gar nicht, wie richtig du damit liegst«, meinte Lore lachend. »Das ist in seinem Fall auch notwendig, so wie er zu Tale brettert. Man kann seinen Stil getrost als eigenwillig bezeichnen, Hauptsache, schnell! Übrigens haben wir einen weiteren Pfarrer auf Skiern. Der macht sogar Trauungen auf der Piste.« Dann wurde sie wieder ernst. »Als Runa gestern Abend anrief, war Åse sehr erschüttert.

Ich habe Gordon informiert, und er ist sofort vorbeigekommen. Das Gespräch mit ihm hat ihr gutgetan. Wir sind hier eine kleine Gemeinde, die zusammenhält.«

»Und was hat Gordon ihr geraten?«

»Dass sie sich dem Ganzen stellen muss. Dass zu viel in Bewegung geraten ist, als dass man es jetzt noch aufhalten könnte. Sie will sich auch damit auseinandersetzen. Gönnt ihr aber vorher diese beiden Stunden Schnee. Schnee ist Klarheit. Schnee deckt alles zu, was böse ist«, sagte Lore eindringlich.

Irmi ließ ihren Blick durch den Raum gleiten. Auch hier gab es noch ein Bücherregal, und zwar ein gewaltiges. Die Bände der Brockhaus-Enzyklopädie füllten ein ganzes Fach. Es war eine Schande: Der Brockhaus starb aus wie manche Haustierarten, die man in den Zeiten der hocheffizienten Landwirtschaft nicht mehr gebrauchen konnte. Wikipedia verdrängte den Brockhaus wie die Holsteiner Schwarzbunten die Murnau-Werdenfelser Kuh, dachte Irmi. Für einen Moment huschten vor ihrem inneren Auge Bilder von ihren Kühen und von den beiden Katern vorbei.

Aksel stand auf und nahm ein Buch heraus. Dann sah er Lore verblüfft an. »Lore Tippehøne – bist du das?«

»Lore, das Hühnchen, ja. Mein Pseudonym hat in Norwegen eher für Belustigung gesorgt, ist in anderen Ländern aber sehr gut angekommen.«

»Meine Frau verschlingt deine Bücher! Sie sagt, du schreibst die besten Romane der Welt!«

Lore lachte. »Na, das sehen die Kritiker leider anders. Sie halten mich für eine Blenderin des Wortes und bemängeln, dass ich keine Literatin bin.«

»Aber sicher bist du das! In deinen Büchern stehen mehr kluge Sätze, als diese Literaten jemals von sich gegeben haben. Meine Frau liest sie mir immer vor. Es sind liebevolle Sätze, finde ich.«

»Danke schön. Wenn du das so empfindest, habe ich etwas richtig gemacht«, sagte sie, und das war bestimmt kein Kokettieren. Sie war wirklich bescheiden.

»Lore schreibt Bestseller. Ich glaub es nicht!«, rief Aksel in Irmis Richtung.

Irmi kannte das Hühnchen nicht. »Sind Ihre Bücher auch auf Deutsch erschienen?«, fragte sie.

»Nein, sie sind nur in die anderen skandinavischen Sprachen, ins Englische, Italienische und ein paar osteuropäische Sprachen übersetzt worden.«

»Wahnsinn!«, sagte Aksel, der immer noch ganz aus dem Häuschen war. »Das müssen ja Tausende von Büchern sein.«

»Ein paar Millionen sind es schon«, sagte sie schlicht.

Irmi lächelte. Es gab diese Momente, die sie mit Dankbarkeit erfüllten, weil sie solchen Menschen begegnen durfte. Es waren Momente voller Fülle und Wärme, und man erlebte sie vor allem, wenn man den heimischen Grund verließ.

»Lasst uns fahren«, sagte Lore. »Dann könnt ihr schon mal im Hotel einchecken, bis Åse und Runa zurück sind.«

Lores Auto war ein alter, verorgelter BMW. Obwohl diese Frau sicher begütert war, schienen ihr Statussymbole komplett unwichtig zu sein. Sie kurvten aus dem kleinen Ort hinaus und bogen auf die Schnellstraße. Dann fuhren sie gleich wieder links auf eine Mautstraße, die sich den Berg hinaufschraubte.

Aksel war wieder bei Kräften und gab wieder den Fremdenführer. »Wenn die Norweger von ihrem Fjell, ihrem Gebirge, reden, meinen sie keine schroffe Felsenwelt mit Drei- und Viertausendern, die an den Wolken kratzen, sondern bewaldete Hügel, die sanft dahinwogen und aus denen nur ab und an baumfreies Gelände hervorspitzt. Die Baumgrenze liegt hier wegen der nördlichen Lage viel tiefer. Häufig haben wir ein stabiles Inlandsklima mit kräftigem Frost. Das bedeutet für die Skifahrer zumeist griffigen Pulverschnee. Da taut nichts auf und friert wieder zu Eisplatten zusammen. Eis gibt es bei uns also nur in den Drinks.« Er lachte. »Aber was rede ich: In Garmisch gibt es natürlich viel höhere Berge und längere Pisten.«

»Ich muss dich enttäuschen. Ich kann gar nicht Ski fahren. Für mich ist das eine höchst bedrohliche Sportart. Viel zu schnell.«

Lore lachte. »Ich versteh dich. Ich gehe maximal langlaufen und mache mir vor jeder steileren Abfahrt ins Hemd vor Angst. So, da sind wir.«

Sie hielten vor einem modernen, neu gebauten Hotel. Die Pisten reichten quasi bis auf die Terrasse, und im Hintergrund lag der kahle Berg im skandinavischen Licht, das sanft war und lange Schatten warf. Weiße, filigrane Schneefahnen wehten über dem Gipfel, oben auf der Kuppe musste es ordentlich wehen. Von ihrem Balkon aus hatte Irmi eine wunderschöne Aussicht auf den Glatzkopf und die Pisten, die allmählich in den Schatten abtauchten. Es war schön hier, und sie wünschte sich, Jens wäre bei ihr.

Als sie in die Lobbybar kam, hatten Lore und Aksel schon ein Bier für sie mitbestellt. Åse, Runa und ein Mann, vermutlich der Pfarrer, kamen gerade herein. Sie trugen ihre Helme in der Hand, und Gordon legte seinen Rückenprotektor gerade ab. Er wollte sich wohl doch nicht allein auf Gottes schützende Hand verlassen.

Man stellte sich vor und plauderte über die Schneequalität. Runa sah viel besser aus als vorhin. Vielleicht sollte sie es auf ihre alten Tage doch noch mit Skifahren probieren, dachte Irmi. Wenn das so eine Wirkung zeigte ... Aber Runa war ja auch blutjung und hatte noch die Regenerationsfähigkeit der Jugend. Irmi würde durchs Skifahren wohl nicht mehr faltenfrei werden.

Auch Åse hatte von der Bewegung an der frischen Luft rote Backen. Man sah ihr das Alter nicht an, auch ihre Gestik wirkte jung und dynamisch.

»Ihr seid nicht wegen unseres Berges hergekommen, oder?«, sagte sie plötzlich zu Irmi und Aksel.

Lore runzelte die Stirn.

»Na, du sagst doch immer, man soll schnell zum Punkt kommen!«, meinte Åse.

»Dann kommen wir jetzt zum Punkt«, sagte Irmi und fasste wieder mal ihre Geschichte zusammen, die Europa überspannte – von den Karpaten bis zum Nordkap. »Haben Sie gewusst, dass Sie so viel erben werden?«, fragte sie am Ende.

»Nein, und ich möchte das auch gar nicht«, sagte Åse leise.

»Das sollten Sie besser mit Ihrem Vater besprechen. Und so ungern ich in eurem Leben herumstochern will –

ich muss es tun, denn zwei junge Frauen sind tot, und ich muss wissen, warum. Sie haben auch Väter und Mütter.«

»Marit nicht«, flüsterte Runa.

»Aber sie hat euch, und sie lebt in euren Herzen weiter«, sagte Gordon und legte seine Hand auf Runas Arm.

Es würde für Runa ein langer Weg werden. Immerhin wusste Irmi jetzt, dass sie trotz ihrer harten Mutter und des immer abwesenden Vaters Freunde um sich hatte und sich im Notfall professionelle Hilfe holen konnte. Gordon nickte Irmi leicht zu und ging mit Runa hinaus.

»Wie soll sie das nur verarbeiten!«, sagte Åse verzweifelt.

»Das wird sie, weil sie keine Schuld trägt. Sie wird es begreifen. Nicht heute. Nicht morgen, aber irgendwann«, sagte Lore und winkte nach einer weiteren Runde Bier.

»Ich hätte diese verdammten Briefe wegwerfen sollen!«, rief Åse.

»Und warum haben Sie es nicht getan?«, fragte Irmi und fand sich schon wieder zu unsensibel.

»Aus Sentimentalität. Aus Feigheit, was weiß ich! Sie hätten weggehört!«

»Sie sagen etwas über deine Identität aus«, widersprach Lore und legte eine Hand auf Åses Arm. »Darüber, dass dein Vater deine Mutter sehr geliebt hat. Darüber, dass wir uns weiter bemühen müssen, toleranter zu werden.«

Irmi dachte an das Gespräch mit Kathi neulich und dass Toleranz manchmal nicht einmal zwischen zwei Dörfern möglich war.

»Und doch war diese Liebe chancenlos!«, rief Åse. »Die meisten Lieben sind doch chancenlos!«

»Das stimmt nicht«, sagte Aksel und klang dabei tapfer und entschlossen.

»Åse, Schätzchen, wir wollen jetzt nicht pauschalisieren. Wir reden von der Geschichte deiner Eltern, und die war in der Tat chancenlos!« Lore wandte sich an Irmi. »Wusstest du, dass 1940 ein SS-Arzt das Genmaterial in den ›rassemäßig zurückgefallenen süddeutschen Regionen‹ mithilfe von norwegischen Frauen aufwerten wollte?«

»Nein!« Irmi hätte einiges sagen können zum ganz besonderen Menschenschlag in Süddeutschland – verzichtete aber lieber darauf.

»Allerdings hat die Wehrmacht den deutschen Soldaten noch im selben Jahr verboten, Ehen mit ausländischen Frauen zu schließen, zumindest solange der Krieg andauerte«, fuhr Lore fort. »Nach dem Einmarsch der Deutschen in Dänemark, Norwegen, den Niederlanden und Belgien wurde das Gesetz dahin gehend abgeändert, dass deutsche Soldaten sogenannte rassemäßig verwandte Personen aus den germanischen Nachbarvölkern in den Niederlanden, Norwegen, Dänemark und Schweden ehelichen durften. Ab dem Frühjahr 1941 wurden in Norwegen insgesamt zehn Lebensborn-Heime eingerichtet. Hinter dem Ganzen stand ein knallhartes Zuchtprogramm, das natürlich nur für sogenannte rein arische Frauen galt. Magga, Åses Mutter, war eine halbe Sami. Eine Ehe zwischen deutschen Soldaten und samischen Frauen war kategorisch ausgeschlossen. Darum sind Kinder von samischen Müttern in den Lebensborn-Registern nicht zu finden.«

Lore wartete und sah Åse an, bis die rief: »Ja, ja, ich erzähle schon weiter. Ich hatte Glück, dass ich erst nach dem

Krieg auf die Welt kam. Doch das war schlimm genug. Meine Mutter galt als ›Tyskertøs‹, als Deutschenflittchen, und viele hielten sie für eine Vaterlandsverräterin. Ich kenne einen Jungen mit ähnlichem Hintergrund wie ich, der nach dem Krieg in eine Institution für geistig Zurückgebliebene gesteckt wurde. In manchen Fällen wurde den Kindern sogar die norwegische Staatsbürgerschaft entzogen.« Åse atmete schwer. »Ich bin irgendwie durchgerutscht. Aber ich bekam immer zu spüren, dass ich diese gefürchteten deutschen Gene in mir trug. Man unterstellte mir, ich müsse geistesschwach sein, denn das norwegische Sozialministerium ging davon aus, dass nur geistig zurückgebliebene Frauen sich mit deutschen Männern eingelassen hatten.«

»Dieses Kapitel der norwegischen Geschichte ist wirklich beschämend«, sagte Aksel.

»Und ich war die Inkarnation des doppelten Makels. In meinen Adern fließt eine Mischung aus Samiblut und deutschem Blut«, erklärte Åse.

»Entschuldigt, wenn ich so dumm frage, aber was ist denn so schlimm an Samiblut?«, fragte Irmi nach.

»Das ist nicht dumm, die Sami sind nur weniger spannend als die Indianer, darum kennt sie kaum jemand. Es gibt eben keine Hollywoodfilme, in denen alte Samihäuptlinge ungeheuer kluge Sätze über die Welt sprechen. Die Sami sind eine Randnotiz der Geschichte, am Rande der Welt«, sagte Lore, und es gelang ihr, dabei nicht zynisch zu klingen. »Der Zweite Weltkrieg hat die samischen Siedlungsgebiete schwer beschädigt. Die meisten wurden niedergebrannt oder bombardiert. Der Wiederaufbau verlief nach zentralistischen Vorstellungen und Idealen. Man wollte die Wirtschaft im Norden auf das gleiche Niveau bringen wie im Süden. Altes samisches Wissen wurde dadurch abgewertet, die neuen Ideale waren die der Industrie- und Wohlstandsgesellschaft. Die samische Sprache wurde zurückgedrängt, und in den Samidörfern ging man nach dem Krieg dazu über, Norwegisch zu sprechen.«

»Wenn ich nicht ganz falschliege«, sagte Irmi, »dann wurden die Sami ja schon lange vor dem Krieg diskriminiert, oder?«

Lore nickte. »Schon Ende des neunzehnten Jahrhunderts gab es eine Schulverordnung, die festlegte, dass der komplette Unterricht auf Norwegisch abzuhalten sei. Anfang des zwanzigsten Jahrhunderts wurden samische Gottesdienste verboten, und 1930 durfte man nur dann Land zum Roden erwerben, wenn man Norwegisch konnte! Damals hatte noch die Hälfte der Bevölkerung im Norden von Tromsø entweder Samisch oder Finnisch als Muttersprache. Zwanzig Jahre später waren die Sprachen fast ausradiert.«

»Vor 1945 war die Schulbildung für Samikinder traumatisch, insofern hatte ich auch hier Glück«, erzählte Åse. »Aufgrund der großen Distanzen mussten die Kinder im Winter in Internate, wo es ihnen verboten war, Samisch zu sprechen. Das Personal verstand nur Norwegisch. Das samische Elternhaus wurde abgewertet, die Kinder hatten oft Todesangst, dazu kam physische Gewalt. Das waren richtige Internierungslager. Kein Wunder, dass die Kinder Lese- und Schreibstörungen hatten und auch als Erwachsene kaum Formulare ausfüllen oder mit Ämtern kommunizieren konnten. Man wollte sie vom öffentlichen Leben weitgehend ausschließen. Das moderne Norwegen täte gut daran, diesen Teil seiner Geschichte nicht zu vergessen. Bis heute gibt es unter den Sami einen höheren Anteil von Menschen mit sehr schlechter Schulbildung und mit Alkoholproblemen.«

»Aber durften Sie denn Samisch sprechen?«, wollte Irmi wissen.

»Erst ab dem Ende der Sechzigerjahre gab es wieder Erstklässlerunterricht mit der Hauptsprache Samisch, aber da war ich längst raus aus der Schule. Später erschienen zweisprachige ABC-Bücher, im Radio wurden Nachrichten auf Samisch gesendet, und Filmemacher und Schriftsteller zeigten Interesse für dieses Volk. In den Siebzigern waren es eher linksradikale Kräfte, die sich für unterdrückte Minderheiten einsetzten. So gerieten auch die Sami wieder ins Blickfeld.«

»Da war ein großer Teil ihrer Identität und Kultur bereits verloren gegangen«, sagte Aksel. Er sah aus wie ein großer trauriger Wikinger, der gerne alles richtig machen würde und doch wusste, wie unmöglich das war, solange die Menschen so waren, wie sie eben waren.

»Ihre Mutter Magga war aber nur eine halbe Sami, oder?«, warf Irmi ein.

»Ja, die Geschichte wiederholt sich. Norweger schwängert Samifrau, und eine Generation später: Deutscher schwängert Halbsami. Vielleicht hat meine Mutter sich gerade deshalb Xaver zugewandt, weil sie ein Mischling war und sich in dieser Zeit als Aussätzige fühlte. Ich denke mir, dass sie seine Briefe nicht beantwortet hat, weil sie nicht gut lesen und schreiben konnte. Aber ehrlich gesagt, weiß ich das gar nicht so genau.« In Åses Augen standen Tränen.

War es wirklich ein unumstößliches Naturgesetz, dass sich die Geschichte wiederholte? Dann blieb es die wichtigste, aber auch schwerste Aufgabe von allen, aus den Todesspiralen und Teufelskreisen der Vergangenheit auszubrechen.

Sie tranken Bier und redeten über Zeiten, die sie alle nur aus Büchern und Erzählungen kannten. Wenn der letzte Zeitzeuge stirbt, dann ist es Geschichte – das hatte sich in Irmis Herz eingegraben. Einer dieser Zeitzeugen lebte noch und hatte eine Tochter …

Es war spätabends, als Irmi Åse die Frage aller Fragen stellte: »Kommst du morgen mit nach Bayern?«

»Das wird sie«, sagte Runa, die inzwischen mit Gordon wiedergekommen war. »Lore hat uns schon die Flüge gebucht.«

Irmi schlief gut in dem schönen Hotel am Berg. Sie wachte kurz nach sechs auf, weil eine Pistenraupe piepsend unter ihrem Balkon kreiste. Sie warf ein Blick aus dem Fenster. Erste Skifahrer zogen bereits los und schoben sich im Schlittschuhschritt voran. Wer brach denn so früh im Dämmerlicht auf? Ach ja, Irmi erinnerte sich, dass Åse gestern noch vom Early Morning Skiing erzählt hatte. In einem abgesperrten Teil des Gebietes durfte sich eine Gruppe von fünfzig Verrückten auf frischen Pisten austoben, bevor ab neun die regulären Gäste kamen.

Diese Skiwelt war wirklich nichts für Irmi. Auch beim

Frühstück wunderte sie sich über die Menschen, deren dicke Hosen bei jedem Gang zum Büfett geräuschvoll raschelten. Andere kamen einfach in der Skiunterwäsche, was vor allem ästhetisch wenig befriedigend war.

Aksel vernichtete wie immer Kaffee, als gäbe es kein Morgen, bevor ein Taxi kam und sie zum Expressbus nach Gardermoen brachte. Runa und Åse saßen bereits im Bus, als Irmi und Aksel eintrafen. Ihnen war anzusehen, dass sich die Situation geändert hatte. Gestern hatten sie in der Geschichte ihrer Familie und ihres Landes gerührt, hatten spekuliert und theoretisiert, doch heute stand die unverrückbare Realität vor ihnen.

Lore drückten ihnen Kekse und kleine Wasserflaschen in die Hand und winkte, bis der Bus um die Ecke bog. »Pass bitte auf sie auf«, hatte sie noch zu Irmi gesagt, bevor diese in den Bus gestiegen war.

Am Flughafen verabschiedete sie sich von Aksel, der zurück nach Alta fliegen würde. Irmi hasste diese Abschiede am Flughafen. Plötzlich fiel einem so vieles ein, was man noch hätte sagen wollen, doch blecherne Stimmen riefen drängend zu den Gates. Sie versprach, sich bei ihm zu melden und ihn auf dem Laufenden zu halten.

Im Flugzeug hörte Runa Musik über Kopfhörer, während Irmi und Åse ein wenig plauderten. Åse erzählte von ihrer Mutter, die so viel über Kräuter und Naturheilkunde gewusst hatte. Denn weit oben, fernab von allem, war solches Wissen lebensnotwendig gewesen. Die Geschlechter waren bei den Sami in Nordnorwegen traditionell gleichgestellt. Das zeigte sich zum Beispiel an der Namensgebung. Die Nachnamen kamen häufig von der väterlichen

Seite, konnten aber auch der mütterlichen Seite entstammen, insbesondere dann, wenn diese Seite der Familie wohlhabender oder bekannter war.

»Meine Mutter war eigentlich stolz auf ihr samisches Erbe«, erzählte Åse, »doch die Außenwelt vermittelte ihr, dass sie minderwertig sei. Und plötzlich wurde sie aufrichtig geliebt. Von einem Deutschen, der selbst innerhalb der militärischen Hierarchie nicht viel zu sagen hatte. Seit Runas Anruf neulich, in dem sie erzählt hat, was passiert ist, und euren Besuch angekündigt hat, habe ich unendlich viel nachgedacht. Vielleicht musste ich so alt werden, um meine Eltern zu verstehen. Dabei ist es gar nicht so schwierig. Die erste junge Liebe ist immer unschuldig und richtig. Die Zweifel kommen von außen. Die Außenwelt schießt diese Giftpfeile ab.«

»Also bist du nun doch froh, Xaver zu treffen?«, fragte Irmi.

»Ja, und beschämt. Ich hätte viel früher etwas unternehmen müssen. Auch und vor allem für meine Tochter. Vielleicht wäre sie dann weniger hart geworden. Sie will das Leben mit der Brechstange zwingen und sich die Menschen in ihrer Umgebung zurechtbiegen.«

Wieder war es Kathi, die Irmi am Münchner Flughafen abholte. Und wieder kam Irmi aus Norwegen, doch diesmal hatte sie Åse dabei und Runa, von der sie alle so lange gedacht hatten, sie läge in der Gerichtsmedizin … Die beiden Frauen saßen auf der Rückbank, während Irmi Kathi leise von ihrer Reise erzählte. Von den Sami, von Alta, von der Norwegisierungspolitik der Nachkriegszeit und davon, dass das Leben nur selten fair war und Gott einen schrägen Humor haben musste.

Gegen fünf kamen sie im Hotel Böld in Oberammergau an. Åse wollte sofort ins Altersheim weiterfahren, bevor der Mut sie womöglich verließ. Sie hatte mit Runa vereinbart, dass sie zunächst allein hingehen wolle, um mit ihrem Vater zu sprechen. Runa war blass, und man sah ihr an, dass sie von der Situation überfordert war. Sie versprach, sich etwas hinzulegen.

Irmi und Kathi brachten Åse zum Altersheim. Sie setzten sich in den leeren Speiseraum, um zu warten. Kathi war gerade nach draußen gegangen, weil das Soferl angerufen hatte, als eine Invasion einsetzte. Eine Schmid-Invasion. Innerhalb von zehn Minuten hatten sie das Gebäude gestürmt: Rita und Franz, Vroni, Anna Maria und am Ende Renate. Das Heim musste eine gute Informationspolitik haben. Wie ein Feuer hatte sich die Neuigkeit unter den Familienmitgliedern ausgebreitet. Wie ein Feuer? Ja, wie der Scheunenbrand, mit dem alles begonnen hatte.

Irmi beschloss, ihren Posten momentan nicht aufzugeben. Nach weiteren zehn Minuten stürmte Franz an ihr vorbei nach draußen, wenige Minuten später folgte die restliche Familie. Stimmengewirr war zu hören, mal schrill, mal weinerlich. Anna Maria warf Irmi im Vorbeigehen einen fast flehentlichen Blick zu. Aber was hätte sie tun sollen?

»Hatte ich eine Erscheinung?«, fragte Kathi, als sie zurückkam. »Da waren jede Menge Schmids unterwegs, oder?«

»Ja, sie haben die Bastion regelrecht gestürmt. Warten wir auf Åse.«

Eine Viertelstunde später tauchte sie auf. Sie sah erschöpft aus.

»Wie ist es gelaufen? Du musst uns nichts erzählen, wenn du nicht magst. Wenn das alles zu frisch ist«, betonte Irmi.

»Nein, ich möchte gerne. Ich habe schon kurz mit Lore telefoniert. Und mit Gordon. Ich bin euch allen so dankbar, dass ich diese Chance noch bekommen habe. Es gibt meinem Dasein eine Klammer, einen Beginn. So wird auch das Ende leichter sein. Ich bin jemand. Ich habe nun Eltern.« Sie lächelte.

»Aber du warst doch auch vorher jemand!«

»Natürlich, aber als kleines Mädchen wollte ich ja immer nur norwegisch sein. Eine gute, ganz normale Norwegerin. Das ist schwer zu erklären. Wer immer eine unverrückbare Identität gehabt hat, versteht das nur unzureichend.« Åse lächelte.

»Findest du dich denn in ihm wieder? Hast du Züge an ihm erkannt, die du auch trägst?«, fragte Kathi ganz sanft, was mehr als ungewöhnlich war für die stürmische junge Frau.

»Ja, es gibt tatsächlich Sekundenbruchteile, da spüre ich: So erzähle auch ich. Ich kann das schwer in Worte fassen …«

»Habt ihr über deine Mutter gesprochen?«, fragte Irmi.

»Ja, er ist beeindruckend. Er hat so viel Würde. Er sagt, dass sie in einem Strudel waren, der immer schneller wurde. Dass sie sich an den Händen gehalten haben und er es sich bis heute nicht verzeiht, losgelassen zu haben …«

»Aber er musste loslassen«, unterbrach Irmi.

»Ja, das weiß er auch. Aber er sagt, dass sie wie zwei Schiffbrüchige waren. Sie das Mädchen, das keine Norwegerin war. Er, der arme Bub, der immer Minderwertigkeitskomplexe gehabt hat. Er sagt, dass ihre Liebe ihn selbstbewusst gemacht hat und größer.«

Irmi schluckte.

»Und weißt du was? Sie hat seine Briefe eben doch beantwortet. Sie konnte viel besser Deutsch, als ich vermutet hätte. Ich habe ja sogar gedacht, sie könne nicht mal richtig schreiben. Aber Xaver hatte ihr Deutsch beigebracht. Ich habe nie darüber nachgedacht, woher meine Mutter das Geld für meine Kleidung hatte und für vieles andere. Einiges davon kam von Xaver. Doch irgendwann war sein Leben voll, er hatte neue Kinder, alles war fortgeschritten … Meine Mutter hat nicht mehr alle Briefe beantwortet, und irgendwann ist der Kontakt dann abgerissen. Sieh mal, er hat mir ein Foto gegeben.«

Es zeigte ein Mädchen mit einem rundlichen Gesicht, einer Stupsnase und langen Zöpfen. Sie trug einen langen Rock und einen bestickten Poncho. Runa sah ihr ähnlich, auch sie hatte diese Nase und die ganz leicht mandelförmigen Augen.

»Deine Mutter?«, fragte Irmi fast ehrfürchtig.

»Ja, er hat das Foto all die Jahre aufbewahrt und immer bei sich getragen.«

Irmi schniefte leicht, und Kathi nestelte unauffällig nach einem Papiertaschentuch.

»Entschuldige, Åse, wir sind zwei sentimentale Weiber, wir …«

Åse drückte Irmis Hand. »Ich danke euch!«

»Wie geht es jetzt weiter?«, fragte Kathi wieder im alten Tonfall.

»Na ja, ich hatte ja nun schon eine Art ungewolltes Treffen mit der Familie«, meinte Åse. »Die standen plötzlich alle da. Was soll ich sagen? Diese Rita hätte mich wohl am liebsten mit Blicken getötet, und ihr Mann hat gebrüllt: ›Das Testament fecht ich an!‹, und weg war er. Renate war kühl, aber immerhin nicht unfreundlich. Ich glaube, nur Vroni und Anna Maria konnten der Sache etwas abgewinnen. Anna Maria scheint mir die Souveränste von allen zu sein, auch die Cleverste. Thomas und Markus habe ich ja noch nicht kennengelernt …«

Nun, die saßen ja auch noch in U-Haft. Irmi musste dringend ein Gespräch mit der Staatsanwaltschaft führen, wie man weiter verfahren sollte. Denn wenn die Baumaschinen nun nicht mehr das Mordmotiv waren, dann würden sie die gesamte Familie erneut durchleuchten müssen. Und Kathi war nach wie vor der Meinung, sie hätten die Richtigen, nur aus dem falschen Grund …

»Nach einer gewissen Zeit hat Xaver dann alle rausgeworfen«, fuhr Åse fort. »Er hat plötzlich einen Joik ausgestoßen. Die waren alle wie vom Donner gerührt. Die Gesichter hättet ihr sehen sollen!«

»Er hat was?«, fragte Kathi nach.

»Ein Joik ist der traditionelle Gesang der Samen«, erklärte Åse. »Man kann ihn am ehesten mit einem Jodler vergleichen.«

Kathi sah von der einen zur anderen. »Der Ammertaler Xaver jodelt samisch? Na, merci! Kein Wunder, dass die Familie geflüchtet ist.«

»Ja, dann kam eine Pflegerin, die hat dann mich rausgeworfen, weil Xaver so husten musste. Aber ich werde morgen wiederkommen!«

So schloss sich der Kreis zwischen Jodeln und Joiken, dachte Irmi und lächelte Åse zu.

»Ich bring dich jetzt ins Hotel, Åse. Morgen früh rufe ich dich an. Ich möchte euch bitten, nichts ohne Absprache mit mir zu unternehmen«, sagte Irmi zögerlich.

»Warum?«

»Weil wir euch nicht in Gefahr bringen wollen. Die Situation ist für alle Beteiligten schwierig, und wir wollen niemanden dazu verleiten, etwas Unüberlegtes zu tun.« War das neutral genug formuliert? Kathi und Åse waren klug genug, ihre Gedanken zu erahnen. Aber niemand sprach sie aus.

Åse versprach, im Hotel zu bleiben, mit Runa etwas typisch Bayerisches zu essen und früh ins Bett zu gehen.

Als die beiden Kommissarinnen allein waren, brach es aus Kathi heraus: »Du glaubst also, einer aus der Familie Schmid will beenden, was er angefangen und beim ersten Mal versemmelt hat?«

»Zumindest sollten wir diese Möglichkeit nicht außer Acht lassen. Wie ist denn die aktuelle Lage bei den Schmid-Burschen?«

»Unverändert. Baumaschinen ja. Schmiergeld ja. Mord nein. Katzenmeuchelei nein. Ich habe dann doch noch wegen des Testaments nachgefragt. Davon wissen beide angeblich gar nichts. Markus gibt an, dass es ja schließlich eine gesetzliche Erbfolge gebe, er argumentiert also wie seine Frau. Und Thomas weiß angeblich nicht mal, dass der Opa Testamente schreibt.«

»Und wie ich dich kenne, hast du höchst diplomatisch auch mal nachgefragt, wer denn alles in der Milchkammer des Seniors zugange war?«

»Jawohl, das waren vor allem Renate und Anna Maria! Rita hasst Kühe, sie melkt nicht, und die Männer haben auch Besseres zu tun, behauptet Tommilein.«

»Wenn das stimmt, wüssten also am ehesten Markus' Damen von dem Safe?«

»So sieht es aus«, meinte Kathi.

13

Auf Irmis Hof bot sich das gewohnte Bild: Der kleine Kater freute sich wie ein Schnitzel, als sie kam, und der große markierte sein Revier – diesmal auf Irmis Jacke, die von der Stuhllehne gerutscht war.

»Du Unglücksvieh!«, schrie Irmi und ließ die Jacke sofort in die Waschmaschine wandern.

In dieser Nacht schlief sie tief und traumlos und wachte erst um acht Uhr morgens auf. Kein Wunder, hier kamen frühmorgens ja auch keine piepsenden Pistenraupen vorbei. Am Fußende ihres Betts lagen die beiden Kater und schliefen. Bernhard hatte Kaffee gekocht und sich schon mit dem Auto auf den Weg gemacht. Diesmal gab es keinen »Wellcom«-Zettel.

Irmi rief im Hotel an, doch die beiden Norwegerinnen waren nicht in ihrem Zimmer. Vielleicht beim Frühstück? Als Irmi es eine halbe Stunde später probierte, waren die beiden noch immer nicht in ihr Zimmer zurückgekehrt, aber die Dame in der Rezeption konnte sie auch im Frühstücksraum nicht entdecken. Unter Runas Mobilnummer meldete sich nicht mal die Mailbox. Auf dem Weg ins Büro probierte Irmi es mehrfach – vergeblich.

»Runa und ihre Oma sind verschwunden!«, verkündete Irmi, als sie die Polizeiinspektion betrat.

»Wie verschwunden?«, fragte Kathi.

»Sie sind nicht im Hotel, und ich erreiche sie auch nicht auf dem Handy. Runas Gerät ist ausgeschaltet.«

»Das muss gar nichts heißen. Vielleicht sind sie früh ins Altersheim. Sie haben mit Xaver sicher viel zu bereden.«

»Ja, aber ich bin beunruhigt.«

»Glaubst du wirklich, der Mörder probiert es noch mal?«

»Das fragst gerade du? Du hast die Schmids doch immer verdächtigt. Und wenn du von einem ›Mörder‹ sprichst, bliebe eigentlich nur noch Franz. Markus und Thomas sitzen ja in U-Haft. Aber was ist mit den Frauen der Familie Schmid? Die haben wir nie in Betracht gezogen«, sagte Irmi leise. »Eine Frau kann leicht jemanden in ein Silo schubsen.«

»Traust du denen zu, dass sie eine Katze erschlagen? Vroni war doch ganz narrisch wegen dem Viech. Die würde niemals eine Katze töten«, meinte Kathi.

»Was macht dich so sicher? Könnte eine Frau, die in der Lage wäre, einen Menschen zu ermorden, nicht auch eine Katze töten?«

»Ich weiß nicht. Jemanden ins Silo zu schubsen ist weniger hautnah, anonymer irgendwie. Einer Katze den Schädel einzuschlagen ist doch viel schwerer.«

Kathi hatte recht. Einen Menschen zu schubsen war weniger aggressiv, als ein Tier zu töten, das einen mit vertrauensvollen Augen ansah. »Dann fällt Vroni aus«, sagte Irmi.

»Der bösen Rita traue ich alles zu. Und was ist mit Anna Maria? Sie hat sogar erzählt, dass sie das Testament gesehen hat. Ist man automatisch unschuldig, bloß weil man schön ist und klug reden kann?« Kathi schnaubte. »Und dann wäre da noch Renate. Was ist mit ihr? Ich finde sie auch sehr merkwürdig.«

»Alles schön und gut, aber wir haben keinerlei Beweise. Wie willst du eine der Damen festnageln?«

Es klopfte an der Tür, und Irmis Nachbarin Lissi streckte den Kopf herein. »Hallo! Oh, störe ich? Arbeitet ihr gerade?«, fragte Lissi, die zwar im versprengten Schwaigen ein Stück von Irmi entfernt wohnte, aber doch die nächste Nachbarin war. »Ich war grad beim Arzt. Da dacht ich, ich schau mal rein.«

»Lissi, wir arbeiten eigentlich immer. Wobei wir im Moment ziemlich ratlos sind.«

»Ihr weiß schon, ihr dürft mir nix sagen. Krieg ich trotzdem einen Kaffee?«

»Klar. Ich hol dir einen.«

Als Irmi mit einer Tasse Kaffee zurückkam, sank Lissi stöhnend auf einen Stuhl. »Ich hab den ganzen Morgen Schnee geschaufelt. Mir reicht's mit Winter. Wie gut, dass der Brand bei den Schmids im Winter war. Im Sommer wäre das sicher schlimmer ausgegangen. Mitten im Dorf! Stell dir das mal vor!«

Und wiewohl Lissi ja gerade noch ihr Verständnis für Irmis und Kathis Arbeit und für die Schweigepflicht formuliert hatte, war Lissi eben Lissi. Klein, rund, gewitzt und überströmend vor Energie – und mit einer gewissen Geschwätzigkeit. »Zwei Tote! Wahnsinn. Man kann ja nur froh sein, dass die Tiere nicht auch verbrannt sind.«

»Na ja, der Stall war eigentlich nie gefährdet, das hatte die Feuerwehr gut im Griff«, sagte Kathi ziemlich scharf, die Lissi immer schon für eine Nervensäge und eine Ratschkathl gehalten hatte.

»Aber ich rede doch gar nicht von den Kühen im Stall! Ich meine die Schafe und die Goaß in der Tenne!«

Irmi horchte auf. »In der Tenne? Die Schafe und die Ziege waren doch auch im Stall.«

»Blödsinn! Bei den Schmids haben die Schafe und die Goaß im Winter einen Laufstall, der in der Tenne untergebracht ist. Nur die paar Kühe und Hühner stehen im Kuhstall.«

»Lissi, woher willst du das wissen?«

»Na, von den Schmids. Ich hab im letzten Winter mal einen Bock von denen gekauft. Im Stall ist doch gar kein Platz für die Schafe. Die müssten sich ja in eine winzige Box quetschen.«

»Aber in der Brandnacht waren sie definitiv da drin!« Kathi erinnerte sich an das Licht, den beißenden Geruch, die Menschen, die durch die Nacht geeilt waren, und vergaß völlig ihre Antipathie Lissi gegenüber. »Die Schafe wurden von einem Nachbarn aus dem Kuhstall geholt, und du hast recht: Die müssen in einer sehr kleinen Kälberbox gestanden haben. Sonst war ja kein Platz.«

»Sag ich doch!«, meinte Lissi.

Über Irmis Nacken krochen Ameisen. Sie fror. »Das heißt, jemand hat die Tiere in den Stall gebracht, weil dieser jemand wusste, dass die Tenne abbrennen würde?«

»Wow!« Kathi sprang auf. »Wer kümmert sich bei den Schmids um die Schafe?«

Lissi sah sie verwundert an. »Die Anna Maria. Alpine Steinschafe sind das. Obwohl sie im Hotel arbeitet, ist sie im Herzen ein Bauernmadel geblieben. Sie hatte es immer schon mit Schafen. Als kleines Madel hat sie jeden Jungzüchterwettbewerb gewonnen. Sogar auf dem Zentralen Landwirtschaftsfest in München. Ich müsste mal die alten Bilder raussuchen. Wir haben ja auch alpine Steinschafe, wie du weißt, Irmi«, sagte Lissi in einem tadelnden Tonfall, der andeutete, dass man sie ja mal früher dazu hätte befragen können.

»Lissi, ich glaube, wir müssen los. Und du hältst dein Zuckerschnäuzchen. Keine Anrufe bei auch nur einer einzigen deiner Landfrauen!«, rief Irmi.

»Was du wieder von mir denkst!« Lissi zog eine Schnute, aber Irmi und Kathi waren schon nach draußen gestürmt.

Das Auto schlingerte vom Hof. Kaum waren sie in Oberau, wurde eine Totalsperrung des Ettaler Berges angezeigt.

»Scheiße!«, rief Kathi und schoss nach Eschenlohe. Sie kam auf der eisglatten Strecke nach Grafenaschau mehrfach ins Schlingern.

»Kathi, bitte! Wenn wir im Graben landen, ist keinem geholfen!«

»Anna Maria hat die Mädchen getötet. Da hast du es: Schönheit schützt vor Morden nicht. Sie kannte das Testament. Sie wollte nicht teilen. Aber vorher hat sie ihre geliebten Schafe in Sicherheit gebracht. Das war ihr Fehler!«

»Sieht fast so aus«, sagte Irmi, der es immer noch nicht eingehen wollte, dass ein Mädchen wie Anna Maria einer Katze den Schädel einschlug.

Als sie im Hotel in Kohlgrub eintrafen, wo Anna Maria arbeitete, stand sie hinter der Rezeption. Irmi hätte gerne weniger Wallung gemacht, aber Kathi wollte sich eine fernsehreife Verhaftung nicht nehmen lassen. Das Wort »Mord« klang durch die Lobby, hinüber in die Lounge und an die Bar. Köpfe ruckten, Gäste tuschelten, und von irgendwoher kam der Direktor. Als der Streifenwagen vorfuhr, war Anna Maria noch immer völlig konsterniert und ließ alles mit sich geschehen.

Irmi war in äußerster Anspannung, bis sie schließlich wieder die Polizeiinspektion in Garmisch erreicht hatten. In ihrem Kopf spielten die Wörter Domino und kippten immer wieder um. Es fehlten die Satzzeichen …

Anna Maria trug ein Dirndl. Sie war so schön, dass es fast wehtat. Kaffee und Wasser lehnte sie ab und wollte zunächst auf ihren Anwalt warten. Nachdem sie sich mit ihm beraten hatte, wollte Anna Maria schließlich aussagen.

Sie sei am Abend vor der Brandnacht in der Dunkelheit von der Arbeit gekommen und habe ihre Schafe versorgt, die, wie immer im Winter, in einem großen Laufstall in der Tenne untergebracht waren. Anna Maria erzählte, dass sie ausgemistet und den Tieren Heu gegeben habe. Weil das recht knapp gewesen sei, habe sie etwas Silage zugefüttert. Die gab es nebenan in Opas altem Hochsilo. Es hatte zwei Einstiegsluken, eine in etwa anderthalb Metern Höhe, eine zweite weiter oben. Da der Inhalt über den Winter schon stark geschrumpft sei, habe Anna Maria die untere Luke geöffnet und dabei die beiden toten Mädchen sowie die tote Katze entdeckt. Sie habe geschrien und beinahe Alarm geschlagen, bis sie geahnt habe, was geschehen war, und einen Plan gefasst habe. Sie habe ihre Schafe hinüber in den Kuhstall getrieben und Feuer gelegt. Da sie viel Zeit in der Tenne verbracht hatte, habe sie auch von Opas Bombe gewusst. Sie stellte sich vor, dass sie gut als Brandbeschleuniger geeignet wäre. Was ja auch stimmte. Mit unterdrückter Nummer habe sie die 110 angerufen. Dann habe alles seinen Lauf genommen.

»Sie behaupten also, Sie hätten den Brand gelegt, die beiden Frauen seien aber schon tot gewesen?« Diese renitenten Wörter ohne Satzzeichen tanzten noch immer Rock 'n' Roll in Irmis Kopf.

»Ja.«

»Aber warum?«

»Ich wollte Aufmerksamkeit erregen. Wer weiß, wann die beiden sonst gefunden worden wären.«

»Bitte? Ich kann Ihrem Gedankengang leider nicht folgen!«

»Ich habe die Katze mit dem kaputten Köpfchen gesehen, und mir wurde sofort klar, dass man sie später hineingeworfen hatte.«

»Und da wollen Sie gefolgert haben, die Frauen seien ermordet und die Katze zur Tarnung hinterhergeschleudert worden? Respekt! Und das kapieren Sie alles innerhalb von Minuten? Wollen Sie meinen Job, Sie sind ja eine geniale Kriminalistin«, rief Kathi wütend.

Diese Geschichte war tatsächlich wenig überzeugend, dachte Irmi. Kein Mensch hätte sofort die Zusammenhänge erkannt. Es sei denn, er verschwieg eine Vorgeschichte.

Irmi nahm innerlich Habachtstellung an, sagte aber ganz beiläufig: »Warum hätten Sie die Toten nicht einfach finden können und dann Alarm schlagen? Das wäre doch normal gewesen?«

»Dann wäre der Plan doch bestimmt aufgegangen. Die Legende vom Silounfall hätte gegriffen. So aber kamen die Feuerwehr und die Polizei, und es gab Öffentlichkeit.«

»Und Sie wollen tatsächlich von Anfang an gewusst haben, dass ein so perfider Plan dahintersteckte? Anna Maria, Sie lügen!«, rief Irmi.

»Nein!«

»Doch! Sie waren es!«, mischte sich Kathi ein. »Und weil Sie dann doch Bedenken bekamen, haben Sie zusätzlich die Tenne abgefackelt. Sie hatten Ihr ganz persönliches Scheunenfest, um die Spuren zu verwischen. So war das!«

»Nein.«

»Sie bleiben also dabei, dass Sie die Mädchen nicht ermordet, sondern nur gefunden haben?«, fragte Irmi und suchte Anna Marias Blick.

»Ja, es war, wie ich sage.«

»Anna Maria, Sie stehen unter Mordanklage. Doppelmord. Wenn Ihnen noch etwas einfällt, reden Sie bitte!«

Selbst der Anwalt sah ganz verzweifelt aus. Er wirkte wie ein Musketier, der miterleben musste, dass die schöne Prinzessin aufs Schafott wanderte. Falls kein Wunder geschah. Wobei Wunder leider sehr unzuverlässig waren.

Anna Maria wurde abgeführt. Der Anwalt schüttelte nur noch den Kopf.

»Bitte reden Sie Ihrer Mandantin noch einmal gut zu,

Herr Anwalt. Sie weiß mehr. Entweder sie war es selber, oder aber sie deckt jemanden«, sagte Irmi eindringlich.

Er nickte und eilte davon. An der Stelle, wo der Musketier sein Schwert gehabt hatte, klatschte die Aktentasche an seinen Oberschenkel.

»Na, da kommt ja Bewegung in die Sache!«, triumphierte Kathi. »Den Brand hat sie schon zugegeben, das Mordgeständnis wird nicht lange auf sich warten lassen. Diese Schmids geben sich in der U-Haft ja die Klinke in die Hand. Dann werden wir die beiden Herren wohl gehen lassen müssen. Schade, dass sie nun nur wegen Diebstahl und Hehlerei dran sind. Aber da kann es ja auch ordentlich was auf die Mütze geben, oder!« Kathi war richtig aufgeräumt.

»Ingen doktor kunne hjelpe, for tippehøne var død«, sagte Irmi leise.

»Häh?«

»Kein Arzt konnt helfen in der Not, denn Hühnchen war schon tot.«

»Was erzählst du da eigentlich für einen Quatsch?«

»Mir ist nur gerade ein alberner Kinderreim eingefallen. Irgendwas stimmt da doch nicht! Anna Maria verschweigt uns wesentliche Infos. Ich glaube ihr, dass sie die beiden nur noch tot vorgefunden hat, aber ich glaube, sie hat gesehen, wer der Mörder war. Und sie hat auch beobachtet, wie die Katze erschlagen wurde. Nur so konnte sie schlussfolgern, was für ein Plan dahintersteckte. Und weil das mit Sicherheit jemand aus der Familie war, hat sie mit sich gerungen. Armes Ding. Sie wollte, dass etwas in Bewegung gerät. Aber sie wollte kein Familienmitglied verpfeifen. Eine fatale Zwickmühle.«

»Hast du heute ein Gutmensch-Sandwich gefrühstückt? Dieses ›arme Ding‹ hat fast halb Ugau abgefackelt, du bist ja lustig!«

Lustig war Irmi nicht zumute, ganz und gar nicht. Da waren's nur noch vier? Franz, Rita, Renate oder Vroni. Oder waren Thomas und Markus nun doch wieder im Spiel?

»Wir geben ihr etwas Zeit zum Nachdenken, damit sie sich darüber klar werden kann, dass das hier kein Spiel mehr ist. Sie wird reden. Anna Maria hat jemanden aus der Familie bei der Tat beobachtet, da bin ich mir sicher.«

»Ich tippe auf Rita«, meinte Kathi. »Die haben Geldprobleme, und sie ist eine böse Hexe. Die würde auch Katzen meucheln. Erinnerst du dich, wie sie die Katzen bei unserem Besuch rausgeworfen hat? Voller Hass.«

»Ja, aber bevor Anna Maria nicht redet, hat das Spekulieren eh keinen Sinn. Ich werde noch mal probieren, Runa zu erreichen.«

Doch deren Handy war immer noch aus. Irmi wählte die Nummer des Altenheims und erfuhr, dass die beiden am Vormittag bei Xaver Schmid gewesen waren, dass er dann aber einen Arzt benötigt hatte und die beiden gegangen waren. Wohin, wusste keiner.

»Xaver Schmid ist zusammengeklappt«, erzählte Irmi, als sie aufgelegt hatte. »Eine Tochter und eine Urenkelin auf einmal waren wohl zu viel für den Mann. Wo stecken die beiden wohl jetzt? Ich habe Runa gesagt, dass sie in jedem Fall Kontakt zu mir halten muss.« Irmis Stimme bebte.

»Kein Netz? Wir leben bekanntlich in einer Region, in der der Empfang so löchrig ist wie ein Emmentaler, oder! Jetzt entspann dich mal, Irmi. Die werden ja nicht entführt worden sein, und meiner Meinung nach sitzt die Mörderin sowieso schon hinter Gittern!«

»Genau das glaube ich nicht! Ich sprech jetzt mit der Staatsanwaltschaft das Vorgehen ab, und dann reden wir noch mal mit Anna Maria. Viele Menschen wachen bei der erkennungsdienstlichen Behandlung auf. Sie merken plötzlich, dass sie wie ein Verbrecher behandelt werden.«

»Ist sie ja auch, diese Schnecke!«, maulte Kathi.

Nachdem Irmi einige Telefonate geführt hatte, rief sie wieder im Hotel an. Doch da gab es nichts Neues. Dann wählte sie die Nummer des Heims, die sie mittlerweile auswendig kannte. Diesmal war eine andere Mitarbeiterin dran. Runa und Åse seien noch nicht wieder im Heim aufgetaucht, sagte sie, aber Herrn Schmid gehe es schon wieder besser, und die beiden Damen aus Norwegen seien bei Vroni ja in besten Händen.

»Bei Vroni?«, fragte Irmi.

»Na, Vroni Schmid hat die Damen doch abgeholt.«

»Wo sind sie hin?« Irmis Stimme überschlug sich.

»Das weiß ich doch nicht«, sagte die Dame am anderen Ende pampig.

Irmi versuchte sich zu beruhigen. »Bitte denken Sie genau nach. Haben Sie irgendwas mitbekommen?«

»Ich lausche doch nicht!«

»Meine Liebe, Sie telefonieren mit der Polizei, genauer gesagt mit der Mordkommission!«, rief Irmi. »Ich will das nicht aus Jux und Tollerei wissen, und ob Sie lauschen oder nicht, ist mir völlig egal. Verstanden?«

»Ja«, sagte die Frau am anderen Ende eingeschüchtert.

»Was ja?«, donnerte Irmi.

»Ich hab das verstanden. Von dem Gespräch hab ich nur mitbekommen, dass sie sich irgendeinen Wald ansehen wollten. Wieso schaut man sich im Winter einen Wald an? Haben die in Norwegen keinen Wald?«

»Doch, jede Menge«, sagte Irmi und legte auf.

Runa und Åse sahen sich einen Wald an? Wollte Vroni ihnen das Erbe zeigen? Den gewaltigen Forst, den Åse geerbt hatte? Auf den ersten Blick klang das nach Schulterschluss, als hätten die Schmids sich mit der Idee angefreundet, nun eben Verwandtschaft in Norwegen zu haben. Das war ja eigentlich eine charmante Wendung. Aber Irmi glaubte nicht, dass die Schmids diese Art von Charme liebten. Sie glaubte nur selten ans Gute im Menschen. Und sie wusste, dass die Zeit lief.

Über den Gang rief sie nach Kathi und ließ Anna Maria bringen. Die beharrte sofort darauf, ohne den Anwalt gar nichts zu sagen.

»Åse und Runa sind von Vroni abgeholt worden. Sie wollen angeblich einen Wald besichtigen! Was heißt das? Geht es um die Erbschaft? Wo liegt der Wald? Was ist wirklich passiert?«

Anna Maria schwieg. Sie war blass mit einem Stich ins Grünliche.

»Wo ist dieser verdammte Wald?«, schrie Irmi schließlich.

Jetzt bekamen sie endlich eine Wegbeschreibung. Dann übergab sich Anna Maria. Einfach so auf den Tisch.

»Sailer, unternimm mal was!«, rief Kathi. »Wir müssen los.«

»Was sollte Vroni denn tun? Die beiden erschießen? Von einer Klippe stoßen?«, fragte Kathi, als sie hinter dem Steuer Platz genommen hatte.

»Wenn sie schon mal zwei Frauen ins Silo befördert hat, dann ist sie zu allem fähig!«

»Aber das mit der Katze glaub ich nicht! Ich kann mir nicht vorstellen, dass sie das Viech erschlagen hat. Ihre Katzenliebe war doch nicht gespielt. Niemals!«

»Kathi, wenn das alles falscher Alarm ist – auch gut. Aber ich will jetzt Runa und Åse finden.« Und zwar lebend, dachte Irmi.

Sie stellten den Wagen an der Naturrodelbahn ab. Dort hatte jemand ein Auto mit dem Kennzeichen GAP VS 114 geparkt. Sie hasteten bergwärts Richtung Köpfel. Irmi keuchte, Kathi auch. Auf dem eisigen Boden zog es Kathi zweimal fast die Füße weg. Wie immer trug sie Turnschuhe, deren Bodenhaftung eher mäßig war.

Es war eine leise Ahnung. Es war Irmis Gespür für Wald. Die Liebe zu Bäumen. Schon immer hatte Irmi an ihre Macht geglaubt. Im Altertum kannten fast alle Kulturen geweihte Bäume oder Haine. Die Weltesche Yggdrasil verband bei den Germanen die Oberwelt, die Erde und die Unterwelt. Griechen und Römer glaubten, dass Bäume von Nymphen bewohnt wurden. Vor der Christianisierung gab es unweit fast jeden Dorfes eine besondere Eiche, unter der Versammlungen abgehalten wurden. Vor Kriegen besuchte man den Baum, wand farbige Stoffstreifen an die Äste und die Waffen und bat die Eiche um Hilfe. Bei den Germanen und den Slawen galt auch die Linde als heiliger Baum. Die Dorflinde war das Zentrum, wo man sich traf,

Dorfklatsch austauschte und tanzte. Auch das Dorfgericht fand unter Linden statt. Und was wäre ein bayerischer Biergarten ohne Kastanien?

Irmi liebte Bäume, und sie liebte es, in ihren Kronen zu lesen. Sie liebte den Wald.

Auf einmal notierte sie ein scharrendes Geräusch, das sie nicht einordnen konnte. Es folgte ein leises Ächzen. Ihr Blick ging nach oben. Die Baumwipfel schienen zu wanken. Dann blickte sie den Hang hinunter.

Weiter unten standen Runa, Åse und Vroni. Vroni redete auf Åse ein, Gesprächsfetzen wehten herauf. Die Schmid-Tochter hielt Åse sogar am Ärmel fest, als müsse sie ihrer Rede damit Nachdruck verleihen.

Plötzlich wurde die Bewegung in den Baumkronen größer, und Irmi schrie auf.

»Runaaaaa! Lauft nach rechts. Rennt! Rechts! Rechts!«

Die Köpfe ruckten. Selbst aus dieser Entfernung war das Entsetzen in Vronis Gesicht zu erkennen. Dann rannte sie los. In die Gegenrichtung.

»Er fällt! Der Baum fällt! Weg! Rennt!«

Als die gewaltige Fichte stürzte, war ein gewaltiges Knirschen und Krachen zu hören. Aber nur kurz. Dann lag der Baum still auf dem Boden, einige Äste bebten noch ein wenig. Kathi hatte reglos dagestanden. Es war alles so schnell gegangen. Nun kam Bewegung in die beiden Frauen. Sie rutschten halb stolpernd den Hang hinunter.

»Runa?« Es lag Verzweiflung in Irmis Stimme.

Alles blieb still.

»Runa! Åse!«

»Hier!« Die Köpfe von Åse und Runa tauchten zwischen ein paar Zweigen auf, beiden stand die Verwirrung ins Gesicht geschrieben. Sie schienen unverletzt zu sein. Irmi schlingerte um die ausladende Baumkrone herum, bis sie vor ihnen stand. »Alles okay?«

»Ich dachte, der Himmel stürzt ein. Sonst ist alles okay«, sagte Åse, die bemerkenswert unerschütterlich wirkte. »Was ist denn wirklich passiert?«

»Eine Fünfunddreißig-Meter-Fichte ist gerade umgefallen.«

»Umgefallen?«

»Oder gefallen worden«, sagte Irmi leise und beobachtete verwundert den weißen Wasserdampf, der beim Sprechen entstand, als würde sich eine Sprechblase blähen. Erst jetzt bemerkte sie, wie kalt es war und dass ihre Finger allmählich zu Klauen wurden.

»Wo ist Vroni?«, rief Runa auf einmal.

Irmi lief ein Stück zur Seite. Der Schnee war ein Spielverderber. Er machte Spuren sichtbar. Man sah drei Spuren kommen, man sah dort, wo die drei Frauen gestanden hatten, zertretenen Schnee, und man sah eine Spur wegführen. Schnee war ein ganz mieser Verräter.

»Vroni ist weg, befürchte ich«, sagte Irmi und zog ihr Handy heraus. Kein Netz. »Kathi, hast du Empfang?« Doch auch Kathis Handy verweigerte den Dienst. »Scheiße! Wir müssen sofort eine Fahndung rausgeben!«

Runa schaute immer noch völlig verwirrt drein, doch Åse schien allmählich zu verstehen. »Der Baum sollte auf uns fallen?«, flüsterte sie.

»Genau das glaube ich auch.« Irmi schluckte und fügte ein »leider« hinzu.

»Aber Vroni? Hat sie ...? Ich meine, sie kann doch nicht ... Ich meine ...«

»Ich befürchte, sie hat euch in eine Falle gelockt, Runa. Es tut mir leid.«

»Aber ich habe keine Motorsäge gehört!«, mischte Kathi sich ein. »Wie kann denn so ein Mordsbaum einfach umfallen? Wir hätten doch eine Säge hören müssen!«

»Kommt mit«, sagte Irmi nur. Sie stapften bergauf bis zu der Stelle, wo der Stumpf des umgefallenen Baums stand. »Da! Seht ihr, wie merkwürdig ausgefranst er ist?«

»Ja, und?«

»So was nennt man Haltebandtechnik. Bei dieser speziellen Fälltechnik macht man einen Stechschnitt und lässt dabei ein Stück des Stamms als Halteband stehen. Wenn kein massiver Wind aufkommt, kann der Baum ewig so stehen bleiben. So etwas macht man gerne im schwierigen Gelände, damit der Baum nicht unkontrolliert fällt. Vielleicht hat gestern jemand das alles schon vorbereitet und heute früh nur noch das Halteband durchtrennt. Dem Schnittbild lässt sich entnehmen, dass der Schnitt mit einer Handsäge gemacht wurde. Die hört man kaum. Sicher hat man bewusst auf die Motorsäge verzichtet.«

»Man wollte uns töten«, flüsterte Åse.

»Aber da muss man sich doch auskennen!«, rief Kathi. »Vroni muss eine zweite Person im Wald dabeigehabt haben.«

»Ganz sicher«, meinte Irmi. »Vroni war der Lockvogel und sollte stehen bleiben, solange es ging. Eventuell hätte sie Åse oder Runa noch in die richtige Richtung geschubst.«

»Um den Baum so manipulieren zu können, muss ich aber ein Holzarbeiter sein, oder?«, hakte Kathi nach.

Irmi lächelte nachsichtig. »Ich habe auch einen Motorsägenschein. Gerne gebe ich dir bei Gelegenheit eine Einweisung in Fallkerb und Scharnier. Dabei kann ich dir gleich zeigen, wie man große Bäume niederlegt, wie man kleinere mit dem Fällheber umlegt, und natürlich könnte ich dir auch am Baum die Haltebandtechnik demonstrieren. So was kann auch eine Frau. Das hat mit Kraft wenig zu tun. Eher mit Technik und Wissen.«

»Vielleicht war's ja der Franz? Vater und Tochter. Warum nicht?«

»Oder Rita? Oder Renate?«, schlug Irmi vor.

»Rita mit der Motorsäge? Das passt doch nicht, oder? Renate kann vielleicht Gemüse ziehen und melken, aber keinen Baum fällen. Bei denen kümmert sich der Mann doch noch um die Männerarbeit. Markus lässt bestimmt keine Frau an die Motorsäge. Eine Frau im Forst darf maximal die Brotzeit bringen oder ein paar Dachsen einsammeln.«

»Franz und Rita waren uns gegenüber sehr ungehalten. Renate war eigentlich recht nett und Vroni auch«, sagte Åse leise.

Runa hatte die ganze Zeit geschwiegen. Doch nun schrie sie in den dunklen Wald hinaus: »Du wirst dieses Erbe annehmen, Oma! Jetzt erst recht! Die kriegen uns nicht klein. Die haben Marit getötet. Dafür werden sie zahlen. Und wenn es das Letzte ist, was ich tun kann. Ich hasse sie. Ich hasse sie!«

Åse sah ihre Enkelin erschüttert an, Irmi war eher verwundert. Die ruhige, stets beherrschte Runa! Irgendwann explodieren eben auch jene Vulkane, die ewig geschwiegen haben. Von denen man denkt, sie seien längst erkaltet. Aber irgendwo brodelt es doch.

Kathi ging auf Runa zu und drückte sie ganz kurz. »Du hast recht. Wir werden versuchen herauszufinden, was wirklich passiert ist. Diese verdammte Familie von Bauernschädeln!«

Kathi war mal wieder völlig unprofessionell, aber Irmi ließ sie gewähren. Ihre an sich unmögliche Art nahm der Situation die Schwere. Immerhin waren da zwei Frauen gerade einem Mordanschlag entgangen.

Es hatte leichter Schneefall eingesetzt. Vier Frauen standen neben einem gewaltigen Baum, der nun so harmlos auf dem Boden lag.

»Wir verschwinden jetzt. Åse, geht es bei dir?«

»Ich bin es von klein auf gewohnt, dass man mich nicht haben wollte, wie ich war. Umbringen wollte mich allerdings noch niemand«, sagte sie schlicht.

Irmi traten die Tränen in die Augen. Sie drehte sich kurz weg. Das waren keine Tränen des Schmerzes, eigentlich waren es Freudentränen, denn Åse hatte mit Lore einen Weg gefunden, der sie versöhnt hatte mit ihrem holprigen Lebensanfang. Ihre letzten Jahre würden gute Jahre sein, erfüllt von Liebe und Achtsamkeit. Auch Runa würde es packen, weil sie diese Oma hatte und vielleicht doch ein paar Gene von diesem sturen alten Mann aus dem Ammertal. Solche Sturheit schadete nicht, im Gegenteil!

Sie kletterten den Hang wieder hinauf, gingen den Weg entlang und dann dorthin, wo das Auto stand. Der

Wagen mit dem Garmischer Kennzeichen GAP-VS war weg. Kathi gab eine Fahndung nach Vroni heraus. Sicher würde Vroni auf den Waldwegen noch weitere Spuren hinterlassen, ewig würde sie aber nicht untertauchen können.

Sie fuhren in die Inspektion. Åse und Runa redeten leise auf Norwegisch. Irmi ließ ihnen Kaffee bringen. Dann entschuldigte sie sich kurz. Sie musste umgehend mit der Staatsanwaltschaft telefonieren, um deren Zustimmung für ihr weiteres Vorgehen einzuholen.

14

»Jetzt muss uns Anna Maria endlich die Wahrheit sagen. Das kann sie doch nicht gewollt haben! Nicht noch einen inszenierten Unfall!«, sagte Irmi.

»Ein Silounfall, ein Unfall im Forst – ganz schön viele Unfälle. Damit wären die doch nie durchgekommen, oder!«

»Wer weiß? Wenn wir nicht durch Zufall erfahren hätten, dass die Schafe rausgetrieben worden sind, wären wir nicht auf Anna Maria verfallen. Dann wäre der zweite Unfall vielleicht auch ungesühnt geblieben.«

»Wahnsinn!«, rief Kathi.

Als Irmi Åse und Runa erklärte, was sie in Abstimmung mit der Staatsanwaltschaft vorhatte, waren sich beide einig, dass sie das durchstehen würden.

Wenig später betraten sie den Raum, in dem Anna Maria untergebracht war. Draußen war es dunkel geworden. Anna Maria versuchte trotzig zu wirken, aber es war nicht zu übersehen, dass sie geweint hatte.

»Darf ich vorstellen? Das hier ist Runa Dalby, Studentin der Kunstgeschichte, und zwar die echte Runa. Ihr habt Marit getötet – ein dummer Fehler! Die beiden Damen hier wären beinahe unter einen Baum geraten und hätten dort ein unrühmliches Ende gefunden. Eine gewisse Schicksalhaftigkeit, meinen Sie nicht, Anna Maria? Von einem Baum erschlagen in jenem Forst, den Åse erben soll. War das beabsichtigt? Wer hat das Bäumchen gefällt?«

Anna Marias Schultern bebten. Sie weinte und weinte. Irmi atmete durch. Mit Sarkasmus kam sie hier auch nicht weiter.

»Sie waren nicht dabei. Das ist klar. Aber Vroni war dabei und noch jemand. Sie sind eine kluge junge Frau, Anna Maria. Und wenn die Geschichte mit dem Brand stimmt, die Sie ja so beharrlich erzählen, dann hätten Sie jetzt die letzte Chance auf die volle Wahrheit. Runa hat ein Recht darauf. Ihre beste Freundin ist in eurem Silo gestorben!« Irmi hoffte, dass Runa durchhalten und dass ihr Anblick Anna Maria endlich erweichen würde.

»Außer meiner Oma hatte ich nur Marit.« Runas Stimme machte einen kleinen Stolperer, aber sie fasste sich wieder. »Jetzt ist Marit tot. Meine Eltern sind eine Katastrophe. Du hast wenigstens eine Familie. Warum ist es so schlimm, wenn meine Oma diesen Wald bekommt? Und lumpige fünfzigtausend Euro. Lumpig, so sagt man doch auf Deutsch, oder? Warum habt ihr das getan? Was ist passiert? Anna Maria, du siehst nicht so aus, als wäre dir das egal. Vroni sieht auch nicht so aus. Bitte rede mit mir!«

Plötzlich war es so, als wären nur noch Anna Maria und Runa im Raum. Zwei Frauen, die fast gleichaltrig waren und noch so viel Leben vor sich hatten. Die eine vom kühlen Rand der Welt, die andere aus dem weiten Ammertal, in dem doch so viele Scheuklappen getragen wurden.

Anna Maria weinte immer lauter. Sie stammelte nur noch: »Es tut mir leid, Runa, es tut mir so leid. Ich wollte das nicht. Niemand wollte das.« Sie bekam einen Hustenanfall, ihr ganzer Körper bebte.

Kathi brachte Runa und Åse hinaus. Es dauerte lange,

bis Anna Maria sich einigermaßen unter Kontrolle hatte. Irmi gab ihr Wasser und nötigte sie, in kleinen Schlucken zu trinken. Dann reichte sie ihr Papiertaschentücher. »Reden Sie jetzt mit mir?«

Anna Maria nickte und begann.

Der Opa hatte tatsächlich an seinem Testament geschrieben und es anschließend in ein Kuvert gesteckt. Anna Maria wusste zwar, dass er einen Safe besaß, allerdings nicht, wo dieser sich befand. Ihr kam zupass, dass der Opa mit dem Kuvert in der Hand einschlief. Es fiel zu Boden, und Anna Maria konnte ihre Neugier nicht bezähmen. Bei der Lektüre des Dokuments fiel sie aus allen Wolken. Sie notierte sich schnell Namen und Adresse der Begünstigten, tat alles wieder zurück und legte das Kuvert an die Stelle auf den Boden, wo es dem Opa aus der Hand gerutscht war. Später hatte sie ihren Großvater noch beobachtet, wie er den Umschlag aufhob und in den Stall ging.

»Ich kam mir so schäbig vor, aber ich wollte doch wissen, wer diese Frau ist, die so viel erben wird.«

Anna Maria hatte Vroni zurate gezogen, denn die beiden waren sehr vertraut.

»Vroni kommt immer zu mir, wenn sie Sorgen hat. Wegen Thomas, wegen Rita. Und ich frage in solchen Fällen immer Vroni. Wir haben denselben Hintergrund. Dieselbe Familie. Sie weiß, wovon ich rede, wenn ich meinen Vater wieder unerträglich selbstgerecht finde. Und ich weiß, was sie meint, wenn sie sich über Thomas' Rüpelhaftigkeit beklagt. Verstehen Sie?«

Irmi nickte. Blut, das dicker als Wasser war.

Anna Maria hatte Vroni von ihrer Entdeckung erzählt, und die beiden hatten nachgeforscht. Wieder so eine Duplizität des Lebens: Zwei Norwegerinnen hatten den Deckel einer Truhe geöffnet, in ihrer Geschichte gewühlt und eine Adresse in Bayern gesucht. Und in Norwegen forschten zwei Ammertalerinnen nach. Dann war Marit alias Runa aufgetaucht. Vroni hatte etwas Zeit gebraucht, um einen Zusammenhang herzustellen. Dann hatte sie genauer auf Zwischentöne geachtet, hatte jede scheinbar unverfängliche Frage auf die Goldwaage gelegt und die vermeintliche Runa als äußerst suspekt erachtet. Vroni und Anna Maria waren übereingekommen, Runa zur Rede zu stellen. Dann hatten sie sie in die Tenne bestellt.

Anna Maria war schon früher als die anderen zum Treffpunkt gekommen, um ihre Schafe zu füttern. Weil unten kein Heu mehr gewesen war, stieg sie im Heuboden mehrere Etagen nach oben. Gerade gabelte sie das Heu nach vorne, als sie unten Stimmen hörte. Stimmen von Thomas und ihrem Vater. Anna Maria war bis zur Kante der obersten Etage geschlichen und hatte mit Entsetzen gesehen, dass nicht nur Runa gekommen war, sondern auch Ionella und dass die Mädchen von Thomas und Markus Geld in Empfang nahmen. Wenig später waren die beiden Männer wieder hinausgestürmt – nacheinander. Erst Markus, dann Thomas, der vorher noch etwas herumgeflucht und mit dem Fuß eine Tonne umgetreten hatte, bevor er ebenfalls gegangen war. Anna Maria war wieder zu ihrem Heu zurückgekehrt, das sie eben noch schnell fertig haben wollte. Dann hatte sie erneut Stimmen gehört. Vroni war plötzlich da.

»Ich hatte Vroni eingebläut, dass wir das in Ruhe durchziehen. Dass wir ja zu zweit sind und nicht eher Ruhe geben, bis sie uns sagt, was sie wirklich hier will. Womit wir nicht gerechnet hatten, war, dass Ionella dabei sein würde. Und vor allem hatte ich nicht damit gerechnet, dass Vroni gleich so ausrastet. Es gab sofort Streit mit Runa, oder besser gesagt mit dem Mädchen, von dem wir dachten, es sei Runa. Ich habe nicht alles gehört, aber diese Runa muss die Leiter am Silo hochgeklettert sein und Vroni hinterher. Vroni hat gebrüllt, sie solle da runterkommen, und hat sie am Fuß gezogen. Die Norwegerin ist irgendwie ins Wackeln gekommen und gestürzt. Ich habe das von oben gesehen und habe geschrien.«

»Ja, aber Sie hätten doch noch etwas tun können!«

»Das habe ich versucht! Ich habe geschrien: ›Vroni, was tust du da? Hol sie da raus!‹ Aber ich war ganz oben in der Tenne. Beim Opa wird das Heu noch lose verwahrt, und ich musste erst mal zwei lange Leitern runter.« Ihre Tränen liefen wieder.

»Und dann?«

»Ionella hat reagiert. Sie hat versucht, Runa rauszuhelfen, und hat die untere Klappe geöffnet. Das Silo war ja so alt, alle wollten es längst abreißen. Nur Opa nicht. Die Klappe ist gebrochen, und Ionella ist gestürzt. Vroni war wie paralysiert. Völlig versteinert. Ich habe noch versucht, ein Seil reinzuwerfen, aber es war zu spät.« Sie weinte, sie bebte. »Es war so schrecklich.«

»Und dann?«, fragte Irmi.

»Dann kam meine Mutter herein, weil sie irgendwelche Telefongespräche meines Vaters belauscht hatte. Sie hatte das mit dem Treffen mitbekommen und wusste von den Baumaschinen. Wollte sich einmischen, meine Mutter mischt sich überall ein. Sie ist immer für alles und jeden zuständig. Sie meint es meist gut, aber …« Ihr Weinen schwoll wieder an.

»Und was hat Renate getan? Anna Maria, bitte, wir müssen das nun zu Ende bringen. Was ist dann passiert?«

»Vroni war immer noch völlig regungslos, wie abgeschaltet. Ich habe meiner Mutter versucht zu erklären, was passiert ist. Sie hat getobt. Was wir uns dächten. Dass wir den Rest unseres Lebens in den Knast wandern würden. Und dann hatte sie eine Idee. Die Idee, das Ganze als Unfall zu vertuschen.«

»Sie hat die Katze erschlagen?« Kathi war nur selten aus der Fassung zu bringen, das war einer dieser raren Momente.

»Ja, einfach so. Mit einer Eisenstange. Da wurde Vroni hysterisch. Alles ging drunter und drüber. Meine Mutter hat Vroni aus der Tenne rausgezogen, hat auf sie eingeschrien. Ich stand da und war auf einmal allein. Es war so still. Ich weiß nicht, wie lange ich da herumstand. Irgendwann begann ein Schaf zu blöken. Die hatten ja Hunger.«

»Und dann haben Sie die Schafe und die Geiß in den Stall gebracht?«

»Ja, und den Brand gelegt. Ich hatte überlegt, ob ich die Polizei rufen sollte. Ich hätte sagen können, ich hätte die beiden Toten gefunden. Aber ich hatte solche Angst. Ich konnte doch Vroni nicht anschwärzen. Und meine Mutter. Sie ist doch meine Mutter. Andererseits wollte ich doch, dass sie gefunden werden.«

»Und da zündeln Sie und riskieren, dass Ugau den dritten Dorfbrand in seiner Geschichte erlebt?«, provozierte Kathi.

»Unsere Feuerwehr ist sehr gut. Und sehr schnell«, sagte Anna Maria.

Das klang so naiv, so gutgläubig, dass Irmi die Spucke wegblieb.

Sie saßen eine Weile schweigend da, bis Kathi sagte: »Ich fasse es nicht, dass Renate die Katze erschlagen hat.«

»Meine Mutter hasst Katzen. Ihr hat als kleines Mädchen mal eine unters Auge gebissen. Sie hatte Glück, dass sie ihr Augenlicht nicht dabei verloren hat. Man sieht die Narbe heute noch. Bei uns am Hof gibt es keine Katzen. Es ist bei Todesstrafe verboten, eine zu halten … «

Anna Maria wurde abgeführt.

Irmi und Kathi saßen einige Minuten schweigend da, bis Kathi fragte: »Glaubst du, Runa, oder besser gesagt Marit ist wirklich nur gestolpert?«

»Ich würde es gerne glauben! Vielleicht hat Vroni sie geschubst. Ich glaube, Vroni hat ihr ganzes Leben lang darunter gelitten, dass sie immer das patente Pummelchen war. Immer der Kumpel, immer die Nette. Nie die attraktive Dramaqueen, nie eine der Dorfschlampen, die jeden haben konnten. Vroni hat unter den Hänseleien mehr gelitten, als ihre Umgebung es bemerkt hat. Vor allem die Tatsache, dass Opa sie als Moppelchen bezeichnet, hat sie sehr getroffen. Und dann kommt da noch so eine schöne nordische Elfe in die Familie, die nicht nur allen das Erbe streitig macht, sondern außerdem Zuneigung bekommt. Das war zu viel, glaube ich.«

Kathi schwieg. Sie wusste ja auch nicht, wie es war, das Pummelchen zu sein und der ewige Kumpel. Kathi hatte immer aufseiten der Begehrenswerten gestanden. Irmi hingegen war lange in den Niederungen der pummeligen Kumpelfraktion herumgedümpelt.

»Sie hat vor allem ihre eigene Mutter enttarnt! Puh, das ist hart«, sagte Kathi schließlich.

Ja, das war grausam.

Und es war auf einmal so still, so kalt.

Vroni würde nicht weit kommen. Renate würden sie später verhaften. Das weitere Vorgehen wurde von der Staatsanwaltschaft entschieden und von den Gerichten. Irmi und Kathi würden noch etliche Zeugenaussagen aufnehmen müssen, abgeschlossen war das alles noch lange nicht. Die Gerichte würden häufiger Fälle mit dem Namen Schmid zu behandeln haben. In Sachen Diebstahl, Hehlerei, Totschlag oder doch Mord, unterlassener Hilfeleistung, Brandstiftung … Das beeindruckende kriminelle Fazit einer schrecklich normalen Familie im Ammertal.

Renate Schmid stand gerade in der Küche, als der Polizeiwagen vorfuhr, und schnitt Kräuter auf einem schweren Holzbrett. Schweigend folgte sie Sailer ins Auto.

Vroni stoppten sie an der Tankstelle Höhenrain, sie war kopflos Richtung München gefahren.

Åse und Runa wollten möglichst schnell abreisen, doch schon bald würde Åse mit Lore wiederkommen. Xaver Schmid war inzwischen in sein Haus zurückgekehrt. Tereza und ihre kernige Arbeitgeberin Gerti würden sich um ihn kümmern. Da war für Lebenslust gesorgt.

Die Staatsanwaltschaft hatte Anna Maria noch ein letztes Treffen mit Runa zugestanden, weil sie sich bei ihr entschuldigen wollte. Konnte man sich für den Tod entschuldigen?

Irmi brachte Runa und Åse an den Münchner Flugplatz. Sie checkten ihre Koffer ein, dann standen sie da und kämpften mit Tränen und Sprachlosigkeit. Bis Runa sagte: »Anna Maria will sich allem stellen. Sie hat mir gesagt, dass sie sich schon einen Job auf einem Kreuzfahrtschiff organisiert hat, auf der Linie Kiel, Bergen, Nordkap. Ein ehemaliger Kollege ist dort der Kreuzfahrtdirektor. Er nimmt sie in jedem Fall. Egal, wie lang das alles hier dauert.«

»Das ist gut.« Mehr konnte Irmi nicht sagen. Sie drückte Åse, sie umarmte Runa und hatte dabei Angst, das zierliche Mädchen zu zerbrechen. Dabei war sie gar nicht so zerbrechlich, wie sie aussah.

Der Kreis schloss sich. Anna Maria würde die Lebensstationen ihres Opas sehen. Sie würde ihre neuen Verwandten in Tromsø besuchen kommen. Ihrer aller Leben schritt fort, aber manche Hühnchen fielen eben viel zu früh vom Zaun …

NACHWORT

»Wenn die letzten Zeitzeugen gestorben sind, dann ist es Geschichte. Bis dahin ist es ein Leben«, sagt Jens in diesem Buch. Irmi spürt, dass sie eine Mitschuld trägt am Vergessen, denn die Zeitzeugen sind längst gestorben, ohne dass die Nächstgeborenen gefragt hätten. In ihrer Familie wie in so vielen anderen auch.

Auch meine verstorbenen Eltern, die vergleichsweise alt waren – mein Vater war bei meiner Geburt schon neunundvierzig –, gehörten zur Kriegsgeneration, die die Kultur des Hinunterschluckens perfektioniert hat. Auch ich habe viel zu wenig gefragt.

Bücher sind Reisen durch die Zeiten, und auf dieser Reise danke ich vor allem und zuerst und ganz herzlich Dr. Luitgard Loew, ohne die dieses Buch nicht möglich gewesen wäre! Ein großes Dankeschön geht an Annette Schleich. Danke an die Jörg-Mädels. Ein besonders herzliches »Vergelt's Gott« an den großartigen Michi, Kenner der Dorfgeschichte(n) in Unterammergau. Danke an Julia für ihre Bemühungen ums »Hühnchen«. Und an Annika Krummacher.

Ich danke der echten Wilhelmine, die heute wieder eine Arbeit als Deutschlehrerin in Rumänien hat und nicht mehr als Pflegerin reisen muss, aber auch den vielen Ionellas, die in Deutschland arbeiten und oft Übermenschliches leisten. Vor allem aber danke ich meinen Freunden in Norwegen für ihre »Gastauftritte«. Würde ich nicht schon am schönsten Platz der Erde leben – Norwegen wäre die zweite Option.

»Ich kenne Sie nicht«, erwiderte der Fürst unwirsch. »Machen Sie, dass Sie weiterkommen.«

Der Mann ließ sich nicht beirren. »Ihnen ist das Fräulein Matzner ein Begriff? Fräulein Stefanie Matzner?«

Die Erwähnung des Namens ließ Mitjuchin kurz erstarren, doch er hatte sich sogleich wieder unter Kontrolle. »Verschwinden Sie, sonst lasse ich die Polizei holen.«

Der junge Mann lächelte nachsichtig. Dann zog er eine Pistole hervor, richtete sie auf den Fürsten und streckte ihn mit drei Schüssen nieder. Er war kein professioneller Schütze. Die erste Kugel wurde in ihrer Bahn von einer Rippe abgelenkt und richtete keinen nennenswerten Schaden an. Das zweite Geschoss durchdrang die Schulterpartie und schlug in die Wand des Salonwagens ein. Erst der dritte Schuss besiegelte Mitjuchins Schicksal, wenn auch durch reinen Zufall. Er zerriss eine Lungenvene an ihrer Einmündung ins Herz und gab ihn dem Tod durch inneres Verbluten preis.

Geschrei ertönte, Menschen liefen hektisch durcheinander, während sich der Attentäter über sein Opfer beugte. »Das ist für die Syphilis, mit der du die Fanni angesteckt hast, du Schwein«, flüsterte Baron Rada voller Genugtuung. Ein Diener des Fürsten konnte sich ein Lächeln nicht verkneifen, ein weiterer stürzte sich auf den Baron und hielt ihn fest, bis die Sicherheitswachmänner erschienen. Als sich Baron Rada ohne den geringsten Widerstand abführen ließ, war der Blick des Fürsten bereits erloschen.

Am gleichen Tag begannen die Arbeiten am Schöpfbrunnen in der Krongasse.